KB274415

고3 완전정복
고등어가 살아남기 위해 필요한 것들

고3 완전정복 고등어가 살아남기 위해 필요한 것들

초판 1쇄 발행 | 2009년 12월 1일

지은이 유수레 **발행인** 이대식
편집진행 김화영 **마케팅** 이승현 **디자인** 모리스

주소 서울시 종로구 평창동 92-6(우편번호 110-846)
문의전화 02-394-1037(편집) 02-394-1047(마케팅)
팩스 0505-115-1037
홈페이지 www.saeumbook.co.kr
전자우편 saeum98@hanmail.net

발행처 새움출판사
출판등록 1998년 8월 28일(제10-1633호)

ⓒ 유수레, 2009
ISBN 978-89-93964-05 03810

고등어가 **살아**남기 위해 **필요**한 것들

유수레 장편소설

새훔

contents

season 1

season 2

The END and AND

season 1

세 마리 고등어, 그리고 새해 첫날

맹꽁

  따뜻한 볕이 내리쬐는 겨울날이다. 얼마 전 내린 눈으로 거리가 온통 얼룩덜룩한 것을 빼면 겨울이란 것이 실감나지 않을 정도로 날은 맑았다. 빛이 잘 들어오는 따뜻한 거실에서 영단어장을 쥐고 있던 내가 꾸벅꾸벅 졸기 시작하자 기다렸다는 듯 엄마의 잔소리가 돌처럼 날아왔다. 이 가스나야, 이제 고3인데 정신 안 차릴래! 기분 좋은 몽롱함이 깨지자 짜증이 난 나는 잔소리를 일일이 받아치다가 결국 나 공부 안 해, 때려칠 거야! 소리쳤다. 그러자 엄마는 눈이 세모꼴이 된 채 빗자루를 뒤집어 잡고 안방에서 후닥닥 뛰쳐나왔다.

  오늘도 엄마와 한바탕 벌이고는 학원 간다는 핑계로 집을 뛰쳐나온 나는, 얻어맞은 등짝에 뜨끈뜨끈하게 열이 오르는 것을 느끼면서도 여전히 낮잠이 고팠다. 아직 정신을 못 차렸어. 빗자루로 제대로 얻어맞은 부분이 간질간질하니 조금씩 욱신거렸다. 만져보니 맞은 자국 그대로 등에 막대형으로 쭉 이어져 있는 게 생생하게 느껴졌다. 그 사실이 웃겨서 나는 게 슴츠레한 얼굴을 한 채로 히죽거렸다. 그렇게 횡단보도 앞에서 신호를 기다리고 있는데 갑자기 오른쪽에서 날 부르는 소리가 들렸다.

"정맹꽁, 좀 맛이 갔다?"

나는 소리 나는 방향을 보지도 않고 "꺼져!" 하고 대꾸했다. 몽은 익숙한 손놀림으로 내 어깨를 치듯 툭 밀어냈다. 나는 오뚝이처럼 흔들거리며 고개를 슬쩍 돌렸다. 그는 샐쭉하고 긴 눈을 찌푸리며 까무잡잡한 얼굴로 웃고 있었다.

"새해 복 많이 받아라." 인사를 하곤 몽은 겸연쩍게 웃었다. 그러고 보니 오늘 새해 첫날이구나. 어쩐지 아침이 떡국이더라. 그런데 나는 새해 첫날이라고 떡국까지 정성껏 끓여준 엄마랑 대판 싸우고 온 건가. 왠지 스스로가 무척 한심해져서 절로 한숨이 나왔다.

"뭐야, 왜 그래? 어디 아파?"

"아냐, 좀 그럴 일이 있었어." 눈을 비비자 아침에 세수를 했는데도 손가락에 마른 눈곱이 달라붙었다. 나는 눈을 깜빡이며 몽에게 신년 인사를 건넸다.

"새해 복 많이 받구. 올해 현역으로 꼭 목표 대학 가는 거다."

"고마워. 너도 꼭 현역으로, 연대 맞지? 연대 붙는다."

나는 순간 간당간당한데 과연 내가 갈 수 있을까, 하는 말이 나오려는 것을 도로 틀어막았다. 보통 때 같았으면 예의치레로라도 그런 말을 했겠지만, 혹시라도 이번엔 말 그대로 실현돼버리는 건 아니겠지? 말이 씨가 된다는 옛말도 있잖아. 아니다, 애초에 그런 부정적인 생각을 처음부터 하는 게 아니었어! 새해 첫날부터 나는 찝찝한 불안감에 휩싸이고 있었다.

"숙제는 다 했어?" 내 속을 전혀 알 리 없는 몽이 물었다.

"다 하긴 했는데 와, 이건 인간이 아닌 것 같애. 너무 많이 틀려서 채점만 하고 다시는 안 들쳐봤어."

"또 맞은 것만 동그라미 친 거 아냐?"

"어. 그것도 대빵 크게. 이게 다 긍정적인 마인드를 위해서야."

몽은 내 말에 피식 웃었다. 그러자 이목구비가 뚜렷하게 굴곡이 지면서 딱딱한 얼굴선이 도드라져 보였다. 안경을 쓰고 있지 않았더라면 영락없이 어디 구석진 동네 남고의 일진 같았을 텐데. 너무 활짝 웃지 마, 조폭 같애 하고 놀리자 그는 금방 얼굴이 굳어졌다. 그 순간 횡단보도에 파란불이 들어와 나는 잽싸게 줄달음쳤다. 야 정맹꽁! 소리치는 것이 뒤에서 들렸지만 나는 개의치 않았다.

나는 정맹꽁이다. 정씨 성의 맹꽁이라는 별명을 가진 올해 고3 된 처녀애올시다(내 실명에 관해서는, 인간들이 눈이 삐었는지 항상 엇비슷한 이름으로만 부르기 때문에 별로 이야기하고 싶지 않다). 하필이면 왜 맹꽁이가 되었느냐고 묻는다면 내가 막 이 학교에 입학했을 무렵으로 되돌아가야 한다. 입학한 지 한 달이나 되었을까, 어느 날 한 선생님이 수업 중에 날더러 대뜸 사람 사이에 껴 있는 맹꽁이 같다고 한 말이 화근이었다. 그때 나는 교복 위에 체육복을 잔뜩 껴입고 있었는데, 마침 열심히 조느라 몸이 앞으로 기울면서 껴입은 옷은 둥글게 부풀어 올랐다. 이런 내 모습이 쓸데없는 감수성을 가진 선생님 눈에는 잠에서 덜 깬 양서류처럼 보였던 모양이다. 하지만 선생님, 선생님께서 찬바람만 들이치는 자리에 15시간을 줄창 앉아 있게 되신다면 맹꽁이처럼 껴입고 있어도 시원찮다는 걸 잘 아실 텐데요.

나와 중학교 동창이며 고등학교에 들어가서는 줄곧 같은 반인 몽 또한, 정맹꽁처럼 항상 별명으로 불린다. 몽은 이름이 ‘윤○몽’이기 때문에 붙은 별명이다(혹여나 ‘몽키’로 인해 원숭이를 닮은 게 아닐까 싶겠지만 그는 사람같이 생겼다). 여하튼 아이들은 물론 선생님들까지도 다들 몽으로 부르니, 가끔 이름을 못 외우는 선생님이 출석부에서 그를 찾다가 “윤몽? 너 왜 출석부에 없냐.” 라는 식으로 되물을 때마다 아이들은 대판 웃곤 했다.

덧붙여 몽은 엄연히 사귄 지 2년이 다 되어가는 그녀가 있다. 뭐 지금은 ‘커플은 대학 못 간다’는 고3 징크스 때문인지, 항상 소중하게 끼고 다니던 커플링까지 빼놓고 커플과 친구의 중간쯤 되는 어중간한 사이로 타협을 본 것 같다. 그래도 두 사람만큼 잘 어울리는 커플도 또 없을 거다. 학교에서조차 이 둘은 천생연분으로 통할 정도다.

몽의 그녀의 이름은 옥희다. '사랑방 손님과 어머니'에 나오는 바로 그 '옥희'와 이름이 같다. 우연의 일치인지 고1 때 '사랑방 손님과 어머니'를 배울 무렵 두 사람은 사귀기 시작했다. 그 탓에 두 사람은 옥희 어머니를 버려두고 딸과 사귄다는 둥 달걀로 맺어진 사이냐는 등의 시답잖은 우스갯소리에 휘말리기도 했다. 나중에는 선생님들까지 몽에게 짓궂게 농을 던졌고, 국어 선생님은 한술 더 떠서 〈'사랑방 손님과 어머니'에 대한 성(性)적 어쩌구저쩌구어쩌구저쩌구 분석〉 하는 아주 긴 제목의 단편소설을 소개하기까지 이르렀다. '사랑방 손님과 어머니'에 대한 기막힌 해석을 담고 있던 그 단편은 처음엔 아이들에게 재미난 놀림거리를 만들어주었지만, 나중에 중간고사 범위에 포함되면서 순식간에 골칫거리가 되어버렸다. 어쨌든 중간고사 주관식 중 하나가 답이 '옥희'였던 것만은 지금도 기억난다.

옥희

몽에게서는 간간이 문자가 온다. 간혹 나와 학교에서 점심 먹는 꿈을 꾸었는데 내가 찜닭을 너무 많이 먹더라는 등의 내용이 올 때면 좀 웃기기도 하고 한편 기분이 좋다. 맹꽁이에게 그렇다고 말했더니 그 애는 눈을 동그랗게 뜨며 "남자가 여자

꿈 꾸는 거면 뭐겠어!" 하고 깨는 소리를 하더라. 맹꽁이는 정말 좋은 친구인데 가끔 산통 깨는 소리를 잘한다. 하지만 그런 면이 그녀의 가장 큰 매력이다. 더군다나 나는 아무래도 쓸데없이 낭만만 크게 꿈꾸는 쪽이니까, 맹꽁이가 내 바람을 적당히 빼주는 편이 좋겠지.

몽을 내게 가장 처음 소개해준 사람도 맹꽁이다. 지금도 그녀는 내게 몽에 관해 이것저것 일러줄 정도다. 사람에 대해 둔감한 면이 있는 나로서는 참 고맙다. 솔직히 말해 그 두 사람은 중학교 동창이었고 고등학교 때도 내내 같은 반이었으니만큼 서로에 대해서 잘 안다. 하지만 나는 그 사실이 싫다기보다는 오히려 무척 좋다. 내가 가장 좋아하는 두 사람이 서로 친하다는 건 참 기쁜 일이니까. 더군다나 질투하려 해도 맹꽁이가 그 예의 단춧구멍 같은 눈을 억지로 크게 치켜뜨며 "날 봐, 어딜 봐서 누굴 꼬실 수나 있을 것 같으냐?" 하며 개구리 같은 소리를 낼 때면 정말 웃지 않을 수가 없다.

나는 몽도 정말 좋아하지만 그에 만만치 않게 맹꽁이도 좋아한다. 몽에 대한 마음이 분홍색 하트라면 맹꽁이에 대한 마음은 하늘색 하트랄까. 어찌 되었든 간에 둘 다 하트라는 점이 중요한 것이다.

몽

학원이다. 바로 앞자리에 앉은 맹꽁이의 동그랗게 묶은 머리

가 타원 그래프처럼 빙글거렸다. 보아하니 또 졸고 있는 것 같
은데 왜 항상 수리영역 관련된 시간에는 그러는 건지 신기할
뿐이다(언어영역 관련 수업 때 꼭 졸게 되는 내가 할 말은 아니지만). 그
녀 앞에 삐뚜름하게 놓여진 EBS 수2 영역 교재 한쪽 페이지에
빨간 동그라미 하나만 큼지막하게 쳐져 있는 것이 보였다. 반
면 다른 한쪽은 아무런 체크도 없는 걸 보니 분명 또 죄다 틀
렸구먼.

맹꽁이는 항상 수리영역은 반타작을 치지만 언어영역과 외
국어영역은 항상 거의 만점에 가까운데다가 과탐도 제법 잘
했다. 반 등수로 추측해보면 언어, 외국어, 과탐은 거의 만점이
나오지 않을까 싶다. 아무리 수리영역이 개떡이라고 하더라도
그것만 제외하면 빈틈이 없는 셈이니 참 부럽다. 그런데도 본
인은 절대 아니라고 항상 망했다고 손사래를 치는데, 그런 때
면 좀 쥐어박고 싶다.

그에 비해 나는 수리영역만 좀 나올 뿐 나머지는 영 자신이
없다. 과탐은 그럭저럭 나오지만, 언어나 외국어는 잘 받아보았
자 2등급 턱걸이다. 더군다나 맹꽁이는 내신도 올수에 가까우
니 같은 이과인 나로서는 무척 부럽기도 하고 경쟁의식도 생
긴다. 생각만으로는 금방 그녀를 따라잡을 수도 있을 것도 같
은데 도대체가 어렵고 어렵다. 그 차이를 절대 따라잡을 수 없
을 거라는 생각이 들 때면 정말 울적해진다.

맹꽁이를 대하는 이런 내 속마음을 보면, 옥희와 나는 서로

다른 계열이라 정말 다행이라는 생각이 든다. 만약 같은 계열이었다면 나는 무심코 생겨나는 경쟁의식에 옥희를 멀리했을지도 모른다. 고작 성적 따위 때문에 사람을 괜히 미워한다니, 이렇게 말하는 내 자신이 참 한심스럽다. 하지만 '고작 성적 따위'라고 말할 수도 없는 것이, 그 '고작 성적 따위'에 따라 나의 대학은 정해질 것이고 심지어는 대략적인 인생의 행로도 정해질 것이기 때문이다. 그따위 하찮은 숫자에 내 삶이 정해진다는 웃기지도 않은 말 따위 믿고 싶지도 않지만, 대한민국의 고등학생으로 태어난 이상 그것은 어쩔 수 없는 지독한 현실인 것 같다. 차라리 다른 나라에서 태어났더라면, 이렇게 묵직한 책임감에 휩싸일 필요가 없었을 텐데. 적어도 이 좁고 갑갑한 공간에 하루 종일 갇혀서 오로지 이론뿐인 참고서와 문제집을 들여다봐야 하지는 않았을 텐데.

지금의 나는 그저 현실도피를 하고 싶은 것일까. 비겁하게 도망치지 말자. 그러나 내가 왜 여기서 이런 무의미한 짓을 하고 있어야 하나 싶은 생각은 아무리 해도 지워지지 않는다. 때로는 소름이 끼칠 정도로 생생하다. '대학'이라는 레벨제의 현실에, 한사코 명문대를 외치는 부모님, 형과 비교하자면 아무런 재능도 없는 스스로에 대한 열등감에 떠밀리듯 나는 공부하고 있다. 결코 자발적이지 않다. 왜 나는 이렇게 평범한 것일까? 왜 나는 항상 부표처럼 밀려가기만 하는 것일까? 때로는 차라리 세상이 단순한 게임에 불과하다면 좋을 거라는 생각이 든다. 짜증나는 것들에게 몇 방 피터지게 갈겨주면 win이든 lose든 그것으로 끝이니까. 이렇게까지 혼자 괴로워하며 썩어 들어갈 필요도 없고.

　문제는 안 풀리고 잡생각은 자꾸 나고, 머리가 조금씩 지끈지끈해져 왔다. 문득 아침밥 대신 먹었던 고구마 피자의 달금한 맛이 혓바닥에 떠올랐다. 점심에는 뭘 먹었더라. 멍해지는 와중에 바로 앞자리의 맹꽁이가 또 한번 머리를 조아리자 잠시나마 제정신이 돌아온 것 같은 느낌이 들었다.

예비 고3들

옥희

아직 고2 겨울방학이라고는 해도 사실 영락없는 고3이다. 대부분 아이들이 작년 기말이 끝났을 때를 기점으로 본격적인 고3 모드로 돌입했기 때문이다. 공식적으로는 아직 고2이기 때문에 실감이 나지 않을 수는 있겠지만, D-300을 깨닫고 애간장이 타들어간다든가 온갖 모의고사며 문제들의 홍수에 정신없이 떠밀려가는 것을 보면 말이 필요 없는 '고삼'이다. 단지 아직은 시간적으로 여유가 있어 보이니까 약간씩 노닥거리기는 한다. 시간이 나면 남자아이들은 피시방을 가고, 여자아이들은 마음 편하게 수다를 떨고. 아니면 늘어지게 잠을 자든가 TV를 보든가, 혹은 먹든가.

3년의 고등학교 생활은 사실상 오로지 수능 하나를 위해서 돌아간다. 수능과 대학이라는 어마어마한 압력 때문에 다들 고3 생활을 '지옥'이라고들 한다. 오죽하면 고3 하면 다들 당장

이라도 세상이 끝날 것처럼 벌벌 떨까. 하지만 그건 솔직히 과
장이다. 지독하게 빡빡할 것 같은 수험생활도 추려보면 별것
없다. 공부, 수업, 선생님, 야자, 쉬는 시간, 친구들, 점심, 간식,
저녁, 낮잠, 화장실 등등. 단지 '공부'와 '성적'으로 인한 압박감
이 지나치게 강렬해 보일 뿐이다.

하지만 '지옥'이라는 비유를 생겨나게 한 엄청난 압박감조차
도, 평소에는 별로 의식되지 않는다. 어쩌다 모의고사를 본 후
나 성적표를 받을 때 잠시 뼈가 시리도록 실감할 뿐, 그조차도
밥 먹고 나면 다 까먹는다. 그래서 고3은 자기들끼리, 고3인데
도 고2나 고1 때랑 다른 게 없다고들 많이 속닥거린다. 그러다
가도 부모님이든 누구든 물으면 압박감으로 당장에 죽어가는
시늉을 한다. 그렇게 보이는 편이 훨씬 대우가 좋으니까. 만약
고3인 누군가가 자신이 엄청난 부담감에 시달리고 있다고 직
접 말한다면 그건 모의고사나 성적표를 본 직후이거나, 충실
한 수험생처럼 보이려고 과하게 생색내는 것이든가, 아니면 정
말로 예민한 성격인 경우다. 대부분은 첫 번째, 두 번째에 속하
지 세 번째 경우는 웬만한 성격이 아니고서야 드물다.

공부하는 데 있어서도 양이 너무 많다며 긴장할 필요는 하
나도 없다. 어느 유명한 강사가 그랬다. 〈수능을 보는 데에 필
요한 이론은 한 달이면 모두 뗄 수 있으며, 이과도 최대 두 달
이면 된다〉. 정말 맞는 말이다. 내가 봐도 이론은 모든 영역을
합쳐도 한두 권 분량 정도다. 그런 걸 보면 수능대비란 것도

사실 별것 없다. 이론을 꼼꼼히 배우고, 그것을 다시 적용해서 문제 푸는 법을 배우고, 시간 안에 주어진 문제들을 정확히 풀어내는 것, 그게 전부다. 기본 개념만 확실하게 잡아놓는다면 상위 20% 안으로 들어가는 것은 쉽다. 하지만 그 다음이 문제다. 〈문제를 잘 푼다〉. 이게 말이 쉽지 막상 해보면 잘 안 된다. 정말 미치겠다 싶을 정도로 안 된다. 이론을 달달 왼다고 해서 문제를 술술 풀 수 있는 것은 아니기 때문이다. 하지만 안 풀린다고 달리 방도가 있는 것도 아니고, 결국은 열심히 공부하는 수밖에 길이 없다. 유명한 말마따나, 공부에는 노력 이외의 왕도는 결코 없는 것 같다.

맹꽁

다른 세 영역은 그럭저럭 자신 있지만 수리영역에서만은 맥을 못 추었던 나는 학원에서 늘 주눅이 들었다. 주변에는 수리영역이라면 내로라할 애들뿐이었는데 나는 4등급 죽순이였으니 말이다. 본의 아니게 잘하는 애로 알려진 탓에 선생님마저도 내 실상을 모르고 1등급 취급하시는 것이 몹시 찔렸다. 그렇다고 솔직하게 저 수리영역 4등급 나와요 하기에는 자존심이 상해서, 가만히 있자니 이번엔 마음대로 질문할 수가 없었다. 이대로는 수능대비도 제대로 하기 어려울 것 같아 아빠께 솔직히 털어놓았더니 흔쾌히 그럼 고3도 되었으니 과외를 하라고 하셨다. 정말 고마워요, 아빠! 이제는 바늘방석에서 벗어

날 수 있겠구나. 괜한 자존심 안 차려도 된다!

무려 학원의 5배에 가까운 돈을 내야 한다는 것은 무척 가슴 아팠지만, 한편으로는 1:1이니만큼 다른 사람을 신경 쓰지 않아도 된다는 점이 다행스러웠다. 선생님도 무척 성실한 분이라 수리영역에 대한 나의 암울한 기분도 점차 희망적으로 부풀어 올랐다. 좋아, 이대로만 가면 2등급까지는 꼭 올릴 수 있을 거야. 앞으로 10개월, 10개월이다. 내신도 2주만 매달리면 점수가 오르는데 10개월쯤이야. 맹꽁, 넌 반드시 해낼 수 있어!

하지만 스스로를 북돋우는 것치곤 나는 그렇게까지 열심히 공부에 매달리지는 않았다. 지난 여름방학 때와 비교해보면 그래도 비교적 하는 편이긴 하지만, 딱히 독서실에 다니는 것도 아니었기 때문에 노는 시간이 많았다. 학원에 가거나 과외를 받거나 어영부영하다가 오후 5시쯤 되어 조금씩 지치기 시작하면, 그때부터는 실컷 빈둥거린다. 이러다가 성적 떨어지는 거 아닌가 싶다가도 아직 예비 고3이니 시간은 충분해, 라는 생각에 나는 다시 소파에 나뒹굴었다. 시간이 흘러 늦은 밤이 되면 그때서야 비로소 시간을 헛되이 보낸 것을 후회하며 '내일은 더 바짝 긴장해야겠다'고 다짐하지만, 다시 아침이 되면 전날처럼 노닥거리기 일쑤다.

그런 식으로 매일매일이 반복되다보니 1월이 다 가도록 나는 숙제 외에는 한 것이 아무것도 없었다. 그나마 내 실력을 유지하고 있는 것은 그 숙제들이 워낙 많은 덕이다. 하지만 자발적으로 한 것은 결국 아무것도 없었으므로 나는 항상 찜찜했다. 3월이 되면 과탐이랑 언어는 혼자 하게 될 텐데 이대로넋 놓고 있어도 될까? 이대로는 안 될 것 같은데. 생각은 그렇게 하면서도 정작 내 몸은 텔레비전 앞에 붙어서 떨어질 줄몰랐다. 사태의 심각성을 어렴풋이 깨달은 엄마가 잔소리를 할라치면 나는 오히려 화를 내며 짜증스럽게 채널을 돌려버렸다.

몽

맹꽁이가 학원을 그만둔 후로 이제는 아는 얼굴이라곤 중학교 동창 놈만 한둘 정도다. 그렇다고 시무룩한 것은 아니지만 좀 심심하긴 하다. 맹꽁이 녀석이 수업시간에 꾸벅거리며조는 걸 보는 것도 제법 웃겼는데. 하지만 더 좋은 점수를 얻기 위해서 과외를 받겠다는데 말릴 사람이 누가 있겠는가. 그저 잘 맞는 좋은 선생님을 만나길 바랄 뿐이다.

나는 원래 네 영역 모두를 과외로 받다시피 했지만, 지금은 과탐과 언어만 그렇고 수리와 외국어는 학원 수업을 듣고 있다. 막무가내로 과외만을 고집해온 아버지를 설득하는 데 무척 애를 먹었다. 내가 공부하는 방식이 지금도 마음에 안 드는데 학원을 다니면 더 망가질 게 뻔하다나. 아버지가 그렇게 생각하시든 말든 내가 생각하기에는 학원으로 바꾼 결과가 참만족스럽다. 특히 과외로 인해 지출되는 돈이 많이 줄어든 덕에 내가 집안 돈만 축낸다는 생각이 많이 사그라졌다. 서울대 출신인 교수 아버지, 역시 명문대 출신 어머니, 그리고 중고등학교 시절 내내 공부의 신으로 이름을 날리다가 현역 수시로 서울대에 갔던 형. 이런 배경에서 그저 평범하기 이를 데 없는 나의 열등감은 뿌리가 깊었기 때문에, 그것을 덜어준다는 사실 하나만으로도 나는 감사했다. 이왕 하는 김에 언어와 과탐도 학원으로 옮겨버릴까? 하지만 아버지의 등쌀은 지금도 어지간히 과민한 고로 그것은 그냥 접어둘 수밖에 없을 것 같다.

나도 나름 공부에 충실하다는 것을 부모님께 보여주려 애쓰긴 했지만, 그건 부모님 눈에 띌 때만의 얘기지 보통 때는 많이 논다. 부모님이 둘 다 바쁘시다 보니 평소에는 집에 혼자 남겨지는 만큼 나는 쉽게 풀어지곤 했다. 학원 숙제를 하고 남은 시간에는 컴퓨터를 한다든지 게임 채널을 보며 지냈다. 독서실도 주말에나 가는 척할 뿐이다. 이러니까 과외를 받든 학원을 가든 성적이 거기서 거긴가 보다.

이 와중에 형이 군대에 가고 없다는 사실이 다행스러울 뿐이다. 툭하면 잘난 척하는 것이 취미인 형은 나를 항상 '식충이'라고 놀려대며 기를 죽이곤 했었는데, 그럴 때면 아무리 형이라도 몇 대 패주고 싶을 만큼 재수가 없었다. 그러나 때로는 재수 없는 형이라도 있는 편이 나았겠다는 생각이 드는 때도 있다. 왜냐하면 그놈의 주둥아리가 나불댈 때마다 나는 속으로 화를 삭이면서 두고 보라고, 언젠가는 내가 네놈 콧잔등을 납작하게 눌러줄 때가 오리라 다짐하며 공부에 매진했던 것이다. 그런 원동력이 집에 없으니 더 해이해지는 듯한 기분이다. 망할 주둥아리 새끼, 왜 꼭 중요한 때는 없어. 딱 나타나서 '공부 안 하냐? 굶어 죽고 싶어?' 하고 비웃어주면 내가 당장 컴퓨터 앞을 박차고 일어날 텐데, 지금 스타만 몇 판째냐고 망할 자식아. 하여간 형 주제에 도움이 안 된다.

옥희

수리는 과외로, 나머지는 학원으로. 많은 사람들이 그렇게들 말하지만 어느 쪽 하나 정말로 효과가 있는 것 같지는 않다. 있는 건가? 왠지 그저 다들 하니까 어쩔 수 없이 나도 한다는 느낌이랄까. 그렇다고 해서 지금 와서 함부로 그만두기도 어렵다. 공부라는 것이 결국은 자기 힘으로 해내야 하는 것인데 나도 그렇지만 왜 그렇게들 과외나 학원에 목을 매는 것인지 모르겠다. 분명 누군가 앞에서 이끌어주는 이가 있다는 것은 큰 힘이 되지만, 그렇다고 해서 성적이 부쩍 오를 만큼 열심히 하는 아이는 별로 없잖아. 대개는 다들 처음에만 성적이 좀 오르고 말지. 이런 내 생각 탓인지 성적이 어떻든 간에 온갖 비싼 과외는 다 달고 산다고 하는 아이를 보면, 혼자 공부 못한다는 게 그게 어디 자랑이니? 아니면 부모님 돈 자랑하려는 거니? 웃는 얼굴 뒤에 그저 한심하다는 생각이 덧붙여질 뿐이다.

어제는 저녁을 먹고 잠시 인터넷을 하며 쉬다 보니 퍼뜩 몽

생각이 났다. 그렇지, 나 남친이 있었구나. 아, 지금은 고3 징크스 때문에 다른 커플들처럼 우리도 잠시 떨어져 있기로 했으니까, 전 남친이라고 하는 게 맞나? 그렇다고 딱히 달라진 건 없는데, 문자도 전처럼 오고. 고3이라는 압력에 눌려서인지 자꾸만 몽조차도 까맣게 잊고 있는 때가 많아졌다. 너무 무관심해진 건가, 1학년 때는 거의 매일같이 통화하고 그랬는데.

옛날이든 지금이든 몽은 여전히 내 이야기라면 잘 들어준다. 조금 무뚝뚝한 듯 다정한 얼굴도 변함이 없다. 여전히 그의 미소는 부드럽고 친근하다. 웃을 때마다 깊이 굴곡이 지는, 그래서 맹꽁이가 조폭 같다고 놀려대는 얼굴도 나는 좋다. 이렇게라도 가끔씩 몽을 떠올릴 때면 나도 모르게 즐거워진다.

잠시 폰을 만지작거리던 나는 몽에게 짤막한 문자를 보내고 책상 한편에 놓아둔 작은 상자를 열었다. 해바라기 빛을 머금은 동그랗고 매끈한 반지 하나가 빼꼼 드러났다. 우리의 커플 링이다. 나비눈처럼 박힌 독특한 색의 작은 돌이 나를 보고 일순 파랗게 빛났다. 그것을 만지작거리다 보니 '문자 왔어요' 경쾌한 소리가 들려온다. 왠지 모를 쑥스러움과 반가운 마음에 나는 소리 없이 웃었다.

2월의 출석일

몽

2월 14일은 학교에 나가는 날이다. 하지만 하는 일이라곤 출석 체크밖에 없는 날이기 때문에 다들 출석일이라고 부른다. 그 외에는 조·종례를 대충 몰아서 하다가 텔레비전에 나오시는 이사장님 얼굴 좀 보고 시간 되면 통학 버스 타고 집으로 돌아간다. 한마디로 왜 나오는 건지 모르겠다. 다들 귀찮아하는데 그냥 출석일까지 겨울방학에 묻어버려도 될 텐데, 그러지 못하고 있는 건 아무래도 출석일수 때문인지도 모르겠다.

그리고 보니 2월 14일은 초콜릿 주고받는 밸런타인데이구나. 근데 남자가 주는 거였나, 여자가 주는 거였나? 3월 14일인 화이트데이와 항상 헷갈린다. 이번엔 여자가 주는 거였던 것 같다. 그럼 난 옥희에게 뭐 안 해줘도 괜찮은 거겠지? 그런데 한창 바쁠 텐데 옥희가 뭔가를 해주려나, 안 해줘도 괜찮은데. 바쁜데도 뭔가 만들어오는 것은 고마우면서도 무척 미안한 일이다.

어른어른 떠오르는 그녀의 모습을 방해할 것처럼 아이들은 갑자기 와글거리기 시작했다. 그렇다, 나는 지금 교실 한가운데 앉아 있다. 주변에는 신발주머니 하나만 덜렁 들고 건들거리는 놈들로 가득했다. 앞쪽에서 요란하게 깔깔대는 여자애들 목소리도 들려온다. 나는 무엇인가에 대해 열정적으로 대화하고 있는 남자놈들 사이에 껴서 아무 생각도 없이 낄낄거리고 있었다. 무슨 말을 하는 건지는 잘 들리지 않지만 옆에서 웃으니까 함께 웃는 거다. 스텟 스킬 뭐 이런 말이 오가는 것으로 보아 무슨 온라인 게임에 관한 이야기들을 하는 것 같다. 이 녀석들은 공부도 안 하나? 하긴 나도 줄창 스타나 해댔으니 뭐. 또다시 파도처럼 웃음들이 몰려왔고 그에 휩쓸려가듯 나도 생각 없이 따라 웃었다.

맹꽁

아 이것들이 뭐가 이렇게 시끄러워. 나는 교실 뒤쪽에 있는 라디에이터에 붙어서 배때기를 데우고 있었다. 2월 중순이라 바깥 날씨는 몸서리가 쳐지도록 추웠다. 등굣길을 걸어 올라오는 사이 빨갛게 얼어붙은 코는 아무리 데워도 색깔이 돌아올 줄 몰랐다. 에씨 이게 뭐야, 루돌프도 아니고.

그래도 몇몇은 책상에 앉아 열심히 무엇인가를 풀고 있는 것을 보니 우리가 예비 고3이 맞긴 한가 보다. 교실이 시끌벅적한 가운데서도 그들만은 요지부동으로 자리를 지키고 앉아 있다. 그 진지함을 보니 지진이 나도 자리에서 안 일어나겠다며 감탄하기를 잠시, 누군가 매점에서 빵과 과자를 사들고 오자 그들마저도 자리를 박차고 나가버렸다. 아아, 역시 밥과 간식이 최강이로구나.

갈퀴손을 하고 간식을 채먹는 아이들을 뚱하니 쳐다보다가 문득 교실 앞쪽에서 기웃거리고 있는 옥희를 발견했다. 또 왔네, 옥희. 인사를 할까 싶었지만 거리가 너무 멀어서 나를 알아챌 것 같지 않다. 그러고 보니 오늘은 밸런타인데이지? 저 꺼벙한 몽 자식 신경 쓰느라고 옥희가 고생이 참 많구나. 나는 옥희를 향해 손을 흔드는 대신 얼마 떨어지지 않은 책상에 걸터앉아 있던 몽을 불렀다. 내 말에 그는 교실 앞을 한번 보더니 몸을 일으켰다. 몇 놈이 연애하러 간다며 쑥덕거리는 것을 뒤로하고 그는 교실 뒷문으로 빠져나갔다. 어깨가 살짝 실룩거리는 뒷모습이 TV '동물의 세계'에서 본 재규어처럼 보였다.

아이고 모르겠다, 오늘 공부는 일단 집에 가서 하고 학교에서는 그냥 쉬어야지. 이런 난장판에 뭘 하겠냐. 밸런타인데이라고 딱히 뭔가를 받을 수 있는 것도 아니고 그냥 집에 가다가 기념으로 화이트 초콜릿이나 하나 사먹어야겠다. 딱 들어맞는 천생연분이란 역시 자기 자신뿐인 거다.

옥희

밸런타인데이에 몽에게 뭘 해주면 좋을까 고민하다가 결국은 간단하게나마 직접 만든 초콜릿으로 정했다. 큼지막한 허쉬 판초콜릿을 사다가 녹이고 땅콩과 아몬드를 섞은 뒤, 작은 알루미늄 틀에 부어 그 위에 M&M초콜릿으로 장식을 했다. 그렇게 나온 다섯 개의 초콜릿을 투명한 포장지에 싸서 리본으로 묶었다. 이것을 모두 마치는 데에 한 시간 반 정도 걸렸을까, 그런데도 엄마는 계속 부엌을 들락거리며 짜증을 냈다. 아침에 아빠와 그렇게 소리소리 질러대며 싸운 여파가 지금 내게 밀려오는 거다. 게다가 나와 몽 사이를 알 리가 없으니, 뜬금없이 초콜릿을 만든다는 사실이 의심스러웠나 보다.

"너 지금까지 한번도 그런 거 안 만들었잖아?"

하지만 엄마 말과는 달리 나는 고1 때부터 쭉 초콜릿을 만들어왔다. 막 학교에 입학했을 때에는 신입생 MT에서 친해진 아이들에게 주고 싶어 만들었고, 작년에는 물론 몽에게. 매번 내 앞에서 뻔히 잔소리 해왔으면서 기억을 못하다니.

하긴 늘 자기 잘난 멋에 사는 우리 엄마가 그런 걸 기억할 리가 없지. 나는 별다른 대꾸 없이 초콜릿을 냉장고에 넣으며 "하나 드려요?" 하고 물었지만 그녀는 여전히 못마땅한 얼굴로 커피를 홀짝일 뿐 아무 말도 하지 않았다. 나는 그곳을 빠져나와 내 방으로 올라간 뒤 의자에 앉아 허리를 쭉 당겼다. 아아, 내일은 드디어 학교에 가는구나. 잠시 수리 오답이나 다시 좀 볼까 했지만 별로 의욕도 당기지 않고 해서 나는 바로 잠자리에 들었다.

원래 학교에 가자마자 바로 전해주려고 했지만 생각대로 되지는 않았다. 버스가 예상보다 늦게 도착한데다가 교실에 들어서자마자 담탱이가 조례를 하러 왔기 때문이다. 2교시가 끝나고 나서야 간신히 틈을 발견한 나는 얼른 몽이 있는 4반으로 달려가 앞문을 기웃거렸다. 그러나 워낙 앞쪽이 붐벼서 나는 몽을 발견할 수가 없었다. 저기 돌아앉아 있는 남자애들 사이에 껴 있나 싶어 목을 길게 빼고 살피는데 누군가 뒤에서 등을 톡톡 두들겼다.

"희야?" 몽이었다.

갑작스러워서 할 말이 생각이 안 나는 통에 나는 잠시 어물거리다가 다짜고짜 그에게 선물을 건네주었다. 몽은 리본을 동여맨 부분을 붙잡고 초콜릿을 들여다보더니 웃었다.

"예쁘다. 또 만든 거야?"

내가 그렇다고 대답하자 그는 "M&M이네." 하고 기쁜 듯이 중얼거리더니 고맙다고 말했다.

"여긴 시끄러우니까 중앙계단 쪽으로 가자."

나는 고개를 끄덕이고는 돌아서는 몽의 뒤를 줄줄 따라갔다. 어느 사이에 나의 오른손과 그의 왼손은 맞잡혀 있었다. 항상 손잡는 일에 관해서는 이런 식이다. 전혀 모르는 사이에 우리는 서로의 손을 마주 잡고 흔들고 있다. 마치 여자아이들이 어느 사이에 팔짱을 줄줄이 끼고 있는 것처럼.

중앙계단 양쪽에 달린 흰 철문은 항상 닫혀 있었기 때문에 교실 옆보다 훨씬 조용했다. 여자아이들 몇 명이 창가에 모여서 조용히 수군거리고 있었다. 우리는 그들과 약간 멀찍이 서서 창밖을 바라보았다. 얼마 전에 내린 눈이 채 녹지 않고 운동장 위를 덮고 있었다. 아직 어지럽힌 자국은 얼마 없어서인지 운동장은 지운 흔적이 남은 A4 용지처럼 보였다. 옆에서 간결하게 깔깔 웃는 소리가 들려왔다. 몽은 아랑곳 않고 운동장을 보더니 나에게 어느 지점을 가리켰다. 희끄무레한 창에 남은 동그란 손가락 자국이 마치 강낭콩 같아 보였다. 그 사이로 우리 학교와 운동장을 같이 쓰는 여고 여자애 둘이 나무를 신나게 흔들어대고 있었다. 뭘 하는 걸까? 그러다 눈 떨어지면 어쩌려고, 하는데 타이밍 좋게 갑자기 눈이 우르르 그녀들 위로 무너져 내렸다. "어어. 떨어졌다." 옆에서 몽이 나지막이 소리쳤고 나는 킥킥거렸지만 순간적으로 섬뜩해졌다. '떨어졌다.' 몽도 마찬가지였는지 멋쩍게 턱을 긁적였다. 서로 눈길이 마주친 우리는 애써 무마하듯 소리내어 웃었다. 괜찮아, 우린 그 정도로 무너지지 않아.

몽은 아까 건네준 꾸러미를 만지작거리더니 먹어도 돼? 하고 물었다. 응 하고 대답하자 그는 포장 안에서 주홍색과 붉은색 M&M이 박힌 초콜릿을 꺼냈다. 그는 그것을 반으로 쪼개려고 했지만 단단히 굳은 초콜릿은 아무리 힘을 주어도 부서지지 않았다. 몽은 멋쩍은 얼굴을 하더니 다시 포장을 들추었다. "이쁜 거." 그는 중얼거렸다. "희야는 이쁜 거 줘야지." 동글동글

한 초콜릿에 어울리지 않게 진지한 그의 모습에 나는 그만 픽 웃고 말았다. 옛날이나 지금이나, 그는 변함없이 진지하게 우스운 구석이 있었다. 그 모습이 나는 옛날이나 지금이나 무척 좋았다.

우리 학교는

우리 학교는 사실 인문고가 아니라 특수목적고로, 그중에서도 외국어고등학교다. 흔히들 외국어고 하면 공부를 무지무지 잘하는 애들이 가는 곳이라고 생각하겠지만 우리 학교를 보면 꼭 그렇지만은 않다. 수도권 변두리에 있어서 그런지 날고 긴다는 서울 내 외고들과 비교해서는 대학 진학률 같은 것도 다소 떨어지는 편이다. 그래도 일반고보다야 훨씬 공부를 충실히 잘들 한다.

외고라곤 해도 실제로 학교 안은 평범했던 중학교 때와 별다를 바 없다. 1, 2학년들은 경마장 말처럼 복도를 마구 뛰어대고, 전 학년 구분 없이 밥이라면 미친 듯이 달려든다. 심지어 옷을 쏙 줄여 입거나 담배를 피우는 아이들도 간혹 있고 그렇다. 그래도 아이들은 다들 명랑하고 착하고, 참 성격들이 좋다. 선생님들도 아주 열심히 가르쳐주신다.

맹꽁이는 네 눈에 뭐가 나빠 보이겠냐고 하지만, 정말 난 진심으로 이 학교 학생인 것이 기쁘다. 든든한 친구도, 또 멋진 남자친구도 이곳에서 만났으니 학교에 애정이 깊은 편이다. 또 다시 고등학교 생활을 반복하게 된다면 또 우리 학교로 오고 싶어! 아, 그치만 수험생활이나 내신대비는 좀 사양하고 싶네.

맹꽁

우리 학교는 각 학년마다 영어과, 일어과, 중어과, 불어과 이렇게 넷, 각각 2반씩 총 8반이 있다. 계열로 따지면 대개 평균적으로 문과와 이과의 인원이 1:1을 이루고 있지만, 이번 우리 일어과처럼 이과 인원이 한참 모자라는 바람에 문과 반만 미어터져버리는 상황도 간혹 있다. 뭐 이과인 나야 반이 널찍해져서 참 좋지만. 여태껏 학교생활 중에서 반 정원이 30명대였던 적은 한번도 없었으니까.

여기서 문과인 외국어고에 무슨 이과가 있느냐, 거짓말하지 마라! 하는 사람도 가끔 있는데, 지금 우리들은 외고에서도 이과를 선택하는 것이 가능하다. 외고이기 때문에 이과생이라 해도 제2, 제3 외국어 수업은 모두 들어야 하니 귀찮은 점은 있지만, 그래도 모두 여유롭게 이수할 만하다.

좀 웃기는 이야기이지만, 각 과마다 형성되어 있는 독특한 분위기가 있다. 영어과는 영어를 쓰는 문화권처럼 자유분방한 분위기가 있고, 마찬가지로 일어과는 일본 같은, 중어과는 중국 같은, 불어과는 프랑스 같은 그런 분위기이다. 그런 걸 보면 한 나라를 표방하는 가장 중요한 지표는 언어라는 사실이 피부로 와 닿을 정도다. 모두 같은 한국인임에도 배우는 제2외국어가 다른 집단이라는 것만으로 개성적인 분위기가 형성되니까.

그래서인지 같은 과 내부에서는 결속력과 친화력이 대단하지만, 다른 과에 대해서는 그만큼 또 적대적인 태도를 취할 때가 많다. 예를 들어 일반적인 일어과의 입장에서는, 영어과는 재수 더럽게 없고 완전 시끄러운데다가 여자 남자 할 것 없이 징그러울 정도로 색을 밝히는 놈들이다. 중국어과는 예의가 없어서 남의 가방 짓밟기를 쉬이 하는데다 정말 무슨 일이든 날로 먹으려 드는 놈들이다. '영어과는 그래도 때를 가려서 떠들 줄 알지, 중어과는 가리지 않고 아무 때나 큰 소리로 와글와글 떠들어대는 정말 짜증나는 놈들이야' 뭐 이런 식이다. 이상하게도 불어과는 다른 과에 비해 존재감이 없는데 아마도 일어과와는 두 반 건너 떨어져 있기 때문이 아닐까. 하지만 종종 볼 때마다 굉장히 깨끗하고 신중한 아이들인 것 같다. 그쪽 아이들은 상대적으로 밥 먹기 위해서 마구 달려 내려가는 아이들이 적으니까. 하지만 은근히 또 일을 치면 대박으로 치는 곳인지라 방심할 수 없는 이미지를 갖고 있기도 하다. 작년 만우절엔 바로 옆 여고와 통째로 반을 바꿔 앉아 있다가 화가 난 선생님이 반 전원을 지각처리 시켜버렸다나.

일어과는 다른 과 아이들에게 어떤 평가를 받고 있을지. 아무래도 한국인이 일본에 갖고 있는 '쪽발이' 편견과 흡사하지 않을까 싶다. 과마다 서로 배타적인 성향이 있는 만큼 좋은 평가를 받길 바라는 건 좀 힘들까나. 과는 어찌 되었든 우리는 모두 같은 연배이고 같은 학교 학생이고 같은 길을 고생고생 열심히 나아가고 있으니 서로 좋은 감정을 가지면 좋을 텐데.

몽

우리 학교는 영어과, 일어과, 중어과, 불어과로 나뉘어 있다. 같은 과끼리는 잘 뭉치고 잘 놀지만 다른 과에 대해서는 친한 친구들이 있다고 해도 금방 색안경을 끼고 바라보게 된다. 운동회를 하면 과끼리 몸싸움이 일어나는 경우도 흔할 정도다. 그렇다 하더라도 남자들은 서로 툭툭거리다가 은근슬쩍 넘어가는 경우가 많은데, 여자애들의 신경전은 정말 무시무시하다. 한번은 중어과와 일어과 여자아이들이 피구 붙는 것을 구경한 적이 있었는데, 차라리 고개를 돌리고 있는 게 낫다 싶을 정도로 무서웠던 기억이 난다.

다른 과에 대한 경쟁심 외에 더 큰 적대감이 있다면, 그것은 영어과에 대한 감정이다. 학교에 입학할 때에는 자신이 들어가고 싶은 과를 적어 성적순으로 들어가게 되는데, 단연코 영어과가 가장 인기가 많다. 그러니 당연히 영어과 아이들은 다른 과보다 공부를 월등히 잘하는 아이들로 구성된다. 더군다나 일어과, 중어과, 불어과는 자주 '비영어과'로 통째로 묶여버리곤 하는데, 다른 과들이 보기엔 자기들이 영어과보다 공부를 못하기 때문에 차별한다고 여기는 것 같다. 사실 나는 그게 성적보다는 영어과와 비영어과의 커리큘럼이 다른 탓이라고 생각하지만, 한번 부정적인 감정에 휘말린 편견이란 웬만해서 고개를 숙이지 않는 법이다.

그렇기 때문에 우리 일어과에서는 3년 내내 '영어과' 얘기만 나오면 잘 모르면서도 괜히 이맛살부터 찌푸리는 아이들이 많다. 그 마음들은 잘 알겠지만, 솔직히 보기 좋지 않다. 차라리 입학할 때 과 순서를 영, 일, 중, 불 순서로 정해두지 말고 영어과를 일부러 맨 뒤로 보낸다든지, 매년 과를 뒤섞는다든지 하면 부정적인 편견을 없애기에 좋을 것 같은데. 어차피 3년을 함께 같은 학교에서 보내게 될 것이라면 서로 불편한 감정만 품기보다는 조금이라도 잘 지내보는 게 득이 아닐까.

2월의 마무리

맹꽁

출석일을 넘기고 나자 갑자기 마음이 급해지기 시작했다. 폰으로 D-day를 체크해보니 D-250일도 이제 얼마 남지 않았다. 헌데 난 지금까지 대체 뭘 했지? 열심히 했다고는 해도 덜렁 학원 숙제한 게 전부다. 언어, 외국어, 과탐은 전보다 조금 더 한 정도로 설렁설렁, 그나마 짜디짠 수리영역 점수 때문에 애가 좀 탔을 뿐이다. 이대로는 안 될 것 같은데. 하지만 뭘 어떻게 해야 할지 감이 도저히 잡히지 않았다.

고2 때까지 모의고사는 그냥 간식 집어먹듯 보는 게 다였는데, 이제부터는 내신도 모의고사도 동시에 잡아야 하는 거니까. 하지만 대체 어떻게 공부해야 하는 거지? 시험기간에는 내신만으로도 충분히 빽빽할 텐데 그 사이 수능대비는 어떻게 하고? 애초에 내가 공부하는 방식이 맞기나 한 건가?

생각난 김에 급하게 모의고사를 쳐보았다. 모의고사 원점수를 계산하는 거야 아주 쉽다. 언어영역, 수리영역, 외국어영역이 각 100점 만점이고, 탐구영역의 경우 네 과목이 각 50점씩 200점 만점이다. 그렇게 계산하면 총 500점 만점(*2009년 기준)에 언수외과 순서대로 95점/100점 + 59점/100점 + 98점/100점 + 176점/200점 = 428점/500점, 500점 만점에 428점인가. 생각보다 그렇게 나쁘지는 않았다. 2월에 이 점수면 수능 때면 내가 원하는 연세대 낮은 학과를 노려볼 수 있겠지? 하지만 역시 수리가 걸린다. 세상에 59점이라니. 60점에라도 걸치면 좋았을 텐데. 59, 59, 59점! 한동안 과외를 하면서 부푼 희망이 바늘로 푹 찌르기라도 한 것처럼 오그라들었다.

아니야, 그래도 희망을 가지자. 아직 250일이나 남았잖아. 250일이면 역사가 충분히 바뀌고도 남을 시간이다. 열심히, 열심히만 하면 어떻게든 점수 오르겠지. 그러니 여기서 마음 곯는 것은 그만두자. 수능을 보기도 한참 전부터 괜히 끙끙거릴 필요는 없겠지.

옥희

오늘도 나는 서점에 들러서 책을 샀다. '고3 공부 비법'에 관한 책을 말이다. 예전에 문제집 코너 바로 옆에 자리잡고 있는 비법 코너를 처음 보았을 때는 코웃음 쳤었다. 아니, 얼마나 공부가 안 되면 저런 책까지 볼까? 본다고 뭐가 되는 것도 아닐 텐데. 그랬던 내가 훗날 직접 이 앞까지 찾아와 초조한 마음으로 이것저것 뽑아보게 될 줄이야. 이번 달에만도 나는 세 권의 공부 비법서를 사버리고 말았다.

이래서 다들 이런 책을 찾게 되는 거구나.

하지만 그것을 밤마다 열심히 뒤져가며 읽었는데도 나는 내 불안을 해결해줄 그 어떠한 것도 찾지 못했다. 결국 말하는 내용조차도 똑같았기 때문에 사실 몇 권씩이나 산 것도 다 부질없었다. 쓸데없이 책장을 차지하는 공간만 늘었을 뿐이다.

이런 식으로 공부를 해가도 되는 건가? 라는 나의 질문에 책들은 이렇게 답했다. 〈자기만의 공부 방식을 찾아야 한다〉. 그 자기만의 공부 방식이라는 게 대체 뭐길래, 예를 들어주어야 내가 이해할 것 아니니. 한 권에 수십 명씩 들어 있는 '나 공부 잘했어요'님들은 똑같은 이야기만 반복했다. 시간 분배 잘할 것, 오답노트 만들 것, 스케줄 북을 활용할 것 등등. 그래, 그건 나도 잘 알고 있다구요. 하지만 내가 알고 싶은 건 그런 당연한 게 아니라, 뭐라고 해야 하나, 여하튼 어떻게 공부를 했느냐 이거예요! 〈어떻게 공부하셨어요?〉 그런 뻔한 질문인데 당연히 대답마저도 뻔할 수밖에. 그러니 대답을 찾지 못하는 것은 구태의연한 책 탓이라기보다는 결국은 내 탓인 거다.

명확히 뭔지도 모르는 것을 애초에 찾지도 못할 것이라면 그냥 닥치고 공부에 집중하는 것이 나은지도 모른다. 좋아, 오늘부터는 아무 생각 말고 그냥 '닥치고 공부하자'. 닥공이다 닥공.

몽

  얼마 전 같은 동아리 선배를 버스 안에서 마주친 일이 있었다. 이렇게 저렇게 말을 나누다 보니 자연스럽게 고3에 관한 이야기로 흘러갔는데, 때마침 나는 궁금한 것이 있어 선배에게 물어보았다. "선배, 그런데 고3 때 공부는 어떻게 해야 돼요?" 그러자 선배는 짤막하게 대답했다.

  "열심히."

  어찌 들으면 기가 막히도록 뻔한 대답이겠지만, 내가 생각해보아도 선배의 입장에서 해줄 수 있는 최상의 대답은 저것뿐이었을 거다. 적어도 '잘'보다는 길지 않은가. 지금은 누구나 혼란스러울 뿐이겠지만 앞으로 고3 생활에 익숙해져 가면서 점차 자리를 잡아가겠지. 처음 뭔가 하기 시작할 때에는 그저 혼란스럽다가도 연습하면서 점차 각자의 방식으로 익숙해지는 것처럼, 고3이란 생활도 그럴 것이다. 그러니 괜히 마음 조급해하지 말고 끊임없이 차분히 내 할 일에 집중하도록 하자. 그것이야말로 지금의 내가 할 수 있는 최선의 길이다.

3월의 시작

옥희

    3월이 시작되었고 우리들은 공식적으로 인증된 고3이 되었다. 하지만 그렇다고 해서 달라질 것은 아무것도 없었다. 앞서 말했다시피 이미 작년 11월 말부터 고3 모드를 유지해왔으니까. 굳이 방학 때와 다른 점이 있다면 한 달에 두 번씩 모의고사를 치르게 된다든지 갑작스레 진지해진 아이들의 태도를 섬뜩하도록 직접 느끼게 된다든지 하는 정도일까. 그렇다 하더라도 내신시험 기간 때도 떠들던 애들까지 죄다 책을 붙잡고 앉아 있으니 그 분위기가 도통 적응이 되지 않는다. 출석일 때만 하더라도 시끌시끌하던 복도는 그림자 하나 없이 황량했다. 이게 과연 우리 학교가 맞나 싶어 나는 주변을 한번 돌아보아야 했다. 막 등교한 아이들도 나와 마찬가지로 당황해서 두리번거리다가 기죽은 얼굴로 살며시 교실 안에 기어들어갔다.

    작년에는 반 인원이 44명이었는데 올해는 갑자기 51명으로 불어났다. 작년에는 계열 구분 없이 적당히 섞어 한 반에 45명씩 배정했지만, 올해는 문·이과를 명확히 구분해서 반을 갈라 놓은 탓이다. 덕분에 문과 교실은 아이들과 책걸상들로 시장 바닥 같았다. 책상 옆에 불룩한 가방까지 걸어놓으니 돌아다닐 공간도 없었다.

반면 44명에서 35명으로 대폭 줄어든 이과 반은 남아나는 게 공간이라 일부러 책상을 모의고사 배열로 널찍널찍하게 배치했단다. 그걸 본 문과들은 이과들이 부럽다고 하는 한편, 과연 얼마나 학업 분위기가 좋을지 수군거렸다. 이름 날리는 사고뭉치들은 죄다 이과였기 때문이다. 미꾸라지 한 마리가 물 흐린다는 말처럼 사고뭉치가 반에 셋만 있어도 교실 분위기는 금세 엉망이 되어버린다. 그 점에서 우리 문과는 운이 좋았다.

쥐 죽은 듯이 시간이 흐르고 어느새 점심시간이 되었다. 나는 종이 울리자마자 몽을 보러 갔지만 그는 여느 남자아이들처럼 학생식당으로 바람같이 달려 내려가고 없었다. 남자애들은 밥이라면 정말 사족을 못 쓴다. 교실을 들여다보니 앞쪽에 맹꽁이가 귀를 살짝 막은 자세로 문제집을 보고 있는 것이 눈에 띄었다. 키가 작은 탓인지 그녀는 맨 앞자리에 앉아 있었다. 초코송이 같은 단발머리가 유난히 눈에 띄었다. 교실에 남아 있는 것은 모두 여자아이들이었기 때문에 나는 잠시 앞문을 기웃거리다가 용기를 내어 교실 안으로 들어갔다(남자아이들은 자기네 교실에 다른 반 애가 들어오면 야유를 한다). 맹꽁이는 곧바로 인기척을 느꼈는지 고개를 들었다.

"맹꽁! 밥 안 먹어?"

"아, 좀 있다가 가려고. 지금 가면 한참 줄서야 될 것 같아서."

"오오, 웬일이래. 그럼 우리랑 먹을래?"

"아냐, 나 같이 먹을 사람 있어."

"아하, 곰순이네랑?"

맹꽁이는 애매모호한 얼굴로 손을 내저었다.

"아니, 걔네들이랑은 저녁 때. 점심은 겸둥이랑."

"진짜? ……수고하는구나."

맹꽁인 대답 대신 씩 웃고 말았다.

밖에서 밥 친구들이 부르기에 나는 그녀에게 인사를 하고 몸을 돌렸다. 나오는 도중 나는 얼핏 구석진 자리에 앉아 있는 겸둥이의 거무튀튀한 얼굴을 보았는데, 그녀는 약간 불안한 듯이 나와 맹꽁이를 바라보고 있었다.

겸둥이는 한마디로 '따'였다. 나는 제법 상급에 속한다는 이 학교에 오면 적어도 따돌림은 없으려니 생각했었는데 실제로는 그렇지 않았다. 오히려 잔혹하다면 더 잔혹하달까. 중학교 때는 12반으로 매년 나뉘므로 웬만한 따돌림도 길어야 1년이었지만, 고등학교 때는 외고 특성상 3년 내내 일어과 두 반 안에서만 반을 분배하다 보니 따돌림도 3년 내내 계속됐던 것이다. 신체적인 괴롭힘은 전혀 없어서 그나마 다행이지만, 단순히 전부터 따돌림 받던 아이라고 해서 아이들이 이유 없이 슬슬 피하는 행태를 보면 거의 고문이었다. 전체 정원이 적은 탓에 따 당한다는 이야기가 순식간에 전교로 퍼져나간 후에는 '전따'가 되기까지 했다. 그런 사이에 붙여진 '겸둥이'라는 별명도 정말로 귀여워서라기보다는 '귀엽다?'라는 은근히 비꼬는 의미였으며, 한편으로는 피부가 거무튀튀한 것이 원주민 비슷하다고 해서 '검둥이'라는 뜻도 들어 있는 듯했다.

나는 1학년 때 겸둥이와 같은 반이었다. 처음에는 함께 어울려 다니는 아이들도 있고 하더니 어쩌다가 그렇게 되었는지 모르겠다. 따돌림의 시작이 대개 그렇듯, 친하게 지내던 애들 중 하나가 주동하여 따돌리기 시작하면서 그렇게 된 것이리라. 한때 사이가 좋았던 아이들이 겸둥이를 피해 다니기 시작하자 다른 아이들도 따라 피하기 시작했고, 나조차도 그 애에 관해서는 아무런 이유도 없이 불편한 감정을 가지게 되었다. 심한 아이들은 벌레를 보는 것마냥 닿는 것조차 징그럽다며 몸서리를 쳤다.

그 가운데서도 겸둥이를 데리고 다니며 꿋꿋이 함께 밥을 먹고 웃으며 대화를 나누는 사람은 오직 맹꽁이뿐이었다. 나 같으면 남 시선 생각하느라 절대로 못했을 일이다. 때로는 무섭기까지 한 그녀의 태연자약함에 겸둥이의 온갖 흉은 다 보던 아이들도 맹꽁이 앞에서는 옴짝달싹 못했다. 그런 당당한 맹꽁이가 나는 부러우면서 존경스럽기까지 했다.

몽

한 손에 숟가락, 젓가락 몽땅 쥐고 열심히 밥을 퍼먹고 있는데 옥희가 여자애들과 식당으로 들어서는 것이 보였다. 혹시라도 눈이 마주칠까 싶어 그녀가 있는 쪽을 흘끔거렸지만 그녀 역시 식판을 쳐다보느라 여념이 없다. 하긴 온통 구겨진 동복과 뻗친 뒤통수로 식판에 코 박고 있는 놈들 쪽에 눈길 주기는 좀 뭣하겠지. 본다고 하더라도 내가 여기 있는 것을 알아채기 힘들 거다. 더군다나 오늘은 옥희가 유난히도 좋아하는 닭요리다. 닭을 앞에 둔 순간만큼은 옥희도 그 누구 생각도 안 나겠지? 잠시 딴생각을 하는 사이 말대가리가 내 남은 닭구이를 날쌔게 채가기에, 정신없이 젓가락을 휘둘러 뺏긴 닭을 탈환하고 보니 옥희는 온데간데없었다.

순식간에 식판이 비고 아직 덜 먹은 놈들을 기다리는 사이에 이번엔 맹꽁이가 나타났다. 그녀는 겨우내 더 검어진 껌둥이와 나란히 서 있었는데, 아마도 껌둥이가 웃으며 이야기를 나눌 수 있는 거의 유일한 상대가 아닐까 싶다. 여자애들 간의 일은 별달리 상관할 바가 아니지만 껌둥이가 3년 내내 따돌림 받고 있다는 것은 유명한 얘기다. 불쌍하긴 하지만 여자애들 일에 남자들이 참견할 바는 아니다. 옆에서 목구멍에 국물을 들이붓고 있던 말대가리가 그녀들을 흘긋 보더니 말했다. "쟤네들 또 같이 먹네." 그리곤 그는 국그릇에 도로 코를 박았다.

　나는 대꾸하는 대신 국물을 빨아들이느라 천천히 올라가고 있는 말대가리의 국그릇을 툭 밀쳤고, 덕분에 놈은 사레들린 데다 고춧가루까지 잘못 걸려서 눈물 콧물을 실컷 뽑아야만 했다.

맹꽁

　하찮고 별 볼일 없는 것들이 꼭 따 같은 것을 만든다. 그 탓에 나처럼 본의 아니게 성격 좋게 받아들여지는 타입은 그 뒤치다꺼리를 맡아야 한다. 그것이 싫다거나 한 것은 아니고, 오히려 치사한 인간관계의 흐름에 거스를 수 있는 것이라면 기꺼이 환영하는 바이다. 하지만 처음부터 따돌리지 말고 서로서로 이해해가면서 사이좋게 지내면 되는 것 아닌가. 실제로 친해져보면 정말 정상적인 아이들인데 왜 그렇게까지 외계인 취급 당해야 하는 건지 이유를 모르겠다. 정작 정말 성격 이상한쪽은 따를 주동하는 쪽 아닌가? 얼마나 속이 꼬였으면 사람을 외톨이로 만들어 괴롭힐 생각이나 하냐고, 이 쓰레기 같은 것들아. 그런데 이상하게도 그런 아이들은 따 당하는 일이 없다. 어쩌면 남을 멋대로 휘두를 수 있을 만큼 머리 회전이 좋은 덕인지도 모른다. 하지만 아무리 천재라 하더라도 네놈들 속이 배배 꼬인 것을 다른 사람에게 화살 돌리지 말라고. 그런 놈들을 보면 아무리 친한 사이라도 가끔은 침을 뱉어주고 싶을 때가 있다.

2교시가 끝난 직후, 나는 함께 밥을 먹기로 한 아이들에게 겸둥이도 끼워주자고 말했다. 몇몇 아이들은 먹든 말든 상관없다는 얼굴을 하고 서 있는 가운데 노골적으로 겸둥이를 미워하는 아이가 인상을 쓰고 도리질했다. 곧 서로 껍질뿐인 말이 오갔다. 미안, 아냐 내가 미안하지 등등.

미친, 아직도 새파란 주제에 벌써부터 인간을 멋대로 좋다 싫다 재는 거냐? 본인은 훨씬 더 형편없는 인간이라는 건 알아야지. 너네, 자기는 상관없다는 듯이 팔짱만 끼고 있는 네년들도 마찬가지야. 정말 역겹다.

나는 겸둥이와 가능한 멀찍이 떨어져서 이야기하긴 했지만 그래도 다 들렸던 모양인지, 점심시간이 되어 나와 걷게 되자 그녀는 미안하다는 말부터 건넸다. 나는 고개를 가로젓곤 그녀의 교복에 붙은 머리카락을 떼어주었다.

늦게 내려간 식당은 무척 한산했다. 1, 2학년은 구관(舊館)에서 먹고 3학년은 신관(新館)에서 먹도록 되어 있기는 하지만, 그래도 밥 종만 울리면 거의 200명에 가까운 고3 사내놈들이 미친 듯이 뛰기 때문에 일찍 밥 먹기는 참 어렵다. 그래도 나는 진지한 열공 분위기를 보고 밥시간을 쪼개서 공부하고자 하는 놈들이 있겠거니 생각했었는데, 본능적인 욕구는 역시 수능 앞에서도 참을 수 없을 정도로 강렬한가 보다.

나는 겸둥이와 이런저런 이야기를 나누며 급식을 받고 자리를 잡았다. 식판 위에는 따끈따끈한 흰 밥과 시금치 된장국, 세 가지 반찬에 디저트로 과일젤리가 나왔다. 중학교 시절에는 외부 업체에서 급식을 조달해 먹었는데 보통은 밥조차도 밥 같지 않았던 기억이 난다. 국물에서 탄 맛이 나는 것은 애교였고 바로 옆 친구의 부침개에서 커다란 지네가 나온 일도 있었다. 그에 비하면 고등학교 급식은 정말 호화롭다. 하루에 한 번은 꼭 나오는 고기반찬도 커다란 국자로 한가득 퍼준다. 그런데도 우리 학교 급식은 맛이 없다는 둥 투덜거리는 놈들이 꼭 있다. 요리라면 라면밖에 못 끓이는 하찮은 놈들이 꼭 까다로운 척 주둥이만 나불대지.

속으로 끊임없이 남을 까고 있는 내 앞에서 겸둥이는 숟가락질을 하며 물었다.

"공부는 잘 돼가?"

"수리가 아주 박 터져서 문제야." 나는 잡생각을 접고 기운 없이 웃었다.

"아— 수리. 나도 수리는 도대체 어떻게 해야 할지 모르겠어."

"수학 잘하는 애들은 어떻게 그렇게 점수가 나오지? 몇 번 물어봤는데 그냥 하다 보면 답이 나온대."

겸둥이는 내 말에 숟가락을 문 채로 펄쩍 뛰었다.

"뭐야, 그게! 나는 아무리 해도 안 되던데."

"확실히, 수학 잘하는 애들 시험지를 보면 정말 깨—끗—해. 거짓말 안 하고 새거 같다니까. 근데 자세히 보면 샤프로 요만큼 정도로 식이 씌어 있긴 해."

나는 젓가락을 든 손으로 길이를 재어 보였다. 여기서 요만큼이란 새끼손가락 반 토막 정도로, 보통 수학이라면 골병 날 사람들에게는 정말 말도 안 되는 길이다. 그래도 정말 수리를 잘하는 녀석들은 실제로 그런 걸 어찌하랴. 그나마 그렇게 깔짝거린 풀이는 애교고, 아예 아무것도 없이 정답만 체크되어 있는 경우도 있어 '이 자식은 인간 꼴을 한 신이다.'라는 생각이 절로 들게 만든다.

나의 경우 수리 시험지에서 깨끗한 부분은 당연히 못 풀고 찍은 거다. 물론 안쓰러울 정도로 온통 시커멓게 되어 있는데 찍은 것도 있다. 그나마 애처롭게 발악하며 푼 것도 제대로 맞는 일이 없다. 그렇기 때문에 수리영역 시험지를 들여다볼 때면 항상 4개의 오답과 1개의 정답, 80%의 실패확률과 20%의 성공확률을 두고 도박을 하는 기분이 든다. 차라리 도박을 해도 이렇게까지 형편없진 않을걸.

"수리영역 풀 때 제일 슬픈 거."

겸둥이는 나와 더불어 울상을 지었다.

"객관식 열심히 풀었는데 보기에 없어."

"아 진짜…… 너무 슬프다."

"죽어라 10분 동안 풀었는데 결국은 찍어야 돼."

"아 그만해. 눈물 난다."

우리는 그러면서 실컷 킬킬거리고 웃었다.

옥희

　나는 누군가와 심리적으로 부대껴본 일이 없어서 맹꽁이의 마음은 잘 모르겠다. 이해는 할 수 있지만 과연 나도 친구의 안하무인적인 행동에 맹꽁이처럼 화가 치밀 때가 있을까? 조금이라도 성가셔 보이는 일에는 한걸음 물러나 지켜보는 나로서는 그럴 일이 앞으로도 없지 않을까. 물론 그 편이 훨씬 마음 편하고 좋다. 지금도 앞으로도 나는 어떠한 껄끄러운 인간관계에서도 휘말리지 않도록 뒷짐만 지고 있을 것 같다.
　대부분 아이들이 나와 같은 방관적 태도를 가지고 있다는 사실이 날 안심시켜주지만, 때로는 내가 그 누구와도 상관없는 것처럼 느껴질 때는 무섭기까지 하다. 몽이나 맹꽁이에게조차 나는 그저 사각지대에 지나지 않는 건 아닐까. 그럴 때면 괜한 생각이라며 덮어버리긴 하지만 기분은 쉬이 나아지지 않는다.

몽

　고3 첫 야자가 끝나가고 있었다. 교실 벽에 걸린 시계를 보니 10시에 간당간당했다. 온유한 성격의 새로운 담탱이는 굳이 야자를 강요하지 않겠다고 했기에 야자 때 교실에는 채 열 명도 남지 않았다. 나는 야자만큼은 철저해야 한다는 학교 규정이 있는 줄 알았는데 꼭 그렇진 않나 보다. 2년 내내 콩나물시루 같은 야자 풍경을 보다가 갑자기 이렇게 교실이 텅 빈 것을 보니 적응이 되질 않았다. 아니다, 정신 차리자. 하나라도 더 외우고 풀어 내 것으로 만들자. 1분이라도 남은 시간이나마 틀린 문제를 다시 확인하려고 나는 열심히 문제집을 뒤적였다. 야간 자율학습 시간이 좋은 점은 온갖 잡념과 우울함을 집어 치우고 공부에만 전념할 수 있다는 것이다.

정확히 10시 종이 울린 후에도 아이들은 미동도 하지 않았다. 예전 같았으면 야자 끝나기 십 분 전부터 들썩들썩하며 가방을 챙겨들곤 밖으로 튕겨나갈 준비를 하고 있었을 텐데. 그런 분위기에 나는 혼자 가방을 챙기기가 민망해서 문제집을 들여다보는 척했지만 아무것도 들어오지 않았다. 버스 자리 맡아야 되는데, 그렇다고 나 혼자 앞장서서 교실 밖을 나서기는 싫고. 야자가 끝나길 기다렸다는 듯 보일 거 아냐. 책을 챙겨 넣어야 할지 말아야 할지조차 한참 고민하고 있는데, 누군가 의자를 살짝 잡아끄는 소리와 함께 터벅터벅 걸어 나가는 발소리가 들렸다. 고개를 들어보니 맹꽁이가 가방을 메고 검정 비닐 같은 신발주머니를 덜렁대며 문 앞에 서 있었다. 나를 비롯한 모든 아이들이 돌아보는 가운데 그녀는 아무렇지도 않게 문을 열고 횡하니 나가버렸다. 쿵. 문이 닫히자마자 기다렸다는 듯이 아이들은 주섬주섬 가방을 챙기기 시작했다.

내가 교실 밖으로 나왔을 때에는 문과 아이들이 옆 교실에서 꾸역꾸역 복도로 밀려나오고 있었다. 맞부딪혀오는 거센 보조가방 세례를 간신히 버티고 서 있는데 손 하나가 내 팔뚝을 꼭 붙잡았다. 몸을 돌리자 묵직한 내 가방이 홱 쏠리며 지나가는 가방들에 마구 치였다.

"몽, 누구 찾아?" 그림자에 가려 옥희의 얼굴이 까무잡잡하게 보였다.

"아냐, 아무것도. 야자는 어땠어?"

"그냥 그렇지, 뭐."

나는 괜스레 옥희의 팔을 툭툭 쳤다. "아, 뭐야!" 그녀는 눈썹을 찡그리며 저도 따라 손바닥으로 내 팔을 때렸다. 그녀의 손은 따끔한 것이 제법 아팠지만 나는 그냥 피식 웃고 말았다. 나는 옥희를 이끌고 공장 연기 같은 아이들 사이를 뚫고 나가기 시작했다.

점심시간 때 만나러 갔었는데 보지 못했어. 그랬어? 쪽지라도 남겨주고 가지. 맹꽁이가 말 안 해? 맹꽁이? 오늘은 개랑 마주할 일이 없어서. 그래? 뭐 어때, 이렇게 봤잖아. 간만에 하는 야자 때문인지 아니면 긴장이 풀린 후 남은 피로감 때문인지 몸이 허공을 허우적거리고 있는 것처럼 느껴졌다. 그녀의 목소리마저 와글와글한 주변 소리에 뒤섞여 꿈속 메아리처럼 들려왔다. 왠지 모르게 몹시 졸렸다. 당장이라도 잠에 빠져들 것처럼 머릿속이 멍해졌다.

옥희

멀리 통학버스 하나가 운동장을 빠져나가는 것이 보였다.

몽, 아까 보니 얼굴이 멍해 보이는 게 지쳐 보이던데 지금은 괜찮을까. 귀가 떨어질 것처럼 떠들어대던 버스 뒤편 1학년들 쪽에서 뭔가 우당탕 쏟는 소리가 났다. 영어과 고3 하나가 무서운 얼굴로 노려보는데도 신입생들은 아랑곳하지 않았다. 우리도 저렇게까지 시끄러웠었나? 신입생이었던 때가 엊그제 같은데 순식간에 2년이 흘러 우리는 고3이 되었다. 2년이면 무려 700여 일에 이르는 시간인데 그 사이에 나는 뭘 했을까? 기억나는 게 별로 없다.

그치만 내게는 그 무엇보다도 색다르게 빛나는 친구들과의, 특히 몽과의 시간이 있다. 어른들이 듣는다면 그렇게 한가할 때냐며 펄쩍 뛸 테지만 그래도 누군가와 공유할 수 있는 멋진 추억이 있는 것만으로 스스로가 무척 자랑스럽다. 대부분 아이들과는 다른 특별한 시간을 가진 셈이니까. 그런 걸 보면 때로는 적당히 남에게 기대는 것도 괜찮은 일이겠거니 싶기도 하다. 그럼으로써 다른 사람들과 보다 유대감 깊은 시간을 엮어나갈 수 있을 테니까.

이렇게 생각하다 보면 몇 시간 전의 우울한 기분, 나는 사각지대 사람이 아닐까 싶은 불안이 사라진다. 그래, 나는 사각지대에 서 있지 않아. 항상 긍정적으로 생각하자.

맹꽁

학교와 집 사이가 먼 아이들이 대부분이었기 때문에 학교에서는 통학 버스를 운영했다. 버스 안은 항상 북적거렸으며 빨리 자리를 맡아놓지 않으면 시끄럽고 건방진 1, 2학년들이 자리를 몽땅 차지해버렸다. 버스에 달려가자마자 적당히 난방이 되는 자리를 잡고 그대로 창가에 기대앉아 눈을 붙였다.

종종 이런 시간까지도 쪼개서 공부해야 한다는 소리를 듣는데, 할 때 제대로 집중해서 하고 이런 어정쩡한 시간에는 자는 것이 훨씬 효율적이다. 이렇게 시끄러운 버스 안에서 단어 몇 개 더 외운다고 1점이라도 오르기나 할까. '티끌 모아 태산' 이라는 말이 있긴 하지만, 어차피 이틀 후면 벌써 흐릿해질 단어 따위 '밑 빠진 독에 물 붓기'라고 대꾸해주겠다. 열심히 하려는 태도는 좋지만 집중하지 못할 거라면 차라리 먹든지 자든지 쉬든지 체력보충을 하는 게 낫다.

버스는 10시 20분 정도에 출발해서 11시가 다 되어서야 우리 동네에 닿았다. 나는 신입 야생원숭이들에게 인사도 할 겸 얼굴을 한번 찌푸려주고 내렸다. 터덜터덜 걸어 집에 들어가자 엄마가 건넌방에서 나왔다. 공부 잘하고 왔느냐는 말에 나는 그냥 형식적으로 "응, 잘." 대답하고는 방으로 들어갔다.

몸을 씻고 이것저것 하다 보니 11시 35분이 되었다. 나는 야자를 하고 온 늦은 밤에는 딴짓하며 쉬자는 주의인지라 컴퓨터를 만지작거리기 시작했다. 딱히 할 일 없이 이곳저곳 눌러보고 있는데 바닥 쪽에서 갑자기 드드드득 바닥을 긁는 소리가 들려왔다. 알람기능 이외에는 버려두는 휴대폰이 바닥에 몸을 비벼대고 있었다. 미끄러지듯이 의자를 내려와 폰을 집어 드니 화면에는 '사랑방 따님'이란 글자가 떠올라 있었다. 그냥 모르는 척할까 하다가 나는 폰을 펼쳐들었다.

"여보세요?" 그러자 건너편에서 낯익은 가는 목소리가 들려왔다.

"어, 나야! 공부해?"

"야, 난 집에선 죽어도 공부 안 하거든? 지금 컴퓨터 하고 있어."

"아하, 야동?" 그러곤 옥희는 짓궂게 웃었다.

"아니 진짜 뭔 개소리야. 내가 너냐?"

내 컴퓨터 화면에는 야동이 아니라 축구선수들의 굴욕스러운 사진들이 늘어서 있었다. 나는 억울한 기분이 들면서도 사진을 보며 웃고 옥희 말에 또 킬킬대며 폰을 붙잡았다.

"제발 좀 몽에게도 그래 봐. 왜 나한테는 그런 말 잘하면서 개 앞에서는 못해?"

"안 돼, 그럼 우리 몽은 얼굴이 빨개질 거야."

"와, '우리 몽'이래. 닭살 돋았어."

옥희는 노래하듯이 "우리 몽—" 하고 두어 번 반복했다.

"근데 무슨 일 있었나봐? 나한테 전화까지 하고. 몽은 봤어?"

"어어, 봤어. 근데 솔직히 할 얘기가 별로 없더라."

"그래도 넌 개랑 있는 거 좋아하잖아."

"그건 그렇긴 한데, 그래도 좀. 뭐랄까, 나만 일방적으로 말하는 느낌이 들잖아. 몽은 나한테 자기 얘기 잘 안 하니까."

"그건 남자니까 그렇지. 걔네들은 자기 속내 솔직히 드러내는 거 창피하게 생각한다고. 그러니까 네가 적극적으로 나가야지?"

옥희가 곤란한 듯이 아 그게 뭐야 하는 것이 들려왔다. 장난기가 발동한 나는 거기에 덧붙였다.

"에로하게 나가보는 건?"

"아 진짜, 이상한 소리 하지 마. 몽은 그런 애 아냐."

"아니긴 뭐가 아니야. 남자들은 다 똑같다. 나도 내 동생만큼은 야동 같은 거 안 볼 줄 알았는데 시리즈별로 다 있더만. 정말 타이틀들이 예술이던데. 너의 그이도 예외는 아니다."

"그건 남자들이니까 어쩔 수 없는 거지. 겉으로만 안 드러나면 되는 거 아냐? 그리고 야동이야 뭐, 여자애들 중에서 야동 같은 거 보는 애도 있는데 뭘."

"어 진짜? 아 그 게이 만화책?" 나는 작년에 적극적인 여자아이들이 탄성을 질러가며 돌아가면서 훔쳐보던 만화책을 떠올렸다.

"나도 잠깐 보긴 했는데 좀 심하긴 심하더라. 근데 남자애들 보는 야동이 그거보다 훨씬 나은 것 같지 않냐? 야동은 그래도 실사인데다 모자이크라도 있지, 그건 만화라 그런지 과장이 좀, 아무튼 꽤— 하여튼. 근데 그건 야동하고는 좀 다르지 않냐?"

"그런 거야? 그래도 어쨌거나 둘 다 포르노잖아."

"그래도 여자애들은 그런 거 보면서 남자애들처럼 이상한 짓 하면서 하악거리지는 않을 거 아냐."

"어—" 옥희는 뭐라고 대꾸해야 할지 몰라 심히 당혹스러워하는 것 같았다. "뭐라고?"

"순진한 척하네. 다들 아는 거잖아, 삐리리 삐리리."

"야, 그냥 그만 하자. 진짜 부담스럽다."

하지만 그녀를 놀려먹는 것에 재미가 붙은 내가 얌전히 그만둘 리 없었다.

"너의 그이도 그렇단다."

"아 제발 그러지 마. 몽은 절대 그렇지 않아."

"환상을 깨세요." 나는 목소리를 낮게 깔았다. "오옥희, 우리 함께 정열의 밤을 보내볼까?"

수화기에 대고 하—악 하는 숨소리까지 내자 수화기 건너편에서는 바로 비명소리가 들렸다.

"아 완전 싫어! 아 진짜 미치겠다. 나 끊는다!"

"정열의 밤."

"아 진짜, 끊는다니까!"

그리곤 전화는 뚝 끊겼다. 장난에 멋지게 성공한 개구쟁이처럼 웃으며 나는 폰을 내려놓았다. 잠시 전화에 집중하는 사이 이리저리 굴려놓은 화면 속에는, 이번엔 공 대신 상대편의 가

랑이를 냅다 후려 찼던 바다 건너 누군가의 굴욕스러운 장면
이 떠 있었다.

정말 맹꽁이는 못 말리겠다. 아까 그 하악거릴 때에는 바로
옆에 바바리맨이 선 것처럼 등골이 오싹했다. 나는 외동딸이
니까 남동생이 있는 누나의 심정은 잘 모르겠지만, 그래도 자
기가 아주 잘 안다고 생각했던 남자가 야동을 본다는 사실을
직접 확인했을 때의 기분은 알 것 같다. 제법 우습기도 한 한
편으로 역겹기도 하겠지. 하지만 맹꽁이가 아무리 뭐래도 몽
이 야동을 보는 모습은 상상조차 못하겠다. 그도 건강한 남자
니까(이렇게 쓰는 것만으로도 무척 창피하다) 볼 건 보고 할 건 하겠
지 싶긴 한데 그래도 별로 인정하고 싶지 않다. 우리 몽은 그렇
게 역겹지 않아! 라고 외치고 싶긴 한데 사실 그런 말도 참 우
스꽝스럽다.

그나저나 비록 소수이긴 하지만 야동이나 게이물을 보는 여
자애들도 참 대단하다. 나는 여자애들도 포르노 비슷한 걸 본
다는 것을 최근 들어서야 알았다. 특히 만화동아리 쪽 여자아
이들은 그런 걸 곧잘 보는지 노골적인 동성애가 그려진 만화
책을 자주 들고 오곤 했다. 예전엔 만화를 본다고 해서 내심
유치하다고 생각했었는데 설마 그런 걸 볼 줄이야. 너희들은
아이와 성인의 경계를 자유롭게 넘나드는구나, 워낙 자유로운

세상이니 문제될 게 없지 않을까, 애써 생각하려고 해도 왠지 부정적으로만 느껴진다. 이런 부분에 있어서 나는 참 고리타분한 것 같다.

그나저나 이 오밤중 12시에 난 대체 무슨 생각을 하고 있는 거람. 근현대사 모의고사를 펼쳐놓고는 보란 듯이 딴생각에 골몰해 있다니, 그것도 고3 첫날부터. 안부 물어볼 겸 전화했다가 맑은 정신만 잔뜩 흐렸다, 이 짓궂은 맹꽁이 녀석.

몽

버스 안에서 뒤숭숭한 꿈을 꾸었다. 어디서 한 일주일쯤 헛돌다 온 기분이다. 집에 와서도 찜찜함이 가시지 않았다. 하지만 정작 그것이 어떤 꿈이었는지는 하나도 기억나지 않는다. 깬 직후에는 약간 기억했던 것 같은데, 아무리 머리를 굴려도 지금은 아무것도 생각나지 않았다.

쓸데없는 생각은 그만두자. 샤워를 한 뒤 나는 야자 때 풀었던 수2 문제집을 꺼내 틀린 문제를 체크했다. 답안지를 들여다보며 체크하다 보니 어느새 12시 반을 훌쩍 넘겼다. 나는 문제집을 도로 가방에 넣고 불을 끈 뒤 잠자리에 들었다.

에고 내일이 시작되는구나.

학원과 과외

맹쫑

나는 현재 수리와 외국어, 이렇게 두 개의 과외를 받고 있다. 수리는 일주일에 야자가 없는 수요일과 일요일, 각각 한 시간 반씩 받는다. 외국어는 일주일에 한 번, 수요일에 수리가 끝난 후 바로 한 시간 정도 이어진다. 고2 때까지는 언어와 과탐도 학원에 다녔지만 고2 겨울방학을 기점으로 완전히 끊어버렸다. 어차피 학원이든 과외든 내 보조일 뿐이며 가장 중요한 것은 스스로 집중해서 공부하고 채워나가는 것이라고 생각했기 때문이다.

학원에서 배우게 되면 과외보다는 훨씬 돈 부담이 적은 것은 사실이지만, 역시 1:多이다 보니 직접 선생님께 묻고 답할 수 있는 기회가 적었다. 나는 숙제를 항상 꼬박꼬박 해가는 편이었으며 학원 교재 외에도 한두 권 더 풀어오기도 했는데, 질문을 하기에는 시간이 턱없이 모자라기도 하고 다른 아이들 차례도 신경 써야 했다. 게다가 각자 수준 여부와 관계없이 평균적으로 맞추어야 하니, 열심히 한 사람은 그만큼 손해를 보는 면도 있었다. 그런 부분에서는 1:1인 과외가 비싸긴 해도 훨씬 효율적이었다.

하지만 돌이켜 생각해보면 나는 과외보다는 학원을 훨씬 좋아했다. 학원 선생님들은 종종 수업 중에 무관한 이야기로 한참 빠지곤 했는데, 나는 그것을 굉장히 좋아해서 한번 수업이 옆길로 새기 시작하면 그렇게 신날 수가 없었다. 학원 선생님들의 이야기들은 제법 웃기면서도 삶에 대한 개성적인 시선을 충실히 담고 있었으며, 온갖 세상 돌아가는 일에 대해 그 무엇보다도 생생히 알려주었다. 선생님마다 하는 이야기도 워낙 제각각이라서, 예를 들면 호탕한 영어 선생님은 개방적인 성(性) 가치관에 거침이 없었고, 운동권 출신인 언어 선생님은 인간 사회의 여러 가지 문제에 대해 열렬히 토로했으며, 털털한 과탐 선생님은 소소한 전원생활에 대해 세세하게 묘사해주었다. 그들의 이야기는 세상과 사회에 대해서라면 완전히 장님이었던 내 안목을 한껏 트이게 해준 새로운 장이었다.

과외 선생님과의 수업에서도 간혹 옆길로 새는 때가 있지만, 학원에 비해 대개 내 이야기가 중심이 될 뿐이었기에 내 안목을 넓혀줄 만한 거리는 전무하다시피 했다. 그렇기에 단조로운 과외 수업을 받다 보면, 학원에서 수업시간의 반을 잡아먹기까지 했던 세상 이야기들이 자꾸만 그리워지곤 했다.

옥희

수리와 외국어를 과외로, 사탐은 학원 수업을 듣고 있다. 원래 사탐 정도는 고3쯤 되면 혼자서 공부해야 한다고들 하는데 나는 무서워서 차마 학원을 끊지는 못하겠다. 사탐영역 하나로 뭉뚱그려져 있긴 해도 사실은 네 과목인데다 총 80문제나 되는데 어떻게 단칼에 끊을 수 있을까! 그래서 주변에 거침없이 학원이며 과외를 떨쳐낸 친구를 보면 용기도 대단할 뿐더러 어떻게 부모님의 성화를 이겨냈는지도 궁금했다. 나는 언어 하나 끊는데도 온갖 잔소리를 들었고 지금도 잔소리를 자주 듣기 때문에, 그 때문이라도 차마 다른 과목을 끊는 것은 생각지도 못한다.

하지만 고3 때 학원이나 과외를 한다고 해서 점수가 오르는 일은 불행히도 없는 것 같다. 그래도 어떻게든 다니려 애쓰는 이유는 스스로의 감당 못할 불안과 혹시나 하는 기대감 탓이다. 특히 수리영역은 많은 수험생들이 어려워하는 과목인 만큼 과외 하나쯤 듣는 편이 정말 안심되지만, 그마저도 문제집 맨 뒤의 풀이를 보는 것과 별다른 것이 있을까 싶은 때가 많다. 그래도 여전히 끊지 못하고 매달려 있는 건 역시 모질게 끊어버리기에는 다들 너무나 불안하기 때문일 거다.

몽

학원은 언어와 수리영역을 다니고 있으며, 과탐도 학원을 다니다가 최근에 끊었다. 학원만 다니는 지금과는 달리 고2 때까지는 과외만 했었다. 과외는 1 : 1인 것이 장점이긴 하지만 그만큼 실력 있는 사람을 구하기가 힘들다. 어쩌다 운 좋게 명강사들을 소개받더라도 욕이 나오게 비싼 수업료를 불러대니 좀 짜증스럽다. 집에 그렇게 돈이 많은 것도 아니고. 정말 그럴 만한 가치가 있으니까 그만한 돈을 내는 게 아니겠냐고 하겠지만 솔직히 나는 의심스럽다. 그냥 지푸라기라도 잡고 싶은 심정을 이용당하는 게 아니고?

수리의 경우 학원에 다니게 된 것은 작년 12월부터의 일이다. 본래 고1 때부터 쭉 과외를 받아온 수리는, 내게 과외 선생이라면 무조건 불신감을 품게 만들었다. 수리 과외 선생마다 이상한 인간이었던 탓이다. 중학교 3학년 말에 외고 합격 통지를 받자마자 나는 고등학교 수리 과외를 받기 시작했는데, 가장 처음 만난 과외 선생이란 사람은 사기꾼이었다. 수학의 정석으로 가르치기는 하는데, '문제를 풀어라'가 아니라 '풀이를 읽어라'라고 가르쳤다. 말 그대로 정석 예제와 기본문제와 연습문제의 풀이를 그냥 읽으라고 했고, 숙제도 푸는 것이 아니라 읽는 거였다. 처음엔 반신반의하며 따라갔지만 결국 비싼 돈만 버리고 두 달 만에 갈아치웠다. 형에게 과외라곤 한번도 시켜본 적이 없던 아버지가 내가 공부 못하는 탓에 돈만 날렸다며 짜증을 냈던 기억이 생생하다.

그렇게 갈아치운 두 번째 과외 선생님은 가르치는 방식은 평범했다. 이론 설명을 듣고, 예제를 연구하고, 문제를 일정량 풀어오고. 덕분에 다행히도 첫 내신은 잘 넘어갔다. 그러나 수업의 반 이상이 딴소리라는 게 문제였다. 거기에 기억력은 붕어만도 못해서 매 시간마다 한 얘기를 또 하고 또 하고, 결국은 내가 진저리가 나서 그만두었다.

세 번째 선생님도 역시 가르치는 방식은 평범했다. 두 번째와 다른 점이 있다면 이론보다는 많이 풀어보는 것이 중요하다고 생각해서 숙제 양이 무지막지했다는 것과, 돈을 무지하게 밝혔다는 거다. 지금 생각해보면 잘 가르치는 것도 아닌데 그렇게까지 받아낼 필요가 있었나 싶다. 돈 봉투 앞에서 주름진 얼굴이 기름지게 헤벌쭉해지는 것을 보면 정말 역겨운 인간군상이 따로 없었다. 결국 고2 겨울방학이 시작되기도 전에 돈에 눈이 먼 선생님과의 연도 끊어졌다.

맹꽁이의 추천을 따라 다니게 된 수리 학원은 가격은 과외의 몇 분의 1인데도 지금껏 봐왔던 어떤 선생님보다도 충실히 잘 가르쳤다. 비슷한 실력끼리 한 반에 여럿 모여 있어 그런지 지지 않으려 더욱 기를 쓰고 하게 된다. 진작 처음부터 학원을 다닐 걸 그랬나, 지금 돌이켜보면 돈과 시간과 눈만 버린 것 같아 참 아깝다.

첫 번째 모의고사

퐁

　학교에서 보는 첫 번째 모의고사는 3월 셋째 주에 있다. 사설 모의고사로, 종로나 대성, 중앙 등 재수 학원으로 유명한 곳에서 실시하는 것을 학교에서 학원 이름을 대고 보는 것이다. 원래 고등학교에서 사설 모의고사를 보는 것은 불법이라고 하지만 자치적인 성격을 띤 사립고에서야 흔한 일이다. 요는 안 들키면 된다. 모의고사가 많을수록 수능대비에 좋을 것 같으니 고3들이야 반가운 일이다. 하지만 선생님들과 선배들 말에 따르면, 사설 모의고사는 실제 수능과 비교해 출제 기준이나 문제 성향이 꽤 다르기 때문에 나중에는 오히려 성가시기만 하고 도움이 안 된단다.

　드디어 첫 번째 모의고사를 보는 날이 되었다. 항상 그래왔듯 언어영역, 수리영역이 끝나고 점심시간, 점심이 끝나면 외국어영역, 과학탐구영역이다. 시험 보는 시간은 모두 한 시간 이상이지만 문제에 심혈을 기울이다 보면 한 시간 정도는 순식간이다. 언어 같은 경우에는 시험지를 다시 체크하고 답안지 마킹과 재확인까지 모두 끝내도 시간이 남는 때가 많지만, 나머지는 대개 시간이 간당간당하다. 특히 체력이 떨어지는 탐구영역에서는 30분 안에 20문제를 풀어내는 것이 생각 외로 버겁다. 남자놈들조차 체력 문제로 고생하는데 여자애들은 어떻게 끝까지 버텨내는지 참 용하다.

시험 시간은 물 흐르듯 흘러가고, 매 시험의 끝마다 한꺼번에 토해내는 한숨소리도 끊이지 않았다. 잘하는 아이들 시험지를 빌려 답을 맞춰본 아이들은 하얗게 질렸다. 시험 시작되기 5분 전이 되자 헐떡대던 아이들은 다들 쥐 죽은 듯이 책상에 앉았다. 그토록 다리를 떨었는데도 나는 긴장감에 다리가 얼어붙을 것만 같았다. 이윽고 시험은 시작되고, 순식간에 시간은 흘러 점심시간이 되고, 다시 외국어영역 그리고 탐구영역을 보았다. 마지막 탐구영역이 끝나자 무심한 시계는 정확히 오후 5시를 가리키고 있었다.

긴장이 풀린 얼굴로 서로 웅성대는 사이 반장이 교무실에서 답안지를 가지고 나타났다. 교실은 순식간에 절망 어린 비명으로 가득 찼다. "언어영역 부른다! 2 5 3 1 4!" 교실은 저마다 비명을 지르거나 방방 뛰어대는 놈들로 요란해졌다. 그래도 어찌 되었거나 이번 모의고사는 전체적으로 잘 본 분위기였다.

나 역시 예상했던 만큼 점수가 나온 덕에 가슴을 쓸어내릴 수 있었다. 아침에 얼어붙을 정도로 신경을 곤두세웠던 내

가 바보 같다. 여유가 조금 생기고 나니 아참, 얼마 전이 화이
트데이였던가! 모의고사를 비롯해서 많은 일들에 정신이 팔려
서 그냥 지나쳐버렸다. 한번 내 문제에 부딪치면 거기에만 골머
리를 앓느라 다른 것은 깡그리 잊는 탓이다. 아니, 이건 핑계인
가. 옥희는 바쁜 와중에도 밸런타인데이를 챙겨주었는데 나란
놈은 공부할 자격도 없다. 무성의한 스스로를 반성하자. 비록
고3 들어 커플이라는 관계를 잠시 밀어두긴 했지만 그래도 그
녀는 내 여친이 아닌가.

　내가 감상적인 건가? 아무래도 성적이 생각만큼 나온 덕에
꽉 조여졌던 마음이 약간은 헐렁해져서 그런가 보다. 가끔은
이런 생각을 해도 괜찮겠지. 더군다나 우린 완전한 커플이 아
니니까 고3 징크스에 걸리지도 않는다. 암, 안 걸린다니까.

맹꽁

　이번 사설 모의고사는 전체적으로 난이도가 무난했던 것
같다. 담임도 전체적으로 평이한 분위기라 다행이라고, 첫 번
째로 본 사설 모의고사의 난이도가 어려우면 괜히 애들 기만
죽여놓는단다. 그렇다고 하더라도 사설은 잘 나오든 못 나오든
신경 끄고 전국 모의고사에 온 힘을 다해야 한다고 덧붙였다.
어휴, 그래도 여전히 신경 쓰이는 걸 어쩌냐고.

　언어와 외국어는 항상 그렇듯 시간이 넉넉하게 남았고 과탐
도 나름 여유롭게 풀었다. 하지만 수리영역은 여전히 시간이

모자라고 모자랐다. 수리영역은 이번엔 쉽게 나왔다는데 나는 또 2번부터 틀렸다. 그나마 1번부터 틀리지 않아서 다행인가, 아씨 몰라. 사설은 그냥 버려도 된댔다. 그나저나 도대체 나는 수리가 왜 이 따위인지 모르겠다. 공부를 아무리 해도 점수가 나오는 것도 아니요, 공식이나 기본 원리 같은 것은 줄줄 외고 있다만 계산력과 응용력이 너무나 달린다. 누군가는 어릴 때 구몬을 안 해서 그렇다는데, 구몬 따위 안 해도 수리영역 잘 하는 괴물들은 대체 뭐여. 어휴 답답아, 답답한 수리영역아.

더군다나 이번부터는 수리영역 30문제 중 5문제씩 심화선 택 과목에서 나온다. 심화선택은 미적분, 이산수학, 확률통계 세 과목 중 하나를 골라 볼 수 있는데, 대개 이과는 미적분 을 선택하는 편이다. 그렇게 푼 심화선택 '미분과 적분' 5문제 는…… 오, 살려주세요! 대학에서는 뭘 선택해도 신경 쓰지 않는다던데 그냥 확률통계로 돌려버릴까. 그러나 학교에서 내 신으로 미적분을 가르치는 이상 두 개의 선택과목을 동시에 공부할 자신은 없다. 게다가 나는 다들 쉽다는 그 확률통계조 차 아주 쥐약이니, 한숨이 절로 나온다.

교실 앞쪽에 놈들끼리 우르르 모여서 수리영역 풀이를 칠 판에 적고 왁자지껄 떠들며 검토하고 있는데 갑자기 누군가가 큰 소리로 외치는 소리가 들렸다. 그거 들었냐? 뭐? 개 한 개 틀린 거. 뭐 진짜? 그럼 내가 구라를 치겠냐. 미친 거 아냐? 너 도 만만치 않거든? 그렇게 또 떠들썩한 가운데 만점의 당사자가 앞문으로 휙 지나가는 게 보였다. 누군가가 말했다. 어, 야, 만점자다. 어디? 갔어. 뭐야 그럼 왜 말해. 방금 전에 지나갔다니까. 제발 그만 좀 닥치고 이것 좀 풀어봐, 이 좀비들아! 나는 굉장히 시끄럽다고 생각하면서도 덩달아 낄낄거렸다.

옥희

　나는 공부한 만큼 적당히 나왔다는 다른 아이들과는 달리 점수가 생각보다 나오지 않았다. 잘 풀었다고 생각한 언어와 외국어조차 군데군데 점수가 많이 깎였다. 겨울에 수1 문제집을 많이 풀었으니까 괜찮을 거라고 여긴 수리영역도 난감하다. 원래 문과 수리영역은 포기하는 사람이 많아서 70점대만 나와도 2등급이 나오긴 하지만, 그래도 이름 있는 곳을 가려면 기본으로 1등급은 나와야지. 그나저나 사탐은 또 왜 이렇다니, 속상하게. 특히 한국 근현대사, 이건 책을 통째로 외우려고 노력하고 있는데도 점수가 잘 안 나온다. 항상 애매모호한 답 두 개 사이에서 고민하다가 결국은 오답을 찍어버린다. 아예 수리처럼 모르는 문제였으면 그러려니 넘어갈 수 있을 텐데 알듯 말듯 고민하다가 틀리는 것은 정말 억울하다.

　한 친구가 내 옆에서 시험을 잘 봤다며 떠벌렸다. 원래 눈치가 약에 쓸래도 없는데다 잘난 척이 특기인 애인지라, 오늘따라 유난히 얄미워 보여서 어디다 떠밀고 싶었다. 다른 친구들도 얼굴을 보아하니 나와 같은 심정인 모양이다. 어휴, 너 그만 좀 하고 어디 가 있을 수 없니. 때마침 담임 선생님께서 종례를 하기 위해 교실로 들어오자 그녀는 급하게 자리로 돌아가다 책상 모서리에 허벅지를 호되게 부딪쳤다. 못된 생각이라는 건 알지만 그녀가 아파하며 깡충거리는 것이 아주 고소했다.

담임 선생님의 종례가 끝나고 나서 나는 몇몇 여자아이들과 붙어 화장실에 갔다. 종례가 일찌감치 끝난 덕에 화장실에는 아이들이 별로 없었다. 일을 보고 나오자 그제야 옆 반 여자애들이 쌍쌍이 짝지어 들어오는 게 보였다. 나는 낯익은 아이들에게 손을 흔들었다. 한 아이가 모의고사 잘 봤느냐고 묻기에 나는 약간 울상을 지어 보였다.

"생각보다는 좀 안 나왔어."

"괜찮아, 이번엔 사설이잖아. 3월 전국 모의고사가 진짜니까 거기서 잘하면 되지!"

"그거 들었어?"

다른 여자아이가 살짝 끼어들었다.

"걔, 모의고사 전체에서 하나밖에 안 틀렸대."

"진짜?" "미쳤다."

나와 다른 여자아이는 혀를 내둘렀다.

"어떻게 그게 되냐?"

"몰라, 신이야 신."

"이번 모의고사가 워낙 평이하다니까 걔는 그럴 수 있지."

"원래 잘하잖아."

나도 모르게 후 하는 한숨이 나왔다. 이렇게 날고 기는 아이가 있는데 나는 대체 뭐지. 더군다나 그 애는 평소 공부는커녕 항상 딴짓을 하고 있기로 유명하다. 오죽하면 선생님들마저 포기했을까. 그런데도 이렇게 격차가 다르다니, 나름 열심히 한다고 자부하는 나로서는 참 억울한 기분이다. 천부적인 머리를 가진 사람은 뭘 해도 따라갈 수 없는 걸까?

3월 전국 모의고사

맹꽁

　드디어, 드디어 올 것이 왔다. 진짜 수능인 것도 아니건만 잔뜩 긴장해서인지 자꾸만 손이 얼어붙었다. 고3 복도는 오늘따라 더욱 조용했다. 숙연하게 가라앉은 교실 안은 꼭 장례식장 같았다. 조례 시간이 되어 잠깐 들어온 담임도 그 분위기에 눌려 아무 말도 못하고 그대로 돌아나갔다. 그런 담임의 뒷모습이 나는 안쓰러우면서도 요즘 들어 갑자기 피터지기 시작한 시문학 때문에 문제집에 정신이 팔려 있었다.

　10분의 쉬는 시간이 지나가고, 1교시 수업 선생님이 희끗한 모의고사 봉투를 들고 들어오셨다. 교실이 잠시 부산해졌다가 도로 잠잠해졌다. 그끄저께 잠깐 들었던 가요가 머릿속을 왱왱 울리고 있어서 나는 미칠 듯이 초조해지고 있었다. 아 제발 좀, 좀 닥치지. 그래도 머릿속 라이브는 끊어지지 않았다.

　"아, 토할 것 같애."

　내 생각을 고스란히 읽어내기라도 한 듯, 누군가가 신음하듯 중얼거리는 소리가 들렸다.

몽

언어 듣기평가를 들으며 메모를 휘갈기는데 어느새 끝났다. 못 들은 부분이 있었는지 아무리 해도 답이 두 개였다. 뭐야, 이걸로 문제를 어떻게 풀란 얘기야! 등허리가 서늘해져 오는 것을 느끼며 고민하다가 다음 문제가 시작되려 하기에 대충 찍어버렸다. 젠장, 처음부터 꼬인다. 설상가상으로 5, 6번 듣기 지문을 들을 때에는 갑자기 똥이 심하게 마려웠다. 아 제발…… 미칠 듯이 괄약근을 조인 결과 두더지는 도로 들어갔다. 보이지 않는 피나는 노력 덕분에 5, 6번은 무난하게 찍고 넘어갔다.

들기평가가 시작되기 전에 7, 8번 문제를 재빨리 풀어두었기에 나는 방송이 끝나자마자 바로 9번 문제부터 풀기 시작했다. 그렇게 순식간에 29번 정도까지 가서 잠시 한숨을 돌리는데 나와 좀 떨어져 앉은 말대가리가 욕지거리와 함께 "아씨 응가." 하며 들썩거리는 소리가 들렸다. 나는 한껏 차오른 집중력을 놓치지 않기 위해 그 소리를 황급히 흘려보내며 다음 비문학 지문으로 넘어갔다.

옥희

긴장한 만큼 시간은 빨리 흘러갔다. 언어영역에서 서서히 올라가 수리영역에서 정점에 달한 집중력과 초조함은, 점심을 먹고 나자 나른하게 퍼지기 시작하더니 외국어영역을 위태롭게 지나갔으며 기어이 탐구영역에서 눈을 뜨고 조는 바람에 순식간에 십여 분을 놓치고 말았다. 한 과목 30분을 칼같이 지켜야 하는 실제 수능이었으면 순식간에 수십 점을 날렸을 거다.

이래서 오후 시험들이 가장 위험천만하다니까. 외국어에서는 밥 먹은 직후인지라 머리와 눈꺼풀이 한없이 무겁고, 탐구에서는 체력이 바닥을 드러내기 시작하는지라 걷잡을 수 없이 멍해진다. 4교시 탐구영역에 그치지 않고 5교시 제2외국어까지 보는 아이들은 고생이 참 많다. 힘내라!

맹꽁

눈 뜨고 졸다 : 〈의학-생리〉 눈알이 빠질 만큼 휘둥그렇게 뜨고 있는데도 순간 전체적으로 퓨즈가 나가는 상태를 말함. 전기가 도로 들어온 후에는 이미 최소 5분은 까먹은 상태. 아무리 용을 써도 퓨즈가 나가는 것은 막을 수 없다. 미리 잠을 조금 자두는 것이 유일한 예방책이나 완벽한 예방을 보장할 수는 없으며, 그나마 확실히 효과가 있는 것은 열심히 허벅지를 바늘로 찌르는 것과 혀를 아프도록 잘근잘근 씹는 정도이다. 그러나 이마저도 익숙해져 버리면 방도가 없다.

넌 졸 때 절대 눈 안 뜬다 그러지? 나중에 탐구영역 풀면서 봐봐. 한 열 명쯤은 눈 시퍼렇게 뜨고 조는 내공을 보여줄 거다. 이번에도 예외는 아니라서, 더군다나 첫 전국 모의고사이기 때문에 필요 이상으로 긴장한 탓인지 다들 체력소모가 심했다. 탐구가 시작되기 전 좀비 같은 애들의 몰골이란. 그렇다고 간식을 사먹기도 그렇고, 진퇴양난이다. 커피가 안 맞는 나로서는 캔 커피라도 벌컥대는 아이들이 조금 부럽다. 에라이 버틴다! 버틴다!

퐁

막판 탐구영역에 가서 긴장이 와르르 무너지는 바람에 순간 졸아버렸다. 정말 막을 방도도 없이 순식간에 졸아버렸기 때문에 깨어나자마자 시계를 보고 철렁했다. 다행히 이번에는 흘려보낸 시간이 그렇게 길지 않았지만, 그래도 놀란 가슴을 진정시키느라 한동안 아무것도 눈에 들어오지 않았다. 제발! 그나마 시간 안에는 풀어냈으니 망정이지.

옥희의 3월 전국 모의고사 가채점 결과

언어영역: 95/100점

수리영역: 72/100점

외국어영역: 92/100점

사탐영역: 윤리 39/50점 한국지리 45/50점

　　　　　한국근현대사 37/50점 사회문화 41/50점

총점: 421/500점

몽의 3월 전국 모의고사 가채점 결과

언어영역: 86/100점

수리영역: 84/100점

외국어영역: 83/100점

과탐영역: 물리1 45/50점 화학1 40/50점

　　　　　　생물1 41/50점 화학2 36/50점

총점: 415/500점

맹꽁이의 3월 전국 모의고사 가채점 결과

언어영역: 98/100점

수리영역: 64/100점

외국어영역: 97/100점

과탐영역: 물리1 45/50점 화학1 45/50점

　　　　　　생물1 43/50점 화학2 41/50점

총점: 433/500점

우리들의 **목표**는

옥희의 목표 대학 1순위: 이화여자대학교 인문학부

몽의 목표 대학 1순위: 성균관대학교 공과대학

맹꽁이의 목표 대학 1순위: 연세대학교 생활과학부

각 목표설정에 대한 담임 선생님의 평가

일어과 3반 담임, 옥희의 경우: 지금 성적으로는 힘듦, 분발 필요. 목표를 낮추어 같은 여대 중 숙명여대 인문학부로 고려해볼 것을 권유.

일어과 4반 담임, 몽의 경우: 대학 졸업 이후의 취직까지 미리 고려하고 있는 신중함이 엿보임. 다만 성대 공대의 경우 대기업에서 밀기 시작한 이후로 경쟁률이 매우 높아져서 보다 분발할 필요가 있음. 열심히 하는 학생이므로 가능성은 얼마든지 열려 있음.

일어과 4반 담임, 맹꽁이의 경우: 현재 성적으로는 무난하게 생각할 수 있음. 다른 학생들처럼 의대나 약대를 생각하지 않고 자신이 하고 싶은 일을 찾아가는 것이 대견함. 다른 과목은 안정적이나 수리영역이 매우 취약한 것이 걱정스러움.

옥희

같은 여대라도 이화여대와 다른 여대들과의 네임밸류(Name Value, 대학명에 따른 암묵적인 평가)는 하늘과 땅 차이이다. 이렇게 말하면 다른 여대에 다니는 사람들은 화를 낼지 모르지만, 이건 수험생의 입장은 물론 일반 사람들 입장에서 솔직하게 말하는 것이다. 남들이 들어서 '오, 명문대 다니는구나!' 하고 고개를 끄덕일 만한 여대는 역시 이화여대뿐, 숙명여대쯤만 되어도 사람들은 '거긴 좋은 학교지' 하고 만다. 차라리 아무 말도 하지 않으면 훨씬 나을 텐데 상대가 애써 변명하듯 덧붙여주는 건 더 기분 나쁘다.

고등학교에 막 입학했을 때는 이화여대 간 선배들을 보며 겨우 그 정도밖에 못 가느냐며 비웃었지만, 실제로 고3이 되어 보니 이대는커녕 그토록 우습게 보았던 대학들조차 지푸라기 잡는 심정으로 바라보게 되었다. 여기라도 갈 수 있을까? 갈 수 있겠지? 아직 11월이 되려면 6개월 반이 남았다. 그 정도면 충분히 점수를 올릴 수 있을 거야, 제발 어떻게든 점수를 올려야 한다. 제발, 제발. 그러다 보면 1학년 때 그토록 우습게 여겼던 선배님들에게 진심으로 죄송했다고 털어놓고 싶어진다. 어쩌자고 그땐 그렇게 우습게 알았을까, 나 또한 지금 와서 이렇

게 빼도 박도 못하는 상황이 될 거였는데. 적어도 외고를 들어
온 이상 어느 정도 되는 대학에 들어가서 그 이름만이라도 당
당히 말할 수 있었으면 좋겠다.

몽

전국 모의고사를 본 후로 옥희는 많이 침울해 보인다. 성적
에 관한 이야기는 서로 하지 않지만 굳이 말하지 않더라도 그
녀를 이해할 수 있을 것 같다. 성적과 목표 사이의 까마득한
괴리감, 그것을 영영 채우지 못할 것 같은 불안함, 그건 나도
잘 알고 있으니까. 한편으론 나는 이과라서 정말 다행이라는
생각이 든다. 수능 응시자는 문과가 이과의 두 배 이상이지만
실제 입학 가능한 학과 수는 이과 쪽이 더 많다고들 하니까,
즉 이과 쪽이 in 서울 혹은 명문대 입학이 약간 더 수월하다는
이유 때문이다.

실제로 점수에 따른 명문대 진학률에서도 문과와 이과의
차이는 눈에 띄게 나타난다. 전체적으로 평이한 난이도의 수
능을 전제로 한다면, 이과에서는 대략 원점수 430점 정도면
연고대 낮은 학과에 넣을 만하고 450점대쯤 나오면 낮은 의대
혹은 한의대를 노려볼 수 있다. 그러나 문과에서는 450점 정도
나 되어야 연고대를 간신히 염두에 둘 수 있고 법대를 가려면
480점대는 기본으로 나와야 한다. 그뿐인가, 정시에 따라오는
논술은 대개 문과 몫이다. 점차 이과도 논술이 늘어가고 있는

추세이지만 아직은 문과 쪽이 더 극성스럽다. 이러니 나도 성적은 좋은 편은 아니지만 동점대의 문과 애들보다는 좀 희망적인 거겠지.

그렇다고 속상해하는 여자친구를 앞에 두고 그런 것에 안심하다니, 모르는 사이에 한심한 자식이 되어버렸구나 싶은 생각도 든다. 못한 것과 비교해서 위안 받지 말고 자기 문제나 똑바로 직시하시지.

맹꽁

나의 가장 큰 장점은 감정 기복이 별로 없다는 것이다. 펄쩍펄쩍 뛰며 눈물 콧물 다 흘릴 정도로 기뻐할 일이 없다는 것은 아쉽지만, 그 대신 웬만해서는 절망하거나 우울해하지 않는다는 점은 이롭다. 게다가 효율을 중시하는 성향은 나의 감정과 행동에도 적용되어, 우울해하는 것과 잊어버리고 나아가는 것 중 어느 것이 내게 이로울지 따져보면 내가 갈 길은 오직 하나다. 변변찮은 성적에 속상해하는 것은 그때뿐, 나는 내 할 일에 다시 집중한다. 그러면 형편없는 점수에도 흔들리지 않고 항상 하던 것처럼 전념할 수 있다.

솔직히 그토록 발버둥 치는데도 수리는 정말 절망스럽지만, 총점을 보면 그래도 괜찮겠거니 싶어 기분이 조금 나아진다. 이렇게 가채점 총점을 보며 위안 받는 것은 나를 비롯한 대부분 아이들이 그럴 거다. 정말 중요한 것은 백분위와 등급이라고 선생님들은 누누이 말하지만, 백분위와 등급은 솔직히 현실적으로 와 닿지가 않는다. 뭘 어떻게 봐야 하는지도 감이 안 잡힐 뿐더러 안다고 해도 실감이 안 난다. 그러니까 구체적인 성적표를 받더라도 '시방 이걸 뭘 어떻게 보라는 거여'라는 생각밖에 안 나지.

이러니 당연히 가채점으로 얻은 원점수 총점으로 울고 웃을 수밖에 없다. 뭐 결정적인 성적표가 나오면 조금 흔들리기야 하겠지만, 그렇다고 벌써부터 우울해하기에는 아직 이르다는 생각도 들고. 아직 시간은 7개월이나 남아 있는데.

선생님들의 대예언

선생님들의 예언 그 첫 번째

"3월 전국 모의고사 성적이 그대로 수능 성적이 된다. 거기서 떨어졌으면 떨어졌지 그 이상 오른다는 것은 기적에 가깝다."

그에 대한 반응들.

옥희 : 선생님! 선생님까지 절 절망적으로 만들지는 말아주세요.

몽 : 난 올릴 수 있어. 난 올릴 수 있어!!!

맹꽁 : 어차피 난 지금 성적 유지만 하면 될 테니깐 뭐.

선생님들의 예언 그 두 번째

"야자 안 하고 집에 가서 공부한다는 사람은 절대로 목표대학에 도달하지 못한다."

그에 대한 반응들.

옥희 : 선생님 말씀이니까 믿어야 할 것 같긴 한데, 어쩐지 야자 안 하려는 사람을 도로 눌러앉히려는 꼼수 같기도

하다.

몽 :　앗싸! 우리 반 거의 다 야자 안 하고 집에 가는데.

맹꽁 : 앗싸! 우리 반 거의 다 야자 안 하고 집에 가는데. (2)

선생님들의 예언 그 세 번째

"적어도 5월이나 되어서 긴장이 풀어지기 시작해야 그나마
싹이 보이는 것이다."

그에 대한 반응들.

옥희 : 아무리 고3이라도 긴장이 풀어지는 건 어쩔 수 없는
　　　것 같아. 수험생이라는 위태로운 위치에서도 결국 사람
　　　은 익숙해져버리는 건가 봐.

몽 :　큰일 났네. 우리 반 3월 전국 끝나니까 맛이 이미 좀
　　　간 것 같던데.

맹꽁 : 헐…….

선생님들의 예언 그 네 번째

"고3 때 연애하는 커플은 꼭 둘 다 망한다."

그에 대한 반응들.

옥희 : 선생님, 저희 친군데요?

몽 :　선생님, 저희 친군데요? (2)

맹꽁 : (속으로) 친구라면서 졸라 손잡고 간다.

봄날의 고3을 좋아하세요

맹꽁

봄기운이 슬슬 깊어지기 시작하니 역시나 춘곤증으로 조는 아이들이 부쩍 늘었다. 4월이 얼마 되지도 않았는데 벌써부터 분위기가 흐트러지기 시작한 우리 반은, 점심시간 직후에는 삼 분의 일 정도가 책상 위로 엎어지기 시작했다. 음료회사에서 홍보용으로 갖다 주는 캔 커피며 비타민 음료까지 몇 번이나 돌렸건만 봄날의 부드러운 기운은 동화책에서 나왔던 것 이상으로 강력했다. 아이들이 어찌나 자주 최면에 빠지는지, 트집을 잘 잡는 수2 선생님이 혀를 끌끌 차며 대놓고 너넨 수능 망했다며 으름장을 놓았다.

나는 수업시간에는 제대로 수업을 듣자는 주의라서, 수업시간에 졸지 않기 위해서라도 쉬는 시간에 미리 토막잠을 자두곤 했다. 보통 집에서는 5시간 자기 때문에 학교에서 중간중간 자는 것까지 하면 하루에 약 6시간 정도 자는 셈이 된다. 방학 때는 매일 9시간씩 늘어지게 자지만, 학교에 다닐 땐 신기하게도 6시간이면 충분하다. 5시간은 좀 모자라고 7시간은 너무 많이 잔다는 느낌이랄까.

가끔 4시간 자면 떨어지고 3시간 자면 붙는다는 헛소리를 하는 사람들이 있는데, 경험자로서 말하지만 4시간이든 3시간 이든 잠이 모자라면 몸과 정신만 망칠 뿐 공부하는 데는 전혀 도움이 안 된다. 집중도 잘 안 되고 성질머리만 버릴 대로 버린 다. 아주 간혹 잠을 자지 않으려고 각성제를 먹어가며 하는 놈 이 있는데, 그 놈은 그냥 미친 새끼, 인간이 되길 포기했다고 생각해버려라. 멀리 봐서 스스로를 망치고 싶으면 뭘들 못하겠 냐고. 괜히 욕구불만에 안절부절못하며 성격도 성적도 나빠지 느니, 그냥 잘 때는 확실히 자고 놀 때는 확실히 놀고 공부할 때는 확실히 공부하는 게 훨씬 낫다.

여기서 잠시, 내가 책상에 엎드린 자세로 숙면하는 법을 알 려주겠다. 경기를 일으키지 않고 짧은 시간에 숙면을 취하려 면 두 가지만 지키면 된다. 첫 번째는 팔을 내리고 자는 것이 고(이렇게 자면 혈액순환이 나아져서 경기를 일으키는 일이 없어진다), 두 번째는 체육복으로 상반신, 특히 머리를 컴컴하게 가리고 자는 것이다. 이 '체육복 덮어쓰기'는 어느 날 비문학 지문을 풀다가 우연히 접한 한 실험에서 착안한 것이다. 이래서 비문 학 지문은 배경지식이나 실생활 응용에 정말 유용하다니까.

〈밤에 잠을 잘 때 불을 켜놓은 채로 자게 되면, 망막세포를 비롯한 빛에 노출된 세포들이 빛을 받아들여 완전한 밤이 되

지 않았다고 인식하게 된다. 따라서 불을 껐을 때에 비해 상대적으로 깊이 잠들지 못한다.〉

이 과학지문 내용도 그렇지만, 실제로도 그냥 잤을 때보다 체육복을 뒤집어쓰고 잤을 때 나는 훨씬 푹 잔 느낌을 받는다. 단 한 가지 번거로운 점이 있다면 갑갑하기 때문에 옷자락을 구부리든지 해서 숨구멍을 만들어야 한다는 거다. 귀찮다고 안대를 쓰는 사람도 있지만, 체온을 따뜻하게 유지시켜 짧은 시간에 푹 숙면하기 위해서는 역시 동복 체육복이 최고다.

몽

점심시간에 영어지문 좀 물어보려고 했더니 맹꽁이는 머리 끝까지 체육복을 뒤집어쓰고 자고 있다. 처음에 저 모습을 봤을 때는 참 희한하게도 잔다 싶었지만 익숙해진 지금은 그저 또 저러고 자네 하고 만다.

하지만 간혹 처음 본 아이들이 호기심으로 자는 맹꽁이를 쿡쿡 찌르며 시체 같다고 할 때에는 좀 웃기다. 열심히 자는 줄 알았던 맹꽁이가 갑자기 벌떡 일어나는 모습도 역시 좀 웃기다. 무슨 진짜 양서류 같다.

옥희

몽을 보러 잠깐 이과 반에 들렀는데 교실 문 너머로 죽은 듯이 자는 맹꽁이가 보였다. 체육복 밑으로 머리카락이 비죽 나온 것이 감색 포대기에 싸인 변사체 같아서 우스웠다. 몽을 찾느라 교실 안으로 머리를 들이밀고 두리번거리는데 문득 그녀가 부스스 일어났다. 체육복이 채 벗겨지지 않은 모습이라 내 눈에는 여전히 검은 천을 뒤집어쓴 시체 같아 보였다. 그녀는 잠시 그렇게 멍하니 있더니 주섬주섬 체육복에 팔을 집어넣고는 뒤쪽으로 뒤뚱뒤뚱 걸어 나갔다. 어쩜 뭘 해도 저렇게 귀엽담. 고개를 다시 돌리니 나를 물끄러미 보고 있는 몽의 얼굴이 시야에 들어왔다. 그는 무척 우스꽝스러운 얼굴로 맹꽁이 쪽을 힐끗 돌아보았는데, 그 모습이 산만한 덩치에 안 어울리게 천진난만해서 몹시 우스웠다.

맹꽁

간혹 내 자는 모습을 보고 비웃는 사람들이 있는데 그래도 난 2년 가까이 꿋꿋하게 그렇게 잤다. 그 덕분에 2학년 때에는 반 전체가 전멸한 생물1 수업 때 오직 나 혼자만 멀쩡하게 살아남아, 결국 선생님이 내 자리 바로 옆까지 오셔서 1:1로 수업을 진행했던 일을 나는 자랑스러운 금메달마냥 기억하고 있다. 남자 선생님께, 그것도 무섭기로 소문났던 분께 설렘을 느꼈던 것도 그때가 처음이었다. 얼마 안 가서 결혼하시는 통에 내 마음을 갈가리 찢어놓긴 했지만.

벌써 4월도 중순에 접어들기 시작했다. 여전히 아이들은 봄 맞은 강아지처럼 싱숭생숭해했다. 여자애들은 그래도 평소와 별다를 바 없는데, 남자애들은 봄강아지 정도가 아니라 발정난 개로 변하는 것 같다. 퇴화인지 아니면 진화인지, 아무튼 그랬다. 체육복을 뒤집어쓰고 자다 보면 교실에 여자애라곤 나와 겸둥이 정도밖에 남지 않는 때가 가끔 있는데, 그때마다 남자놈들이 내 근처에 모여선 본능에 충실한 토론을 시작했다. 그 흥미로운 토론을 방청하고 있노라면 속으로 '오답노트도 정리해야 하는데' 생각하면서도 나는 시간 가는 줄 모르고 자는 척하고 있곤 했다.

그 은밀한 토론회에는 항상 열 명 정도의 남자애들이 참석했다. 회원이 고정되어 있는 것이 아니고 같은 반 다른 반 할 것 없이 그냥 모여서 떠들다 보면 이야기가 어느새 그쪽으로 흘러가 있다. 예를 들어 외국어 문법으로 시작된 이야기가 어떻게 꼬여서 나중에는 결국 야동 얘기가 되는 식이다. 그러면 자신들만의 무슨 특이한 생각을 나누든가, 아니면 이상한 환상 따위를 여과 없이 이야기했다. 들려오는 목소리만으로 나는 누군지 금방 알아챌 수 있었기에, 아주 깔끔해 보이던 남자애가 사실은 매일 야동을 본다든가, 일상과 야동과의 경계 구분이 안 된다든가 하는 소리를 들으면 구역질나게 우스우면서도 한편으론 불쌍했다. 여자는 한 달에 한 번 고약한 마법에 시달리지만, 남자아이들은 툭하면 고개를 드는 제2의 무엇을 억누르기 위해 매일같이 줄다리기해야 한다는 느낌이랄까. 건강한 고3 남자의 실상이란 이런 건가. 공부, 스타, 야동, 밥, 잠.

남자애들 입장에서는 자기들도 진지한 생각을 한다고 반발하겠지만, 내가 이렇게 듣기로는 진지한 생각을 하기는 무슨 개뿔.

때로는 참 안쓰러운 이야기가 들려올 때도 있다. 한번은 누군가 자신이 남중에 있다가 남녀 합반인 이곳으로 막 입학했을 때, 사방이 여자아이인데다 짝마저도 여자아이이여서 며칠 동안 자리에서 일어날 수가 없었다고 털어놓았다. 이해가 짧은 남자애 하나가 "왜? 왜?" 하고 묻자 당사자는 구슬픈 목소리로 대답했다. "생각해봐……." 왜를 연발했던 남자아이는 곧 아, 하고 짤막한 소리를 냈고 한동안 그 누구도 아무 말도 하지 않았다. 그 묘하게 슬픈 침묵 한가운데, 나는 체육복 밑에서 경련을 일으키면서까지 미친 듯이 웃고 싶은 것을 참아야만 했다.

옥희

가끔 맹꽁이는 내게 체육복 밑에 숨어서 들은 이야기들을 들려준다. 그중에서도 가장 충격적이었던 것은 단연 남자애들의 짐승 같은 본능에 관한 이야기였다. 처음에는 그녀가 어떻게 그걸 아무렇지도 않게 말할 수 있는지 이해가 가지 않았다. 같은 여자에게서 들은 말인데도 나는 불쾌하니 당장 그 자리에서 달아나고 싶은 생각뿐이었다. 나는 '흥분했다' 하나만으로도 오물 구덩이에 풍덩 빠진 것 같은데, 어떻게 다들 그렇고 그런 단어들을 아무렇지도 않게 말할 수 있지! 거기에 충분히 25금은 될 게이 만화책도 그래. 내 주변 여자애들은 왜 이렇게 당황스러울 정도로 개방적인 걸까?

그러나 무엇보다도 충격적이었던 건 자신의 여자친구에 대한 남자아이들의 감정이었다. 그 '토론회'에서 여자친구와 자고 싶냐는 말이 나왔을 때, 다들 그걸 말이라고 하느냐며 할 수 있다면 하고 싶다고 우물거리며 대답했다는 거다. 나는 이 부분에서 잠시 있는 대로 비명을 지르고 싶은 심정이 되었다. 얼어붙은 내게 맹꽁이는 그 자리에는 몽이 없었으며, 보통 몽은 '토론회'에 있게 되어도 아무 말도 하지 않는다고 덧붙였다. 말하지 않더라도 어쨌거나 거기에 껴 있단 얘기잖아, 그건!

몽도 어엿이 건강한 남자인데(으악!) 그가 고자가 아닌 이상(으—악!) 다른 남자아이들과 같으리라는 사실은 나도 잘 알고 있다. 마지못해 끄덕이긴 하지만, 실제로는 제발 그렇지 않은 것처럼 생각하고 싶다.

몽은 내게 절대 그 따위 이상한 생각을 품지는 않을 거야. 그저 나만 자연스러운 것에 순응하지 못하고 멋대로 구는 걸까? 내가 소유한 것은 깨끗하고 순수해야 한다는, 결벽증 비슷한 생각이려나.

여하튼 남자애들은 왜들 그렇게 쓸데없는 소릴 학교에서 하고 그런담. 맹꽁이에게서 그런 이야길 듣고 나면 한동안 남자애들, 심지어 몽에게조차 다가가기가 참 꺼려진다.

몽

　학교에서 공부를 하지 않는 때에는 책상에 걸터앉아서 놈들끼리 잡담을 하는데, 야한 이야기는 빼놓을 수 없는 주제다. 이런저런 딴 얘기 하다 보면 자연스럽게 나오는 거라서 조심스러운 것 빼곤 위화감도 없다. 무엇보다도 열혈토론파와 침묵경청파로 뚜렷하게 나뉘는 것이 정말 웃기다. 침 튀기게 야동 얘기를 하고 있는 건 토론파인데 정작 아무 말 없는 경청파가 훨씬 변태스러워 보인다. 본래 항상 듣기만 하는 쪽인 나는 그렇게 보이지 않도록 표정관리에 무척 신경을 쓰는 편이다. 하지만 때로는 관리의 노력이 수포로 돌아갈 만큼 토론파들의 이야기는 정말 노골적으로 생생하고 웃겼다. 때로는 누군가 차마 다시는 입에 담기 어려운 환상을 토로해서 간담을 서늘하게 하기도 했다. 새끼야, 누가 들으면 대체 어쩔라 그래!

　야동 중에서도 하이레벨을 자랑하고 있는 것은 역시나 일본 AV(adult vedio)다. 그도 그럴 것이 일본은 AV가 하나의 산업화가 되어 있어서 매우 전문적인 시장으로 자리 잡혀 있으니 말이다. 여배우, 장르 등등 종류가 천차만별인지라 취향대로 접하기 쉬운데다가, 같은 동양인이다 보니 북미나 러시아보다 익숙하게 느껴지는 점도 많이들 보는 이유다. 토론회에서 AV 이야기를 하면서 가장 우습고도 인상적이었던 것은 몇 놈이 바로 그 AV 때문에 일어과를 지망했다고 말했던 일이었다.

　"그럼 내가 곤니치와 때문에 일어과 들어온 줄 알았냐?"

"왜 왔냐, 쓸데없이. 영어도 있잖아."

"어─허, 이 자식 뭘 모르네. 너 백인이 끌리냐, 아님 같은 동양인이 더 끌리냐? 당연히 같은 동양인 쪽이 끌리지. 곤니치와, 곰방와, 아리가또 이런 거 모르는 인간이 어딨어. 난 좀 더 실생활에 응용할 수 있는 것을 원했어."

"미치겠네, 실생활 응용이래."

"막 야메떼─ 이런 거."

토론회는 후끈 달아오른 채 서로 알고 있는 엄한 일본어들을 줄줄이 내뱉기 시작했다. 한창 중에 누군가 "야 그만하자 다 들리거든?" 하는 말에 다시 잠잠해지기는 했지만 다들 막 불붙은 분위기가 꺼지는 것이 매우 아쉬운 얼굴들이다. 나는 책상에 엉덩이를 걸친 채 애써 무관심한 척 맹꽁이 자리를 흘긋 보았다. 왜 이놈들은 여자애가 있든 없든 상관없이 이야기를 시작하는 건지 정말, 위험천만한 일이다. 그나마 맹꽁이는 항상 자고 있는 것 같아 다행이지만.

맹꽁

야메떼 미치겠다. 그나저나 전부 다 해석이 되고 있잖아!

수능 D-200일의 **짧**은 잡담

옥희 : 벌써 200이야? 3, 4월도 금방 갔네. 고3 때 시간이 가장 빠르게 흐른다더니 그거 진짠가 봐. 한 게 정말 아무것도 없는데 벌써 두 달이 사라졌어. 그래도 수능까지는 200일이나 남아 있으니 열심히만 한다면! 다들 힘내자!

몽 : 난 내 스스로에겐 '200일이나 남았어!' 하고 외치지만, 다른 애들한텐 '28주 남았네.' 하고 말해. 200이 순식간에 28로 줄어드니까 막 식은땀 나지 않아?

맹꽁 : '1일'이 7개밖에 안 남았네.

옥희&몽 : 헉.

season 2

모의고사와 내신 사이

옥희

고2 때까지는 모의고사는 버리고 내신만 신경 썼었는데, 이제 고3이 되고 나니 내신은 물론 매달 두 번씩 보는 모의고사까지 챙기려니 정신이 없다. 일어과이니만큼 내신에 일어 관련 과목이 있는 것까지는 이해가 가는데, 왜 제3외국어로 불어까지 배워야 하는 건데? 가뜩이나 영어도 안 되는데 대체 불어는 배워서 얻다 쓰라는 거냐고. 엎친 데 덮친 격으로 불어 선생님마저 한심하게 융통성이 없었다. 덕분에 우리는 수행평가로 1부터 100까지를 불어로 달달 외워 써야만 했다. 가뜩 머릿속에 탐구영역 들어갈 자리도 없는데!

아이들도 나만큼이나 신경이 곤두서 있었다. 내신공부도 해야 하는데 모의고사까지 대비하려니 다들 벅찬 것이다. 모의고사 점수라도 좋으면 참을 만할 텐데 그렇지도 않으니 이건 뭐 이도저도 아니다. 나만의 문제인 것은 아니지만 그래도 수능에서 제2외국어를 보지 않는 내가 일본어에, 갖다버려도 시원찮을 불어에, 신경 쓰지 말라는 말에도 버리지 못하는 사설 모의고사까지 신경 쓸 사이, 다른 고3과 재수생들은 열심히 수능대비를 하고 있을 것이라는 사실이 참 분하다. 어휴, 자꾸만 조급해지고 화가 난다. 돌려 생각해보면 결국 순전히 실력 없는 주제에 공부도 게을리한 내 탓이지만, 그래도 자꾸만 남 탓을 하고 싶어지는 것은 막을 수가 없다.

맹몽

어제는 야자 끝나고 집에 와서 불어로 1부터 100까지 소리 내어 외는데 엄마가 대놓고 비웃었다. 하마터면 책을 그냥 창밖으로 집어던질 뻔했다. 지금은 차라리 집어던졌으면 좋았을 걸 하고 생각하고 있다.

몽

아, 그 백화점 가면 저 멀리 보이던 루이스 퀼토즈rouis quartoize(본래 발음은 루이 꺄또즈. 루이 40세라는 의미로 태양왕 루이 14세의 별명)인가 하는 명품 브랜드가 사람 이름이 아니고 숫자를 말하는 거였나 보다. 근데 프랑스 왕이 루이 40세까지 있었나? 루이 40세 하니까 뜬금없이 '베르사유의 장미'가 생각난다. 거기 나오는 왕이 루이 몇 세더라? 아아, 여기서 벗어나서 그 시대로 갔으면 좋겠다. 승마랑 총검술 같은 것만 잘하면 될 거 아냐.

불어 수업은 완전히 버리고 있었는데 갑자기 수행평가로 숫자를 외우라고 해서 50까지만 간신히 외우고는 또 버렸다. 수업을 들었어야 뭘 아는 게 있지.

맹꽁

중간고사 기간이 5월 4일까지 일주일에 걸쳐 잡혔다. 그래도 어린이날에는 느긋하게 집에 있을 수 있다는 생각에 벌써부터 기다려진다. 이놈이 공부는 안 하고 놀 생각부터 하다니, 벌써부터 나사가 빠졌구나. 머리를 흔들어 태만함을 떨쳐내고 의자를 바짝 당겨 앉았다. 그러나 점심 때 먹은 쇠고기카레로 그득한 배가 너무 껴서 도로 의자를 뒤로 당겨놓아야 했다.

내신도 슬슬 준비해야 하는데, 대부분 내신은 범위 내용을 완전히 외워버리면 완벽하다. 하지만 외우는 것도 지혜롭게 외워야지 흔히들 하듯 시험 막바지에 벼락치기로 외우면 짜증만 잔뜩 날 뿐 결과도 신통찮다. 벼락치기는 벼락치기일 뿐 공부가 아니다. 수업시간에 완전 집중하고 꼬박꼬박 필기한 뒤, 시험 2~3주 정도 전부터 스케줄을 여유롭게 짜고 외워야지. 이틀에 한번꼴로 앞서 외웠던 것부터 반복해서 외운다. 이를테면 처음엔 A~B, 그 다음엔 A~C, 다음엔 A~D, A~E 이렇게 외우면 먼저 외운 것도 잊어버리지 않는다. 시험 범위를 전부 섭렵했으면 그 다음엔 책을 보지 않고 줄줄이 외운다. 이때에는 짧게 교과서에 쓰인 목차를 보고 내용을 상기하며 외우면 하기 쉽다. 그렇게 몇 번 반복하다 보면 나중에는 몇 페이지에 몇 줄에 그것이 나왔는지도 자신 있게 말할 수 있다. 다시 말해 내신은 암기, 암기, 암기, 심지어 수학까지도 결국 암기다.

내신은 그저 이렇게 통째로 외워버리면 되는 것인데, 귀찮아서 하지 않는 주제에 자기는 공부 못한다는 놈들은 무슨 헛소리 하는 건지. 머리가 나빠서 안 된다고? 나로 말하자면 쓰던 펜을 '손에 쥔 채로' 어디다 뒀는지 까먹는 새대가리다. 이런 내가 되는데 안 된다고 손 놓는다면 그저 형편없는 의지박약 아일 뿐이다. 평생 인생도 그렇게 살아라.

이렇게 큰 소리를 치는 내가 골머리를 앓는 것이 있다면, 역시 수학이다. 공식과 기본 개념은 줄줄 외고 있기 때문에 문제는 어떻게든 푸는데, 나는 원체 계산이 느린데다가 답답하게도 그조차 정확하지 않은 때가 많다. 예를 들면 100 + 99 써놓고 299라는 식이다. 아니면 199 써놓고 착각해서 190으로 본다든지. 눈에 불을 켜고 정신을 바짝 세우고 있어도 엇 하는 사이에 이 모양이니, 수학의 신이 내게 저주를 내렸다고밖에 생각할 수 없다. 내신에서는 항상 90점은 간신히 넘기니까 다행이지만, 그래도 시험을 보면 항상 시간에 쪼들리니 문제가 안 풀리면 환장할 노릇이다.

게다가 이번에 봐야 할 내신 수학은 무려 사상 초유의 두 과목으로, 하나는 무한한 수2요, 하나는 공포의 심화 미적분이다. 본래 몇 년 전까지는 기본 미적분이 수1에 있었다는데,

어느 날 교과서가 재편된 후로는 가뜩 잡스러운 수2에 꺼버렸단다. 그래서 이과는 문과더러 기본 미적분도 안 배우는 주제에 무슨 수학을 아냐며 자주 비웃는다. 여하튼 시험 범위를 보면 수능이든 내신이든 그저 한숨만 나온다. 특히 심화 미적분은 모의고사 5문제에도 항상 벌벌 떠는데 내신 25문제는 또 어떻게 감당해야 하나.

수업을 EBS 교재로 진행하고 있으므로 EBS 문제를 숫자만 바꿔서 낸다고 듣긴 했는데, 과연 그것도 잘 풀 수 있을지 걱정스럽다.

퐁

내신도 어떻게 하면 뭐 대충 나오겠지. 나는 내신은 대충 챙기는 쪽이라서 상위권 애들처럼 그렇게까지 집착하지는 않는다(결국 자기 합리화이겠지만). 공부를 못한다고 해도 외고니까 어느 정도는 잘하는 거 아니냐 하겠지만, 앞서 언급했다시피 우리 학교는 인문고보다 약간 더 잘하는 수준에 불과하다. 당연히 하위권은 자포자기로 공부 안 하니까 베이스를 깔아주는 것이고, 나는 그 위에 별다른 노력 없이 앉아 있는 것뿐이다.

그 공짜 양탄자에 앉아 있다 보면 하위권들이 참 안쓰럽다. 보통 인문고의 하위권이라면 아예 처음부터 노는 부류였으니 배 째라 노는 게 당연하지만, 우리 학교의 하위권은 적어도 중학교 때에는 상위권이었던 애들이니 말이다. 그랬는데 지금은 바닥을 치고 있으니, 드러내진 않아도 패배감과 열등감이 어마어마할 거다. 중위권인 나도 가끔 죽고 싶어질 정도로 괴로울 때가 있는데 그 아이들이야 나보다 더하겠지. 그래서 종종 상위권 아이들이 눈치 없이 "공부가 제일 쉬웠어요." 따위를 외칠 때면, 재수 없는 기분이 울컥 올라오면서도 나는 은근슬쩍 하위권 아이들의 눈치를 살핀다.

옥희

우리 학교는 사립이다 보니 한 달에 두 번씩 모의고사를 본다. 그중 한 번은 꼭 대성, 중앙 같은 사설을 본다. 하지만 지금껏 몇 번 봐온 걸 보면, 확실히 사설은 문제가 잡스럽다. 뭐라고 콕 집어 말하기는 힘들지만 여하튼 잡스럽다. 공공기관에서 주관하는 모의고사의 경우, 이론을 제대로 알고 있는 수험생이라면 누구나 무난하게 이해할 수 있는 그런 느낌이지만 사설은 그냥 얼기설기 맞춘 내신 같다. 특히 언어영역에서 확실히 차이가 난다. 다른 영역은 그래도 엇비슷할 때도 있지만 언어영역만큼은 공공기관 모의고사의 정결함을 사설이 따라오지 못한다.

최상위권의 경우, 모의고사에서 희비를 가르는 것은 대개 언어영역이란다. 최상위권쯤 되면 외국어, 탐구는 물론 모든 수험생들이 힘들어하는 수리영역조차 통달한 경지다. 그 세 영역은 문제를 푸는 데 있어서 길이 확실히 보이기 때문이다. 아무리 꼬인 것처럼 보여도 풀어낼 방법은 분명하다. 반면 언어 영역은 몇몇 부분을 빼고는 오직 '감각'이다. 그렇기 때문에 언어는 고민해서 풀면 꼭 틀리고 무의식중에 찍듯 풀면 오히려 맞는다. 감각을 높이려면 많이 읽고 풀면서 익히는 것 외에는 답이 없다. 정말 답이 없다. 그래서 언어영역은 매일같이 조금씩 풀어서 감을 유지해주어야 하는데, 만약 조금이라도 안 풀었다 하면 그 감각이 눈에 띄게 떨어진다. 컨디션이 안 좋아도 떨어지고, 이유도 없이 갑자기 뚝 떨어지는 때도 있다.

더욱 무서운 것은 감각이 한번 떨어지면 무슨 짓을 해도 안 올라간다는 점이다. 맹꽁이의 경우 항상 언어영역은 1등급이 있는데 고3 들어서 갑자기 감이 뚝 떨어지는 바람에 그녀 말마따나 '개고생'하고 있는 것 같다. 본인 말로는 문제없던 시문학에서 느닷없이 터지기 시작했다나. 이렇게 언어영역은 좋은 성적을 유지하더라도 항상 어딘가 불안하니 조금만 안 해도 노심초사한다. 아이러니하게도 이렇게 긴장을 하면 십중팔구 또 점수가 떨어진다. 그러니만큼 언어영역을 풀 때 가장 중요한 것은 역시 마음을 편안히 가지는 일이다.

이렇게 말하고 보니 언어영역을 푼다는 건 곧 도 닦는 일이라는 생각이 든다. 마음을 비우고, 그 어떤 장애에도 흔들리지 말 것이며, 물 흐르듯 거침없이 나아가라는 것 모두 도를 닦는 것과 맞아떨어지니깐 말이다.

옥희의 중간고사 대비

평소 수업시간에도 항상 교과서 옆에 수능문제집을 놓고 풀고 있다. 문제 풀다가 필기하고 다시 문제 풀고의 반복.

국영수사는 시험 2주 전부터 조금씩 대비에 들어간다. 나머지 외국어 과목들은 시험 일주일 전부터 슬슬 준비하자. 남자애들은 필요 없는 과목은 잘만 버리던데, 나는 수업은 안 듣더라도 내신까지 포기하지는 못하겠다. 내 성적표에 어떤 과목이든 수가 아닌 것이 찍히는 것은 용납할 수 없다.

중간고사가 시작되기 5일 전에 사설 모의고사가 하나 있으므로 중간고사와 수능공부를 1:1로 맞추어 해나간다. 시험기간에 주말이 끼어 있으므로 그 후에 보는 과목은 그 전에 보는 과목보다 약간 느슨하게 해두자. 중간고사 시작 3일 전부터 수능대비는 일단 제쳐두고 내신에 몰두하도록 하자.

몽의 중간고사 대비

시간이 아까우므로 선생님이 뭐라고 하든 말든 필요 없는 과목은 그냥 버린다. 버려도 된다니까, 어차피 안 들어가. 상대적으로 중요한 국영수과는 나중에 필기가 꼼꼼한 여자애들의 책을 빌려서 대충 해치운다.

시험대비는 1주일 전부터 준비한다. 일본어 세 과목과 불어는 버렸다. 어차피 나는 이과니만큼 대학 갈 때 학생부 평가에도 안 들어갈 테니까, 양가만 안 맞으면 되지. 영어 독해와 영어 청해까지 버려버리고 싶은 마음이 굴뚝같다. 총 12과목에서 제2, 3외국어, 영독과 영청, 독서까지 빼면 수2, 심화 미적분, 화학2, 물리1, 생물1. 이렇게만 볼 수 있다면 수능공부와 겹쳐서 하면 되니까 정말 좋을 텐데.

맹꽁이의 중간고사 대비

못마땅한 불어 수업도 수업이니까 수업시간에 딴짓하지는 않는다. 수능대비에 집중하지 못할 환경이라면 그냥 수업을 듣는 게 낫다. 수업도 꼬박꼬박, 필기도 꼬박꼬박. 남자애들은 어차피 제2, 3외국어는 내신에 안 들어갈 거라며 아예 버려버리는데, 나는 차마 그렇게는 못하겠다. 솔직히 내신 과목 몇 개 버린다고 모의고사 점수가 더 잘 나오는 것도 아니고, 그렇다고 수능대비를 더 열심히 하는 것 같지도 않고.

내신은 2주 전부터 대비. 수능대비는 오전과 8교시와 야자 1교시, 내신은 오후와 야자 2교시로 분배한다. 올해는 고3이라고 귀찮은 예체능이나 국사 과목이 없어서 내신 하기가 여유 만만한 것이 정말 좋다.

세 사람의 중간고사 기간

옥희 : 수능공부를 거의 못해서 피가 마르는데 내신도 아주 촉박한 느낌이다. 좀 제대로 해놓을걸, 그냥 대충 했더니 완전히 벼락치기가 되어버렸다. 중간고사는 대개

쉬는 날을 빼도 4일이면 끝나는데 올해는 왜 이렇게 길담. 이렇게 길면 수능공부를 집중해서 못하잖아. 휴우, 하긴 해야 하는데.

몽: 아씨, 버린 과목도 네 개나 되는데 왜 이렇게 시간이 없지. 버린 과목도 신경 쓰여서 시험 보기 직전에 좀 들춰보았지만 아는 게 하나도 없다. 일본어 한자 하나도 모르는데. 뭐 어떻게 되겠지. 왠지 당장이라도 미친 놈처럼 처웃을 수 있을 것 같은 기분이 든다. 근데 왜 이번 시험기간은 유독 긴 것 같지. 고3이라 그렇게 느껴지는 건가?

맹꽁: 어—랏. 여유롭다고 너무 얕봤는지 결국은 막판 몰아치기가 되었다. 그냥 설렁설렁 외웠더니 책 덮고 외우려니까 아무것도 떠오르지 않아서 식겁했다. 내신 치면서 이렇게 초조해하긴 또 처음이네. 항상 미리 다 외워놓곤 벼락치기 하는 아이들을 보며 실컷 느긋해하던 나였는데. 내신 때문에 수능대비는 미뤄두고, 다만 언어영역만 감각을 잃지 않기 위해 매일 다섯 지문 정도씩 풀어주고 있다.

올해 1학년부터 교육과정이 '또' 바뀌어서 시험기간이 이상하게 꼬이고 길어졌다. 무슨 부침개 뒤집는 것도 아니고 4년도 못 가서 또 바뀌나. 교육과정 바뀔 때마다 대통령을 포함한 정치가들은 60만 수험생에게 발바닥 1대씩 맞아야 한다는 법안이 있었으면 좋겠다.
한 10만 대씩만 맞아도 물갈이가 싹 될 텐데. 생각 없
이 정치한다고 덤비는 놈들도 없어질 거고.

중간고사 끝난 직후

옥희 : 그 길던 시험이 끝났다! 그런데 설마 기말도 이렇게 긴
건 아니겠지. 중간고사도 끝났겠다, 수능 D-190일이 된
기념으로 친구들과 아이스크림 먹으러 가기로 했다.
그리고는 바로 집에 가서 공부해야지. 그러나 오후 늦
게 집에 돌아가서는 텔레비전을 좀 보다가 바로 자버
렸다.

몽 : 시험이 끝난 날 바로 수능대비를 시작하려고 학교에
남았다. 그러나 결국 남은 놈들끼리 피시방으로 스타
를 하러 갔다. 한 시간만 한다는 게 피시방에서 저녁
까지 먹었다. 정말 미쳤다. 미쳤지만 무의식중에 몸이
움직여 버렸으니까 이건 절대 내 탓이 아니다. 스타 하
자고 제일 먼저 얘기 꺼낸 놈 누구야. 그나마 나 혼자
가 아니라 여럿이어서 죄책감이 덜한 것 같다.

맹꽁 : 시험이 끝나고 집으로 가는데 뜬금없이 만화책이 보
고 싶었다. 만화책 보면서 딸기 요구르트가 먹고 싶었
다. 별 유난을 다 떠는구나, 만화책 그렇게 좋아하는
것도 아닌데. 그래도 좀 쉬어줄 겸 만화책도 두 권 빌

리고 요구르트도 사와서 먹었다. 만화책 마지막으로
본 게 작년 6월이었나. 저녁에는 영어듣기도 할 겸 자
막을 가린 채 미드(미국 드라마의 줄임말)를 실컷 보았다.
엄마가 도대체 고3 맞느냐며 핀잔을 주기에 나도 고이
짜증을 내드렸다.

그들과 그녀들의 화장실 습관

아침 7시부터 밤 10시까지, 학교에서 총 15시간.

때로는 공부와 밥 이상으로 중요한 그들과 그녀들의 화장실 습관에 관하여.

남자

휴지를 빌려가는 것은 곧 끙아를 하러 간다는 뜻이며, 대개들 교실, 복도 상관없이 큰 소리로 똥 누러 간다고 말한다. 개중에는 노래로 만들어 부르는 사람도 있다. 계집 같은 놈들이나 '화장실 간다'고 말한다. '고구마 찌러 간다'는 말도 있는데, 오히려 똥 싸러 간다는 말이 더 무난한 느낌. 왜냐하면 똥은 그냥 똥인데 고구마는 그 형체며 색상이 연상되니까. 화장실에 들어갈 때는 어차피 남자는 소변기와 대변기가 나누어져 있으므로, 칸막이 안으로 들어가는 사람은 무조건 똥 싸는 사람이다. 그러니 마려울 때면 가리지 않고 아무 칸이나 급하게 들어간다.

어쩌다 보니 여럿이 몰려가게 되는 수도 있지만, 쉬하러 가는데 굳이 누가 같이 갈 필요 있나. 대부분 혼자 알아서 잘 간다. 여자아이들이 쌍쌍이 손을 잡고 화장실을 가는 것을 이해하지 못하는 한편 매우 호기심을 갖고 있다.

여자

대변을 보러 가는 경우를 제외하고는 둘씩 짝을 지어 간다. 함께 갈 만한 사람이 없으면 가까운 사람에게 같이 가자고 말해서 데려간다. 혼자 화장실 가는 여자아이를 이상하게 여겨서 "너 왕따니?" 하고 묻기도 한다. 때로는 큰일 볼 때도 짝지어 간다. 대변을 볼 때는 가능하면 창가 쪽 칸으로 간다. 그래서 창이 바로 붙어 있는 가장 끝 쪽 자리는 '명당'이라고 불린다.

대변을 보러 갈 때, 40%는 '화장실 간다'로 말하고 40%는 웃으며 '똥 누러 간다'고 말한다. 10%는 남자 뺨치도록 큰 소리로 '똥 싸러 간다'고 말할 수 있으며, 10%는 변비인 친구들에게 자랑스럽게 똥 싸러 간다고 말하며 다녀와서는 월척이었다고 말한다. 여자아이들 중 50%는 남자아이들에게도 '똥 싸러 간다'는 말을 서슴없이 하며, 그때마다 남자아이들은 잘 싸고 오라며 기원해준다. 그러나 간혹 장난삼아 변비나 되라고 했다가 얻어터지는 경우도 있다.

옥희

　나는 학교에서 큰일은 절대 못 본다. 원래 소변도 절대 못 보았지만, 고등학교에서 하루 종일 생활해야 하는 상황이 닥치면서 어떻게든 가게 되었다. 하지만 큰일만큼은 학교를 비롯한 그 어떤 공공장소에서도 불가능하고 오로지 집, 집이다. 그래서인지 변비도 심한 편이라, 적어도 집에서만이라도 화장실을 꼬박꼬박 가려고 노력하지만 그래도 힘들다. 며칠째 속이 더부룩해서 죽을 것 같아도 학교 화장실은 죽어도 못 간다. 참 창피한 얘기지만 2학년 때는 화장실 때문에 야자를 빼고 집에 간 적도 있었다.

　우리 학교는 남녀 합반인데다 남녀 사이의 대화가 제법 자유로운 편이라서, 성별 상관없이 서로 곧잘 '똥 누러 간다'고 말한다. 자신이 변비라는 말을 하는 건 그나마 귀여운 편이지만 나라면 그조차도 절대 못할 말이다. 같은 여자아이들끼리라면 혹 모를까, 그것도 이성 간에 어떻게 대놓고 그런 말을 할 수 있을까. 조용한 수업시간에 손을 번쩍 들고 "화장실 다녀올게요." 하고 말하는 아이들도 정말 대단해 보인다. 어떻게 그런 말을 공개적으로 아무렇지도 않게 말하지?

　한번은 하도 컨디션이 좋지 않아서 무의식중에 몽에게 변비 때문에 힘들다고 말한 적이 있었다. 그리곤 바로 얼굴이 빨갛게 익어버리고 말았다. 내게서 그런 이야기를 듣자 몽도 조금 당황스러웠는지 어물어물 웃으며 괜찮다고, 곧 나을 테니 걱정

말라고 어깨를 토닥여주었다. 하지만 차라리 그가 그 말을 모른 척해주었더라면 정말 좋았을 텐데, 아이고 창피해. 지금도 가끔씩 몽은 내게 농담조로 "화장실은 갔다 왔어?" 하고 묻곤 하는데 그때마다 우물쭈물 반응하기도 참 곤혹스럽다. 아무래도 변비가 심한 여자애 이미지로 박혀버린 것 같아서 속상하기까지 하다. 제발 어떻게 좀 잊어주면 안 될까?

몽

옥희에게 변비 이야기를 들었을 때 처음엔 의외라서 깜짝 놀라기도 했지만, 그보다는 좀 걱정스러웠다. 옥희는 그런 부분에 대해서는 맹꽁이에게조차 잘 내비치지 않는 성격인 걸 알기 때문이다. 얼마나 갑갑했으면 나한테 푸념하기까지 했을까. 비록 지나가는 푸념처럼 말하곤 얼굴을 붉히긴 했지만 참 안쓰러웠다.

그 이후에 내가 가끔 반 농담으로 화장실은 잘 갔다 왔냐고 물으면 옥희는 얼굴을 붉히며 날 퍽퍽 때린다. 내 말에 그녀가 당황할 때면, 둥그스름한 코끝이 살짝 붉어지는가 싶다가 물에 붉은 물감을 탄 것처럼 순식간에 볼로 이마로 번진다. 그리곤 바로 손으로 얼굴을 가리고 잠시 요지부동인 것이 더욱더 귀여워 보인다(때리는 건 좀 아프긴 하지만). 그녀가 싫어한다는 것은 잘 알고 있지만 그 얼굴을 보고 싶어서 나는 일부러 농담을 던질 때도 있다. 너무 짓궂은가? 장난이 지나치다 하더라도 그녀의 붉어진 얼굴을 보는 것은 내 소소한 즐거움이다.

　농담할 때마다 얼굴을 심하게 붉히는 것으로 보아 아무래도 변비는 그녀의 고질병인 것 같다. 이런 걱정을 하는 것이 참 우스울지도 모르지만(솔직히 여친의 변비를 남친이 고민한다는 것부터가 좀 이상하긴 하다), 어쩌다 한번 걸리는 나도 답답해 죽을 지경인데 거의 매일같이 그래야 한다는 것이 참 안되었다. 그래서 인터넷에서 찾아보기도 하고 맹꽁이에게 물어보기도 하고 이런저런 해결방법을 생각해보았지만, 정작 이것저것 알아낸 것을 옥희에게 직접 알려주기가 좀 그랬다. 민망하게 이걸 어떻게 알려줘! 내가 생각해도 민망스러운데 본인은 오죽할까.

맹꽁

　나는 쾌변 한다. 그럴 것 같지? 근데 사실은 절대 그렇지 않다. '않다'가 아니라 '못한다'라며 징징거리고 싶을 정도로 변비에 관해서는 정말 억울하다. 이건 뭐 수리영역보다도 더 못해먹을 지경이다. 수리영역은 그래도 잊을 수라도 있지, 변비는 항상 내 배때기에 달라붙어 있는 거잖아. 나는 수리영역의 신에게 저주받은, 변비신의 자식이었던 것이다(아니면 진짜 변비신의 환생이든가). 그래서인지 나는 변비에 관해서라면 거의 노이로제를 일으킬 것 같다. '변'자만 나와도 속으로 몹시 뜨끔할 정도다. 약도 잘 안 듣고 학교 같은 공공화장실은 물론이고 집에서도 일 보기 힘든데 대체 뭘 어쩌라고! 뭘 어쩌란 거야! 아,

진짜.

그렇기 때문에 몽이 내게 변비에 관해 물었을 때에는 머리카락이 서늘하게 쭈뼛 섰다. 아무한테도 말한 적이 없는데 이 자식이 어떻게 알고 있지? 곧 내 섣부른 판단이라고 생각하고 날카로워진 신경을 수습하기는 했지만, 몽에게는 인터넷이나 찾아보라고 딱딱하게 대답해버렸다. 그게 마음에 걸려서 나중에 덧붙이고 싶었지만, 그러면 이놈이 이상하게 생각하는 게 아닌가 싶어서 그저 담아두고만 있다. 어휴, 이 변비 노이로제는 사람을 사람 같잖게까지 만든다. 강조하건대, 변비의 위력은 정말 그 이상으로 사람을 미치게 만든다. 특히 생리와 변비가 겹쳤을 때는 정말, 말로 표현할 수가 없다. 휴…….

그래도 그나마 아주 조금 위안이 되는 한 가지 사실은, 여고생의 80% 정도가 변비 때문에 고생한다는 사실이다. 나만큼 심하지는 않겠지만, 그래도 그 고통을 나 혼자만 겪지는 않는다는 사실이 손톱만큼은 위로가 되곤 한다.

몽

아까 보니까 누구 책상 위에 대문짝만하게 '쾌변'이라고 찍힌 음료가 있기에 순간 잘못 보았나 싶었다. 그러나 아무리 눈을 씻고 보아도 '쾌변'이라는 큼지막한 글자가 보인다. 가까이 가서 집어 들고 봐도 마찬가지다. 그나저나 글자 정말 크다. '쾌변'. 이렇게 노골적으로 써 붙여놔서 민망해서 어떻게 사고

마시냐? 이걸 주고 싶어도 보자마자 옥희는 멀찍이 도망가버
릴 것 같은데. 그건 그렇고 여긴 누구 책상이기에? 보아하니
여자애 책상인데? 하고 주변을 돌아보는데 뜨악한 얼굴을 한
맹꽁이와 시선이 딱 마주쳤다. 그녀는 나와 내 손에 들린 '쾌
변'을 번갈아 힐끔거리다가 몸을 숙여 소곤거렸다.

"그거 잘못 먹으면 방구만 엄청 나와."

"어, 그래?"

그녀는 대답 대신 고개를 끄덕거리며 우물쭈물 입꼬리를 흐
렸다. 나는 병을 도로 내려놓으면서 그 얼굴이 맹꽁이답지 않
다고 생각했지만 별달리 신경 쓰지 않았다.

옥희

점심시간에 화장실에서 맹꽁이와 마주쳐서 이야기를 했는
데, 그녀는 몽이 변비에 걸린 것 같다고 말했다. 대문짝만하게
'쾌변'이 찍힌 음료수병을 들고 서서 열심히 들여다보고 있더
란다. 순간 나는 얼굴이 확 달아올라 얼른 치약을 뱉는 척 세
면대에 고개를 숙였다. 나 때문에 그러는 건가? 그렇다고 몽,
이 바보야, 다른 사람들에게 변비 걸렸다는 오해를 받고 다니
면 어떡해! 미치겠다. 아니면 정말 변비인 건가? 왠지 나 때문
인 것 같아.

아이참, 이런 걸 다른 사람들에게 말할 수도 없고, 참 곤란
하게. 애초에 내가 변비 이야길 꺼낸 것이 잘못이지. 생각할수

116

록 얼굴이 붉어져서 나는 계속 기침하는 시늉을 했다. 맹꽁이는 감기 걸리지 않게 조심하라며 날 툭툭 치고는 자기 칫솔을 들고 나갔다. 이럴 때는 나도 맹꽁이처럼 몽과 같은 반이었으면 좋겠다. 대체 남자친구라는 사람이 무슨 일을 치고 다니는 건지 알아야지.

오답노트

몽

고1 때부터 해마다 한두 권씩 수능대비 공부비법에 관한 책을 사곤 했다. 그것을 본다고 해서 성적이 1점이라도 오르는 건 아니지만 그래도 왠지 모를 쏠쏠한 대리만족 때문이다. 어찌 되었든 수십 명에 달하는 수능 선배들의 비법들을 훑어보면 항상 몇 가지 공통점이 있었다. 그중 하나는 '오답노트를 만들어라'였다. 틀린 문제를 따로 모아 붙여서 그 옆에 풀이과정과 관련 개념을 꼼꼼하게 적고 틈틈이 들여다보라고, 그들은 한목소리로 말했다.

하지만 나의 경우, 오답이 매일같이 무지막지하게 쏟아져 나오는데다 지문과 문제를 오리고 쓰는 시간도 만만치 않아서 대개는 주말에 일주일 분량을 한꺼번에 몰아 만든다. 당장 만들지 않으면 안 될 것 같은 초조함에 급해지기도 하지만, 기껏 만들어놓으면 모의고사 직전에나 조금 들춰보는 정도인지라 실상 거의 공부도 되지 않는다. 솔직히 말하자면 정말 왜 만드나 싶다. 들여다보지도 않을 거면서 열심히 오답을 오리고 있는 스스로의 꼴이 이해가 가지 않을 때가 많다. 그러면서도 계속 만들고 있지.

맹꽁

나는 영역별로 오답노트가 모두 있다. 언어영역은 오답보다도 '감'이라는 생각에 쓰기와 사자성어, 속담 및 국문법 부분만 만든다. 외국어영역도 문법과 모르는 단어, 숙어 정도로만 만든다. 그러나 빌어먹고 말아먹을 놈의 수리 같은 경우, 오답노트를 만들려면 문제집을 통째로 뜯어내야 할 판이라 거의 문제집을 반복해서 체크한다. 오답은 매일같이 산처럼 쏟아져 나오지만, 나는 그것을 적당히 체 쳐서 정말 필요한 부분만 만들고 있는 것이다. 안 그랬으면 매일같이 오답노트 만드는 데 아까운 시간을 퍼부어야 했을 거다.

다른 영역에서는 이리저리 치이고 귀찮은 오답노트가 위력을 발휘하는 영역은 역시 탐구에서다. 특히 목차별로 오답노트에 태그를 달아놓으면 무척 편리하다. 오답을 범위에 따라 쉽게 구분해놓을 수 있을 뿐더러, 어느 부분에서 가장 많이 틀리는지를 쉽게 알아볼 수 있기 때문이다. 나중에 대충 훑어볼 때도 약한 점을 집중적으로 볼 수 있어 좋다.

오답은 나오는 대로 체크해두었다가 삼일 후에 다시 풀어본다. 그때 또 틀리는 것만 골라내서 야자 끝나갈 즈음 가위로 후딱 오려 붙인다. 그 옆에 요점 및 내가 간과한 부분을 간단히 적어 넣는 식이다. 필기도 간단하고 짧게, 키워드를 남겨서 볼 때마다 머릿속에서 되새길 수 있도록 한다. 오답노트 만든답시고 아주 정성을 들여서 네모 반듯 깔끔하게 붙이려는 사람이 많은데, 30분 동안 오리고 붙이는 데 공들이느니 차라리 10분 대충 찢어 붙이고 남은 20분으로 오답노트를 다시 들여다보는 게 훨씬 낫다. 어차피 나만 볼 건데, 또 대학 가면 버릴 거고.

나도 공부비법에 관한 책이라면 여럿 있는데, 솔직히 딱히 쓸모 있는 것은 거의 없다. 한두 번 들춰보고 마는 것이지만 사는 이유는 그냥 기분 때문인 것 같다. 갖고 있으면 왠지 잘할 것 같은 기분 말이다. 그 덕인지 책값이 아깝다는 생각은 들지 않는다. 때로는 책속에서 일러주는 공부방법이나 점수 상승의 눈물겨운 드라마는 제법 기운을 나게 해주기도 한다.

하지만 역시, 아무리 책이 좋은 방법을 말해준다고 하더라도 자신만의 방식을 만들어서 제대로 밀고 나가는 것이 가장 중요하다. 중간에 자신의 스케줄과 성적 여하에 따라서 조금씩 변화할 수 있는 적당한 유연성 또한 마찬가지다.

옥희

학교 앞에서 나누어주는 휴지에는 흔히 다달이 집에 오는 문제집 광고가 찍혀 있다. 나는 고3이 되자마자 그중 하나를 택해 정기적으로 문제집을 받기 시작했다. 가격도 괜찮을 뿐더러, 아무리 EBS가 대세라고는 해도 여타 다양한 문제를 접할 수 있으면 좋겠다고 생각했기 때문이다. 더욱이 적당한 기간에 적당한 만큼의 문제집을 보내주므로 효율적인 시간 분배에 도움이 되리라고 기대했었다.

그러나 학교 수업에 과외까지 병행하려 하니 문제집은 점점 밀리기 시작했고, 결국은 어쩌다 한번 푸는 데 그쳐야 했다. 수리만 하더라도 과외 숙제와 EBS만으로도 벅차서 그것까지 건드릴 새가 없었다. 그렇다고 돈을 다 냈는데 버리기는 아깝고, 고민 끝에 배달받은 문제집들을 오답노트 대용으로 사용하기로 했다. 하지만 만들 시간마저 도저히 나지 않은 나는 내키지는 않지만 엄마에게 오답들만 범위별로 붙여달라고 부탁했다. 그러려면 엄마에게 문제집을 통째로 보여드릴 수 있어야 했기에, 나는 일단 오답이 생기면 샤프로만 살짝 체크해두었다가 반복해서 틀리는 것만 빨갛게 그어놓곤 했다. 그렇게 처음엔 부모님 눈을 속이기 위해 시작한 것이, 실제로는 필요한 오답만을 골라내는 데 상당히 도움이 되었다.

오답들은 대부분 실수로 틀렸다거나 약간만 더 머리를 굴렸으면 맞힐 수도 있는 문제들이다. 즉 뻔히 다 아는 내용인데 막상 풀 적에는 생각이 안 나거나 실수해서 틀린다는 얘기다. 그렇기에 나중에 정리를 해보면 아차 싶을 때가 많다. 아, 이거 아는 건데! 결국 내게 있어 수능대비란, 새로운 공부가 아니라 실수를 줄이고 개념을 보다 잘 이끌어내기 위한 훈련인 셈이다. 그렇다 하더라도 나는 너무 많이 틀려대니까 문제긴 하지만.

여하튼 내가 푼 문제집은 겉으로는 거의 다 맞은 것처럼 보였기 때문에 엄마는 물론이고 친구들까지도 감쪽같이 속아 넘어갔다. 거짓말쟁이라고 손가락질 당해도 상관없다. 왜 이렇게 틀리냐고 부모님께 핀잔을 듣고 네 탓 내 탓 싸움으로 번지는 꼴보다는 혼자 현실을 감추고 있는 쪽이 마음 편하다. 게다가 매일같이 집안을 떠나가게 만드는 부모님 때문에 지금껏 내가 마음 상해왔던 걸 생각하면 이 정도는 봐줘야 하지 않나? 좋지 않은 모의고사 점수는 실수했다느니 졸았다느니 하는 소리로 대충 얼버무리면 되지 뭐. 끝없이 늘어놓을 잔소리 때문에 괜히 기분 상하고 싶지는 않다.

열공 모드와 야자 시간

맹꽁

오 제발. 공포의 6월 전국이 다가오고 있었다. 왜 또 하필이면 날짜가 6월 초야! 생각할수록 3월과는 비교도 안 되게 등골이 오싹했다. 두 달 반 가까이 공부한 것이 얼마나 잘 나올까? 사설이나 연습용 모의고사를 보면 점수가 오를 것 같지는 않지만, 그래도 희망을 품자. 제발 점수 유지라도 좀 어떻게 해주십시오! 희망을, 점수 유지라도, 부탁드립니다— 제길, 아예 생각을 말자.

3월 전국 모의고사가 끝나자마자 허물어졌던 반 분위기가 다시 엄숙해졌다. 6월 전국 모의고사 이야기만 나오면 다들 실실거리면서도 허옇게 질려 있는 것이 나는 몹시 웃겼다. 그렇다고 내가 애들을 놀리면 반 아이들은 "맹꽁이 자꾸 웃네? 양서류는 웃지 말고 울어야지." 하고 받아쳤다. 하지만 나도 맞받아쳤다. 이게 웃는 게 아니라 맛이 좀 간 거여. 봐, 지우개만 굴러도 껄껄거리잖여. 극도로 쫄면 멀쩡한 놈도 미친놈이 되는 법이여.

옥희

6월 모의고사가 점차 다가올수록 나는 오히려 차분히 가라 앉았다. 그전에는 점수를 올리는 것에 급급해서 안달복달했는데, 상황이 직접 닥쳐오니 이성적으로 변한 것 같은 느낌이다. 시뻘겋게 변한 모의고사 문제지를 보곤 우울해한다든가 불안 감에 누군가에게 전화를 거는 것도 말끔히 사라졌다. 참 놀라운 일이다. 맹꽁이는 그런 날 보며 "너도 제대로 맛이 갔구나?" 하고 놀리면서도 장하다며 등을 두들겨주었다.

반면 몽은 내게 어디가 아프냐고 묻곤 했다. 말수가 줄어들어서 그런지 전처럼 말을 많이 하지 않았기 때문이다. 그러다 보니 전에는 너무 내 이야기만 했던 것이 아닌가 하는 걱정이 들어서 몽에게 조심스레 물었다.

"내가 전엔 말이 진짜 많았지?"

"응 그랬어." 너무나 얄밉게 대답하자 약간 기분이 상한 나는 그의 팔뚝을 찰싹 때렸다. 하지만 그가 아픔에 펄쩍 뛰며 "그래서 더 재밌었다고 말할라 그랬는데……." 하는 바람에 무안해졌다. 가뭇하게 익은 팔뚝에서 맞은 부분만 들쭉날쭉 붉은 것이 꼭 맨땅에 피어난 철쭉 같았다. 몽은 팔뚝을 올려 철쭉 무늬를 보려 했지만 워낙 뒤쪽에 있는지라 잘 되지 않았다.

"너 은근히 나한테 쌓인 것이 많았나 보다." 그는 가능한 한 침착하게 말하려 했지만 뻑사리가 나는 바람에 오히려 나를 실컷 웃기고 말았다. 남자애들 뻑사리는 언제 들어도 왜 이리 웃긴지!

몽

곧 6월 모의고사다. 월요일부터 갑자기 조용해져서 이상하다고 생각했는데 곧 아하, 모의고사 때문이구나 싶었다. 항상 여유 있는(그래서 아주 재수 없는) 최상위권 놈들을 제외한다면 다들 3월보다 점수가 잘 나오길 간절히 바라고 있겠지.

그러나 다시 열공 모드로 접어들었다고 해서 야자에 남을 생각이 드는 것은 아닌가 보다. 3월에 항상 15명 정도를 유지했던 야자시간은 5월 하순으로 접어드는 지금, 9명으로 줄어들었다. 이 9명은 어느 사이부터 '야자 고정멤버'로 통하고 있다. 그 외에 평일에 한 번 정도 야자에 남는 몇몇까지 하면 간혹 12명을 넘기는 정도다. 개인적으로는 야자 때 사람이 적은 편이 훨씬 좋지만, 사람이 조금 늘어나면 경쟁의식과 동시에 동지가 늘어났다는 느낌이 생겨나서 나름 새롭다.

야자시간이 되면 빈자리가 워낙 많다 보니 애들은 마음대로 자리를 옮겨서 공부를 했다. 개중에는 수능 때에는 어떤 자리에 앉게 될지 모른다며 매일같이 자리를 옮겨가며 공부하는 놈도 있다. 근데 굳이 그렇게까지 할 필요가 있나?

자기 자리를 항상 지키는 것은 나, 맹꽁이, 겸둥이, 우유소년 이렇게 넷뿐이다. 나와 맹꽁이는 자리를 바꾼다고 성적이 바뀌지는 않는다고 생각하는 이유에서고, 겸둥이는 왕따라는 자신의 위치로 인해 어쩔 수 없는 것 같다. 대개 따가 자기 책상 손대면 기분 나쁘게 여기니까. 한편 우유소년의 경우 유별난 결벽증 때문이었는데, 그 탓에 다른 책상은 고사하고 자기 책상에 누가 손을 대는 것조차도 끔찍하게 싫어했다. 가끔 지우개 가루가 튀었다고 꺅꺅거리는 것을 들으면 그 꼴사나움에 당장 교실에서 뛰쳐나가고 싶어진다.

맹꽁

결벽증이 있는 남자는 정말 꼴사납다. 뭐야, 남자라면 흙탕물을 뒤집어쓰거나 엉덩이 사이에 바지가 제대로 씹혔더라도 당당해야 하는 거 아냐? 그런데 사내새끼가 돼가지고 바지에 물 몇 방울 묻었다고 죽을 것처럼 유난을 떠는 꼴이란. 차라리 송충이에게 뽀뽀를 하겠다. 책상에 누군가 흘리고 간 별것도 아닌 지우개 가루를 치울라치면, 그것도 절대로 그냥 치우는 게 아니다. 당장이라도 부러질 것 같은 그 팔다리를 야단스럽게 흔들어가며, 화장지를 석고붕대처럼 손에 둘둘둘 말아가지고 톡 톡 톡 튕겨낸다. 무슨 팔뚝만한 지네를 치우는 것도 아니고 지우개 가루 갖고 왜 그래? 가끔씩 비명까지 지를 때면 내 일이 아닌데도 참 심란하다. 인간이, 그것도 남자가 왜 저래야 되는 건지. 더군다나 우리 반 우유 놈 같은 경우 나와 성적이 아주 비슷하기 때문에 왠지 모르게 항상 이를 갈게 된다. 이딴 남자 같지도 않은 녀석에게 내가 조금이라도 밀린다는 건 생각하고 싶지도 않다.

그런데 나 야자 1교시 영문법 복습 중이었지. 이렇게 한번 딴생각이 시작되면 모르는 사이에 걷잡을 수 없을 정도로 퍼져서 순식간에 몇십 분이 달아나버린다. 이것 봐, 지금도 벌써 20분 가까이 도망갔잖아. 20분이면 1분당 외국어 1문제씩 해서 20문제나 풀 수 있었을 텐데. 하여간 이놈이든 저놈이든 도움이 안 된다.

몽

야자 1교시, 몸이 찌뿌듯해서 잠깐 기지개를 켜는데 한참 앞쪽에 앉은 맹꽁이가 왼손으로 머리카락을 뜯어낼 것처럼 잡아당기고 있는 게 보였다. 쥐어짜듯 하는 그 모습에 아프지도 않나 싶어 흘끔거렸지만 한참이 지나도 풀릴 기세는 영 보이지 않는다. 정맹꽁이 골치 아플 정도로 문제가 어려운가? 잠시 숨도 돌릴 겸 다른 아이들도 돌아보니 다들 저녁을 먹은 직후인데도 졸지 않고 열심히 문제집에 집중하고 있다. 오늘 남은 사람은, 고정멤버 9명과 그 외에 웬일로 남은 2명까지 총 11명이다. 그런데 지금 보니 오스트랄로피테쿠스(생긴 것도 그렇거니와 웃음소리가 원시인 같다고 해서 붙은 별명)는 문제를 풀던 자세로

자고 있네. 두툼깜깜한 입술에 침이 떨어질 듯 말듯 동그랗게
맺혀 있는 게 보였다.

　오늘 야자 당번인 3반 담탱이가 복도 창가에 몸을 기대고
있다. 멀찍이서 바라보는데도 젤을 잔뜩 친 곱슬머리에 기름
기가 줄줄 흐르는 것이 제법 눈에 띄었다. 저 젤 좀 그만 바를
수 없나, 3년 내내 한번도 생머리를 본 적이 없어. 나는 잠시
딴생각을 하다가 허리를 한두 번 뚜둑거려주고는, 다시 내 앞
에 놓인 오묘한 언어의 세계로 빠져들었다.

옥희

　오늘은 우리 담탱이가 야자 담당인가 보다. 옛날 체벌이 공
공연히 묵인되었을 때는 별명이 '미친 푸들'이었다고 들었는데,
처음에 그 별명을 들었을 때는 다들 배를 잡고 웃어댔다. 하지
만 가만히 생각해보면 충분히 그러고도 남았을 것 같다. 때때
로 화를 내거나 히스테리를 부리는 것을 보면 뭐 저렇게 쓸데
없이 그러나 싶을 정도로 도가 지나칠 때가 많으니까.

　항상 빛날 정도로 새하얀 칼라의 와이셔츠를 입고 있는 것
을 봐도 그렇다. 목이 직접 닿는 칼라는 와이셔츠에서 가장 때
가 쉽게 타는 부분으로, 아무리 깨끗이 써도 하루 만에 시커
떻게 때가 탄다. 이건 손빨래가 아니면 잘 빠지지도 않기 때문
에 귀찮아서라도 이틀, 사흘은 그냥 입고 다니는 게 일반적이
다. 어차피 목 안쪽은 잘 안 보이는 부분이기도 하니까 누군

128

가는 일주일 내내 하나만 입기도 한단다. 그런데도 매일 눈처럼 새하얀 와이셔츠만 입고 다닌다는 건(심지어 싱글이었을 때조차도) 얼마나 까다로운 성격인지 능히 짐작케 해주고도 남는다. 언젠가 조례시간에 다 마누라가 해주는 거라고 말하기에 다들 마누라가 개고생한다고 수군거렸을 정도다. 나중에 내게 그것을 들은 맹꽁이는 이렇게 말했다.

"사실 그 담탱이 와이프도 고집 만만치 않은 것 같더라. 그 빨아줬다는 와이셔츠 보면 과거 이상이잖아. 왠지 부부 싸움이 나면 완전 대박날 것 같지 않아?"

"그런가? 그래도 비슷한 성격끼리니까 괜찮을 것 같은데."

"야야, 부부란 게 성격 비슷하기만 하면 절대 안 돼. 서로 고집을 꺾고 예예 고개 숙일 줄 알아야지. 근데 지난번에 한번 본 적이 있는데, 둘 다 그 왕고집 꺾기엔 좀 글러 보이더라."

"하긴, 그건 우리 부모님 봐도 그래. 진짜 조금씩 양보만 하면 될 텐데, 어제도 젓가락 놓는 것 갖고 완전 떠나가게 싸우더라. 완전 어이없어. 그래놓곤 다 내 잘못이래."

"으이그 불쌍한 것." 맹꽁이는 할머니처럼 내 머리를 곱게 쓰다듬었다.

"그에 비하면 몽이랑 너랑은 진짜, 잉꼬부부가 될 거야."

갑작스런 말에 내 얼굴이 확 달아오른 것을 본 맹꽁이는 날 마구 놀려대다가 등짝을 몇 대 얻어맞고 말았다. 덕분에 그녀는 한동안 뜨거운 물에 덴 개구리마냥 사방을 팔짝거려야 했다. 그러니까 왜 창피한 소리를 하고 그런담.

 아 엄마, 어떡해. 수리영역 모의시험 쳐보고 있었는데. 딴생각에 빠져서 그만 시간이 오버되어버렸다. 아직 5문제나 남았는데. 에이 모르겠다, 그냥 연습인데 뭘, 이번만 예외로 치자. 다음에 잘 보면 되지 뭘.

상·중·하위권에 대한 제각각의 기준

옥희

난 스스로 중상위권에 있다고 생각한다.

모의고사 상위 3% 이내, 동시에 내신 전교 5% 이내는 최상위권.

모의고사 상위 7% 이내, 동시에 내신 전교 10% 이내는 상위권.

모의고사 상위 15% 이내, 동시에 내신 20% 이내는 중상위권.

모의고사 상위 25% 이내, 마찬가지로 동시에 내신 20% 이내이면 중중위권.

나머지는 생각해본 적이 없어서 잘 모르겠다.

개인적으로 생각하기에 '모의고사에 강한 사람'이 '내신에 강한 사람'보다 대학에 훨씬 잘 가는 것 같다. 내신은 잘 하는데 모의고사에서 항상 물먹는 사람을 보면 동병상련이란 느낌에 응원해주고 싶은 생각이 물씬 든다. 덧붙여 내신은 아무렇게나 보면서 모의고사만큼은 정말 잘 보는 아이들은 참 부러운 한편 정말 때려주고 싶다.

몽

몰라, 난 상위권? 싫으면 그냥 중위권 할게.

기준? 그냥 뚝 자르면 되는 거 아닌가?

상위 20%는 상위권. 하위 20%는 하위권. 나머지는 중위권, 이렇게.

상위 20% 중에서도 4% 안에 들어가면 상상위권.

10% 안에 들어가면 상중위권. 20% 안에 들어가면 상하위권.

내신? 나 내신은 많이 버렸는데.

그냥 국영수과만 '수' 먹으면 될걸. 등수? 그런 건 버리라고 있는 거야.

어찌 되었든 모의고사만 따지면 나도 20% 안에 드니까 상위권임.

몰라, 순 억지인 건 나도 잘 알거든? 뭐라고 따지지 마. 나도 잘 모른다니까.

맹꽁

난 중상위권. 근데 상위권, 중위권이니 그런 거 하나 소용없

으니까, 그냥 백분위랑 등급이나 신경 써라. 무슨 자랑할 일이
있는 것도 아니고.

기준은 모의고사 점수로 평가한다. 내신은 어차피 '우수'면
변별력이 없으니까 신경 쓰지 않는다.

모의고사 상위 4% 이내는 상위권.

상위 4% ~ 10%는 중상위권.

상위 10% ~ 15%는 중위권.

상위 15% ~ 30%는 그냥 봐줄 만한 정도.

상위 30% ~ 40%은 관심 없음.

나머지 하위 60%와 1% 이내의 최상위권은 아예 없는 셈 친
다. 특히 후자는 분명 인간이 아니다.

6월 전국 모의고사

몽

시험이다. 드디어 6월 전국이다. 와, 정말 미치겠다! 이번엔 반드시 점수가 올라야 하는데, 제발 좀 빈다. 심장이 후들거리다 못해 바람에 파르르르 떠는 연 자락 같다. 어휴. 휴우. 휴우우. 그래도 다행인 건 막상 시험에 돌입하면 그런 기분이 언제 그랬냐는 듯 가라앉는다는 거다. 내 상태가 금방 괜찮아질 거라는 생각은 극도의 긴장상태에서 항상 위안이 된다.

맹꽁

모의고사, 또 모의고사다. 그런데 하도 뻔질나게 사설 모의고사들을 본 탓에 면역이 되었는지 생각보다 그렇게 떨리진 않는다. 아냐, 원랜 떨려야 될 것 같은데. 하긴 모의고사가 별 거 있나. 언어, 수리, 밥, 외국어, 낮잠, 탐구. 그리고 끝난 기념으로 저녁밥 한번 달려주는 거지, 뭐. 하지만 너무 덤덤한 것도 문제다. 긴장이 풀려서 졸면 어쩌지? 설마 졸지는 않겠지.

내 생각을 아는지 모르는지 찍기 신에게 사랑받는 내 앞자리 여자애는 늘어지게 하품을 하고 있다.

옥희

너무 담담하다 못해 온몸이 차갑게 굳어버린 것 같다. 아무런 생각도 나지 않는다. 얼마 전까지는 다른 애들하곤 달리 나만은 침착하다고 좋아했던 것 같은데 이게 뭐람. 다른 아이들은 모의고사 시험지를 받기 직전까지 어떻게든 문제집을 붙들려 애쓰는데 나는 책을 코앞에 두고서도 멍했다. 읽히지도 않는 오답노트는 왜 보고 있는 거지.

이윽고 1교시가 시작하는 종이 울리고, 방송 스피커에서는 지직거리는 소리와 함께 엷은 사람소리가 들려왔다. 시험지를 받자마자 아이들은 팔락거리며 첫 장을 넘겨서 쓰기 문제부터 풀기 시작했다. 사방이 순식간에 샤프 긋는 소리로 가득 찼다. 원래는 나도 듣기가 나오기 전에 쓰기부터 건드리는 편이었지만, 자꾸 조급해져서 문제를 헛읽는 것 같아 얼마 전부터 놓아두고 듣기에 집중하는 쪽으로 바꾸었다.

본래 나는 쓰기, 듣기, 쓰기, 비문학, 문학 순으로 풀었는데, 갈수록 이 방식이 초조하게만 만드는 것 같아 얼마 전부터는 푸는 방식을 그냥 시험지에 있는 순서대로 푸는 것으로 바꾸었다. 하지만 이게 잘한 건가. 갑자기 이렇게 시험 패턴을 바꾸면 위험하긴 한데. 여러 번 연습하긴 했지만 여전히 불안하다.

만약 이 패턴이 내게 맞지 않을 경우, 시험을 망치는 것은 물론이거니와 과거 패턴으로 돌아가기도 힘들다. 어찌 되었든 간에 지금의 나는 이 방식에 길들여져 있으니까, 다시 옛날 방식에 익숙해지려면 그만한 시간과 노력을 또 기울여야 하므로 진퇴양난인 셈이다. 특히 언어는 감과 흐름을 잘 타야 하니 문제 푸는 패턴은 물론 그에 따른 심리도 무척 중요하다. 연습 모의고사를 봤을 때는 괜찮았으니까 괜찮겠지, 괜찮을 거야 하면서도 한편으로는 좋지 않은 예감이 자꾸 든다. 벌써부터 불길하다니! 아직 1교시 언어영역 듣기도 채 나오지 않았는데!

아니다, 헛된 생각을 뿌리치자. 잡생각아 물러가라! 난 반드시 잘할 것이다. 반드시 좋은 점수를 얻어내고 말 테다.

옥희의 6월 전국 모의고사 가채점 결과

언어영역: 93/100점

수리영역: 71/100점

외국어영역: 91/100점

사탐영역: 윤리 41/50점 한국지리 44/50점

한국근현대사 35/50점 사회문화 40/50점

총점: 415/500점(-6점)

몽의 6월 전국 모의고사 가채점 결과

언어영역: 83/100점

수리영역: 82/100점

외국어영역: 80/100점

과탐영역: 물리1 46/50점 화학1 38/50점

　　　　　 생물1 36/50점 화학2 39/50점

총점: 404/500점(-11점)

맹꽁이의 6월 전국 모의고사 가채점 결과

언어영역: 95/100점

수리영역: 62/100점

외국어영역: 98/100점

과탐영역: 물리1 43/50점 화학1 41/50점

　　　　　 생물1 42/50점 화학2 40/50점

총점: 421/500점(-12점)

옥희 : 엄마야, 나 총점 6점이나 떨어졌어! 그렇게 열심히 했는
데 어째서! 정말 울고 싶다. 수리는 그렇게 했는데도 어떻게 70
점 초반에만 머물러 있다. 1등급 꼭 받아야 되는데! 근현대사
도 정말 어떻게 해야 할지 모르겠다. 답이 없다, 정말 답이 없
어. 수리야 숫자니까 이해할 수 있는데, 글만 가득한 근현대사
는 대체 왜? 다들 근현대사는 공부한 만큼 나온다던데 나는
왜 이렇게 안 나오지? 그냥 외우면 된다는데 왜 난 안 되는 거
냐고. 그래도 주변에 보면 점수 뚝 떨어진 아이들이 부지기수

인데 난 그래도 6점 정도라는 게 다행스럽기도 하고. 근데 담탱이가 자꾸 등급 봐야 한다고 초 쳐서 기분이 나쁘다.

　몽 :　이거 점수가 왜 이러냐. 전체적으로 썩었다. 수리는 그래도 나름 점수 괜찮을 거라고 생각했는데 주관식 둘, 객관식 셋 나가서 83점이다. 헐, 3등급 나오는 거 아냐? 그래도 항상 수리는 대충 2등급 초에서 1등급 왔다 갔다 했는데 치욕스럽게 3등급이라니. 그것도 6월 전국인데! 언어, 외국어는 원래 그랬다고 치고, 과탐은 또 왜 이래? 진짜 미치겠다. 아놔 진짜 화학, 생물. 공부했는데 이러면 나보고 뭘 어쩌라고! 토 나오려 그러네. 이거 부모님께는 죽어도 못 보여드리겠다. 열이 뜨끈뜨끈한 중에 웬 놈이 세상에서 공부가 제일 쉬웠어요 따위를 외치기에 몇몇 놈들이랑 같이 두들겨 패주었다.

　맹꽁 :　"이번에 수리랑 외국어 쉽지 않았냐?" 하고 속꺼풀(한의대 지망하는 우리 반의 재수 없는 1등 놈)이 큰 소리로 외치자 주변 남자아이들이 벌떡 일어나서 일제히 그놈을 치기 시작했다. 잘한다! 더 쳐라! 외국어야 난 항상 자신 있으니까 수긍할 수 있는데, 수리는 도저히 안 되겠다. 이 새퀴 60점대에서 턱걸이하는 내 앞에서 뭐라고 씨부렁거리는 거여, 맞아도 싸. 지난번 점수가 어땠는지 총점만 대략 기억이 나는데 여하튼 지독한 점수라는 건 똑같다. 근데 나름 3월 분위기 유지하면서 공부한 것 같은데 점수 유지는커녕 총점이 12점이나 떨어졌다. 미친! 수리는 한 4등급 나올 것 같고, 언어는 3월처럼 난이도

138

가 쉬워서 잘하면 1등급이고 못하면 2등급? 하필이면 듣기에서 2개나 터지냐. 외국어는 1등급일 것 같고, 과탐은 물리 빼고 나머진 왜 이리 개 같애. 이런, 미친! 다들 비슷한 폭으로 떨어진 것으로 봐서는 그렇게 걱정하지 않아도 될 것 같긴 한데, 그래도 참 살맛이 안 난다. 점수가 3월과 비슷하게라도 나왔으면 좋았을 텐데. 에라, 밥이나 먹고 잊어버리자. 오늘 저녁 메뉴는 전주비빔밥, 까짓것 눈물나게 맵게 먹고 스트레스 풀어주지 뭘!

겸둥이와 식당으로 내려가는데, 1층 정문 쪽에 산산이 부서진 유리조각을 선생님들과 1학년 몇몇이 치우고 있었다. 무슨 일일까 싶어 기웃거려보니 정문 유리 여섯 장 중 하나에 유리 특유의 푸른 기운이 없었다.

얼마 전에 밥 빨리 먹으려고 계단을 한꺼번에 뛰어내리다가 다리 부러진 2학년 있지 않았나? 그런데 얼마나 되었다고 이번엔 유리창을 깨냐. 정말 남자아이들의 밥에 대한 집착은 알아주어야 한다. 깨진 유리문을 기웃거려보니 얼마나 세게 부딪혔는지 남아 있는 게 없었다. 나는 유리조각들을 유심히 들여다보다가 일어 문화 선생님을 보고 머리를 얼른 숙였다. 선생님은 축구하던 1학년 몇몇을 데리고 손수 그곳을 정리하고 있었다.

"야 이놈들이, 응, 또 밥에 정신이 팔려가지고 지대로 일을 쳤어."

"정말 지대네요."

"어휴, 그래도 귀엽게 봐줘야지. 얼마나 배가 고팠으면 두꺼운 유리도 뚫구 그랬겠니."

겸둥이가 살그머니 웃으며 선생님께 물었다.

"2학년이 그런 거예요?"

"아니, 기록 세웠다. 이번엔 3학년이야." 선생님이 들고 있던 비닐봉투에서 자갈만하게 부서진 유리조각들이 서로 부딪히며 자글자글 소리를 냈다. "'왕창 부서졌다' '왕창 깨졌다'란 말로 혹시 벌벌 떨고 있는 거 아닌가 모르겠다. 니네들 '펜 떨어졌네'란 말도 무지 싫어하잖니."

가만히 보고 있던 겸둥이가 웃으며 입을 열었다.

"이번엔 문을 좀 강한 걸로 해요! 안 깨지는 투명한 강화플라스틱 같은 걸로."

"내가 전에 물어봤는데, 일부러 깨지는 유리로 하는 거란다. 깨지지만 좀 둥글둥글하게 깨지는 걸로."

"왜요? 아예 처음부터 안 깨지는 걸로 하면 좋잖아요."

"유리문을 안 깨지는 걸로 만들면 이렇게 치울 일은 안 생기겠지만, 그렇다고 문에 부딪치는 놈들이 없어지진 않잖아. 니네들 물리 배우지? 유리 깨지는 속도로 막 달려와서 도로 튕겨나가는 거랑 뚫고 나가는 거랑 어느 게 더 지대로 아프겠니."

"아하, 작용 반작용의 법칙이네요."

"그래, 뭐라구? 그래 작용 반작용. 애초에 부딪치는 떨떨이들
이 더 문제지만."

선생님의 말에 나와 겸둥이는 서로 마주 보며 킥킥 웃었다.

담탱이와의 면담

맹꽁

담임 : 맹꽁아— (웃는 얼굴로 손짓한다) 이리 와서 앉아라.

맹꽁 : (선생님 옆으로 가서 자기 의자를 본다. 폭신한 등받이가 달린 의자다) 어, 선생님이 여기 앉으셔야죠! 그 등받이 없는 의자 저 주세요.

담임 : 괜찮아, 괜찮아. 앉아 앉아. (개의치 않는 얼굴로 반 전체 성적표를 펼친다)

맹꽁 : (마지못해 앉는다. 전체 성적표를 보더니 질린 얼굴을 한다) 으악, 그거 우리 반 거예요? (분포도를 들여다보더니 조심스럽게) 근데 좀 뒤로 몰렸네.

담임 : 다들 열심히는 하는데 성적이 잘 안 올라가서 그런 것 같다. (정색하는 척하며) 짜식들이 야자를 빼주면 그만큼 뿌리를 뽑아야지. (맹꽁, 열심히 고개를 끄덕인다) 자, 우리 맹꽁이는 어디쯤이냐 하면, 이번에 반에서 네가 다섯 번째거든? 여기 봐봐라, 네가 여기쯤 있어. (반 성적표에

샤프로 체크를 한다)

맹꽁 : (속으로) 앞에 네 명은 누구야? 속꺼풀, 우유소년, 코털,
할매인가? 제길, 우유 자식한테는 지고 싶지 않았는데.
하는 수 없지. (반 성적표를 꼼꼼히 들여다본다) 음.

담임 : 가고 싶은 대학 1순위가 연세대랬지?

맹꽁 : (고개를 끄덕인다) 네, 연세대 생활과학부요.

담임 : 좋아, 네 성적이면 충분히 가능하다. 그래도 혹시 모르
니까 성적관리 철저히 해야 한다. 다행히 맹꽁이는, (목
소리를 약간 낮춘다) 다른 몇몇 아이들처럼 아주 까마득
한 건 전혀 아니니까. 근데 수리에서 사실 굉장히 불안
하긴 해. (맹꽁이가 들고 온 6월 전국 성적표에서 수리영역을
샤프로 굵게 긋는다) 그치? 4등급 중간 정도야. 연대가 말
은 안 해도 수능 3등급 밖으로 나가는 과목이 하나라
도 있으면 혹시라도 잘라버릴지도 모른단 말이야.

맹꽁 : (말은 않지만 구슬픈 콧소리를 낸다)

담임 : (성적표를 도로 돌려주며) 수능 때는 어떻게든 2등급으로
올릴 수 있겠지?

맹꽁 : (슬쩍 웃으며) 네! 힘낼게요. 저도 제발 좀 올라갔으면 좋
겠어요, 진짜.

담임 : (맹꽁이의 어깨를 토닥인다) 그래, 맹꽁이가 정말 성실한
건 선생님도 잘 아니까, 반드시 올라갈 거다. 근데 선생
님이 하나 궁금한 게 있는데, 다른 아이들은 공부 잘

하고 못하고 관계없이 다들 의대, 약대 아니면 교대 가려고 2학기 수시원서 계획 잡고 그러는데 맹꽁인 진짜 생각 없는 거야?

맹꽁 : (손을 흔든다) 아아뇨, 전혀. 그런 건 저랑 전혀 안 맞거든요. 그리고 옛날부터 미술을 배우고 싶었으니까, 생활과학부로 가서 디자인 쪽으로 전공하고 싶어요. 그게 저한테 가장 맞는 것 같구요. (속으로) 요즘은 개나 소나 한의대, 의대, 약대, 아니면 교대라서 재미가 하나도 없단 말야. 뭐하러 그렇게 사나? 현실적으로 봐도 헛된 망상은 품고 싶지도 않고. 솔직히 나는 굳이 연대 생활과학이 아니더라도 성적 되는 대로 아무 데나 가도 괜찮거든. 일단 명문대뻘만 나면 뭐, 다 OK지 않겠어. 과야 어디든 들어가고 나면 또 어떻게 잘될지 누가 알아?

담임 : (웃는다) 그래, 맹꽁이니까 선생님도 믿음이 간다. (반 성적표 한쪽에 뭔가 휘갈겨 쓴다) 그래, 오늘도 야자 하고 가지?

맹꽁 : 네!

담임 : 그래, 수고가 많다. (맹꽁이를 보며) 선생님에게 하고 싶은 말 있어?

맹꽁 : 글쎄요? 열심히 하겠습니다! (웃는다)

담임 : (따라서 미소 짓는다) 그래, 들어가봐. (꾸벅 인사를 하고 나

가는 맹꽁이를 보며 생각한다) 다른 아이들은 한 시간씩
상담을 해도 모자라고 그런데, 믿음직한 제자는 역시
터치하지 않아도 절로 믿음이 가는군. (파일을 하나 펼쳐
들고 열심히 무언가 적는다)

옥희

옥희 : 선생님. (조심스럽게 다가간다) 선생님!

담임 : (고개를 번쩍 들며) 어 그래, 옥희 왔구나! 근데 옥희, 살
빠졌나봐? 얼굴이 아주 홀쭉해졌어!

옥희 : (괜히 기분 좋아서) 에이, 오히려 잘 먹고 잘 찌고 있는데
요.

담임 : (함빡 웃으며) 그래, 우선 앉아라. 잠깐만 기다려봐, 선생
님이 좀 할 게 있어서. (고개를 돌리고 열심히 타자를 친다.
옥희, 말 없이 기다린다. 잠시 후 선생님이 컴퓨터 화면에 여전히
눈을 고정시킨 채 말한다) 그래, 성적은 어떤 것 같아?

옥희 : (불안하게 웃는다) 음, 좋지 않아요.

담임 : 그래? 에고 이게 아닌데. (황급히 타자 치던 것을 수정하고
저장한 뒤 노트북을 덮는다. 그리고는 노트북 밑에 눌려 있던 반
전체 성적표를 펼쳐든다) 좋아. 기다리게 해서 미안하다.
옥희, 지난번에 목표가 이대 인문학부라고 그랬지?

옥희 : (기어들어가는 소리로) 네.

담임 : 이대 인문학부를 가려면 성적이 이 정도는 되어야—

(분포도 앞쪽에 선을 쭉 긋는다) 안정권이야. 자 봐. (대학 배치도를 펼쳐든다) 이것 봐, 그렇지? 근데 현실적으로 옥희의 성적은 여기야. (펜으로 분포도에 줄을 쭉 긋는다. 옥희, 알고는 있지만 왠지 가슴이 철렁한다) 자, 어때 보여?

옥희 : (양손을 만지작거리며 작은 목소리로) 네에. 역시 좀 힘들겠죠.

담임 : (심각한 얼굴로) 성적이 이대로 간다면 그렇겠지? (도로 웃는 얼굴로) 그래도 열심히 해서 성적을 올리면 되니까! 작년에 원래 문과였다가 고3 때 이과로 바꿔서, 문과 내신까지 병행했는데도 자연계 수능 500점 만점에 487점 받았던 애, 얘기 들었지? 몇 년 전도 아니고 불과 작년 일이야, 작년. 옥희도 그렇게 될 수 있도록 열심히 노력하면 되는 거야.

옥희 : (여전히 자신 없는 목소리로) 네에…….

담임 : 아직 6, 7, 8, 9, 10 하고 11월 반, 딱 다섯 달 정도 남았어. 그동안 열심히 하면 돼. 그러니까 벌써부터 심란해하지 말구, 그냥 수능공부에 집중해. 오케이?

옥희 : 네……. (여전히 시무룩하다. 속으로) 내가 그런 기적을 일으킬 수 있을까? 솔직히 열심히 한다고 해서 여기서 더 오를 것 같지도 않아. 어떤 문제집을 풀든 뻘겋 소낙비가 주룩주룩 내리는 걸. 거기다가 한술 더 떠서 요즘은 그렇게 열심히 공부하는 것도 아니고. 밤에 집에

가면 드라마까지 꼬박꼬박 챙겨서 볼 정도니 말 다했
지.

담임 : (엄한 목소리로) 점수 안 나온다고 자포자기해서는 안 된
다! 수능이란 건 끝까지 가봐야 아는 거야. (옥희의 교복
에 붙은 머리카락을 털어주며) 옥희는 한번 가면 꾸준하게
가는 스타일이니까, 마음만 잘 다잡으면 돼. 흔들리지
마라!

옥희 : (기운을 좀 얻고 고개를 끄덕인다) 네!

담임 : (웃으며) 그래. 요즘 별일 없지? (옥희의 안색을 살피더니)
부모님은 어떠시니?

옥희 : (순간 당황해서) 아 뭐, 잘 지내세요.

담임 : (당황한 옥희를 눈치채긴 했지만 못 본 척 파일로 눈을 돌리며)
그러니? 그래, 무슨 일이 생기면 꼭 선생님한테 말해라.
선생님이 옥희를 지켜줄 테니까. (손가락으로 딱 소리를 낸
다) 아! 그러고 보니 옥희에겐 남자친구가 있으니까 그
럴 필요가 없겠구나!

옥희 : 지금은 사귀는 거 아니에요. (태연한 척하지만 얼굴이 붉어
진다) 선생님! 제게 뭘 바라세요?

담임 : (웃는다) 그래, 듬직한 남자친구가 있는데 선생님이 자
리를 빼앗을 순 없지. 나중에 다시 합칠 거지?

옥희 : 아 선생님! (황급히 얼굴을 손으로 가린다) 그냥 좀, 그냥 가
요.

담임 : (웃으며 고개를 반 성적표로 돌린다) 그래 그래, 선생님은 항
상 응원하고 있어. 그만큼 공부도 열심히 해야 한다!

옥희 : (볼멘소리로 조그맣게) 고3 올라와서는 연애 같은 거 한
적 없어요.

담임 : 그래? (장난스럽게) 진짜?

옥희 : (손으로 붉어진 얼굴에 바람을 부치며) 네!

담임 : 그래, 장하다. 과연 옥희야! (양손으로 엄지손가락을 치켜세
운다. 그때 수업 종이 울린다) 그래, 곧 수업 시작하겠다. 졸
지 말고 열심히 해라! 항상 건강 잘 챙기고.

옥희 : (아직도 얼굴에 손부채로 부치고 있다) 네에. 제 다음 사람
불러올까요?

담임 : 음? 아 그래, 8교시 공강이지? (몸을 뻗어 시간표를 본다)
그래 공강이다. 그때 와달라고 좀 전해줄래?

옥희 : 네, 그럴게요. 그럼 안녕히 계세요. (반쯤 엉거주춤 일어난
자세로 고개를 숙인다)

담임 : 그래, 이따가 보자! (옥희가 간 후에 파일에 무엇인가 길게 적
어 넣는다) 고3 때 연애하는 사람은 반드시 떨어진다는
공공연한 징크스가 있지. 솔직히 내가 봐도 고3 때 사
귀는 애들은 꼭 잘 안 되더라고. 고3 들어서 갈라섰다
곤 하지만 좀 불안하단 말이야. 어찌 되었든 3월 성적
봐서는 이대는 한참 그른 것 같고, 성신여대 정도면 괜
찮을 것 같긴 한데. 그래도 수능 성적이 나오기 전까지

는 속단은 금물이니까 너무 그렇게 몰아붙이지 말자. 하지만 솔직히, 대박 기적을 바라는 것보다야 현실을 바라보게 하고 싶긴 해. 나중에 너무 속상해하는 제자들의 모습을 보기엔 가슴이 아프니까.

몽

몽 : (누군가 언어영역 문제를 묻고 있기에 끝날 때까지 기다린다) 선생님?

담임 : (뒤를 돌아보며) 오 그래! 왔냐? 여기 앉아라. (앉아 있던 폭신한 의자를 밀어주고 자신은 빨간 플라스틱 의자에 앉는다)

몽 : (의자 등을 붙잡으며) 어, 괜찮은데.

담임 : (팔을 휘두르며) 에이 그냥 앉아. (몽, 의자에 조심스럽게 앉고 나자) 성적표를 보니까 어때?

몽 : (능청스럽게 웃으며) 어후, 답이 없던데요.

담임 : 답이 없어? (따라 웃으며) 아주 그냥 심란하지?

몽 : (머리를 긁적인다) 네, 진짜 심란해요. 선생님! (조심스럽게) 저 목표 대학 좀 바꿀까 봐요.

담임 : 그래? 잠깐만 있어봐라, 몽이 네가, 성균관대였던가?

몽 : 네, 성대 공대요. (이번엔 살짝 턱을 긁적인다) 근데 너무 무리인 것 같아서.

담임 : 그래? 근데 너무 포기가 빠른데? 결과는 수능까지 가봐야 아는 거니까 벌써부터 자포자기하지 마라. 누가

뭐라든 꿈은 크고 높을수록 좋은 거다. (몽은 말 없이 고개를 끄덕인다) 그럼 어디로 잡으려고?

몽 : 으음. (고민한다) 일단 동국대 정도가 어떨까 하고요.

담임 : 동국대? (대학 배치표를 집어든다) 여기에서— (샤프로 동그라미를 친다) 여기네. (또 동그라미를 친다) 어이쿠, 너무 팍 떨어진 거 아냐?

몽 : 좀 현실적으로 생각해야겠다는 생각이 들어서요. 지금 성적이면 그래도 성대보다는 훨씬 노려볼 만하잖아요.

담임 : 그래, 네 말이 맞다. (갑자기 웃음을 거두며) 그런데, 선생님은 네가 성대라는 목표를 끝까지 유지했으면 좋겠어. (몽, 고민하는 얼굴로 담임 선생님을 마주본다) 왜냐하면, 도중에 자기 성적에 맞춘다고 목표대학을 내리잖아? 그럼 먼저 목표보다는 차이가 줄어드니까 그만큼 긴장도 풀리는 거야. 이 정도면 괜찮겠지, 하고 사람이 해이해져버린다고. 한번 사람이 긴장이 풀려버리면, 정말 걷잡을 수 없다. 그럼 수능 때는 결국 원래 나와야 할 성적보다 한참 바닥 쳐서 나온다고. 차라리 목표를 터무니없이 높게 잡더라도 불안불안해 하면서 긴장 바짝 하고 있는 편이 (샤프로 탁자를 톡톡 친다) 공부할 자세를 잡는 데는 몇 배나 도움이 돼. 이해해?

몽 : (진지한 얼굴로 고개를 끄덕인다) 네.

담임 : 거기 어디냐, 그 동국대는 일단 넣어둬. (파일을 보더니) 아 3순위가 동국대 공대구나? 하지만 일단 원래 목표, 성대 공대를 그대로 갖고 있어라. 꼭 갖고 있어. 사람이 강하게 믿으면 그만큼 복이 끌려오는 거야. (성적표를 조심조심 펼치며) 선생님 생각엔, 몽이는 무슨 일이 있으면 혼자 괴로워하는 게 가장 큰 문제인 것 같아. 여자친구 랑은 아직도 잘 지내지?

몽 : (멋쩍은 듯 망설이다가) 네, 잘 지내요.

담임 : 그래, 여자친구, 그 누구냐, 옥희? 그래 옥희. 옥희에게 는 네 속도 좀 털어놓고 그래. 여자친구란 게 서로 괴로 운 마음, 외로운 마음 덜라고 있는 거지 뭐가 더 있겠 냐. (말 없이 끄덕이는 몽을 툭 친다) 인석아, 남자가 무뚝뚝 하기만 하면 정 떨어져, 가끔은 네가 애교도 부리고 그 래야지!

몽 : (당황스럽게 웃으며) 아, 네. 근데 제가 애교 부리면 애들 이 토할걸요.

담임 : (웃으며) 얌마! 그럼 넌 네 여자친구가 애교 부리면 토할 것 같냐? 똑같지 뭐. 여하튼 뭐, 근데 이야기가 뭘 하다 가 이렇게 샜지. (무릎 위에 놓여서 살짝 구겨진 반 성적표를 다시 펼친다) 여하튼, 자, 보자. (피식 웃는 몽) 인석아, 나도 너도 정신 차려야 돼! 자, 이번 6월 몽이 성적은 반에서 11등이야.

몽 : (반 성적표를 이리저리 훑어본다) 1등은 누구에요?

담임 : 꺼풀이.

몽 : 아 역시―, 속꺼풀.

담임 : (반 성적표에 샤프로 줄을 그으며) 자, 몽이는 여기야. 보여? 잠깐, 좀 지저분해서 지우고 해야겠다. (지우개를 들고 열심히 지운다. 그 옆에서 열심히 성적표를 엿보는 몽) 됐다. 자, 다시다시. 너는 여기야. (분포도 한쪽에 줄을 쭉 긋는다) 아까 성대? 성대는 한 여기쯤. (줄을 긋는다) 그리고 2순위가― 인하대. 인하대는 여기쯤. (또 줄을 긋는다) 동국대도 할까?

몽 : (끄덕인다) 네, 해주세요.

담임 : 해주는데, 그것 보고 풀어지면 절대 안 된다. 알았지? (강하고 짧게 대답하는 몽) 자, 동국대는― (배치도를 살펴보더니) 여기쯤 된다. 어때?

몽 : (씩 웃으며) 그래도 좀 희망적이네요.

담임 : 그렇긴 하지? 그래도 너무 현실에 치우치진 마라. 꿈이 있어야 사람이 크는 거야, 꿈이. 지금 성대 공대 가고 싶어 하는 녀석이, 개미. 개미인데, 애는 너보다 조금 더 잘해. 7등이야. 한 요기쯤?

몽 : 헉, 개―미―? (한쪽 입꼬리를 올린 채로 비교해보더니) 그래도 저랑 얼마 차이 안 나는 것 같은데요?

담임 : 솔직히 너나 개미나 비슷비슷해. 이 정도 차이는 쫌만

더 힘내면 금방 뒤집을 수 있어, 개미한텐 미안하다만. 근데 개미는 확실한 강점이 있는 게, 수리영역은 항상 1% 안에 들어간단 말야. 그럼 가산점이 또 플러스 돼서 들어간다고. 게다가 이 녀석은 대부분 점수를 언어에서 까먹는데, 또 이공계라고 언어를 안 보는 대학이 있단 말야. 그럼 너랑 개미가 전체적으로는 비슷한 성적이 나왔다고 해도 개미가 너보다 잘될 확률이 휘얼씬 높은 거야.

몽 : (한숨을 쉬며) 선생님, 저 어떻게 해야 하죠?

담임 : 우선 수리영역을 제대로 붙들어야 해. (파일을 보여준다) 지금 보면 수리영역이 계속 흔들리고 있잖아, 왔다 갔다 왔다 갔다. 딱 1등급으로 붙들어봐. 그러고 나서 과탐 확실히 잡고. 자연계열에서는 수리, 탐구에 가산점 주는 대학이 많단 말이야. (샤프로 책상을 톡톡 친다) 그렇다고 어떤 놈들은 자기 가고 싶은 대학 요강에 맞춰서 언어 버리고, 과탐 한두 개 버리고 그러는데, 그러면 절대 안 된다. 뭐 버린다고 다른 과목은 올라갈 줄 알지? 절대 안 그래. 불안하더라도 끝까지 몽땅 물고 가! 그래야 나중에 선택의 폭이 넓어져. (팔을 쫙 벌려 보인다) 자기 갈 대학만 딱 맞춰서 했는데 만약에 실패했다고 해봐. 그럼 언어 버렸어, 과탐도 버렸어, 근데 대학마다 서로 받는 과목 수가 다르단 말이야. 그럼 어떻게 해, 간

신히 맞춰서 전혀 생각지도 못했던 대학으로 가든가, 최악의 경우는 다음 해로 넘어가버리는 거지.

몽 : (열심히 귀담아 들으며 고개를 연신 끄덕이고 있다) 제가 좀 전체적으로 취약해서.

담임 : 열심히 하면 돼, 열심히만 하면. 그냥 꾸준히 올라가면 되는 거야. (몽의 어깨를 토닥인다) 몽이도 야자 고정멤버지? 내가 장담하는데, 야자 고정멤버들은 다 잘될 거다. 그건 내가 7년째 고3 담임 해오면서 아는 거야. 야자 하는 놈들은 다 잘돼. 야자 빠지는 놈들이 뭐 재수한다 어쩐다 그러지.

몽 : (복잡한 심정을 추스르고 싱긋 웃으며) 감사합니다. 근데 선생님, 7년이나 계속 고3 담임 해오셨어요?

담임 : (종이에 뭔가 끼적이며) 우리는 고3 담임 맡는 사람이 거의 계속 맡아. 저어기 방뎅이 선생님은 지금이 13년째인가 그럴걸?

몽 : 와, 고3만 맡으시려면 되게 힘들 것 같은데.

담임 : 아냐, 오히려 고1, 고2 담임보다 훨씬 편해. 왜냐면 할 일이 딱 정해져 있거든. (쓰는 도중 심이 부러지자 샤프 뒤꼭지를 딸깍거리며 누른다) 축제, 운동회 같은 것도 1, 2학년만 하는 거라 참여 안 하니까 성가실 일도 없지. 체육, 미술 그런 거 안 하니까 교실 청소 대충 해도 그럭저럭 깨끗하지. 그리고 고3 담탱이들은 자기 제자들에 집중

해야 한다고 위에서 뭐 시키지도 않거든. 안 그랬다간
어머님들에게 아주 몰매 맞을 테니까.

몽 : 하하하. (크게 웃어놓고는 멋쩍어서 손을 비빈다) 선생님이
담탱이라고 하니까 되게 이상해요.

담임 : 그러냐? (장난스럽게 웃는다) 니네들 담임 보고 담탱이
담탱이 그러잖아. 그래서 나도 한번 해봤다. 몇 년 전까
지는 그냥 짧게 줄여서 담임 담임 그랬는데, 애들 말이
란 게 참 웃기지 않냐? 기가 막히게 잘 붙였어, 담탱이.

몽 : 맞아요. (의자에서 엉덩이를 한번 들썩거린다. 그리고 씩 웃으
며) 선생님, 근데 우리 또 딴 데로 얘기가 샜어요.

담임 : 맞다, 맞어. 선생님이 입이 좀 방정맞아서 문제다. 근데
어디까지 했지?

몽 : (잠시 생각해보다가) 야자 하는지 안 하는지밖에 기억이
안 나는데요.

담임 : (성적표를 잠시 들여다보더니) 그래, 그러니까 한 과목도 포
기하지 말고 다 끌고 가라고. 수리 콱 잡고, 탐구 콱 잡
고, 그리고 안 된다고 포기하지 말고. 여학생들은 안
그러는데, 남학생들은 꼭 몇 놈씩 버리는 놈들이 있단
말이야. 몽아, 자신 있지!

몽 : (고개를 꾸벅 숙이며) 열심히 하겠습니다!

담임 : 그래, 뭐 다른 거 나에게 묻고 싶은 거 있어?

몽 : 아뇨.

담임 : 그래? 그럼 됐다. 오늘도 야자 남지?

몽 : 아 선생님, 저 오늘은 야자 뺄 수 있어요?

담임 : 그래라, 그럼. 집에 가서 인강 듣게? EBS가 정말 중요하
니까, 꼼꼼하게 잘 봐라.

몽 : 네. 그럼 이제 가도 되나요?

담임 : 응, 그래. 니 다음 번호가 말대가리지? 대가리더러 4교
시 내 수업시간에 부를 테니까 기다리라고 그래라.

몽 : (자리에서 일어난다) 네! 감사합니다.

담임 : 오냐, 그래. (파일을 열고 종이에 휘갈긴 것들을 옮겨 쓴다) 몽
이는 성실한 것도 그렇고 다 좋은데, 혼자 이것저것 고
민하다가 자꾸 흔들리는 것 같아서 문제야. 게다가 형
때문에 은근히 압박감을 받고 있는 게 더 안쓰럽단 말
이지. 아무렴, 형은 서울대를 현역으로 들어갔다는데
그 동생이라면 마음고생 참 많이 할 거야. 그걸 따라잡
으려 애쓰기보다는 자기 길을 착실하게 잘 걸어가야
할 텐데 걱정이다.

싱숭**생숭**한 고등어들,
그리고 기말고사

옥희

　6월 전국을 치른 후 다들 착잡한 심정으로 자신의 위치를 체크하느라 정신없는 사이 기말고사는 2주 앞으로 다가왔다. 이번에도 시험 날짜는 총 6일, 중간에 낀 일요일까지 하면 일주일씩이나 되었다. 작년이나 재작년처럼 일요일 끼워 총 5일 동안 치면 후딱 끝나고 좋을 텐데 왜 이렇게 기냐? 기말은 기말대로 심란한데다 날씨도 찐득찐득하니 후덥지근해서 나는 자꾸만 짜증이 났다. 그나마 교실 안에 에어컨이 있는데다 저녁 무렵에는 선선한 바람이 불어와서 망정이지 하마터면 인간 폭탄이 될 뻔했다.

　6월 말에 접어든 현재 반 분위기에 대해서 말하자면, 3월 초와 비교해서 확실히 제법 풀렸다. 3, 4월에는 쉬는 시간에도 바위의 따개비처럼 책상에 붙어 있던 아이들의 대부분이 1, 2학년들처럼 마구 돌아다니며 떠들어댔다. 그리곤 당당하게 '50분

공부했으면 10분은 쉬어주는 거야' 하고 말했다. 간혹 따개비마냥 책상에 붙어있는 아이가 있기는 하다. 5월의 아이들은 그걸 불안하게 힐끔거리기만 하더니, 6월이 접혀가는 지금은 옆에 가서 아예 대놓고 방해를 했다. 그럼 따개비마저 '에라, 나도 좀 쉬어야지' 엉덩이를 떼고 무리에 섞여 들어가는 거다. 그렇게 빈둥대는 와중에도 고3으로서의 본분에 충실해야 한다는 의식은 남아 있는지 교실 안에 있으면 죄책감이 드는 모양이다. 그런 죄책감을 잊기 위해서라도 쉬는 시간이면 다들 밖으로 달아나는 바람에 남아 있는 아이들은 별로 없었다.

나는 은근히 남의 눈을 신경 쓰는 성격인지라 혼자 교실에 남아 공부하기는 힘든 것 같다. 속으로는 시간을 아껴서 공부해야지 생각하긴 하는데, 막상 쉬는 시간이 되면 여자아이들이 끼리끼리 화장실에 가고 하다 보면 혼자 남겨지는 것이 어색해서 꼭 따라나서게 된다. 이럴 때면 어디든 혼자서 잘 쏘다니는 맹꽁이 같은 애들이 참 부럽다. 지난번에 보니까 4반 교실에 맹꽁이 홀로 오도카니 남아 공부를 하고 있던데, 나 같으면 너무나 불안해서 당장 옆반으로라도 달려가고 남았을 거다.

여하튼 기말고사가 다가오고 있었다. 작년 같았으면 벌써 일주일 전에 미리 기말 대비 스케줄을 짜서 적당히 공부를 하고 있었을 텐데, 6월 전국 모의고사를 본 뒤 기력이 몽땅 사라져버려서인지 수능대비고 내신이고 할 엄두가 전혀 안 난다.

그런 내 앞에는 무수한 작은 구멍으로 물이 줄줄 새는 커다란 '수능' 자루가 있고, 내 뒤에서는 '내신' 풍선이 무시무시한 속도로 부풀어 오르고 있다. 하지만 나는 여전히 눈 뜨고 조는 사람처럼 무기력하다. 위기감도 거의 느끼지 못한 채 그냥 해야 할 본분이 공부라는 것은 아니까 기계적으로 책상에 앉아서 문제집을 풀고 있을 뿐이다. 그러다 보면 어느 순간 주변 공기가 소름 끼치도록 현실적으로 폐에 스미면서 '내가 왜 여기서 이러고 있지?' 하는 생각이 섬뜩 스친다.

다른 아이들도 마찬가지다. 서로 수능대비 때문에 정신없다고들 하지만, 내가 보기엔 사실은 다들 나처럼 얼이 빠져 있는 거였다. 그건 수능이 이제 넉 달밖에 남지 않았다는 사실 때문에도 그렇고, 열심히 달리다 보면 도중에 갑자기 멍해지는 것처럼 그런 것일 수도 있고, 아니면 이런저런 상황이 겹쳐서 좀 지친 탓일 수도 있다. 그나마 자동적으로 문제집을 뒤적이고 오답노트를 만들고 있는 건 순전히 고3으로서의 의무감 때문이지, 적어도 스스로의 발전을 향한 욕구 때문은 아니다.

그나저나 기말고사가 떠오른 김에 내신대비 계획이나 짜볼까. 나는 쉬는 시간에 대략적인 스케줄을 짜냈다. 수학, 사회야 항상 공부하고 있는 범위에서 나오니까 나눠준 문제 프린트나 좀 신경 쓰면 될 것이고, 나머지야 뭐 대충 외우면 되겠지. 외우자, 외웁시다. 외우든 뭘 하든 하긴 해야겠는데, 그래 하긴 해야지. 근데 의욕이 눈곱만큼도 없다. 몇몇 남자아이들처럼

불어와 일본어는 그저 버려두고 싶지만, 그래도 해야지 어쩌겠
어. 아, 귀찮아! 결국은 이렇게 '하긴 해야지', '아 귀찮아!'만을
중얼거리다가 오늘 하루가 다 흘러가버렸다. 흑흑, 수능도 그렇
고 내신은 또 언제 제대로 대비한다니.

뽕

누가 앞쪽에서 "아, 담 주가 기말이야!" 하고 외친 덕분에 그
제야 나도 기말고사를 봐야 한다는 사실을 깨달았다. 황급히
벽에 붙은 달력을 보니 헉, 정말 일주일밖에 안 남았다! 수업
뭐 하나 제대로 들은 적이 없는데, 나눠준 프린트는 다 잘 갖
고 있나? 책상 서랍 안에 손을 넣어보니 마구 구겨진 휴지조
각 같은 것이 잔뜩 들어 있다. 그래, 여기다 쑤셔넣고 내다버린
적은 없으니까 다 있긴 하겠지, 하지만 정확한 것은 하나하나
펼쳐봐야 안다. 아이씨, 필기도 베껴야 하는데 또 언제 베껴?
또 누구한테 빌려달라고 그러지? 남자들한테 빌리면 그걸 갖
고 거래를 하려 든단 말이야, 새끼들이. 아, 어떡하지. 아씨 그
냥 베끼지 말고 복사하는 게 낫겠다. 하는 수 없다, 이번엔 맹
꽁이한테 빌려달라고 그럴까.

나는 바로 맹꽁이 쪽으로 고개를 돌렸다. 그녀는 팔짱을 낀
채 칠판에 부산하게 수리문제를 끼적이고 있는 놈들을 보고
있었다. 팔을 휘둘러 주의를 끌자 그녀는 그 자세 그대로 눈알
만 이쪽으로 또록 굴리곤 씩 웃었다. 입술 사이로 짧은 송곳니

가 드러난 모습에 나는 왠지 포켓몬이 떠올랐다.

"너 그렇게 웃지 마라. 무슨 포켓몬 같아, 이상해 씨."

"뭐? 이게 사람 불러놓고 하는 말이 그거냐." 맹꽁이는 필통을 집어던질 기세로 몸을 일으켰지만 이내 기세를 죽이고 도로 앉았다.

"야 정맹꽁."

"뭐, 무슨 말을 더 하려고 그러는데?"

"나 필기 좀 빌려줘."

"무슨 필기?"

나는 다소 찔리는 얼굴로 말했다. "전 과목 다."

"전— 과목 다—?" 맹꽁이는 기가 질린 얼굴을 했다. "너 여태껏 수업 하나도 안 들었구나?" 나는 여전히 어색하게 고개를 끄덕이며 손을 기도하듯 가지런히 모으고 말했다. "좀 살려주세요."

"그래, 빌려줄게. 근데 빌려주긴 하는데 문제가 좀 있는 게." 맹꽁이의 윗입술이 장난스럽게 말려 올라갔다. "너 내가 악필로 유명한 거 잊어버린 것 같다?"

나는 잠시 가만히 있었다. "아." 생각해보니 1학년 때부터 맹꽁이 필기는 아무도 못 알아보는 통에 빌려가는 사람이 없었다. 나도 한번 빌렸다가 해독하느라 시간을 실컷 잡아먹은 뒤로 다시는 빌리지 않았다. 어찌나 지렁이 글씨인지 가끔은 본인조차도 못 알아보는 바람에 한참 머리를 싸매고 해독해야 하는 때도 있단다. 멍하니 옆을 바라보는 내게 맹꽁이는 물었다.

"괜찮겠어?"

"아니요."

"그렇다니까, 나도 내 필기는 절대 비추천이야." 그리곤 그녀는 구르는 듯한 소리로 웃었다. 나도 따라서 웃기는 했지만 사실 한참 속으로 심란해져 있었다. 그럼 필기를 대체 누구한테 빌리지, 난 여자애들하고 별로 안 친한데. 그러나 맹꽁이는 역시 나의 구세주였다. 그녀는 뒤쪽 사물함으로 지나가던 곰순이를 부르더니 필기를 내게 빌려줄 수 있느냐고 물었던 것이다. 곰순이는 어깨를 으쓱했다.

"그래 뭐, 빌려줄게. 어차피 지금 공부 안 하니깐. 사물함에 있으니까 필요한 거 뽑아가."

나는 두 손을 모으고 머리를 숙였다. "진짜, 진짜 땡큐. 내일까지 해서 꼭 갖다줄게." "어어, 마음대로 해." 곰순이는 빙긋이 웃으며 여유로운 곰의 모습으로 다시 걸음을 옮겼다.

"그럼 이제 된 거지?"

"응, 아 살려줘서 진짜 땡쓰. 점심시간에 복사하러 가야지."

"도와줄까? 저거 다 갖고 가려면 힘들 텐데."

나는 기꺼이 그 도움을 받아들였다. 이런 게 좋은 친구라는 거다. 처음부터 먹을 걸 사달라는 놈들보다는 훨씬 더 뭔가 해주고픈 마음이 생기지 않는가.

옥희

점심을 먹고 양치질을 한 후 화장실 앞에 붙어 있는 커다란 전신거울로 내 모습을 뜯어보고 있었다. 와, 다리는 왜 이렇게 굵어. 얼굴 볼살은 정말 심각하다. 팔뚝도 살이 점점 불어나고 있고, 여하튼 거울만 보면 이래저래 괴로워진다. 그런데 아이들에게 나 살찐 것 같지 않느냐고 물으면 지금 장난치냐며 나를 마구 때린다. 생각해보면 나도 다른 아이들이 그렇게 물으면 무슨 소리야, 너 예뻐 걱정 마, 라고 대답하니까 피차 마찬가지로구나. 거울도 보고 수다도 떨고 이런저런 딴전을 피우느라 영단어장을 외우기로 했던 점심시간이 조금씩 흘러가고 있는데, 갑자기 날 잡아 흔드는 사람이 있었다.

"옥희! 잠깐 시간 있어?" 짤막한 버섯머리의 맹꽁이다.

"어, 왜?" 하고 대답하긴 했지만 난 속으로 생각했다. 단어 외워야 하는데— 무슨 소리야, 여태껏 자기가 시간 잔뜩 죽여놓은 주제에. 잠시 스스로가 부끄러워졌다.

"어어, 있잖아, 내가 몽 좀 도와주기로 했는데 지금 내가 좀 힘들 것 같아서. 몽이 좀 도와줄 수 있어?"

"어? 어, 그래. 근데 무슨 일인데?"

"필기 복사하러 가는데 책 좀 들어주기로 했거든. 지금 교실에 있을 거야, 부탁해! 미안!" 하고 맹꽁이는 급하게 화장실로 들어갔다. 잠시 맹꽁이 말을 되새겨보니 제법 오랫동안 몽과 단둘이 뭔가를 했던 일이 없던 것 같다. 고3이니까 데이트는 생각도 못했고, 그저 매일 야자가 끝나면 1층까지 같이 내려가는 정도일까. 나나 몽이나 서로에게 무척 익숙해져 있어서 별다른 위기의식이 없는 건지도 모르겠다.

나는 잠시 맹꽁이의 뒷모습을 지켜보다가 칫솔을 치마에 찔러 넣고는 서둘러 4반으로 향했다. 맹꽁이 대신 나타난 날 보고 몽은 어떤 얼굴을 할까? 상상해보자 괜히 멋쩍어져서 나는 헛기침을 했다. 왜 그래, 별것도 아닌데. 그냥 몽 만나러 가는 거야. 맹꽁이 대신 도와주러 가는 거라구. 하지만 얼굴이 조금 달아오르는 통에 누군가 어디 아프냐고 붙잡을까 봐 나는 얼굴을 긁는 시늉을 해야 했다. 이래서 얼굴이 쉽게 벌게지는 사람은 참 곤란하다. 조금이라도 흐트러지면 금방 표가 난단 말야.

나는 잠시 창밖을 보는 척 스스로를 진정시킨 후 4반 앞문으로 살짝 다가갔다. 사물함 위에 책을 잔뜩 쌓아두고 시간표를 바라보고 있는 몽의 뒷모습이 보였다. 하복 와이셔츠 아래로 나온 적당히 마른 건강한 팔뚝이 유난히 눈에 띈다. 잠시 나는 거기서 눈을 떼지 못했다. 우와, 옥희 너 변태 같애! 그건 그렇고 어쩜 여자보다도 팔뚝이 더 가늘 수 있지. 눈길을 떼고 뒷문으로 살그머니 돌아간 나는 몽을 붙잡으며 가능한 한 자연스럽게 인사를 건넸다. "아안녀어엉!" 불행히도 내 목소리는 인간이라기보다는 염소에 가까웠다.

몽은 내 인사에 조금 놀란 얼굴을 했다. 덕분에 그의 인사도 만만치 않게 어색했다. "어— 옥희— 응. 안녕!" 나는 웃으며 그의 앞에 놓인 책들을 만지작거렸지만 사실 속으로는 스스로를 탓하고 있었다. 바보야, 아안녀어엉—이라니 그것도 부들부들 떨면서! 내 속을 아는지 모르는지 몽은 손에 들고 있던 노트와 책을 사물함 위에 얹어놓으며 말했다. "나 복사하러 가는데. 같이 갈래? 아 맹꽁이도 간다고 그랬는데."

"아, 맹꽁이가 나보고 같이 가라고 그래서—."

"어 그래? 무슨 급한 일 있나 보지?"

"으응, 좀." 급하게 화장실로 뛰어 들어가더라는 말은 차마 할 수 없어서 나는 대충 얼버무렸다. 몽은 무심하게 고개를 끄덕거리더니 "그럼 옥희가 날 도와주려고? 안 되는데." "왜 안 되는데?" 나는 태연히 되물었지만 사실은 그 말에 기분이 약간 상했다. 몽은 그런 내 기분을 눈치 챘는지 산더미 같은 책과 노트를 가리켰다.

"맹꽁이는 이것 좀 들어달라고 시켜도 괜찮을 것 같은데, 옥희는 팔이 너무 가늘잖아. 좀 미안해진다고."

"내 팔이 어디가 가늘어? 이거 봐 이거 봐! 살 늘어나는 거."

나는 팔뚝 살을 잡고 쭉 늘려 보였다. 몽은 그것을 보더니 자신도 그 정도는 늘어난다며 팔뚝 살을 쭉 늘려 보였으나, 한눈에도 그의 살은 내 반만큼도 늘어나지 않았다. 그거 보니까 왠지 배신감 느낀다.

우리는 일단 책을 나눠 들고 복사기가 있는 곳으로 향했다.

나는 책 더미를 두 팔로 보듬듯이 껴안고 있었는데, 책에 내 팔뚝이 눌리면서 보기 싫게 늘어나 있었다. 그러자 아까 본 몽의 날씬한 팔뚝이 머릿속에 되살아났다. 정말, 남자애들은 그렇게 먹어대고 먹어대면서 어떻게 여자애들보다도 날씬한 거람. 아무리 몽이라고 해도 조금 샘이 난다.

"왜 남자아이들은 고3이 되어도 살이 안 쪄? 다들 정말 날씬하잖아, 먹기도 엄청 먹으면서."

"남자애들은 운동을 어떻게든 하니까. 보면 여자애들은 자주 몸을 움직이진 않잖아."

"그래도 남자애들도 그렇게 많이 하지는 못하잖아, 운동. 다들 고3이니까. 그런데도 그렇게들 살이 찌지 않는다는 게 참 신기해."

"음, 그럼 이건 어때?" 몽은 눈을 반짝였다.

"생물학적으로 보면 남자가 여자보다 기초 대사량이 높잖아?"

"오, 생물?" 몽은 내 말에 책 더미 아래 긴 손으로 살짝 V를 만들어 보였다. "거기다 여자는 남자보다 몸에 지방 비율이 훨씬 높다고, 하여튼 뭐 그런 말이 있었는데. 그러니까 그건 그냥 자연스러운 거라고 생각해."

"좀 불공평해." 안심시키려는 몽의 말에도 나는 여전히 툴툴거렸다. "여자든 남자든 기름기가 없이 쭉 빠진 몸을 원하잖아. 근데 여자는 지방으로 쌓인다니, 너무해."

"내가 보기엔 전혀 살찌지 않았는데."

나는 그 말에 몽의 옆구리를 쿡 찔렀다. "아냐, 딱 봐도 살쪘잖아." 하지만 여전히 몽은 갸우뚱거렸다. "전혀 아닌데? 내가 알지." "뭐야, 어떻게 알아!" "알아." "어떻게? 말해봐!" 그는 대답 대신 의미심장하게 고개를 흔들었다. 그 모습에 나는 흥흥거리며 그를 살짝 밀어냈고 덕분에 그는 한 영어과 여자애와 부딪힐 뻔했다.

"한 가지 확실한 건," 몽은 간신히 중심을 잡으면서 말을 이었다. "살쪘다는 건 잘 모르겠는데, 힘만큼은 진짜 더 세지고 있어. 그러니까 고기는 그만 좀 먹지?"

"나 원래 고기도 안 먹는단 말야." 아무리 잔뜩 먹어도 살이 전혀 안 찌는 이유는 뭘까? 내가 책을 복사기 위에 얹어두고 팔을 문지르자 몽은 내게서 한 발자국 물러섰다.

"또 때릴라 그러지?"

그리곤 그는 어설프게 만화에 나오는 귀여운 다람쥐 흉내를 냈다. "때릴 거야?" 그 모습에 나는 샐쭉해 있던 것이 풀리면서 큰 소리로 웃고 말았다. 정말 안 어울린다! 바로 뒤에 있던 3학년 교무실에서 선생님 한 분이 나오다가 부루퉁한 얼굴로 우리를 빤히 쳐다보셨다. 나는 웃음을 참느라 입을 애써 틀어막고 있다가 선생님이 가신 후에야 다시 손을 놓았다.

"아 닭살 돋았어. 진짜 대박이야! 완전 귀여웠어."

그 말에 몽은 복사기에 책을 밀어 넣다 말고 다행이라는 듯씩 웃었다. 무척 오랜만에 우리는 그렇게 전처럼 웃고 떠들며 얘기를 나눌 수 있었다. 몽을 다 거들어주고 헤어진 후에도 어렴풋한 즐거움은 계속 남아서 날 기쁘게 했다.

맹꽁

나는 화장실 '명당'에 앉아 하릴없이 창밖으로 보이는 하늘 구경을 하고 있었다. 지금쯤 옥희와 몽, 이 두 사람은 사이좋게 책을 나눠들고 가고 있겠지. 멀거니 앉아 있는 사이 세 명이나 급하게 노크를 하고 지나갔다. 그 아이들에게는 직접 사과하고 싶구나, 할 일도 없이 명당자리를 20분 동안 눌러앉았으니. 하지만 그 자리엔 커다란 창문이 달려 있어서 화장실 냄새도 전혀 안 나는데다, 신선한 바람을 맞으며 하늘 구경하기 정말 좋은 곳인데 난들 어쩌랴. 명당은 괜히 명당인 것이 아니다.

나는 예비종이 울릴 즈음 명당에서 나왔다. 하도 오래 자리를 차지하고 있었기에 빠져나오기가 무척 쑥스러웠지만 다행히 아무도 눈치채지 못한 모양이다. 나는 방금 들른 사람처럼 자연스럽게 손을 씻고 화장실을 빠져나가, 화장실 앞 전신거울을 힐끔 봐주고(아이구, 머리가 왜 이 모양이래) 머리를 꾹꾹 누르며 교실로 돌아갔다.

다음 시간 수업을 준비하느라 사물함을 뒤적거리며 나는 몽이 앉아 있는 쪽을 흘금 보았다. 둘이서 잘 보냈을까? 서로 바빠서인지 오랫동안 둘만 있을 기회가 없었던데다 요새 들어서는 옥희나 몽이나 기분이 좋지 않은 것 같아서, 적당한 기분 전환이 되지 않을까 생각했다. 이런 말은 쑥스러워서 하기가 뭐하지만, 웃음과 사랑만큼 최고의 만병통치약은 또 없다고들 하니깐.

세 사람의 기말고사 대비

옥희 : 중간고사랑 공부 패턴은 비슷하다. 중고등학교 때부터 쭉 해왔던 것이니만큼 지금 와서 딱히 달라질 만한 것은 없다. 대신 시간이 갈수록 촉박해지고 있다. 아니, 사실은 뭘 어떻게 해야 할지 감이 안 잡힌다. 모의고사 점수가 점점 떨어져가는 마당에 어떻게 태연히 내신을 할 수 있담. 주변에서는 "내신도 모의고사도 평소 실력으로!"를 외치는 아이들이 급속도로 늘어나고 있다. 나도 그냥 동참할까 싶기도 한데, 근데 평소 실력도 제대로 좀 되어 있어야 그게 되는 거지, 안 그러면 다 쫄딱 망하게.

아침에 와서 오늘은 수능대비 조금 하고 내신 해야지, 생각해도 수능문제집에 미련을 못 버리고 붙들고 있다가 결국 항상 야자까지 끌고 가버린다. 이렇게 내신이 성가시고 귀찮은 애물단지가 될 줄은 꿈에도 몰랐다. 나도 남자애들처럼 필요 없는 과목들은 갖다버리고 싶어! 하지만 쓰레기조차 못 버리고 모아두는 소심한 성격은 어쩔 수 없나 보다. 서랍 안에 산처럼 쌓인 잡동사니들을 보면 답답할 때가 있는데, 내신도 이

제 보니 딱 그런 꼴이다. 에고 답답아, 그래도 죽어도 못 버리
지.

　몽 : 일본어 과목들은 이제 교과서가 어디 있는지도 모르겠
다. 버렸나? 버렸을 걸. 그래도 상관없다. 곰순이의 필기를 복
사하긴 했지만, 그 복사한 것들도 책상 안에 쑤셔 넣고 거의
보지 않았다.

　6월 전국을 본 후에는 상당히 풀어져서 공부를 게을리했
다. 그러다가 성적표가 나오자 나는 아주 잠시 세상만사를 초
탈한 듯했다가, 지금은 점차 미궁으로 빠져들고 있다. 가끔 스
트레스를 심하게 받는 것 같을 때면 속으로 중얼거린다. 왜 이
렇게 집착해, 그렇다고 죽을 사람 아무도 없어― 안 죽긴, 내가
죽을걸? 이 성적에 대체 어딜 가겠다는 건지 참 한심하기 짝
이 없다.

　그건 그렇고 내신을 이 이상 버릴 수도 없는 노릇이니 어떻
게든 해야겠는데, 정말 하기 귀찮다. 에이씨, 그냥 벼락치기로
가자. 평소 실력으로 영수과나 적당히 우로 받지 뭐. 아, 몰라.

　맹꽁 : 내신이야 뭐 여유롭게. 그러나 여유만만하게 공부한
다는 것이 어느새 기말이 코앞으로 다가왔을 줄은 꿈에도 몰
랐다. 도대체 언제 시간이 이렇게 되었지! 몽이 필기 빌려달라
고 안 했으면 직전에 헐레벌떡 시작할 뻔했다. 다행히 대부분
교과서 대용으로 쓰는 문제집과 프린트에서 살짝 바꿔서 문제
를 낸다고 했다. 수치를 바꾸든지 '~옳은 것은?'을 '~아닌 것

은?'으로 바꾸든지 하는 식으로 말이다. 그렇기 때문에 필기만 확실하게 되어 있으면 내신은 문제없다. 아 근데, 왜 영어는 영 청 영독 둘 다 범위만 덜렁 주고 왜 프린트를 안 줘!

아이고 내가 지금 이럴 게 아니고, 여하튼 수업 문제집도 그 때그때 꼼꼼히 풀어왔으니 체크만 꼼꼼히 하면 되겠지. 헌데 평소 실력으로 한다는 놈들은 대체 뭐지. 그냥 프린트만 보면 되는데 그것도 귀찮나? 어떻게 생각하면 내신에서 몇 명 간단히 제칠 수 있는 소리니 기뻐해야 할 것 같지만, 그 '평소 실력'을 외치는 놈들은 내신이 나보다 못하니까 실상은 그게 그거다. 좀 잘하는 놈들이 그러면 얼마나 좋아.

세 사람의 기말고사 기간

옥희: 아 어떻게 해! 또 벼락치기처럼 되었다. 요즘 우리 반에서 유행하는 말은 이거다. '나 해탈했어'. 그리고 나도 이미 해탈했다.

뭉: 평소 실력으로. 그리고 채점은 안 한다. 버려, 그냥. 몰라, 대충 우는 나오겠지.

맹꽁: 토요일에 놀고 일요일에 프린트 좀 건드리다가 월요일에는 지각할 뻔했다. 그래도 공부하고 일부러 갖다 버리는 일 청만 빼면 대충 다 수는 나오겠는데.

기말고사가 끝난 날

옥희 : 지난주 수요일에 시작한 기말은 이번 주 수요일이 되어서야 끝났다. 놀토까지 끼워서 참 길기도 하다. 이러느니 차라리 평일에 몰아버리고 끝내는 게 낫지. 하지만 월화수에 볼 내신대비를 주말에 몰아서 벼락치기 한 내가 할 말은 아닌 것 같다.

시험이 끝난 날에는 지난번처럼 친한 아이들끼리 몸보신하러 치킨집에 갔다. 가서 다섯 명이 두 마리 시켜놓고 연골이며 절인 무까지 몽땅 먹어치웠다. 어찌나 게걸스럽게 먹어댔는지 주인아줌마께서 잘 먹는다며 서비스로 닭발까지 한 무더기 주셨다. 감사 인사를 드리고 그것까지 깨끗하게 먹어치운 뒤, 그것도 모자라서 베스킨에 가서 아이스크림까지 먹었다. 그래도 수다를 떠니까 순식간에 배가 꺼지던데. 버스를 타고 집에 돌아오니 5시였다. 오답노트를 무릎 위에 올려놓았지만 바로 앞에 텔레비전을 켜놨으니 공부가 될 리 없었다. 결국 10시까지 줄창 드라마와 영화만 보고 잤다.

몽 : 중간고사 때에는 공부를 하려고 학교에 남았다가 스타만 실컷 했기에, 이번에는 그 예방 차원에서 아예 처음부터 피시방에 갔다. 이러면 차라리 예정된 공부를 하지 못했다는 죄책감보다는 실컷 잘 놀았다는 느낌이 들 것 같아서였다. 스타를 몇 판 붙고 나서 몇몇 놈들이 와우를 하자고 하기에 계정을 나도 하나 새로 만들었다. 기웃거려보니까 제법 고렙들이

많아서 언제 이렇게 길렀냐고 물었더니, 집에 가서 심심하면 한다고 대답했다. 그러면서 "아씨 공부해야 되는데, 맨날 와우만 하고 있어." 하고들 덧붙였다. 나는 속으로 '멍청아 그럼 나처럼 야자를 해.' 하고 생각했지만, 사실 나도 집에 있을 때면 자주 게임을 하니까 뭐라 할 입장은 전혀 아니구나.

컴퓨터를 하면 시간이 왜 이리 후딱 흘러가버리는지, 순식간에 6시가 되었다. 남을 사람은 남고 갈 사람은 돌아가기로 했다. 서둘러 집에 돌아가서는 어머니께 학원에서 공부하고 왔다며 거짓말을 했다. 어머니는 고생했다며 저녁까지 차려주셨다. 내가 여기서 죄책감을 느껴야 하는 걸까? 컴퓨터에 홀려 무감각해져서 그런가? 문득 혼란스러워졌다. 식탁에 차려진 것들을 기계적으로 꿀떡꿀떡 삼키고는 무감각한 몸을 방에 끌고 들어가 침대에 쓰러지듯 누웠다. 문자가 온 것 같았지만 버려두고 한참을 멍하니 침대 위에 누워 있다가 잠이 들었다.

맹꽁: 이번 시험도 거의 막판에 몰아서 한 것 같다. 특히 영어 지문들을 시험 전날 외우느라고 혼을 뺐다. 망할 ET(English Teacher)들 같으니라고. 하지만 이제 두 번밖에 남지 않은 내신 시험에서도 나는 벼락치기를 할 것 같다. 고3에게 벼락치기는 진리다(내가 왜 이렇게 되었지).

옥희에게 내신 안부를 물으니 망쳤다며 말꼬리를 자꾸 잉잉 끄는데, 사실 그건 내 기준에서는 새빨간 거짓말이다. 평상시 내신만큼은 항상 일어과 1, 2등을 도맡는 옥희에게 있어서 아마도 '망했다'고 말하는 기준도 평균 97점 정도일 거다. 당사자로서는 그럴 수 있겠지만 어떤 때는 겉만 번지르르한 말을 하는 것 같아 참 얄밉다.

집에 가서 수박을 한바탕 갈라놓고 노트북으로 미드를 조금씩 보았다. 고3이 돼서 나는 미드에 정말 푹 빠졌다. 어떻게 고1, 고2도 아니고 고3 때 이렇게 빠지냐, 정말 미쳤다. 엄마가 지나가면서 날 보고 혀를 끌끌 찼지만 그 이상은 아무 말도 하지 않았다. 나는 괜히 짜증을 내는 대신, 곱게 자른 수박 세 조각을 엄마께 갖다 드리고 나머지는 혼자서 몽땅 먹어치워 버렸다.

너와 나 우리, 그리고 **개**

몽

　우리 학교 바로 앞은 단독주택가라서 그런지 개를 키우는 집이 많다. 개도 치와와, 발바리 같은 코딱지만한 것이 아니라 허스키라든가 리트리버 같은 커다란 개들이다. 개들은 길이 잘 들어서 함부로 짖거나 하는 일은 드물었지만, 가끔 과도하게 친밀감을 표현하는 바람에 그 앞을 지나다니는 사람을 놀라게 하는 때가 있다. 어찌 되었든 나는 개털 냄새나 찐득찐득하게 덩어리진 침, 수북이 쌓인 개똥더미을 보는 것을 좋아하지 않아서 일부러 멀찍이 피해 다녔기 때문에 그런 일을 당한 적은 없었다.

　그러나 정문 쪽으로 나가다 보면 마주치는 두 마리 삽살개는 나도 피할 도리가 없었다. 삽살개들을 키우는 집이 학교 정문 바로 앞집인 탓이다. 자주 씻기는 것 같긴 한데 삽살개들은 볼 때마다 묵은 대걸레자루를 쌓아놓은 것처럼 아주 꾀죄죄했다. 그런 생각이 들 때마다 개들은 지저분한 몰골로 '이건 털이 원래 이래서 어쩔 수 없다우'라고 항의하는 것처럼 벙벙 뛰어올랐다. 그 모습을 보니 더욱 가까이 가고 싶지 않았다.

어쩌다 그 개들에 대한 이야기가 나왔을 때 옥희는 말하길, 사실 개를 참 좋아하는데 그 삽살개들은 저를 유독 안 좋아하는 것 같단다. 다른 아이들이 손을 내밀면 개집을 뒤집어놓을 정도로 신나게 뛰어다니는데, 자기가 다가가면 아는 척도 하지 않더라는 것이다. 그렇게 모른 척하다가도 다른 아이들이 멀찍이 지나가면 자기를 봐달라며 컹컹 짖는단다. 나는 옥희가 너무 잘 대해주니까 우습게 봐서 그런 것 같다고, 다음부터는 아예 모르는 척하라고 말했다. 그렇게 저렇게 이야기가 흐르다 보니 결국 저녁시간 때 저녁을 먹은 뒤 함께 개를 보러 가기로 대화가 마무리되었다. 어쩌다 얘기가 이렇게 된 거지, 나는 뒤늦게 후회했지만 약속은 약속이니 하는 수 없다. 물론 옥희와 놀러 간다는 건 반갑지만, 개 냄새와 산 같은 똥덩이를 가까이 해야 한다는 사실은 약간 괴로웠다.

6시에 저녁시간 종이 치자마자 나는 같은 반 놈들과 함께 미친 듯이 계단을 뛰어 내려가서 5분 만에 밥을 먹어치웠다. 그리곤 다른 놈들은 바로 운동장으로 뛰쳐나갔지만 나는 옥희와의 약속 때문에 도로 교실로 올라갔다. 뭐 하루쯤 축구 안 한다고 어떻게 되는 것도 아니고. 하지만 여전히 다리는 근질근질하다. 미리 챙겨온 칫솔로 대충 양치질을 한 뒤 나는 중앙계단으로 향했다. 옥희는 벌써부터 와서 기다리고 있었다.

"저녁은?" 여자애가 남자 같은 속도로 벌써 다 먹고 왔을 리는 없고. 손을 흔들며 묻자 옥희는 웃음 띤 얼굴로 고개를 내저었다.

"같이 먹는 애들이 다이어트해야 한다고 저녁을 안 먹겠대서, 나도 그냥 안 먹으려고."

"그래? 그래도 야자까지 하려면 뭣 좀 제대로 먹어야지."

"괜찮아. 아까 과자도 좀 먹었고―" 그녀는 지나가는 친구에게 팔을 들어 흔드느라 말끝을 길게 끌었다. "―먹었긴 한데, 좀 배가 고프긴 하다." "그것 봐." 슬슬 내려오는 옥희의 손을 향해 손을 내밀자, 그녀는 반사적으로 그 위에 손을 얹었다. "있다가 오면서 학생식당 같이 들렀다 오자. 어차피 오래 안 걸릴 것 같으니까." "어, 괜찮아! 그리고 몽 공부해야 되잖아?" "나는 원래 이 시간엔 그냥 놀아. 그리고 오늘 저녁 맛있어, 돼지불고기 나와. 요구르트하고." 옥희는 내 말에 웃으며 손을 꼭 붙잡았다.

본격적인 여름에 접어들고 있어서인지 6시가 조금 넘은 시각에도 세상은 훤했다. 저녁매미 우는 소리가 쓰름쓰름, 어깨 너머로 날아든다. 운동장에서 1, 2, 3학년 할 것 없이 사내놈들이 뒤엉켜서는 흙먼지를 마구 날렸다. 같은 과 몇 놈이 손을 잡고 가는 우리를 보더니 휘우우 휘파람을 불었다. "얼레리―꼴―레리―! 쟤네 연애한대요!" 나는 그들을 향해 손가락으로 V를 만들어 흔들었다. "와 자랑하는 것 봐, 기막혀." 하는 누군가의 목소리도 어렴풋이 들려온다. 흙투성이로 날뛰는 놈들을 옥희는 웃으며 돌아보았다.

이 동네는 도둑도 없는지 울타리가 매우 낮아서 조금만 발돋움하면 그 안이 훤히 보인다. 마음만 먹으면 누구든 마당 안에 들어가 마구 뒹굴어도 전혀 이상할 게 없다. 집집마다 큰 개가 있긴 하지만, 워낙 사람을 좋아하는 놈들이라 도둑을 보아도 반갑게 꼬리를 칠 거다. 그건 이 삽살개들도 마찬가지다. 그러나 이상하게도, 바로 어제 내가 멀찍이 지나갔을 때는 목줄을 뽑아낼 것처럼 신나하더니 지금은 두 마리 모두 시치미를 뚝 떼고 앉아 있다. 무성하게 돋아난 장미덤불에 찔릴까 봐 옥희는 조심스럽게 치마를 모으고 개들을 향해 손을 내밀었다.

"야— 좀 봐봐." 그러나 시건방진 개들은 한숨 같은 콧소리를 낼 뿐이었다.

"진짜 모른 척하네." 나는 옥희가 행여 안으로 고꾸라질까 싶어 그녀의 팔을 붙잡았다. "어제 내가 지나갔을 때랑 전혀 다른데?"

"거봐, 내가 그렇다고 했잖아. 얘네는 날 안 좋아하는 거라니깐." 옥희는 팔을 거두고 장미덤불에 수줍게 피어난 장미를 조심스레 만지작거렸다. 시골 할머니들의 강렬한 원색 조끼 같은 분홍빛 장미다. 무의식중에 킁킁거려보았지만 꽃향기는커녕 지독한 개털 냄새만 나서 나는 숨을 멈춰야 했다. 잠시 뒤 입으로 숨을 쉬기 시작했지만 한번 콧구멍 안으로 들어온 악취는 그대로 고여 있었다. 으아, 괴로운 냄새다. 내가 그러든 말든 옥희는 나를 등지고 서서 여전히 울타리 안을 들여다보고 있다.

짙푸르게 우거진 나무들에 매달린 무수한 하늘 조각들이 점점 하얗게 바래고 있었다. 그녀의 머리카락이 선선한 저녁바람에 거미줄처럼 희미하게 나부꼈다. 구겨둔 치맛자락을 바람이 풀어내면서 커튼 자락처럼 둥그렇게 부풀어 올랐다. 바래가던 하늘이 옥희의 턱 선을 따라 샛푸르게 빛났다. 그녀는 나를 힐끗 쳐다보았다. 둥글게 휘어지며 웃는 눈이 희미하게 빛이 났다. "이것 봐, 몽." 나는 그녀에게 꿈결처럼 한걸음 다가가서 그녀가 가리키는 방향으로 천천히 고개를 돌렸다.

"개똥! 완전 산이다 산." 나는 순간 어이가 없어져서 헛웃음이 나왔다.

"개 구경하러 왔지 누가 언제 그런 거나 보래?"

"그래도 좀 인상적이잖아." 맞장구쳐주고 싶어도 할 말이 떠오르지 않는 것은 내 잘못이 아니다.

"희야, 이런 말은 안 하려고 했는데. 너 점점 맹꽁이랑 똑같아지는 것 같다."

"뭐라구? 그건 무슨 뜻이야? 긍정? 부정?"

"글쎄? 알아서 생각해 봐."

"뭐야, 긍정?" 나는 대답 대신 턱에 손을 갖다 대었다. "뭐야, 그건 무슨 뜻이야? 좋은 뜻이지?" 내 대신 대답이라도 하듯 삽살개들은 기일게 혀를 빼물었다.

맹꽁이랑 닮아간다는 건 좋은 뜻이 아닐까? 하지만 정작 몽에게서 맹꽁이를 닮았다는 소리를 들으니 기분이 묘하다. 맹꽁이로 말하자면 무슨 일을 하든 당차고, 리더십이 있고, 머리도 좋고. 그러니까 좋은 의미지? 하고 물었더니 몽은 개구쟁이 같은 얼굴로 그것을 뒤집으면 '뻔뻔하고', '안하무인이고', '영악한 것'이란다. 아니 그러니까, 내가 점점 뻔뻔해지고 안하무인이 돼가는데다가 영악해지고 있단 말이니! 그에겐 등을 한번 후려쳐주고 말았지만, 솔직히 말해 그 말을 다시 떠올릴 때마다 복잡 미묘해진다. 대체 내가 어떻길래 몽은 그렇게 생각하고 있는 걸까?

맹꽁이에게 그 이야길 했더니 맹꽁이 왈, "이 자식, 지금 어딨어." 하고 팔을 걷어붙이기에 농담한 거라며 애써 말렸다. 하지만 그 말을 직접 들은 나조차 진담인지 농담인지 잘 모르겠는걸. 이렇게 저렇게 말을 돌리다 보니 맹꽁이는 그 삽살개들을 보러 가고 싶다고 했고, 나는 어제와 마찬가지로 또 개들을 보러 가게 되었다.

어제와는 달리 나는 삽살개들에게서 멀찍이 떨어져 있었다. 땅을 힘껏 걷어차며 경중거리는 개들에게 맹꽁이가 손바닥을 내밀자, 그것들은 신이 나서 코를 손바닥에 마구 들이댔다. 가느다란 새소리 같은 삽살개들의 콧소리가 내가 서 있는 곳까지 들려왔다. 맹꽁이는 혼자서 한참 낄낄거리더니 한걸음 물러나서 손바닥을 교복에 문질렀다. "아 콧물." 하고 그녀가 투덜 대는 소리가 들려왔다.

"옥희, 너도 해봐. 개 코가 콧물로 미끈거려."

"아냐 됐어. 내가 가까이 가면 개들이 모른 척하거든."

"그래? 진짜?" 맹꽁이가 다시 손을 뻗치자 삽살개들은 신이 나서 펄떡거렸다. "이리 와봐, 나도 한번 보게."

"그러다 너도 개네들한테 미움 받을걸."

"괜찮아. 내가 그런 거 원래 신경 쓸 것 같냐? 이딴 개새끼." 자신의 목소리가 너무 큰 것을 알아챈 그녀는 목을 움츠렸다. "주인이 들었겠다. 농담이에요!"

나는 조심스럽게 발걸음을 떼서 맹꽁이 옆으로 다가갔다. 역시나 삽살개들은 몇 번 킁킁거리며 고개를 아래위로 젓더니 흥미를 잃어버린 듯했다. 그들은 벽을 돌아보더니 그대로 배를 깔고 누워버렸다.

"내가 말했잖아. 소용없다고."

"신기하다, 너 특이체질인가 봐. 개들한테 그런 거니까, 역시 후각? 특이한 옥희 페로몬이라든가 옥희 냄새라든가를 풍기 는 거 아닐까."

맹꽁이는 옥희를 짧은 코맹맹이 소리로 '오키ㅡ' 하고 발음 했다.

"아, 이상한 소리 하지 마. 무슨 페로몬이야!"

"하지만 지금으로서는 가장 유력한 가설인걸." 맹꽁이는 진지하게 말했다. "자 그럼, 여기서 통제변인은 뭐지?" 나는 무슨 소리를 하는 건가 싶어서 맹꽁이의 얼굴을 빤히 바라보았다. 몽도 가끔 이런 이해할 수 없는 과학 용어 같은 말을 쓰는데 그건 이과생들이라 어쩔 수 없는 것 같다.

맹꽁

이과 공부를 하다 보니 평소 시답잖은 것들에도 과학 이론을 응용하는 버릇이 생겼다. 전에는 정상적으로 하늘이면 하늘, 나무면 나무, 자동차면 자동차, 와 인간 떼다! 그랬던 것 같은데. 그러나 수능문제란 것이 실생활과 응용해서 자주 나오는 덕에, 지금은 나도 모르는 사이에 구름이 30km/h의 속도로 가고 있어 따위를 중얼거리게 되었다. 이 괴상한 버릇은 특히 차가 많이 다니는 곳일수록 심해서, 통학버스를 타고 창문을 내다볼 때면 어느새 자동적으로 이 차와 저 차의 상대속도 및 운동에너지, 충돌 사고가 났을 경우의 작용 반작용 따위를 골똘히 고민하는 스스로를 발견하게 된다. 목욕탕에 가서도 첨벙거리면서 파동의 굴절 상쇄 따위를 실제로 체험해보고 있질 않나, 정말 중증이다. 그나마 다행스럽게도 천장에 달린 전등을 보면서 전압 전류 따위를 떠올리는 일은 없다. 전등이야 항상 주변에 있는 것이어서 그런지 머리에서 심각하게 받아들이지는 않는 모양이다. 안 그랬으면 나는 쉬는 시간마다 전등을 바라보며 '저항이 10Ω인 전구가 병렬로 5개 달려 있다' 따위를 나도 모르게 중얼중얼댔을 거다.

하여간 개 이야기로 돌아가서, 삽살개들에 관해서라면 나는 그다지 할 말이 없다. 원래 동물은 그렇게 좋아하는 편이 아니라서, 사실 천연덕스럽게 옥희에게는 개 콧물 소리를 했지만 속으로는 밥맛이 뚝 떨어졌었다. 게다가 찐득찐득 매달려 있는 침들도 그렇고 개집 옆에 수북하게 쌓인 개똥이라니, 가까이 가면 악취가 어찌나 지독한지 입에서 똥맛이 난다. 이런 똥제조기를 사족을 못 쓰고 귀여워하는 사람들이 참 이해가 안 간다.

더위와 본능

맹꽁

더위를 먹으면 사람이 겉으로 보기에는 멀쩡해 보이긴 하는데, 하는 짓을 보면 이놈이 맛이 갔구나 하고 금방 눈치 챌 수 있다. 하지 않던 짓을 한다든지 갑자기 미친 듯이 웃는다든지 스피드광이 된다든지 등등 구체적인 것은 상황에 따라 판단할 일이다. 하지만 고3의 경우 이놈이 더위를 먹었는지 안 먹었는지를 분간하기가 참 어렵다. 애초에 맛이 가 있는 상태가 대부분이기 때문이다. 3, 4월에는 진지한 열공 분위기에 눌려서 밑바닥에 가라앉아 있는 것뿐이고, 시간이 점차 흘러 긴장감에서 해방되기 시작하면 이제 슬슬 광기가 드러나기 시작한다. 지난번 유리문 뚫기 정도는 그저 귀여운 해프닝에 불과하다.

가장 먼저 눈에 띄기 시작하는 것은 음식에서다. 갑자기 이상한 간식이 매우 유행하기 시작한다. 예를 들어 지금 우리 과 여자애들 사이에서 유행이 된 간식거리는 율무차다. 좀 더 사실에 가깝게 말하자면 '율무차 가루'다. 율무차 가루를 사가지고 와서 그걸 쉬는 시간마다 입안에 탈탈 털어 넣고 오물거리는 것이다(참 희한하게들 먹는다). 손가락만한 팩 단위로 포장된 것을 먹을 때에는 그나마 사람 같아 보였는데, 최근 들어 1kg 단위로 포장된 봉지를 손으로 마구 퍼먹기 시작한 것을 보고 나는 할 말을 잃었다. 모습만 보면 미드에 종종 등장하는 하얀 가루 파티가 절로 떠오를 지경이다. 그렇게 열심히 가루를 입에 털어 넣으면서도 여자들인지라 꼭 "나 어떡해, 다이어트 해야 하는데."라는 말은 빼놓지 않고 한다. 그러려면 아예 먹질 말든가, 이것들아.

한편 남자애들 사이에서 유행한 것은 소위 '똥'이라고 불리는 간식이다. 초코파이를 겉포장에 작은 공기구멍 하나만 낸 채 한참을 조물조물 이겨 만드는데, 완전히 짓이겨진 초코파이는 보름달처럼 정겹던 모습은 온데간데없이 짙은 갈색 덩어리만 남는다. 그건 누가 봐도 밥맛 뚝 떨어지게 만들 만한 것을 쏙 빼닮았다. 이게 바로 '똥'이다. 처음에 장난기 많은 남자애들이 심심풀이로 죄 없는 초코파이를 조물딱거려놓고 '똥 먹자아아!' 하고 외쳐댄 것이 나중에는 큰 유행이 되었다. 저마다 하나씩 초코파이를 쥐고 열심히 '똥'을 만들어댔던 것이다. 나중에 말대가리가 자신의 짓뭉개진 초코파이를 가리켜 '나의 간지 똥'이라고 말한 것이 또 유행을 타서, 이젠 너도나도 '내 간지 똥 먹을래?' 하고들 말한다.

처음엔 기겁하던 여자애들도 '똥'맛을 좀 들이더니 이제 아주 대놓고 '나도 똥 좀' 하기에 이르렀다. 그러면 남자애들은 먹던 것을 조금 떼어주고 대신 율무차 가루를 얻어먹었다. 나도 좀 얻어먹어 보긴 했는데 모양치곤 맛있긴 하더라. 그래도 대놓고 '네 간지 똥 좀 먹자!' 외치고 싶은 생각은 전혀 안 난다.

그러고 보니까 아까 몇몇 놈들이 또 퓨전 똥을 만든다고 초코파이 포장 안에 율무차 가루를 털어 넣는 것을 봤는데, 어떻게 되었는지 모르겠다. 내 생각에는 잘 안 되었을 것 같은데 또 모르지. 잘 돼서 이번엔 '율무차 똥'이 간지 유행을 탈지 또 누가 알아.

몽

여자들은 어떤지 모르겠지만 남자들의 경우 더위를 먹으면 이상한 이야기가 튀어나오는 때가 눈에 띄게 늘어난다. 그래도 우리 일어과 같은 경우에는 기껏해야 야동 얘기나 하는 정도인데다가 눈에 띄지 않도록 주의하는 편이지만, 영어과나 중어과 놈들은 누가 있든 없든 상관없이 아주 대놓고 큰 소리로 떠들어댄다. 지나다니는 여자애들을 보며 얘는 잠자리에서 이럴 거야, 쟤는 이런 거 잘할 거야 따위로 평가하는 미친놈도 있다. 하지만 영어과 일어과 따지기 이전에 이건 전적으로 남자놈들의 문제인 것 같다. 일어과들 사이에서조차도 남자인 내 스스로가 생각해도 지저분할 때가 있을 정도니.

7월 무더위로 인한 사우나 같은 열기 때문에 복도에는 고개조차 들이밀 수가 없었다. 점심시간이면 남자놈들조차도 밖에 나가기보다는 시원한 에어컨을 택했다. 더위에 노곤한 몸을 달래주는 바람을 살살 받으며 나는 친구들(말대가리, 배추, 개미, 오스트랄로피테쿠스)과 잡담을 자주 했다. 특히 가장 입담 좋은 말대가리는 참새라는 여친이 있는 상황도 그렇고 나와 사는 곳도 가까웠으며, 성격 면에서도 여러 모로 잘 맞는 친구다. 작년까지만 해도 무척 허물없는 사이였었지. 그러나 고3 들어 우스갯소리를 한답시고 과한 소리를 해서 나를 무척 언짢게 하는 때가 늘어났는데, 그것 때문에 나는 내색은 하지 않았지만 이 녀석과 점점 멀어지고 있었다. 이번에도 예외는 아니었다.

한참 게임에 관해서 이야기를 하고 있는데, 갑작스레 말대가리가 고개를 낮추더니 낮은 목소리로 내게 물었다.

"야, 몽. 나 너한테 물어볼 게 있는데."

"뭔데?" 얼결에 대답을 했지만 보통 칠칠맞고 소란한 태도와 사뭇 다른 그의 분위기에 나는 약간 긴장했다.

"있잖아." 그는 뜸을 들이더니 목소리를 더 낮췄다.

"너 했냐?"

"뭘?"

못 알아듣는 나를 위해 개미가 아예 직접적으로 말을 깠다.

"그니까, 잤냐고."

"뭔 소리야?"

"아 진짜 답답하네." 말대가리는 고개를 가로저었다. "네 여친이랑! 뭐 그런 거!" 하고는 우물거리는 소리를 내며 양팔을 닭처럼 퍼덕거렸다. 그제야 '했냐?'의 의미를 간신히 깨달은 나는 나지막이 아아— 하곤 얼굴을 살짝 찌푸렸다. 날 살펴보던 말대가리가 주둥이를 쑥 내밀었다. "했어?"

난 그 순간 이 자식을 후려쳐버릴까 싶었다. 화를 꾹 눌러 참고 묵묵히 시선을 돌리자 그것을 오해한 놈들이 호들갑을 떨기 시작했다. "했나 봐, 했나 봐." 그 말에 나는 그만 뚜껑이 열리고 말았다.

"새끼들이 자꾸 헛소리할래? 진짜 한 대씩 패는 수가 있다."

내가 성질을 내자 놈들은 찔끔했다.

"너도 여친 있잖아? 누가 너한테 참새랑 너랑 그랬냐고 물으면 당연히 화 안 나겠냐? 여친이 무슨 장난감도 아니고, 그렇게 쉽게 말이 나오겠냐고."

"뭘 그렇게까지 하냐? 이 자식 은근히 보수적이네." 다른 놈들이 떨떠름한 얼굴로 굳어 있는 사이 말대가리는 주둥이를 쑥 내밀었다. "하는 사람은 한다니까. 좋아, 안 했다고 쳐. 솔직히 너도 하고 싶지 않냐?"

"그만해라."

"뭐냐 이 새끼. 야동 얘기 나오면 잘 껴 있으면서 자기는 아닌 척하네. 전에도 다들 그랬잖아, 여기서 얘기하던 중에. 여친 있는 놈들은 다 해보고 싶다고."

"그만하라고."

겉으로는 짤막하게 말을 막긴 했지만 나는 있는 대로 화를 억누르고 있었다. 요즘 시대야 청소년들도 성문화에 있어서 무척 개방적이 된 것은 사실이지만, 그래도 넘지 말아야 할 선이 있는 거다. 말대가리 녀석, 자기도 여친이 있는 주제에 어떻게 그렇게 함부로 말하냐. 실없는 농담을 잘하긴 해도 속 깊은 놈이라고 생각했었는데. 불쾌감과 함께 깊은 실망감이 내 구석구석을 퍼져나갔다.

하지만 나도 항상 그런 이야기에 귀로나마 동참했던 것으로 생각하면 이 자식과 별다를 게 없나. 별다를 게 없는 변태 주제에 자기 얘기가 직접 나오니까 오히려 적반하장으로 화를 내고 있는 건가. 때마침 옥희가 과자를 들고 다가왔지만 나는 한동안 직접 눈을 마주칠 만한 담이 나지 않았다.

옥희

몽은 누가 아무리 이상한 소리를 해도 당황하지 말라고 일러주었다. 대체 무슨 말이 돌고 있는 걸까? 하긴 요즘엔 무더위가 워낙 혼을 빼놓기도 하겠다, 기말도 끝났고 방학 직전이기도 해서 많이들 맛이 가 있으니, 애들 정신 상태를 보더라도 이상한 헛소문이 도는 것도 무리가 아니다. 하여튼 얼마나 이상한 소문이 돌든 간에 몽과 나는 떳떳하니까 괜찮다. 설마 손잡은 것 가지고 소문이 났으려고?

3학년 1학기
마지막 모의고사를 치르며

몽

오늘은 3학년 1학기 마지막 모의고사 날이다. 하지만 사설이란 게 문제다. 오늘은 어디지, 중앙인가 대성인가? 하지만 중앙이든 대성이든 사설은 이제 정말 귀찮아 죽겠다. 문제가 잡스러운 것도 그렇고 점수가 워낙 들쑥날쑥한 것도 그렇고, 응시인원이 한참 모자란 탓에 성적표도 믿을 수가 없다. 결국 '도움이 하나도 안 된다'. 선배들이며 선생님들이 왜 사설 따위 버리라는 말을 하는지 이제야 알겠다.

언어영역이 끝난 후 고3 근성으로 답을 맞춰보던 아이들은 갑자기 나타난 담탱이에게 차라리 공부를 하게 해달라며 불평불만을 터뜨렸다. 담탱이는 웃는 얼굴로 딱 잘라 말했다. "니네 팔자지 어쩌겠냐. 성심성의껏 잘 봐." 그 말이 끝나자 "어—우." 하는 한숨 섞인 야유가 따라붙었다.

수리영역이 끝난 후 남자놈들은 날 듯이 식당으로 달려 내

려갔다. 중어과 6반한테 밀려서 아쉽게 1등은 못했지만 어찌
되었든 20등부터는 차지했으니 무척 뿌듯하다. 우리는 밥과
고기반찬을 수북하게 받아들고 물 마시듯 모든 것을 먹어치운
다음 여느 때처럼 운동장을 차지하러 달려 나왔다. 모두가 한
데 범벅이 된 가운데 하나뿐인 핸드볼 골대를 두고 공이 뻥뻥
날아다녔다. 우리는 그렇게 먼지구덩이 속에서 뒹굴다가 예비
종이 치기 전에 후닥닥 교실로 올라왔다.

한참 떠들썩하게 칫솔을 물고 양치질을 하던 중이었다. 문
득 나는 갑작스레 의식이 세상과 완전히 끊긴 듯한 느낌을 받
았다. 그와 동시에 이유 모를 죄책감에 휩싸였다. 나는 고3이
고 수험생인데, 긴장이 너무 풀린 것이 아닌가? 과연 지금이
그렇게 웃을 때인가? 사설이라고 하더라도 모의고사는 모의
고사, 최대한 정신을 바짝 차려서 시험에 임해야 할 터이다. 하
지만 아침부터 귀찮다느니 공부는 언제 하느니 불평만 하면서
오답노트 한 장 제대로 들여다보지 않았다. 그렇게 항상 사설
따위 '버려버려' 하며 우습게 여기지만, 사실은 사설에서도 오
르지 않는 성적을 나는 인정하고 싶지 않은 것뿐이 아닐까.

정신 차리지 못하고 나는 무얼 하고 있는 것인가?

멍멍했던 귀가 갑자기 트이면서 온갖 소리가 몸속으로 커다
랗게 울려들었다. 나는 놀라서 흠칫 목덜미를 떨었다. 아무런
생각도 나지 않았다— 나는 대체 여기서 뭘 하고 있는 것인
가?

맹꽁

　가끔씩 머릿속이 정전이라도 되는 것처럼 아무런 생각이 나지 않을 때가 있다. 내가 여기서 무엇을 하고 있었는지, 왜 하고 있었는지, 심지어 내 자신이 누구였는지조차 기억이 나지 않는다. 마치 순식간에 뇌가 '초기화'되어버리고 기본적인 감각만 남은 것 같다. 그런 걸 보면 종종 개그로 치부되던 〈여긴 어디? 나는 누구?〉는 괜히 있는 말이 아니다. 실제로 있는 일이니까! 그것도 아주 강렬하게 말이다.

　다른 애들이 어떻게 부르든 간에 나는 이것을 '뇌 정전'이라고 부른다. 이것은 어느 순간 갑작스럽게 찾아든다. 복도를 걷고 있을 때, 친구와 수다를 떨고 있을 때, 공부를 하고 있을 때, 심지어 시험을 치고 있을 때도. 뇌 정전이 찾아들었을 때 가장 강렬하게 받는 느낌은 바로 내 자신이 두터운 유리벽을 사이에 두고 세상과 격리되어버린 듯한 단절감과, 동시에 처음부터 나는 세상에 존재하지 않았던 듯한 공허함이다.

　'뇌 정전'이 찾아드는 것 자체는 그저 그렇게 봐줄 수 있다. 서서히 돌아오는 기억력이 날 다시 제자리에 돌려놓으니까 말이다. 단절과 공허는 그것으로 얼마든지 묻어버릴 수 있다. 하지만 문제는 시험을 보고 있을 때다. 이건 단절이고 공허고 둘째치고 시험은 봐야겠는데 뭐 기억나는 게 하나도 없다. 언어나 외국어 같은 경우는 애초에 글자 자체가 해독이 안 되니 벙쪄 있을 수밖에 없고, 수리나 과탐 같은 경우에는 이론과 공식 그 자체가 떠오르지 않는다. 한참을 멍하니 그러고 있다가 차츰 정신이 돌아오기 시작하면 이제 그때부터 나는 으—악— 미쳤구나! 특히 과탐은 한 과목당 30분이라 한 문제당 최대 1분 30초인데, 푸는 초반에 '뇌 정전'이 나버리면 시간이 금방 오버되어버리니 정말 난감하기 짝이 없다.

눈 뜨고 조는 것은 시간은 잡아먹더라도 금방 회복할 수 있는 반면, '뇌 정전'은 본인의 언어 및 인지 기능까지 되돌아오길 그저 기다릴 수밖에 없다. 근데 사실 뭘 기다리는지도 모르기 때문에 그냥 멍하니 있다는 표현이 맞다. 공교롭게도 그 모든 것이 새하얀 와중에도 내가 뭔가 아주 중요한 일을 해야 한다는 느낌은 담벼락 껌처럼 달라붙어 있어서, 정말 정맥, 동맥 할 것 없이 피를 말리고도 남을 기분이 된다.

그렇기 때문에 이번 사설에서 두 번씩이나 '뇌 정전'이 찾아왔을 때 나는 정말 기절하는 줄 알았다. 특히 두 번째로 찾아들었을 때는 과탐 물리1을 막 풀기 시작한 때라서 하마터면 과탐을 통째로 날릴 뻔했다. 어찌나 당황했는지 무의식중에 나는 모든 기억이 돌아올 때까지 필사적으로 샤프로 손을 찔러댔던 모양이다. 나중에 손등에 빨갛게 남은 작은 생채기들을 보는 순간 눈물이 찔끔 났다. 겨우 사설 가지고, 나는 서둘러 하품하는 척 눈을 비볐다. 지나가던 배추가 꼭 거북이가 고개를 내미는 것 같다고 하기에 화풀이 겸 등을 세차게 후려갈겼다.

옥희

　사설 모의고사는 칠팔천 원의 돈만 축낼 뿐 건질 것이 하나도 없다고들 말한다. 하지만 내 생각은 조금 다르다. 지금 내 수준과 마음가짐이 어떤지를 측정하는 데에는 사설, 교육청, 전국 뭐든 좋다고 생각한다. 모의고사를 보는 자세는 곧 수능을 보는 자세와 연결된다고 생각하기 때문이다. 더군다나 수험생이란 '그릇 깨졌네'라는 소리에도 벌벌 떠는 사람들인데 그건 나도 예외가 아니니까, 조금이라도 마음속에 찜찜한 구석은 남겨두고 싶지 않다. 그런 이유로 나는 항상, 아무리 하찮은 사설이라도 밀려오는 졸음과 피로의 협공을 견뎌내며 열심히 시험에 임한다.

　그렇게 성실히 임한 사설 모의고사는 일단 점수가 어떻게 나오든 가볍게 생각하려고 노력한다. 점수가 어떤 때는 굉장히 잘 나오다가도 어떤 때는 정말 형편없기 때문이다. 잘 나왔을 때는 '이게 내 진짜 내 실력이지!' 하며 자랑스럽게 여기고 나쁠 때는 '사설이니까 그냥 버려' 하고 신경 쓰지 않는다. 순전히 제멋대로이지만, 잘 나온 점수에는 양심을 살짝 가려주고 나쁜 점수는 웃으며 버려버리는 유연성도 수험생에게는 꼭 필요하다고 생각한다. 그건 사설뿐만 아니라 모든 모의고사가 그렇다. 어떤 결과가 나왔든 간에 나는 지금까지 열심히 성실하게 해왔다는 사실로 만족하고 결과를 즐길 수 있다면, 그것이야말로 최고가 아닐까?

─라고 하긴 했는데, 다시 생각해보니 그건 좀 아닌가. 어른들은 모두 결과가 어찌 되었든 열심히 했으면 그걸로 된 거라고들 하는데, 그 말만큼 빛 좋은 개살구는 또 없을 거다. 성적이 나쁘게 나오고 목표한 대학을 못 갈 것 같으면 정작 가장 난리를 치는 건 어른들이니까. 어른들만큼이나 겉과 속의 괴리가 있는 건 고3들도 마찬가지다. 겉으로는 괜찮다면서 속으로는 폭삭 썩는다. 소신껏 하자고 큰소리치면서도 명문대를 못 간다는 이유로 스스로를 쓸모없는 인간으로 단정지어버린다.

사람이 스스로 사람답지 못하게 되는 이런 비정한 현실에 뼛속까지 익숙하다는 것, 또한 내겐 어쩔 도리가 없다는 것이 때론 참 씁쓸하기만 하다.

여름**방**학식

드디어 고대하던 방학식이다. 우리 학교는 사립고라서 그런지 공립고보다 방학이 일주일 정도 더 긴데다가 방학기간에 보충수업 받는 것도 자율이다. 예전에는 성적 불문하고 모두가 반드시 나와야 하는 강제보충이었다지만, 어머니들이 하도 성화인데다 학생들이 자발적으로 반대서명을 모아 제출하고 해서 결국은 자율보충이 되었다고 한다. 자율보충이다 보니 아무도 안 나갈 것 같지만 그래도 학교에 나와서 수업 받는 놈들이 제법 있기는 있는 모양이다.

뭐 그것이 중요한 것은 아니고, 방학은 방학이지만 고3의 방학이니만큼 이번에는 정말 치열하게 공부해야 한다며 나는 각오를 다지고 있었다. 작년 여름방학 때는 과외나 대충 땜빵하면서 컴퓨터나 실컷 하고 놀았는데, 이젠 그러지 못한다는 게 조금 섭섭하기는 하다. 아니, 벌써부터 이런 생각을 하면 안 되지! 조금이라도 더 열중해서 공부할 생각을 해야 한다. 시간을 조금이라도 아끼고 문제를 하나라도 더 풀 각오로 방학 내내 스스로 불살라야만 한다.

나만 이런 생각을 하는 것은 아닌지 교실 안은 3월 초만큼이나 유달리 조용했다. 다들 진지한 얼굴로 샤프로 열심히 무엇인가를 적어대거나 콕콕 찍어대고 있다. 조례를 들어온 담탱이도 갑작스러운 이 열공 분위기에 놀랐는지 "어, 니네들이 웬일이냐?" 하더니, 개미를 부르며 "개미야, 너 원래 자리에 있어야지!" 하며 항상 그가 올라앉아 있던 컴퓨터 책상을 두들겼다. 몇몇 애들이 숨죽여 끌끌 웃는 가운데 개미의 얼굴은 귓불까지 시뻘겋게 변했다.

맹꽁

저 몽 자식, 또 쓸데없이 낄낄대고 있네. 나는 못마땅한 시선으로 그를 흘끔거렸지만 둔한 몽 녀석은 전혀 눈치채지 못했다. 요새 들어서는 항상 옥희가 몽을 보러 오기만 할 뿐이고, 저 자식은 그저 제 자리에 가만히 앉아 있다가 어기적어기적 기어나갈 뿐이고, 휴. 그래 가지고서야 어떻게 든든한 남친이라고 하겠냐, 스스로 부끄럽지도 않나.

종례시간이 다 되도록 자리에 눌러앉아서 자기 할 일만 하고 있는 몽의 꼴이 나는 참을 수 없이 거슬렸다. 공부를 열심히 하는 건 좋은데, 끝까지 옥희 보러 안 갈 거야? 방학 때 잘 지내라고 말하러 갈 생각도 안 나냐? 내 끓는 속을 알 리 없는 몽이 바위 둘러메듯 묵직한 가방을 들쳐 멨을 때, 참다 못한 나는 달려가 온몸의 체중을 실어 가방 손잡이를 잡아챘다. 그리곤 그대로 복도까지 질질 끌고 나갔다.

"너 어디 가!" 몹시 놀란 얼굴의 몽은 내가 다그치자 더욱 당황했다.

"어?"

"너 이대로 갈 거냐?" 몽은 아무런 대꾸도 못하고 날 빤히 바라보기만 했다.

"내가 뭐 잊은 거 있냐?" 뚱한 그 말에 나는 냅다 그의 보조 가방을 내리쳤다. 퍽 하고 시원컬컬한 소리가 나면서 내 안의 무엇도 함께 터지는 듯했다.

"너 왜 네 여친 안 보러 가? 얼굴도 보러 안 갈 거야?"

몽은 여전히 입을 벌리고 있었지만 내 말에 약간 정신이 돌아온 모양이다. "어, 아—" 남자라서 여자에 대해 둔감한 면이 있다느니 어쩌느니 그런 건 잘 알겠는데, 그래도 너 잘 알잖아. 옥희가 어떻고 옥희네 집안이 어떻고 걔네 부모님이 어떻고 잘 알 거 아냐. 그럼 이런 날엔 특히 잘 신경 써주어야 하는 거 아니냐. 앞으로 한 달간은 보지도 못하고 각자 공부에 정신없을 텐데, 이런 날일수록 아픈 부분을 보듬어주고 좋은 기를 북돋워주어야 하는 거 아니냐고— 와글와글 쏟아져 나오는 쌀알 같은 말들을 나는 고스란히 속으로 주워섬긴 채, 아무 말 없이 그를 3반 쪽으로 마구 떠밀어내기 시작했다.

옥희

　오늘은 토요일, 방학식이다. 작년처럼 방학식을 평일에 하는 통에 야자까지 하고 가야 하는 우울한 일은 없지만, 이젠 고3이고 하니 차라리 학교에서 야자를 하는 편이 훨씬 공부하기 좋지 않을까 싶기도 했다. 게다가 오늘은 과외가 밤 10시에 있으니 그 전까지만 집에 돌아가면 되니까. 생각이 난 김에 나는 학교에 남아서 공부를 하고 가기로 마음먹었다. 친구들도 동참하겠다고 해서 총 6명이 남아 함께 학교 도서실에서 공부하기로 했다.

　점심을 간단히 먹은 후, 우리는 도서실에서 각자 공부에 열중하기 시작했다. 세 시간을 그렇게 내리 앉아 있었던 나는 급속히 떨어지기 시작한 집중력과 무감각해진 엉덩이를 달래기 위해 잠시 밖으로 나왔다. 화장실에 들어가 거울을 들여다보니 이빨에 고춧가루가 껴 있었다. 그러고 보니 이도 안 닦았네. 하지만 칫솔을 가지러 가려고 해도 학교 건물은 이미 잠겨 있을 텐데. 그나저나 와, 이 모공. 이 블랙헤드. 얼굴도 좀 관리하고 해야 할 텐데 귀찮단 말이야. 한참을 거울 앞에서 얼굴을 잡아당겨가며 꼼꼼히 살피던 나는 다른 여자아이가 들어오는 바람에 있지도 않은 뾰루지를 만지는 척했다.

　잠깐이었지만 허리를 너무 구부리고 있어서인지 허리 아랫부분이 지끈거렸다. 나는 잠시 신관 정문 계단에 앉아 쉬기로 했다. 구름이 약간 긴 하늘에서 불어온 바람이 선선한 팔을 뻗었다. 구름 사이로 보이는 푸른 하늘에서 내려온 햇살조각은 운동장 한구석에서 혼자 춤을 추었다. 나무가 박수라도 치는 것처럼 흔들거렸다. 사라락 사락— 인적이 드문 한여름 날의 학교는 굉장히 평화로웠다. 나는 그 평화가 진심으로 즐거우면서도 한편으로는 조금 불안했다. 이렇게 넋 놓고 있으면 안 될 것 같은데. 좀 더 바짝 긴장하고 있어야 하는 거 아닐까? 누군가 말대로 나는 살아남아야 할 전장에 있는 건데, 패배자가 될지도 모르는 상황에 이렇게 하늘이니 나무 따위나 중얼거리고 있다니.

나는 곧 고개를 흔들어 모든 생각을 머릿속에서 떨쳐냈다. 무슨 생각을 하든 생각이라는 것 자체는 지금의 내게 좋지 않다. 그 어떠한 생각도 떠올리지 말아야 해, 조금이라도 불안과 망상에 젖지 않도록 스스로를 깨끗이 비워야 해.

도서실에 들어가기에는 아직도 허리가 아팠기 때문에 나는 차갑고 거친 대리석 벽에 온몸을 기대 서 있었다. 왠지 한숨이 나온다. 집에서는 항상 온갖 쓸데없는 망상에 사로잡혀 있는데. 그러다 학교에 오면 세상이 너무 조용하고 평화롭다. 믿을 수 없을 정도로. 어느 게 정상인 걸까? 부모님이 항상 그랬듯 내가 비정상적인 걸까. 어쩐지 스스로 처량하게 여기는 꼴이 우스워서 나는 일부러 소리 내어 웃었다. 그 순간 뒤에서 누군가 걸어 내려오는 소리 때문에 나는 어색하게 손으로 입을 가리고 하품하는 척했다. 그러나 굳이 그럴 필요는 없었던 것 같다.

"희야 뭐해?" 몽의 목소리였다. 몸을 돌리자 그가 문턱에 서 있는 게 보였다.

"몽도 남았어?"

"어어. 집에 가면 또 컴이나 할 것 같아서."

"그래? 하긴 나도 집에 가면 티비 보고 뒹굴거리고 그러니까."

"진짜, 진짜. 티비랑 컴은 아무도 못 이겨. 절대 신이야."

"그치? 거기에 간식도 더해야 해. 빵이랑 그런 거."

몽은 "나는 고기." 하고 덧붙이곤 웃어 보였다. 갑자기 세찬 바람이 불어서 운동장의 메마른 모래가 우리 쪽으로 마구 몰려들었다. 나하고 몽은 말을 나누다 말고 바람을 뒤로한 채 눈을 찡그리며 서 있었다. 경비실 안에 앉아 있던 턱수염 기사아 저씨가 요란한 소리를 내며 가래를 내뱉었다. 쩌렁쩌렁하게 카 아악 하는 소리가 들려오자 몽은 날 보며 어깨를 으쓱했다. 나 는 아저씨 대신 부끄러워하며 한쪽 팔로 입을 가렸다. 심술궂 게 우리 사이를 파고들던 바람도 아저씨 가래 뱉는 소리에 기 가 질렸는지 얼마 가지 않아 가라앉았다.

"괜찮아?" 몽은 내 등을 툭툭 털었다. 그의 하복 윗도리도 모래먼지로 누리끼리하게 잔뜩 얼룩져 있었다. 얼룩을 털자 엷 은 먼지구름이 몽실몽실 피어올랐다. "괜찮아?"

"괜찮은 것 같은데? 대충 털어내긴 했는데 집에 가면 빨아야겠다.”

“아, 오늘 어차피 빨래하니까. 옷이 금방 더러워져서.” 그는 짧게 말을 끊고는 다시 입을 열었다. “근데, 두 번 다 네가 괜찮으냐는 거였는데.”

“아 그런 거였어? 몰랐어.” 나는 머쓱해져서 한쪽 손으로는 코를 살짝 만지며 다른 손으로는 몽의 팔에 붙은 굵은 모래를 털어냈다. 그는 팔을 만지더니 고마워, 하고 말했다. 그리고 우리는 한동안 말이 없었다. 기사아저씨가 또다시 험 험 하며 헛기침을 하는 소리가 들렸다. 또 가래를 뱉으시려는 걸까 싶었지만 그 이후로 한동안 의자 바퀴가 도로록 굴러가는 소리 외에는 아무런 소리도 나지 않았다.

침묵을 깨고 먼저 입을 연 것은 몽이었다.

“저기, 이건 좀 먼저 말해도 되는 건가. 미안하지만,” 내가 그를 바라보자 그는 어색하게 턱을 긁었다. “그— 괜찮아? 요즘.”

“뭐가?” 하고 대답하긴 했지만 그 외에 딱히 대답할 말이 떠오르지 않았다. 문득 아침에 또 사소한 것으로 시비가 붙어 있는 대로 소리를 질러대던 부모님이 떠올라 나는 갑자기 속이 답답해졌다. 나를 따라서 운동장에 조심스럽게 피어오르던 모래구름을 지켜보던 몽은 미안, 하고 중얼거렸다. 나는 그 말에 가만히 웃으며 그의 팔을 살짝 쳤다.

“몽이 미안할 게 뭐가 있어?” 그는 내 웃는 얼굴을 보고는 자기도 살짝 입꼬리를 올렸다. 하지만 여전히 미안한 마음은 가시지 않는 것 같았다.

"미안해, 잘 만나지도 않고 이야기도 잘 못해서. 요즘엔 문자도 잘 안 하고."

"아냐, 왜 그래! 그건 몽도 나도 고3이고 하니까, 당연한 거잖아?"

"그래도 좀 더 자주 만나러 가고, 그랬어야 하는 건데. 항상 보면 옥희가 날 먼저 보러 오잖아. 왠지 내 스스로 굉장히 무책임하다 싶어서, 미안하다고 하고 싶었어."

난 진지하게 말하는 몽과는 반대로 웃음이 터져 나오려는 것을 꾹꾹 누르고 있었다. 그러나 결국은 푸르륵 웃음이 새어 나오는 바람에 애꿎은 몽의 팔을 치며 웃었다. 몽은 얼떨떨한 표정으로 내 손을 고스란히 얻어맞았다. "어?"

"미안, 미안, 미안해— 근데 갑자기 진지해지니까 너무 웃긴 거 있지."

"내가 진지한 거랑은 원래 잘 안 어울리잖아." 또 어색하게 변명하는 몽을 두 번 더 때려준 뒤, 나는 고개를 저었다.

"아냐, 잘 어울려! 몽만큼 진지한 게 잘 어울리는 애도 없을걸?"

"그럼 왜 웃은 거야?"

"아니, 너무 심각하게 받아들이는 것 같아서, 내 일."

"그거야 물론— 부모님께서 그렇게 심각하다고 한다면," 하고 몽은 잠시 적당한 말을 찾는 듯했다. 그는 또 턱을 만지작거리고 있었다. 나는 웃음을 간신히 멈추고 대답했다. "그렇게 심각하지 않으니까 걱정하지 않아도 돼." 그러자 몽은 조심스럽게 되물었다. "정말 괜찮은 거야?"

"그러니까, 내가 전에도 말했잖아. 우리 부모님 옛날엔 칼부림 비슷한 거 일어날 때도 있었다고. 거기에 비하면 요즘은 정말 아무것도 아니야. 좀 시끄럽긴 하지만." 그리곤 잠시 입을 다물었다가 짤막하게 덧붙였다. "사실 난 둘이 갈라서면 얼마나 좋을까, 하고 생각하고 있어."

"……그래? 그렇구나." 몽은 고개를 끄덕이곤 다시 묵묵해졌다. 그가 어떤 말을 해야 할지 무척 고민하고 있다는 것을 잘 알고 있었지만, 나는 그만 쓸쓸해오는 기분에 고개를 숙였다. 발밑에는 땡볕에도 아랑곳 않고 개미들이 기웃거리며 돌아다녔다. 그것들이 가만히 지켜보고 있으니 속에서 무엇인가 천천히 몽글거리며 솟아오르는 것처럼 느껴졌다.

"그래도 난 괜찮아. 난 해야 할 일이 있잖아."

내 말에 몽은 비스듬히 고개를 돌렸다.

"왜냐면 난 고3이니까. 내가 지금 수험생이란 게, 무엇보다도 참 다행스러운 것 같아. 스트레스를 받아도 금방 잊고 열중해야 하는 일이 있으니까. 속상한 일이 있어도 수능 핑계로 모른 척할 수도 있구. 아무리 집이 시끄러워도 결국 지금의 나한테 가장 중요한 건, 대학이라는 느낌? 응, 그래서, 나는 요즘이 가장 편한 것 같아."

몽은 입을 꾹 다문 자세로 다시 바닥을 내려다보았다. 뒷짐 진 그의 손이 시야 가장자리로 보였다. 마른 코를 괜히 훌쩍거리자 태양에 바짝 마른 모래 냄새가 한 움큼 콧속으로 들어왔다.

"사람이란 게, 무서운 게 그건 것 같아. 익숙해지는 거."

이번엔 그의 눈길이 나를 또렷이 향했다. 시선이 내 얼굴에 와 닿는 것을 어렴풋이 느끼며 나는 말을 마저 이었다.

"처음에 부모님이 심하게 싸우고 그랬을 때는, 나도 무서웠어. 싸움을 말리든지 울든지 하면 오히려 얻어맞고 그랬으니까. 근데 나중에 수십 번이고 겪고 겪다 보니까 그냥 혼자 익숙해지기로 한 것 같아. 솔직히 나는 부모님에게도 무슨 말을 할 수가 없었거든. 그러다 보니까 그냥 익숙해진 거야. 이젠 다투는 말소리가 없으면 오히려 어색해. 무슨 일이 터질지 모르니까 오히려 불안해지는 거야." 나는 쏟아내듯 털어놓곤 잠시 숨을 돌렸다. "이혼 얘기도 마찬가지야. 수십 번이고, 수백 번이고 그 사람들은 넌덜머리 나게 소리 질렀어. 그러니 지금 와서 정말 한다고 해서 나한테 달라지는 건 없으니까, 너무 걱정하지 않아도 돼."

말라붙은 것 같은 목소리가 들렸다. "있잖아. 부모님이 싫어?"

"음— 모르겠어." 왠지 모를 쓰라림에 내 얼굴이 살짝 일그러졌다. "싫어하는 건가? 솔직히, 두 분이 같이 있는 모습은 정말 싫어. 싸우든 안 싸우든.” 나는 문득 떠오르는 게 있어서 킥킥 웃었다. “웃긴 게, 부모님이 아주 가끔씩 사이가 좋아질 때가 있거든. 그때 서로 사이좋게 팔짱끼고 백화점에서 돌아다니는 거 보면, 정말 화나. 진짜 화나. 이번엔 내가 난리를 치고 싶을 정도라니까. 그러다가 또다시 싸우기 시작하면 나는 속으로 와 싸운다! 하고 신나하는 거야.” 나는 마지막 말에서 목소리가 조금 떨리는 것을 느꼈다. 하지만 아무렇지도 않은 척 발로 바닥에 검은 얼룩처럼 눌어붙은 껌을 비볐다. “나 진짜 못됐지? 엄마도 나보고 항상 못된 기집애, 못된 기집애 그러거든.”

“넌 못되지 않았어.”

갑자기 가슴 깊은 곳이 찌르르해져왔다. 울고 싶은 걸까? 울음이 막 터져 나오려 할 때의 느낌과 비슷하기는 하지만 뭔가 조금 다르다. 기쁜 걸까? 망설이는 내게 그는 다시 한번 말했다.

“넌 진짜 착한 애야.” 그리고 그는 내 팔꿈치를 살짝 잡았다. 그 손길에 나는 뭔지 모를 감정을 추슬러 도로 가슴속으로 집어넣었다. 여기서 흉하게 이러지는 말자. 나는 몽을 향해 살짝 고개를 돌리긴 했지만 감히 눈을 맞추지는 못했다. 그러면 집어넣었던 감정이 또다시 밀려나올 것 같아서였다. 그 대신 나는 살며시 그의 손을 쥐고 가볍게 흔들며 말했다.

“고마워.”

몽은 말 없이 내 머리를 쓰다듬고는 정성스럽게 내 눈곱을
떼주었다. 전혀 예기치 못한 행동에 나는 당황해서 얼버무리
느라 웃어버렸다. 킥킥거리자 울적했던 기분이 반 줌 모래바람
을 타고 하늘 너머로 날아갔다.

season 3

7월 셋째 주

맹꽁

여름방학이 되면 독서실은 어디든지 만원이 된다. 나는 독서실을 다녀본 적이 한번도 없었지만 충분히 그러리라 예상했기 때문에 6월 초에 미리 독서실에 예약을 해놓았다. 일찍 예약한 덕분에 나는 1인실을 잡아놓을 수 있었다. 그곳은 집과의 위치가 제법 멀었지만, 나는 운동도 할 겸 일부러 매일같이 1시간씩 걸어서 독서실에 갔다. 그렇게 걸어서 독서실에 가서 지치지 않느냐고 하겠지만, 나는 오히려 정신이 바짝 들고 맑아져서 좋았다. 가끔씩 찾아오던 허리 통증이 걸어다니고 나서는 싹 사라졌다.

독서실은 아침 9시부터 문을 연다. 나는 7시에 일어나서 이것저것 해치운 뒤 8시에 가방을 들고 집을 나섰다. 9시에 딱 맞춰 도착하면 우선 화장실에서 세수를 한 뒤 자리에 앉아 스케줄부터 짰다. 내가 공부하는 패턴은 수능 보는 순서에 얼추 맞추어져 있었는데, 아주 대략적으로 적어보자면 다음과 같다.

am 9시 ~ 10시, 언어영역.

am 10시 ~ 12시, 수리영역.

pm 12시 ~ 12시 반, 점심.

pm 12시 반 ~ 2시, 외국어영역.

pm 2시 ~ 5시, 과탐영역.

pm 5시 ~ 6시, 언어문제 오답 체크.

pm 6시 ~ 8시, 수리문제 오답 체크 및 공식들 다시 보기.

pm 8시 ~ 9시, 외국어문제 오답 체크 및 문법공부.

pm 9시 ~ 11시, 과탐문제 오답 체크 및 이론 다시 보기.

pm 11시 ~ 12시, 하루 공부 중에서 모자란 부분 다시 체크.

일단 공부하는 과목을 언어·외국어, 수리·과탐 이렇게 둘로 나눴을 때, 나는 두 분야를 번갈아가며 공부한다. 이건 어떤 비문학 지문에서 얻은 정보를 활용한 것이다. 〈언어·외국어는 좌뇌, 수리·과탐은 우뇌에서 주로 관장하기 때문에, 한쪽 뇌만 줄창 쓰기보다는 양쪽 뇌를 번갈아서 쓰면 더욱 효율적으로 집중할 수 있다〉. 실제로 그렇게 번갈아가며 공부하면 몇 시간을 쉬지 않고 앉아 있어도 집중력은 시작할 때만큼이나 좋다. 그런 내가 쉬러 가는 이유는 오로지 마비가 온 허리와 궁둥짝 때문이다. 머리는 따라오는데 몸이 안 따라주니 어쩔 수 있나, 적당히 몸을 풀어주는 수밖에.

공부하는 방식은 학기중과 달라질 것이 없다. 우선 아침에 공부를 시작하기 전에 스케줄을 짠다. 한 시간 단위로 시간을 나누고 무엇을 할 것인지 문제집과 분량까지 대략적으로 적는다. 그렇게 짜놓은 스케줄에 따라 문제집이든 모의고사든 문제를 풀고, 채점하고, 오답 체크하고, 모르는 것은 이론부터 다시 보고, 오답노트를 만든다. 그리고 그것이 매일같이 계속해서 반복 또 반복된다.

날마다 달라지는 것이 있다면 '얼마나 잘 집중하고 얼마나 제대로 풀었느냐'이다. 그것을 재기 위해서 하루가 끝나갈 즈음이면 나는 수첩 한구석에 '오늘의 점수'를 적어서 스스로 평가한다. 대개는 잘해봐야 B나 B-이다. 딴생각에 빠져서 생각보다 문제를 많이 못 풀었을 때에는 C를 주고, D도 꽤 많다. 주말에 그냥 놀아버리는 바람에 F도 여럿 받았다. 과연 스스로에게 A를 줄 수 있는 날은 올 것인가? 수능은 아직 110여 일이나 남았으니 그건 두고 봐야 알 일이다.

옥희

나는 새로 학원을 등록했다. 부모님은 그냥 하던 과외나 하라고 했지만, 이왕이면 다른 공부 방식을 발견했으면 싶어서 같은 동네 사는 친구가 다니는 곳을 따라 들어갔다. 그 학원은 유명세만큼이나 굉장히 넓었는데, 방학이면 비어 있는 강의실을 마음대로 쓸 수 있었다. 친구의 말에 따르면 아침에 와서 하루 종일 공부하다가 가는 사람도 많단다. 좋아, 나도 그렇게 해야지. 그리하여 방학식 바로 다음날부터 나는 매일같이 문제집을 가방에 몽땅 싸들고 학원에 와서 공부하기 시작했다.

나는 매일 아침마다 수첩에 오늘 할 일을 적었다. 무슨 모의고사 몇 회, 문제집 어디에서 어디까지, 영단어는 몇 페이지라는 식이다. 그렇게 적당히 여덟아홉 가지를 자세히 적어놓은 후, 한 가지씩 완수할 때마다 그 위를 수성 펜으로 까맣게 칠한다. 하루 분량을 다 해내지 못할 때도 자주 있고 가끔 집중이 너무 안 될 때에는 반도 채우지 못하기도 한다. 하지만 나는 가능하면 억지로라도 밤 11시까지 엉덩이 붙이고 앉아 있으려 노력했다. 집에서 공부한다고 돌아가봤자, 결국은 아무것도 안 하고 텔레비전 앞에 12시까지 엉덩이 붙이고 있을 게 뻔하다. 애초에 하루도 조용할 날이 없는 부모님 때문에 공부할 수 있을 만한 환경도 아니었으니, 차라리 조금은 시끄럽더라도 학원에 나가 있는 편이 돈도 적게 들고 여러 모로 내게 이로웠다.

이건 조금 우습게 들릴지도 모르겠지만, 계획했던 대로 공부를 모두 완수했을 때 나는 집에 돌아가는 길에 편의점에서 하겐다즈를 사먹는다. 이건 끝까지 눌러붙어 있느라 고단한 몸에게, 그리고 잘 안 돌아가는 주제에 열심히 애쓴 머리에게 주는 선물이다. 밤공기를 쐬며 달콤한 아이스크림 하나 모두 먹고 나면 뿌듯한 느낌과 함께 무엇이든지 해낼 수 있으리라는 자기 긍정이 찾아든다. 내가 이 맛에 산다, 는 말이 절로 흘러나올 정도로 흥겨워진다.

퐁

나는 방학 때도 학교에서 공부하기로 계획을 짰다. 학교 신관 건물은 방학 때도 항상 개방되어 있는 덕이다. 나와 함께 방학식 때 남았던 놈들이 그대로 여름방학 독서실 고정멤버가 되었다. 이과는 나와 말대가리, 개미, 오스트랄로피테쿠스, 배추 이렇게 5명이고, 문과는 6명 정도 된다. 이렇게 사람이 많이 모여 있으면 그만큼 경쟁심도 생기고 일탈할 위험도 적겠지. 아침마다 아버지가 학교에 데려다주면 밤에는 내가 버스를 타고 오기로 했다. 그렇게 다니다 보니 같은 동네 사는 놈들의 차를 얻어 타는 운 좋은 날도 있었다.

1, 2학년들이 조금 있었지만 그래도 독서실 자리를 차지한 것은 대부분 고3들이다. 생각보다 애들이 많은 탓에 자리 쟁탈전도 심했다. 전날 집에 가기 전에 미리 책으로 자리를 맡아 두고 가지 않으면 좋은 자리는 꿈도 못 꾸었다. 자리 주인, 특히 상대적으로 만만해 보이는 여자애들이 먼저 집에 간 사이 그 애들의 책을 슬쩍 바닥에 내려두고 자기 책을 올려놓고 가는 얍삽한 놈들도 있었다. 아침에 와서 당황한 얼굴로 서 있는 여자애들을 보면 참 빌어먹을 놈이라는 생각이 들긴 하지만 그렇다고 나서서 도와주고 싶지는 않다. 너무 야박한가? 하지만 아는 사람도 아닌데. 솔직히 참 부끄러운 말이지만, 그렇게

방관함으로써 경쟁자를 방해한다는 묘하게 신나는 기분이 드는 것도 사실이다.

여자아이들은 수첩을 들고 다니며 할 일을 적지만, 남자인 내 입장에서는 그런 것을 꾸준히 하기는 힘든 것 같다. 우선 뭔가를 하고자 계획을 세워놔도 그대로 진행될 가능성은 전혀 없다. 지금 붙들고 있는 문제집이 성에 찰 때까지 풀어대야 직성이 풀리기 때문이다. 막상 수첩에 적힌 대로 하려 하면 왠지 이게 아니라 저게 더 급한 것 같은데 하는 마음에 다른 문제집을 집고 만다. 하지만 스케줄 북 따위를 활용할 수 없는 가장 큰 요인은 역시, 아무리 잘 모셔놔도 어느 사이엔가 '증발하고' 없는 탓이다. 정말 귀신이 곡할 노릇이다.

스케줄 북 이야기에서도 알 수 있듯이 나는 계획성보다는 손에 잡히는 대로 푸는 스타일이다. 명확히 잡힌 계획이라고는 '이번 주 안에 이 문제집, 이 모의고사 모음집을 다 푼다!' 정도이고 그 외에는 전무하다. 하지만 그래도 나는 나름 효율적인 나만의 방식이라고 생각한다. 예를 들어 이번에 새로 나온 EBS 문제집들을 각 한 권씩 2주 안에 다 푼다고 한다면 하루에 얼마를 풀어야 하는지는 대충 계산할 수 있고, 그래서 굳이 스케줄을 짜지 않아도 어떤 문제집을 얼마나 풀어야 할지는 정확히 알고 있다. 만약 EBS 수2 하루 분량이 두 챕터에 해당하는 15페이지라고 한다면, 그것을 다 풀 때까지는 다른 과목은 절대 손대지 않는다. 그렇게 붙들고 있다 보면 몇 시간 정도는 그냥 간다. 그렇게 수리영역은 내가 그럭저럭 하는 축이니까 뭘 풀든 감당할 수 있는 반면, 언어나 외국어는 그냥 아무 생각이 없다. 틀리면 틀리는 거고 맞으면 맞는 거고. 원래 문제들의 난이도 구분이 잘 안 가는 탓에 그냥 풀고 본다는 느낌이다. 과탐도 거의 그렇다.

　이런 공부스타일이다 보니 때로는 너무 막가는 것이 아닌가 싶기도 하다. 하지만 공부를 신급神級으로 잘했던 형을 떠올려봐도 딱히 스케줄 북을 썼던 기억은 나지 않는다. 형이 그랬으니 나도 그래도 괜찮겠지? 솔직히 써봤자 별로 잘 쓰지도 못할 것은 그냥 하지 않는 게 낫다. 괜히 거치적거리느니 차라리 없느니만 못하니까.

7월 넷째 주

맹꽁

　지난주에 내가 매긴 자기 평가는 이랬다. B, A-, C, C-, A, A, D, D를 받은 것은 일요일이었다. 개인적으로 나는 일주일에 일요일 정도는 푹 쉬어주어야 한다는 주의다. 학기중처럼 방학에도 일요일에는 저녁에 과외를 받을 때까지 나는 빈둥거린다. 늦잠도 늘어지게 자고 텔레비전과 미드도 챙겨서 보고. 그래야 다음 주에 공부를 할 여력이 제대로 나거든. 부모님께 공부 안 한다고 단단히 찍히는 건 있지만.

　독서실 생활은 충실하게 잘 진행되고 있다. 단지 한 가지 걸리는 것이 있다면 그건 내 주변 방 때문이다. 어지간히도 공부를 못하는 놈들인지 뺀질나게 문을 열고 닫거나 문자를 보내거나 하는 소리가 자주 들렸다. 자면서 내는 숨소리도 그렇고 가끔은 '자~ 스마일! 찰칵!' 하는 소리도 난다(이것들이 미쳤나?). 나야 원래 시끄러운 속에서도 집중력이 좋은 편이니 그렇게까지 방해를 받는 건 아니지만 좀 욕해주고 싶기는 하다. 이 밖아도 시원찮을 무뇌충들아, 독서실까지 끊어놓곤 그렇게 정신 못 차리겠냐! 그렇게 빌빌대느니 차라리 그 15만 원으로 하루 날 잡아서 실컷 놀고 붓는 게 훨씬 나을 거다.

이렇게 속으로 온갖 험담을 퍼붓고 나면 나는 얼마나 잘났다고 그러나, 하는 회의감에 빠진다. 나도 그들과 별다를 것이 없는 인간인데, 공부 잘하는 것 하나 가지고 너무 콧대 세우는 것 아닌가 하고. 오히려 자기가 잘난 줄 알고 남을 우습게 보는 게 훨씬 웃기지 않나. 그게 훨씬 못난 인간인 거 아닐까? 그러나 누가 더 한심하고 덜하고 간에 나는 이 EBS 모의고사를 마저 풀어야 했다. 딴생각하지 말고 집중하자. 집중, 집중.

일요일에 무더위가 처지는가 싶더니 월요일부터 비가 조금씩 내렸다. 다행히도 나는 항상 운이 좋아서 아침에 걸어오는 중에 비를 맞은 일은 한번도 없었다. 독서실에 도착하면 아슬아슬하게 내리기 시작하는 비를 보며 흐뭇한 기분으로 자리에 앉아 계획표를 짰다. 생각해보면 사람이 진심으로 기뻐하고 즐거워하게 되는 것은 이런 사소한 부분들에서인 것 같다. 물론 내게 연대에 붙었다는 대단한 일이 생긴다면야 눈물 콧물 죄다 입으로 삼키며 팔딱팔딱 뛰겠지만, 티끌 모아 태산이라고, 이렇게 일상에서 간간이 반짝이는 기쁨들을 끌어 모으면 연대 붙은 것보다 더 크지 않겠느냐는 거다— 라고는 말해도 현실은 역시 연세대구나……. 현실은 역시 연세대다.

아무래도 '일상 속의 나'와 '수험생으로서의 나'는 대치되어야 하는 운명인가 보다. 일상이든 수험생이든, 둘 다 지금 이 자리에 생생히 숨 쉬며 살아 있는 내 자신인데도 말이다. 참 아이러니하기 그지없는 현실이다.

옥희

학원은 소음도 적당하고 분위기도 잘 형성되어 있어서 공부하기에는 딱 알맞았다. 게다가 모르는 것이 생기면 언제든 물어볼 수도 있다. 내가 아는 선생님이 안 계실 때에는 다른 선생님이 나를 가르쳐주셨다. 학원이 이래서 좋은 거구나. 과외는 1:1로 수업을 하니까 보다 치밀하게 배울 수 있을진 모르지만, 좀 더 인간적으로 선생님과 마주할 수 있는 곳은 도리어 학원인 듯하다. 과외는 잡담과 농담을 주고받는 상황에서도 여전히 벽이 느껴지지만, 학원은 서로 비슷한 정신 수준의 애들과 어른이라는 느낌? 학원 선생님이라기보다는 지혜로운 친구 같은, 친근한 선배에 가깝다고 할까. 진작 학원에 다녔으면 좋았을걸. 하지만 나는 벌써 고3 중반을 달리고 있으니 이제 와서 돌이킬 수는 없다. 그것이 참 아쉽다.

학원에 와서 유일하게 불편한 점이 있다면 중학교 동창들을 자주 본다는 것이다. 날 못 알아보는 아이는 다행스럽지만, 간혹 별로 친하지도 않았던 아이들이 반갑게 말을 걸어오면 나는 웃으며 받아주면서도 속으로는 영 그랬다. 너 나랑 별로 친하지도 않았잖아, 그리고 나 지금 모의고사 보는 중인 거 안 보이니, 몇몇 눈치 없는 여자애들은 옆에 앉아도 되냐고 묻기까지 했고, 나는 그때마다 옆에 누가 있으면 집중이 안 된다며 미안하다고 덧붙였다(그러나 사실 속으로는 하나도 안 미안했다). 알아서 잘하세요. 그런 아이에게 옆자리까지 내줄 정도로 나는 만만하지 않다. 하지만 그렇게 겉 속 다르게 굴고 나면 '내가 너무 못된 건가' 하는 생각에 잠시 휩싸이기도 한다. 그래도 이렇게 중요한 시기라면 신경이 곤두서 있는 이상 누구나 그러지 않을까(왠지 자기합리화처럼 들리지만).

어젯밤에 시끄러웠던 것으로도 모자라 오늘 아침까지 집안은 떠들썩했다. 막 현관문을 나서기 직전 누군가 쾅쾅쾅 식탁을 내리치는 소리가 들렸다. 그만 좀 하라고 그만하란 말야! 몰라, 나하고는 상관없는 일이야. 대신 나는 그 소리 이상으로 거세게 현관문을 닫고 나갔다. 쾅! 메아리가 아파트의 콱 막힌 내부에서 섬뜩하게 튕겨 올랐다. 그래도, 다행이야. 공부 핑계로라도 이 집에서 나가있을 수 있어서.

작년 겨울방학 때까지는 어딜 가지 않고 항상 집에서 공부했었다. 솔직히 경험자의 입장에서 말하자면 집에서 공부한다는 것은 정말 말도 안 되는 짓이다. 10분도 안 돼서 뭔가 먹고 싶어서 일어서고, 이번엔 텔레비전이 보고 싶어서 몸이 들썩거리고, 결국 앉은 지 두 시간도 안 돼서 간식거리를 꺼내들고 텔레비전 앞에 앉아 있는 일이 매일같이 반복된다. 아니면 책

상에서 졸다가 난방 핑계를 대든가. 더군다나 나의 경우 세상
이 뒤집어질 것처럼 한바탕 싸워대는 부모님에게 반항하느라
고 며칠씩이고 아예 책에는 손을 대지도 않고 마냥 방에 있곤
했었다.

그러다가 이번 고3 여름방학 때는 이렇게 집 밖에 나오게
되니 마음이 참 편하다. 집에 있으면 항상 두 사람을 어떻게든
떼어놔야겠다는 생각에 시달리지만, 이렇게 나오고 나니 이제
집이 어떻게 되든 말든 상관없다. 또 칼부림이나 하고 그릇이
나 깨놓으려면 깨놓으라지. 차라리 두 사람 다 응급실에 실려
가버렸으면 좋겠다. 그러면 한동안 집안은 조용할 텐데—.

어쩌면 고3 수험생이라는 위치는 내게 있어서 커다란 축복
인지도 모른다. 공부와 성적과 대학, 그리고 그 모든 것을 결정
짓는 숫자들에만 집중해야 하는 환경은 그 외의 모든 것을 반
강제로 잊게끔 만들기 때문이다. 많은 아이들이 의식적으로든
무의식적으로든 여기서 빨리 벗어나고 싶겠지만, 적어도 내게
있어서 이런 환경은 합법적인 모르핀 주사와도 같다. 주삿바
늘이 따끔하긴 하지만, 일상의 고통을 잊게 해주는 동시에 여
전히 불안한 세계 속에서도 꿈을 꿀 수 있게 만들어주니까.

퐁

자리 쟁탈전이 어찌나 심했던지 급기야는 어떤 학부모가 학
교에 전화해서 항의를 한 모양이다. 월요일 아침 일찍부터 갑

자기 3학년 주임이 등장하더니 먼저 온 아이들부터 좋은 자리에 앉히기 시작했다. 덕분에 일찍 와서 공부할 채비를 하던 나는 제법 좋은 자리를 얻었다. 자리를 전날 미리 맡아놓고 여유롭게 온 애들은 당연히 몹시 불만스러워했지만, 몬스터 같은 주임을 당해낼 수 있는 사람은 아무도 없었다.

방학 때에는 학생식당이 문을 열지 않기 때문에 밥을 먹으려면 시내까지 나가야 한다. 우리 학교는 시내와는 한참 떨어진 단독주택가 구석에 있어서 김밥집 같은 곳을 찾으려 해도 15분쯤 걸어서 내려가야 했다. 나를 비롯한 방학 멤버는 처음에는 시간을 아끼려고 중국집에서 시켜먹었지만 얼마 못 가서 질려버리고 말았다. 흰 밥에 배추김치가 그리웠다. 결국 매일 시내까지 내려가서 김밥 체인점에서 이것저것 시켜먹는 것이 우리의 일상이 되었다. 그 대신 저녁은 김밥을 사가지고 와서 간단하게 때웠다.

시내에까지 내려오는 일은 밥 외에 가벼운 걷기 운동도 할 수 있어 일석이조였지만, 사방에 유혹이 도사리고 있다는 것이 문제였다. 시내는 번화가인 만큼 피시방 노래방 등등 놀 곳이 많았던 것이다. 특히 우리 남자들 같은 경우에는 피시방 근처에만 가도 손이 근질근질해지고 눈이 자꾸 쏠렸다. 오죽하면 피시방 간판을 보지 않으려고 일부러 길을 돌아갈 정도였겠냐.

그러나 그런 노력에도 불구하고 조금씩 피시방의 마수에 끌려가는 놈들이 생겼다. 어느 날 김밥 체인점에서 옆 테이블에 앉아 있던 중어과 놈들이 한 말이 결정적이었다. "소화도 시킬 겸 피시방이나 갈까?" 그러자 우리들 사이에서도 "우리도 소화도 좀 시킬 겸……1시간만 좀……?" 하고 우물쭈물하더니 개미와 문과 두 놈이 빠져버린 거다. 망할 중어과 놈들, 그 주둥이는 언제 좀 닥칠래?

첫날에는 정확히 한 시간만 하고 돌아왔기에 그날만 그러려니 했는데, 가는 빈도가 조금씩 잦아지더니 이제는 필수 코스가 되어버렸다. 놈들은 피시방을 가지 않으면 공부가 안 된다는 너무나 뻔뻔한 변명을 해댔다. "야, 그만 좀 하지? 공부는 언제 할 건데?" 하고 말해도 그들은 "괜찮아, 어차피 버렸어." 하고 뻔뻔스럽게 대답했다. 아니 그럼 공부는 왜 하는데? 차라리 피시방에서 살지 독서실에 왜 오냐? 하고 묻고 싶은 것을 나는 꾹꾹 눌러 참았다. 어차피 내 입장에서야 놈들이 자진해서 내 바닥을 깔아준다는데 마다할 이유가 없지.

지난주부터 핸드폰을 완전히 끊었다. 문자 신경 쓰는 것도 그렇고 자꾸만 게임이 하고 싶어지는 것도 거슬리고 해서 정지시킨 후 어딘가에 던져놓았다. 지금쯤 어딘가에서 조용히 박혀 있을 거다.

옥희의 폰 번호를 따로 적어두긴 했지만 집에서 직접 통화하기도 그렇고 하니 달리 연락을 주고받을 방도가 없다. 차라

리 내 스스로 조절해서 문자라도 가끔 주고받도록 하는 편이
나았나, 하지만 내 스스로 절제할 자신이 없다. 잘 지내겠지?
걱정스럽긴 하지만 옥희가 고3이니만큼 그녀의 부모님도 그녀
에게 맞춰주지 않을까. 부디 큰일이 없기를 바랄 뿐이다.

7월 다섯째 주 ~8월 첫째 주

맹꽁

　지난주의 성적은 이랬다. A, B+, C, B, F, B-, C. 이번에도 A가 하나 끼어 있어서 참 뿌듯하다. 그러나 우울하게도 F를 하나 받았는데, 그것은 생리를 핑계로 집에 있는 바람에 생긴 탓이다. 일찍 터진 생리 때문에 기분이 꿀꿀한데다 허리도 시큰거리고 하니까 집에서 공부하자고 생각했는데, 당연히 그게 생각대로 될 리가 없었다. 왜냐하면 '집이니까'.

　아니나 다를까 나는 아침에 잠깐 뉴스나 본다는 것이 케이블에서 연속 방송하던 미드를 하루 종일 보고 말았다. 오후 2~3시 정도까지는 '괜찮아, 잘 때까지는 9시간이나 남았으니까 그 시간에 하면 되지' 하고 생각했지만, 오후 5시가 되자 조금씩 초조해지면서도 엉덩이를 티비 앞에서 도저히 뗄 수가 없었다. 그러다 저녁 8시가 되자 그제야 머리를 싸매고 '오늘 하루 날렸구나' 하고 비로소 땅을 쳤다. 하지만 그때는 이미 뇌가 텔레비전에 절을 대로 절어서 영단어 하나 비집고 들어갈 틈이 없었다. 거기다 좋지도 않은 성질머리까지 전자파에 오염되어서 자꾸만 신경질을 내고 싶어졌다. 내 말에 열 받은 엄마가 행주를 냅다 집어던져도 정말 할 말이 없다. 그런데도 성질을 참지 못하고 있는 말 없는 말 다 받아치고 앉았으니 스스로 생각해도 나는 못났다. 정말 못난 불효녀다. 그렇다는 걸 잘 알고 있는데, 근데 열 받는 걸 나보고 어쩌라고. 뭘 어쩌라고. 아씨 몰라 귀찮아! 나는 짜증이 여전히 바글바글 찬 머리로 씻지도 않고 그냥 드러누워버렸다. 그리하여 그날의 나의 성적표는 시뻘겋고 큼지막한 글자로 F가 찍히고 말았다. 휴, 이번 주에는 F를 절대로 만들지 말자. 매일 A로 가득 채울 수 있도록 노력하자.

하지만 급한 마음과는 달리 독서실에 익숙해지자 나는 점점 나태해지기 시작했다. 가끔씩 나는 독서실 바닥에 앉아 있거나 누워 있곤 했는데, 독서실의 반 평짜리 방도 방은 방이다 보니 바닥에 누워 있어도 아무도 뭐라 할 사람이 없다. 하지만 무슨 노숙자도 아니고 시원한 바닥에 드러눕기 시작하면 끝도 없이 뭉개는 것이 문제였다. 한동안은 점심 먹고 낮잠만 3시간씩 잤다. 정말 미쳤다. 이 때문에 나는 가능한 한 바닥에 내려오지 않으려 애썼다. 일단 밥을 먹은 직후라 가장 위태로운 오후 1시에서 3시경, 그 두 시간만큼은 정신 바짝 차리자. 공부는 곧 자신과의 싸움이니만큼 쉬이 편안함에 몸을 내맡기지는 말자. 잠자는 것도 10분만, 쉬는 것도 밖으로 나가서 쉬도록 하자. 아아, 그래도 내려가고 싶어! 바닥에서 뭉개고 싶어! 자고 싶어— 이럴 때면 어느 여고의 급훈으로 적혀 있던 〈1시간만 더 공부하면 네 서방 직업이 바뀐다.〉를 대문짝만하게 써 붙이고 싶다.

비록 내 의지이긴 하지만 반 평의 어두운 공간에 계속 갇혀 있다 보니 때때로 시간과 공간이 소리 없이 기괴하게 뒤틀리는 것을 느낀다. 이런 걸 보면 나라에서 괜히 1인당 최소 주거 공간을 규정한 게 아니다. 사람은 누구나 살아 있는 이상 사람답게 생활할 수 있는 기본적인 조건인 적당한 공간, 햇빛 그리고 신선한 공기가 필요하다. 그런데 지금의 나는, 그리고 전국 60만에 달하는 수험생 중 학생의 본분에 충실한 일부는, 햇빛도 신선한 바람도 들지 않는 수용소 같은 방에 매일같이 들어가 거의 하루 종일 웅크리고만 있다. 내 의지로 그렇게 한다고 말하지만, 이것은 사실 이 사회가 보이지 않는 손으로 그렇게 하도록 내리누르고 있는 것뿐이다. 즉 '자진'이라고 믿게 만들었지만 사실은 '강제'라는 거다.

〈대학을 비롯한 '성공'이라는 나의 웅대한 미래를 위해 뼈를 깎는 수양을 하고 있다〉. 우리 상황을 이렇게 긍정적으로 표현할 수도 있겠지만, 그렇게 말하고 나면 과연 대학이라는 것이 온몸을 불살라야 할 정도로 가치가 있는가? 하는 생각이 든다. 좋은 대학에 가면 좋은 직장과 높은 봉급은 물론, 스스로에게도 뛰어난 가치를 부여할 수 있다고 사람들은 말하지. 하지만 좋은 회사에 들어가서 많은 월급을 받으며 산다는 것이, 그렇게나 좋은 삶일까? 단지 명문대에 들어간다는 것만으로 스스로 만족하는 삶을 살 수 있다는 것은 아닐 텐데.

물론 나도 돈이라면 절로 웃음이 나오는 속물인데다 명문대에 들어가서 어깨를 으쓱거려보고 싶기도 하다(매우 아주 열렬히). 왜냐하면 나는, 그리고 대부분 애들은 그것만이 유일하게 자기 증명을 할 수 있는 길이라고 배워왔기 때문이다. 도덕? 윤리? 학교에서 배운 것으로 참된 인간이 되기는 한참 글렀다. 그건 그냥 암기 내신일 뿐이다. 학교에서 뭘 가르치든 간에 가장 중요한 건 그거다. 〈대학으로 자기 증명하기〉. 그러나 한편 나는 의심한다. 그 길이 과연 내게 사람다운 삶을 살 수 있게 해줄 것인가?

이건 상투적으로 말하는 '보이지 않는 미래에 대한 막연한 의심'인지도 모르겠다. 뭐, 가다 보면 알게 되겠지. 지금은 모든 것을 1등급으로 만들어야 하는 상황이라서 더 이상 깊이 딴생각할 여유가 없으니 그냥 지금은 시간에 모든 것을 맡겨두겠다. 그럼 알아서 잘 해결되겠지. 꽤 냉소적인 구석이 있는 엄마 말대로, 시간이 남아도는 놈팡이들이나 삶이 어쩌니 사람이 어쩌니 하는 빈 깡통 같은 생각을 하는 건지도 모른다.

옥희

나는 아무리 성격 이상한 사람이라도 무난하게 지낼 수 있다. 하지만 그런 내게도 진심으로 싫었던 사람이 딱 한 명 있었는데, 그건 중학교 때 같은 학년이었던 한 남자애였다. 내가 그 애를 싫어했던 건 오로지 중학교 때 내 친구와 일으켰던 문제 때문이었다. 단지 기분 나쁘다는 이유로 내 친구에 대해 악담을 퍼뜨리고 다니는 바람에 나는 그 애에 관해서라면 가시가 박힐 대로 박혀 있었다.

그리고 정말 공교롭게도 그 남자애는 이 학원에 다니고 있었다! 잠시 복도에서 마주쳤을 때 나는 가슴이 철렁했다. 왜 쟤가 여기 있는 거야? 설마 쟤도 나처럼 매일 오는 건 아니겠지. 내 걱정은 곧 현실로 드러났다. 하필이면 내가 듣는 사탐 수업에 그 애가 새로 들어온 것이다.

그런데 또 하필이면 선생님이 나와 그 애가 같은 중학교에 다닌 것을 묻는 것이 아닌가. 선생님, 그런 잡담은 아예 하지 말아주세요! 나는 순간 당황해서 얼굴이 확 달아올랐지만 애써 태연한 척 고개를 끄덕였다. 같은 중학교라는 말에 아무것도 모르는 장본인이 날 휙 돌아봤을 때, 나는 재빨리 시선을 돌려 문제집에 집중하고 있는 척했다.

퐁

영어 문법을 제대로 다시 정리해야겠다는 생각이 들었다.

문법 문제는 외국어영역에서 두 문제는 기본적으로 나오지만 나는 그 둘조차도 거의 항상 찍다시피 했던 것이다. 마침 신문에 껴온 광고지에 영문법 단기간 특강을 하는 학원이 있는 것을 보았다. 위치를 보니 집에서 그렇게 멀지도 않은데다 시간도 밤늦게 있어서 집에 돌아오는 길에 가기에 적당했다. 정작 문제가 있었던 것은 예상대로 아버지께 허락받을 때였다. 학원에 다니고 싶다고 했더니 "네 형은 그런 거 다니지도 않고 그렇게 잘했는데, 다 끝나가는 판에 무슨 또 학원을 다닌다고……." 하며 언짢은 얼굴을 내비치자 나는 순간 울컥 했다. 그때와 교육과정이 다르니까 또 어떨지 모른다며 어머니께서 두둔하지 않았더라면 나는 짤막하게나마 건방진 말대답을 했을 것이다.

우여곡절 끝에 그렇게 다니게 된 학원은 총정리하기엔 그럭저럭 괜찮았다. 사람도 별로 없으니 집중하기 좋았고 선생님도 친절하고 꼼꼼했다. 사용하는 교재도 깔끔하게 정리가 잘 되어 있어 딱히 필기를 하지 않아도 알아보기 쉬웠다. 나는 숙제도 꼬박꼬박 하고 수업도 성실하게 임했다.

목요일 늦은 밤이었다. 학원에서 돌아오는 길에 나는 길거리 포장마차에서 우리 학교 하계 체육복을 입은 여자애가 떡볶이를 먹고 있는 것을 발견했다. 뭐야, 우리 학교 체육복이네. 근데 어떻게 방학 중에 체육복을 입을 생각을 하냐. 하면서 보니 뒷모습이 어딘가 낯익었다. 가까이 다가가보니 새빨간 떡볶이 국물에 김말이를 맛있게 찍어먹고 있는 여자애는 다름 아닌 맹꽁이였다. 나는 그녀를 놀라게 해줄 겸 그 옆에 슬쩍 다가서서 큰 소리로 말했다. "정맹꽁 야식 먹는다!"

"뭐—야—아 시방 아 깜짝아— 아 몽이냐?" 맹꽁이가 펄쩍 뛰자 이쑤시개에 꽂혀 있던 떡이 떨어질 것처럼 덜렁덜렁 매달렸다. 나는 낄낄 웃으며 다시 말했다.

"너 옷이 그게 뭐냐?"

"너 뭐냐 그 얼굴? 완전 기분 나쁘다. 없는데 사줄 거냐? 농담이고, 빨아야 되는데 그냥 막 쌓아놔서 그래. 입으려고 뒤져보니까 쉰내가 나더라고. 멀쩡한 건 이 체육복밖에 없어가지고."

깊이 눌러쓴 모자를 들어 올리려 하자 맹꽁은 필사적으로 모자챙을 잡아당겼다.

"안 돼— 완전 개떡졌어!"

그녀의 통통한 두부 팔에서 쌕쌕 바람소리가 나자 나는 뒤로 물러났다. 맹꽁은 그런 내 모습을 보며 낄낄거렸다. 저 멀리 내달리던 차가 기일게 울부짖었다. 빠라바라밤! 그 소리가 꼬리만 남기고 사라져갈 무렵 이번엔 맹꽁이 내게 물었다.

"옥희가 그랬는데, 너 폰 끊었다며? 열공 중?"

"열공은 무슨, 그냥 자꾸 게임하고 그러니까 그냥 버렸지."

"잘했어. 그래도 옥희한테는 가끔 전화하고 그래. 말은 안 해도 섭섭해한다."

나는 맹꽁이가 입에 밀어 넣어준 뜨거운 떡볶이를 입에 물고 호호거리며 끄덕였다.

"아, 그러고 보니 말대가리랑 참새랑 요번에 완전 깨졌다며?"

나는 떡을 대충 씹어 꿀떡 삼켰다. "진짜?"

"몰라, 나도 들었어. 그렇다던데? 몰랐어? 너 말이랑 친하잖아."

"요샌 연락이 안 돼서."

"야, 좀 사람하고도 교류하고 살아. 여하튼, 참새가 말 참 좋아했는데 진짜 속상하겠더라." 맹꽁이는 판어묵을 통째로 씹어 삼키더니 내게 이쑤시개를 휘둘렀다. "너도 옥희한테 그렇게 하면 진짜 가만 안 둔다."

음식들에 정신이 팔린 나는 그 말에 건성건성 고갯짓했다. 말대가리네랑 우리는 달라. 다르니까 아마도 괜찮을 거야. 걔네들처럼 가타부타 하다가 어느 순간 갑자기 뚝 끊어지지는 않을 테니까 걱정 말라구. 그나저나 갑자기 그런 얘기가 나와서 생각나는 건데, 내가 커플링을 빼서 어디다 뒀었더라? 아마도 서랍 안 안경닦이 속에 잘 있겠지. 그 서랍 거의 안 열어보니까 거기 그대로 있을 거야.

그러나 실제로 집에 와서 서랍을 열어보았을 때, 그것은 안경닦이를 한참 벗어나 펜 뚜껑 같은 잡동사니 가운데 나뒹굴고 있었다. 재빨리 원래대로 잘 감싸놓긴 했지만 한동안 어른 모르게 잘못을 저지른 어린애 같은 기분이 들어 어딘지 꺼림칙했다.

8월 둘째 주

맹꽁

　지난주에는 F가 두 개씩이나, 그것도 평일에 있었다. 역시나 '오늘은 집에서 공부할까?' 하는 생각이 화근이었다. 그런 주제에 또 일요일은 꼬박 미드 보고 먹고 자고 실컷 놀았다. 스스로 생각해도 정말 미쳤구나 싶다. 아니, 하루를 실컷 놀았으면 다른 날은 좀 열심히 정신 차리고 해야 하는 것 아닌가? 그런데 그건 오로지 말과 생각뿐이고 막상 당일이 되면 몸은 따로 논다. 덩달아 뇌도 흘려서 정신없이 따라 논다. 그나마도 노는 것에만 완전히 몰입해버리면 좋은데, 노는 주제에 또 양심이라는 건 있어서 '공부해야 되는데' '공부해야 되는데' 하고 앉았다. 그렇게 가시방석에 앉은 꼴이니 놀아도 논 것 같지가 않고 결국은 몸과 마음 모두 무겁다. 그럼 애초에 놀지 말고 공부를 하면 됐잖아! 나는 이게 다 망할 놈의 전자파 때문이라고 애써 스스로에게 변명했다. 하지만 생각 같아서는 구차하게 변명만 할 것이 아니라 티비와 컴퓨터를 몽땅 내다버리고 싶은 심정이다.

　빈둥대지 않는 날에는 모의고사를 종종 쳤다. 일주일에 적어도 세 번은 이런저런 모의고사들을 모아 보았다. 특히 최근 5년 이내의 수능들과 공공기관에서 주관한 모의고사들은 몇 번을 다시 풀어도 아깝지 않다. 수능 감각을 익히기에 그만큼 좋은 방법도 없으리라. 하지만 역시 수량에 한계가 있기 때문에 한번 푼 것은 두 달 정도 텀을 두고 다시 푼다. 두 달간 내버려두면 그간 풀었던 수많은 문제들에 먼젓번 기억이 묻히기 때문에, 또다시 풀게 될 때에는 새로운 모의고사나 마찬가지다. 그래도 혹여나 다시 푸는 만큼 좋은 점수를 얻을 것 같지만 대개는 그냥 평소와 엇비슷하게 나오는 정도에 그치는 것은 약간 슬프다.

　벌써 방학이 거의 다 흘러 지나갔다. 본래 반만 지나면 나머지 반은 한순간에 날아가버리는 것이 방학이다. 남은 기간 또 얼마나 농땡이를 치게 될지— 아니다, 지금 말은 무효야! 나는 알차고 매우 효율적으로 남은 방학을 보낼 것이다. 모든 날들을 all A로 만들고, 수리영역 점수를 확 끌어올려서 450점대에 진입하게 될 것이다. 항상 긍정적으로, 열심히 공부하자. 반드시 꼭 해낼 수 있다고 굳게 믿도록 하자.

　퐁

　정말, 처음 피시방 가기 시작한 놈들 누구냐. 내가 이 자식들을 가만두나 봐라. 네놈들 때문에 이게 뭐야, 이젠 나까지 가고 있어! 이제는 매일 점심을 먹은 뒤 스타를 하지 않으면 독서실 멤버 전원이 금단 현상이 오는 흉한 꼴이 되어버렸다. 오늘은 피시방 가지 말고 공부하자고 하면 그 즉시 눈앞에 컴퓨터 화면이 어른거리면서 자꾸 입이 바짝 마른다. 독서실 멤버들끼리 작정하고 오늘은 피시방 안 간다고 해놔도, 밥을 먹다 보면 반찬이 게임 아이템처럼 보이면서 서서히 우리는 홀리기 시작한다. 그러다 보면 어느새 우리는 신나게 피시방에 들어서고 있다. 고작 며칠 했다고 이렇게 되다니, 이건 정말 말도 안 된다. 그러나 한번 들인 나쁜 버릇은 쉽게 고쳐지지 않는 탓에 시간은 시간대로 낭비하고 속만 더 썩고 있었다.

피시방에서 게임을 하고 돌아오면 다들 진지하게 책상에 앉아 있지만, 사실 폼만 잡는 것이지 게임에서 거의 헤어나오지 못한 상태다. 컴퓨터를 하느라 붕 떠버린 머릿속은 꼭 뇌사 상태가 된 것 같다. 아무리 눈에 핏발이 서도록 문제지를 보아도 머리가 돌아가질 않으니 공부 진도도 당연히 안 나간다. 그러다 저녁 6시쯤 되면 정신이 서서히 깨어나지만, 공교롭게도 슬슬 저녁 먹을 시간이다. 저녁을 먹으면 몸이 노곤해지는 것은 당연한 일이고, 그러다 보면 시간이 흐지부지 흘러 밤 10시가 된다. 이때쯤이면 정신이 다시 맑아지지만 이번에는 체력이 바닥을 보이기 시작한다. 그리고 엉덩이는 집에 가자고 마구 조른다. 하루 내내 푼 것이라고는 어떻게 풀었는지도 기억이 안 나는 문제지 몇 장뿐, 결국 그날 하루는 종쳤다. 아, 제발 좀 그만 인간이 되자니까.

그러다가 정신을 바짝 차리게 해준 계기가 생겼다. 어느 날 아침 갑자기 말대가리가 앉아 있던 자리에서 펄쩍 뛰어오르며 "야, 오늘 100일이야!" 하고 소리친 덕분이다. 그 옆자리의 배추가 가림판 너머로 커다란 머리를 쑥 내밀며 말했다. "진짜? 어 이상하다, 나는 107일 남았다고 되어 있는데?" 두 사람과 다르게 D-104로 알고 있던 나는 농담이라고 생각했다. 그러나 실제로 폰의 D-day 기능으로 계산해본 결과 놀랍게도 말대가리의 말이 맞았다. 오늘은 수능 D-100이었다. 진짜 수능 D-100일이었던 것이다! 얼어붙은 우리들 옆으로 오늘 독서실 당번인 방뎅이가 다가와선 배추 등을 작대기로 꾹꾹 찌르곤 천천히 주변을 돌아보았다.

"어이 고3들, 100일만 참아라! 그 다음엔 마음—대—로 해도 돼."

"아이씨." 그에 대답이라도 하듯 건너편에 앉은 방뎅이 반 녀석이 투덜거렸다. "방뎅이 때문에 집중이 확 깼잖아." 담탱이는 뭘 해도 자기 제자들에게 욕을 얻어먹기 마련인가 보다. 여하튼 D-100일이라는 말에 간만에 등골이 오싹했던 나는 그날 이후부터는 피시방을 완전히 끊었다.

만약 내가 D-100일을 하루라도 지나쳤더라면 자포자기한 심정이 되었을 것이고, 좀 더 이른 날로 잘못 착각했더라면 진짜 D-100일 때 이렇게 소름이 돋도록 실감나지는 않았을 것이다. 비록 D-99일과 D-100일, 혹은 D-101일과 D-100일의 차이에 불과하지만, 이렇게 극소한 숫자의 차이로도 고3은 쉽게 흔들리니 말이다. 더군다나 D-100일은 세 자리 수에서 두 자리 수로 바뀌는 기념비적인 경계이니만큼 그 불안은 더했을 거다. 그러니만큼 나는 큰 소리로 D-100일을 알린 말대가리에게 감사해야 했지만, 지난번의 불쾌함이 아직 남은 탓인지 결코 그걸 드러내놓고 말하고 싶지는 않았다.

옥희

공부는 매일같이 스케줄 북에 적은 것 이상으로 잘 진행되었다. 그토록 싫어했던 중학교 동창 남자애하고도 별 문제없이 지냈다. 사실 둘 다 하루 종일 학원에 있기 때문에 얼굴을 안 마주치려야 안 마주칠 수가 없었다. 그렇게 떠듬떠듬 말을 나누게 되다 보니, 그 애와 나는 어느새 자연스럽게 인사하며 지내게 되었다. 가끔은 사탐 푸는 것을 도와주느라 옆에 앉아 있기도 했다. 옛날에 있었던 일은 내가 괜히 오해했던 건가. 그래, 중학교 때는 워낙 쉽게 친구들에게 휩쓸리고 하니깐, 내가 괜히 오버했었나 보다. 내 친구하고도 무슨 말 못할 오해가 있었던 모양이지. 생각 외로 괜찮은 성격의 아이라는 것을 발견하자, 나는 그동안 품었던 오해로 미안했던 탓에 그 애에게 몇 번 점심을 사주기도 했다. 어떤 때는 단둘이 킥킥거리며 간식을 나눠먹을 때도 있었다. 그러나 얼마 지나지 않아 나는 내 행동으로 인해 이번엔 내가 다른 아이들에게 오해를 샀음을 깨달았다.

소문을 들은 것은 내게 이 학원을 소개해줬던 우리 반 친구를 통해서였다. 그녀는 2학기 수시 면접과 논술을 준비하느라 여러 가지 수업을 듣고 있었는데, 워낙 원만한 성격이다 보니 학교 불문하고 친구가 많아서 별 이야기를 다 알고 있었다. 그러던 어느 날, 한창 외국어에 골몰해 있던 나를 조심스럽게 부른 그 애는 뜬금없이 이렇게 물었다.

"너, 다른 애랑 사귄다며?"

어이가 없어진 나는 무의식중에 큰 소리가 나왔다. "무슨 소리야?" 앞에 앉아 있던 아이들 중 한 명이 뒤돌아보며 눈을 흘기자 나는 황급히 입을 가렸다. 친구는 주변을 둘러보며 목소리를 한층 더 낮췄다. "아니지?"

"무슨 소리야? 아니지!"

"그치? 아니, 다른 수업 들으면서 다른 애한테 들은 얘기인데……." 하고 친구는 말을 더 잇지 못하고 머뭇거리더니, 내 샤프를 뺏어들고 문제지 위에 뭔가 끼적이더니 그것을 돌려 내가 바로 볼 수 있게끔 만들었다. 거기에는 이렇게 적혀 있었다.

〈너랑 걔랑 사귄다는 말이 있더라고.〉

나는 한동안 기가 막혀서 아무 말도 나오지 않았다. 친구가 내 팔을 붙잡고 흔든 덕에 나는 약간 제정신을 찾을 수 있었다. "괜찮아?" 그 애가 걱정스럽게 묻자 나는 입술을 꼭 깨물며 희미하게 끄덕였다. 나는 조용히 목을 가다듬은 후 다시 말문을 열었다.

"누가 그래?"

"다들 그런대. 우리 논술반만 해도 다들 그렇게 아는지, 그러더라고. '아 여기서 사귀는 애?' 하고."

"절대 아냐. 내가 미쳤니."

"그래, 나도 말도 안 된다고 그랬어. 너랑 몽은 우리 학교에서 유명하잖아." 그녀가 위로하듯 어깨를 만지자 나는 기가 풀린 나머지 한숨이 길게 새어나왔다. "아니, 그냥 밥 좀 같이 먹고 얘기 좀 했다고 어떻게 사귀는 게 되는 거야?"

"워낙 잘 지냈잖아. 그러니까 조심하지 그랬어."

슬그머니 조바심이 든 나는 조심스럽게 그녀에게 물었다.

"혹시, 너 몽 얘기 했어?"

"아니, 그냥 절대 그럴 리가 없다 그랬어, 더 꼬일까 봐서. 원래 소문이란 게 몇 사람만 지나면 완전 개소리 되잖아."

나는 천천히 고개를 끄덕이며 깊은 한숨을 내쉬었다. 그 상황에 내가 남친(비록 어정쩡한 관계이긴 하지만)이 있다는 이야기까지 돌면 분명 다들 진실은 보지도 않고 수군거릴 게 뻔하다. '남친이 있는데 집적댔다는 거야?' 이럴 때는 정말, 정말로 사람이 싫다. 진실을 일부러 제쳐둔 채 어쩌면 이렇게까지 자기 멋대로 생각해버리는 걸까? 왜 그렇게까지 다들 이기적인 것인지, 그로 인해서 당사자가 입을 상처는 생각하지도 않는 건가? 정말, 정말 진짜 뭐냐고. 친구가 사탕을 하나 건네주고 간 뒤에도 나는 도저히 문제지에 집중할 수가 없었다.

　오해받은 탓에 기분도 좋지 않은데, 그날 저녁따라 집안이 소란스러운 정도는 더했다. 당신이 이렇게 된 게 왜 내 탓이야? 그럼 누구 탓인데? 제발 좀 그만 좀 하세요. 어른씩이나 돼가지고 언제까지 그렇게 남 탓만 할 거예요? 결국은 다 자기 탓인 거라구요. 다 자기가 저지른 탓이라구요. 그렇게 남 탓만 하고 자기 잘못은 인정하지 않으니까 생기는 거라구요. 그러니까 제발, 그만 좀 해요.

　경비실 인터폰이 찌륵찌륵 울리기 시작했다. 분명 아랫집에서도 윗집에서도 시끄럽다고 오는 것이리라. 짜증난다. 정말 짜증나. 더 이상 참을 수 없어진 나는 학원에서 돌아온 지 10분도 안 되어 집을 도로 뛰쳐나갔다. 100m를 가도, 200m를 가도 마구 헝클어진 고함소리가 귓가에 쟁쟁 울리는 듯했다. 이윽고 오로지 가냘프게 전율하는 가로등만이 어슴푸레 비치는 놀이터 한구석에 닿았을 때, 나는 한기를 느끼며 벤치에 기대어 폰을 꺼내들고 단축번호를 눌렀다. 화면에 몽의 번호가 둥실 떠올랐다. 그러나 정작 저 너머로 들려오는 것은 차갑도록 무미건조한 음성뿐— '지금 거신 전화번호는 정지된 번호이오니……' 맞다. 몽에게는 더 이상 통화를 할 수가 없구나. 더 이상 폰을 쓰지 않으니까.

　왠지 모르게 사방이 벽으로 가로막힌 것만 같았다. 멍하니 폰 화면을 들여다보며 서 있는 가운데, 가로등에 놀라 깬 한 마리 매미의 가느다란 울음소리가 밤공기를 불안하게 흔들기 시작했다. 찌—륵찌—륵, 찌—륵찌—륵찌—륵.

8월 셋째 주, **방학**의 마지막

맹꽁

　이제 방학이 끝나기까지 남은 것은 월, 화, 수요일 사흘뿐이다. 방학의 막바지에 접어들어 정신을 바짝 차린 효과가 있는지 지난주의 성적은 내가 생각하기에도 무척 만족스럽다. C, B, A-, A, B, A, B+. 가장 낮은 C를 매긴 날도 단지 아침에 늦잠을 잤다는 이유로 일부러 점수를 야박하게 준 것일 뿐 그날 계획했던 공부는 모두 충실하게 해냈다. 뿐만 아니라 항상 놀던 일요일까지도 하루 종일 EBS 인강을 들으며 보냈다. 좋아, 이대로 마지막 남은 사흘도 기를 잡고 공부하자.

　지지난주에는 독서실에 앉았다 하면 온갖 잡생각이 떠오르는 통에 집중하기가 힘들었지만, 지난주부터 지금까지는 딱히 곤란한 일 없이 충실한 나날이었다. 굳게 마음먹고 눈앞의 문제지 외에는 생각을 끊어버렸더니 문제집이 물 흐르듯 장장이 넘어갔다. 머릿속을 비우고 자연스럽게 집중하는 가운데 나는 온갖 문제들을 풀고 채점하고 오답을 체크하고, 풀고 매기고 체크하고, 또 풀고 매기고 체크했다. 다음날도 그리고 또 다음날도 쭉 마찬가지다.

매일매일 똑같은 일상이 반복되는 것은 아주 지루한데다 어쩌면 비인간적으로 보일 수도 있지만, 결국 그것도 본인이 생각하기 나름이라는 생각이 든다. 사람은 살아가면서 누구나 자신이 원하지 않았던 상황에 처하게 되는 것은 당연한 일일 테고, 그건 지금 나의 상황도 마찬가지다. 누가 이렇게 어두침침하고 좁은 방에 갇혀서 어떻게 될지도 모르는 미래에 대비하고 싶겠는가?

수험생활과 수능은 이 나라 십대 고등학생이라면 누구나 겪어야 할 관문이자 시련이다. 그렇기에 온 나라가 난리법석을 떨 정도로 중요하다고 하고, 그만큼 엄청난 압박감을 겪기 때문에 누구든 다시는 되돌아가고 싶지 않다고까지 말한다. 그렇게 중요하고도 괴로운 과정이지만, 이왕 피할 수 없는 거라면 죽고 싶을 정도로 힘들어! 이딴 건 왜 해야 하는데? 하고 불평하기보다는 나는 즐겁게 노래를 부르며 힘껏 달려가고 싶다. 대학을 위해서보다는 내 자신에게 후회가 없도록 충실하고 싶다. 나중에 되돌아봤을 때 그래, 참 골치 아프긴 했지만 이때만큼 내 미래를 위해 열중해본 적은 없었어, 하고 웃을 수 있을 정도로 말이다.

비록 부모님을 비롯한 주변 사람들과 내 마음 한구석에서는 '그럼 뭐해, 명문대 못 가면 인생 저무는 건데.' 하고 말하지만, 나는 그래도 대학 따위보다는 스스로에게 집중할 수 있는, 그런 멋진 고3 생활을 만들어 나가고 싶다. 다른 사람이 나 자신을 어떻게 생각하든 상관없다. 나는 대학 따위로 내 스스로를 규정해 버리지는 않을 것이다. 그보다는 내 스스로 돌이켜 보았을 때, '아, 나란 사람은 참 멋진 길을 걸어왔구나!' 하고 감탄할 수 있는 삶을 살고 싶다. 그것이야말로 진짜 인생이 아닐까!

옥희

학원에 안 나가게 된 지 오늘로 나흘이 되었다. 헛소문은 퍼질 대로 퍼져서 이젠 선생님들까지도 알고 있었다. 사탐 선생님께서 내게 "너, 걔랑 사귄다며? 그런데 왜 좀 더 가까이 앉지 않고 멀리 떨어져 있어!" 하고 묻기까지 했으니 말 다했다. 결국 나는 얼마 지나지 않아 학원을 완전히 끊었다. 그렇게 갑자기 그만두는 게 어쩌면 강한 부정을 드러낼 수 있지 않을까 싶어서였다. 어차피 여기서 조금 더 듣는다고 점수가 나아질 것 같지도 않았고, 쓸데없는 헛소문만 더 불려놓느니 아예 끊어버리는 게 나았다.

이제 모레면 방학이 끝난다. 나는 지금까지 공부에 충실했는가? 어떻게 생각하면 '예'이고 어떻게 생각하면 '아니오'이다. 충실하게 공부한 날만큼 헛되이 보낸 시간도 제법 되니까. 하

지만 지금까지 초중고 통틀어서 가장 알찬 방학이었다는 것만
큼은 당당하게 말할 수 있다. 노력한 만큼 효과가 있다면 그건
'가장 보람차게 의미 있던 방학'으로 바뀌게 될 것이다. 틈틈이
보아온 모의고사를 보면 솔직히 점수가 오른 것 같지는 않지
만, 그래도 뿌듯한 기분이 든다는 건 그만큼 열심히 했다는 증
거겠지? 비록 불쾌한 사건도 있긴 했지만, 그건 어떻게 생각하
면 무미건조한 나의 생활에 매콤한 양념을 쳐준 셈이다. 맨밥
만 먹는 것보다야 그게 훨씬 낫잖아. 그 덕에 여러 모로 공부
에만 매진할 수 있었으니 사실은 고마워해야 할 일인지도 모
르겠다.

　단 한 가지 걸리는 점은 역시 소문 때문이다. 헛소문이 나는
대로 그냥 내버려두고 와서 찜찜한 것일까. 설마 학교에까지
퍼지진 않겠지. 아니다, 그만 생각하도록 하자. 시간 낭비일 뿐
이다. 자꾸만 불안해지는 마음을 달래고자 나는 커플링을 꺼
내 만지작거렸다. 반지 테두리를 따라 어른어른 빛이 미끄러져
내렸다. 괜찮을 거야. 어차피 진실도 아닌걸. 몽도 우리 학교 애
들도 그 정도 사리분별은 할 줄 알 테니까.

　몽

　내일은 드디어 개학식이다. 한 달 남짓했던 방학이 오늘부로
모두 끝나는 것이다. 이제는 아주 가파른 막판 내리막길을 필
사적으로 달려 내려가야만 한다. 두려움과 긴장감, 설렘과 흥

분으로 가슴에 바람구멍이 휑 뚫릴 것 같았다. 바짝 마른 입술을 혀로 핥아도 그 느낌은 완전히 가시지 않는다. 마치 까마득한 놀이기구를 타기 직전 같은 느낌이다.

독서실 밖에서는 간만에 어른들의 소리가 들려오고 있다. 내일 개학식에 대비해서 출근한 선생님들의 말소리다. 간간이 낯익은 목소리가 들려올 때마다 나는 집중을 완전히 깨지 않은 채로 귀를 기울였다. "에고고, 또 한 학기가 시작되는구나―." 한숨 쉬는 듯한 일어문화 선생님의 목소리에 누군가 헛소리를 냈다. "조용히!" 누군지 구분은 잘 안 가지만 아마도 음악 선생님인 것 같다. 둘 다 성격 좋은 아줌마 선생님들이니까 좋은 운을 받아서 좋은 성적을 내거나 할 수 있지 않을까. 그렇게 생각하자 기분이 가벼워졌다. 나는 빙긋이 웃은 채 풀고 있던 쌍곡선 문제를 마저 마무리했다.

운이 좋을 것이라는 예상은 아주 이르게 나타나긴 했지만 빗나가지 않았다. 담탱이가 독서실로 내려와서 점심으로 먹고 싶은 것을 시켜주겠다고 했던 것이다. 누군가 "피자! 피자! 도미노!"를 연달아 외친 덕에 방학 멤버 7명은 비싼 라지 사이즈 피자를 두 판씩이나 얻어먹게 되었다. 우리는 어느 날부터 더 이상 학교에 나오지 않았던 4명을 떠올리고 피자를 먹지 못하게 된 건 자업자득이라며 비웃었다. 그리곤 그 자리에 있었는지조차도 모르게 게 눈 감추듯 피자를 먹어치웠다.

커다란 피자를 세 개나 집어삼킨 나는 소화도 시킬 겸 배추에게 폰을 빌려서 신관 정문 쪽으로 나갔다. 옥희에게 전화를 하기 위해서였다. 문 앞에 서자 그녀가 이 앞에서 모래바람을 바라보며 조용히 벽에 기대서 있었던 것이 떠올랐다. 그땐 운동장에 모래 회오리가 마구 치고 있었는데, 지금은 텁텁하고 뜨거운 볕만이 들고 있다.

나는 잠시 운동장을 보다가 뻑뻑한 버튼을 꾹꾹 쑤셔가며 번호를 눌렀다. 그저께 옥희에게 전화했을 때 그녀는 요즘은 집에 있으니까 아무 때나 전화해도 괜찮다고 했었다. 하지만 아무도 받는 사람이 없었다. 어디 잠깐 나간 건가. 깜빡이는 폰 화면을 바라보다가 나는 버튼을 눌러 통화내역을 지웠다. 운동장을 뜨뜻하게 지져대던 햇빛이 커튼 자락처럼 스르륵 사라졌다가 천천히 다시 드러났다. 내가 폰을 닫자 기다렸다는 듯 한껏 달아오른 모랫내가 여름 햇빛 냄새와 함께 코 안으로 밀려들어왔다.

고등어 해동되다

맹꽁

드디어 2학기가 시작되었다. 이제 수능은 코앞이다. 오늘로 수능 D-87일이다. 시간이 앞으로 얼마나 빠르게 흐를지는 상상할 수조차 없다. 오직 톡하면 가슴이 벌렁벌렁하는 내가 있을 뿐이다—. 그리고 성적이! 등급이! 백분위가! 그리고 여전히 미칠 듯한 수리영역이! 아이고 그만하자, 이러다 내가 먼저 심장병으로 죽겠다. 한 달 동안 과외 선생님을 붙잡아 늘어져 가며 공부했건만 수리는 여전히 암울했다. 오죽하면 모의고사를 봐도 채점과 오답 정리만 하고 점수는 절대 안 따져보겠는가. 그렇다 하더라도 벌써부터 포기해서는 안 된다며 나는 몇 번이고 스스로를 다독인다. 일단 9월 모의고사 나오는 것을 봐서 뭘 어떻게 하든 해야지. 전국에서 제대로 얻어맞기 전까지는 연습 시험에 좌절하고 싶지는 않다. 끝까지 물고 늘어지는 사람이 성공한다는 담임 선생님의 말을 마음에 담아두자.

수능을 앞두고 3월만큼이나 진지해진 아이들의 모습을 상상했지만, 생각보다 8월의 아이들은 부산스러웠다. 복도를 뛰어다니는 남자아이들이나 끼리끼리 모여서 손을 잡고 흔들며 수다를 떠는 여자아이들도 제법 보였다. 그래도 열 명 정도 엉덩이를 붙이고 있는 아이들로 교실 안은 비교적 조용했다. 몇몇 친구들에게 손을 흔든 나는 자리에 앉아 오늘 스케줄부터 바로 짰다. 수능이 닥쳐오는 2학기이니만큼 수업도 느슨히 하려니 싶어 넉넉히 스케줄을 짰는데, 막상 1교시가 시작되어 들어온 영독은 그 소박한 꿈을 단박에 깨놓았다. "책 다 서랍 안에 집어넣어." 바로 아이들이 불만스럽게 어어— 하는 소리가 들려왔지만 "어어—? 반 전체 마이너스 1점." 하며 영독이 수첩에 끼적이기 시작하는 통에 찍 소리도 못하고 수업교재를 펼쳐야 했다. 뒤쪽에서 누군가 아주 작은 목소리로 "미친 영독." 하고 중얼거렸다. 주변을 쓱 돌아보니 아이들은 죄다 그 소리에 동감하는 얼굴로 시계와 시간표를 흘긋거리고 있었다.

몽

　아침에 잠시 신문을 뒤적이다가 학교 폭력 실태에 관한 기사를 보았다. 기사는 대충 어떤 학교에 얼마만큼의 폭력 신고가 있었으며 불명예스러운 1위를 차지한 학교 교장이 푸념을 하는 등 뭐 그런 내용이었다. 하지만 그중에서도 유독 눈에 띈 것은 학교 폭력 보고서를 내지 않았다는 서울 내 어느 외고 교장의 말이다. 〈우리 학교 학생들은 공부하기 바빠서 싸움할 일이 없다). 일단 우리 학교를 기준으로 생각해보면(뭐 어느 외고나 전체적인 분위기는 비슷할 테니까) 그 말은 맞는 말이기도 하고 아니기도 하다. 비록 일반고에 비하면 확실히 싸움의 빈도는 낮은 편이기는 하지만, 그렇다고 아예 안 일어나는 것은 아니기 때문이다.

우리 학년에서는 8개 반 통틀어 한 달에 두세 번 꼴로 주먹질이 일어난다. 그런데도 선생님들이 전혀 알지 못하는 것은 모든 싸움이 학생들 선에서 끝나기 때문이다. 혹여 선생님께 들키더라도 이번엔 주변 아이들이 아무 일도 없었다며 너도나도 나서서 감싸주니, 담임은 물론 교장이며 이사장은 싸움이 있었으리라고는 꿈에도 모른다. 당사자들도 바로 화해를 하는 편이기 때문에 뒤탈도 거의 없다. 더군다나 외고라서 그런지, 싸움은 천박하고 머리 나쁜 놈들이나 하는 것이라는 학교 분위기가 단단히 박혀 있다. 처음 입학했을 때부터 그런 공기가 숨 막히도록 느껴졌다. 중학교 땐 주먹을 제법 날렸다던 놈들조차 고분고분해졌을 정도다. 그 덕에 아무리 서로 험악해져도 싸움으로까지 번지는 일은 거의 없다. 여기서는 참고 넘길 줄 아는 사람이 암묵적인 승자다.

그래서인지 드물게나마 싸움이 나면 단박에 눈에 띄게 된다. 오늘 일도 그랬다. 등교해서 막 복도에 들어서자 과 불문하고 애들이 유독 웅성거리며 몰려 있는 것이 보였다. 가까이 가보니 말대가리가 어떤 놈과 한바탕 붙고 있었다. 우르르 몰려든 아이들이 간신히 떼어놓자 상대편의 코에서는 코피가 줄줄 흘러내렸다. 둘은 떨어져 선 채로 씩씩대다가 각자 반으로 성큼성큼 돌아가버렸다.

교실에 돌아가 잠시 걸터앉아 있던 말대가리 주변으로 아이들이 엉거주춤 모여들었다. 여자애 하나가 옆 사람에게 조심스럽게 물었다. "왜 싸운 거야?" 하지만 아무도 대답하는 사람이 없었다. 말대가리는 물을 두어 모금 들이켜더니 "아냐, 별거 아냐" 하곤 몸을 일으켜 도로 휙 나가버렸다. 그 방정맞은 입이 문제를 일으킬 줄 알았지. 이번엔 또 어떤 이상한 소릴 했기에 싸움까지 일으키나. 속으로 혀를 차던 나는 옆에 있던 놈들을 몇 놈 쿡쿡 찔러보았지만 다들 머리를 내저을 뿐, 아무도 말대가리가 그렇게까지 화가 난 이유를 말해주지 못했다.

옥희

학교에 돌아오니 느슨해졌던 사람들과의 끈이 팽팽하게 당겨지면서 이런저런 인간관계들이 또다시 눈에 들어오기 시작한다. 대부분은 서로 긍정적인 관계들이지만, 가끔 누군가 서로 싸운다든지 감정이 나빠진다든지 아니면 따돌림 당한다든지 하는 문제가 생긴다. 애써 모르는 척한다고 하더라도 그런 문제들은 여전히 내 안에 남아 있다. 잘 대해주어야 할까? 아냐, 그냥 모르는 척하자. 그냥 단순한 변덕인가 싶지만 그저 나라는 사람이 못난 탓이기도 하다.

아, 모르겠다. 인간관계는 너무나 골치가 아프다. 그저 항상 친하게 지내는 사람들만 있었으면 좋겠다. 항상 누구든지 서로 사이좋게 지낼 수 있었으면 좋겠다. 왜 사람들은 뒷담화에 싸움에 따돌리기까지 해야 하는 걸까. 만약 누군가를 미워하고 부정하는 마음이 있는 이유가 반대로 좋아하고 긍정하는 마음이 있기 때문이라고 한다면, 그냥 차라리 둘 다 없어져버리는 편이 낫지 않을까. 이쪽저쪽 마음 쏠리는 일 없이 누구나 서로 무심무난하게 지낼 수 있도록 말이다. 사랑과 기쁨이 무의미해질진 몰라도 적어도 싸움이나 대립 관계, 심지어 전쟁 걱정 없는 아주 평화로운 세상이 될 텐데.

내가 너무 배부른 소리나 해대는 건지도 모르겠다. 하지만 나는 진심으로 내 생각을 말하는 것뿐이다. 서로 좋다가도 언제 끊어질지 몰라 불안에 떨어야 하는 관계라면 아예 처음부터 없는 게 낫지 않았을까. 대체 무슨 소릴 하는 거람, 이따위 이상한 소리나 하고 있고. 모르겠다, 여러분 저 조울증인가 봐요. 그러니 너무 신경 쓰지 마세요. 그러다가 다시 또 원래대로 회복되어서 전혀 다른 얘기나 또 줄줄 하고 있을 거예요.

하지만 이런 우울한 생각들이 내 진짜 본심일 거라는 느낌은, 시간이 흘러도 결코 지워지지 않을 듯싶다.

맹꽁

주제넘은 참견인 건 아는데 그래도 마음에 정말 안 든다. 몽

252

자식, 자기 여자친구는 이제 정말 안중에도 없나 보지. 공부를 열심히 하는 건 좋은데, 지금이 중요한 것도 잘 알겠어. 그래도 1, 2학년 때를 함께해온 절친 같은 여친에게 너무 관심이 없는 거 아닌가? 옥희가 말은 안 해도 속으로는 하고 싶은 말이 참 많을 텐데. 옥희 집안 사정이 어떤지 잘 알고 그로 인해서 옥희가 얼마나 힘들지도 잘 알 만한 녀석이 말이야, 폰 끊었다는 평계로 연락도 잘 안 하고, 나쁜 자식아.

보통 나와 관계된 일이 아니면 전혀 관심이 없는 나이지만, 한번 신경이 쓰이기 시작하면 일을 터뜨릴 때까지 그 생각이 머리에서 떠나가지 않는 것이 또 나이다. 아이고 이 가스나야, 괜한 오지랖이다. 제발 네 눈앞에 있는 EBS 미적분 심화에나 신경 써라! 그러나 아무리 해도 나는 입이 근질근질한 것을 참을 수가 없었다. 한계에 다다르자 나는 자리를 벌떡 차고 일어나 교실 뒤에서 사물함을 정리하고 있던 몽에게 다가갔다. 그러나 막상 옆에 서자 할 말이 생각나지 않아서 나는 잠시 멀뚱히 서 있었다.

"뭐야?" 말을 먼저 꺼낸 것은 몽이었다. 그는 내가 갑자기 쏘아보는 것이 떨떠름했는지 목소리가 이상하게 튀었다. 그것이 웃겨서 나는 그만 호호 웃어버리고는 황급히 숨을 가다듬었다.

"너 요즘 옥희 만나 안 만나."

"옥희? 어제 복도에서 보긴 했는데."

"복도? 그게 만난 거냐? 그냥 스친 거지."

“뭐야— 지금 왜 그러는 건데.” 몽은 어물거리는 얼굴로 교과서 몇 권을 사물함 위에 올려놓았다. 나는 바로 뒤에서 누군가 사물함을 열려고 하기에 자리를 비켜주곤 소리를 낮추어 말했다. “옥희 좀 잘 돌보래도!”

“뭐라구?” 내 목소리를 너무 낮추었는지 조금 시끄러워지기 시작한 애들 소리에 묻혀버렸다. 나는 손나팔을 만들어서 그의 귀 가까이에 갖다 댔다. “옥희 좀 신경 쓰란 말야!”

그는 고개를 갸웃하더니 “나름 신경 쓰고 있는데…….” 하곤 말꼬리를 흐렸다. 나는 그 말에 이빨을 드러내며 웃었다. “너 좀 맞을래?”

“아니요.”

“아니요? 야, 좀 신경 써. 너 잘 알잖아. 최근에 걔네 집이 어떤지 알아?”

“괜찮은 거 아니었어? 별 얘기 없던데.” 하고 대답하긴 했지만 몽은 자신 없는 듯 우물거렸다. 나는 한심해하는 대신 그를 살짝 째려보았다. 내 시선에 그는 기가 죽어서 “미안.” 하고 중얼거렸다. 나는 나보다 한참 키가 큰 몽을 붙들어 내리고 그의 귀에 낮게 속삭였다.

“이번엔 진짜로 이혼하신대잖아.”

그 말에 몽은 제법 놀란 것 같았다. 그 반응에 나는 약간 찔끔했지만, 애써 아무렇지도 않은 척 되물었다. “몰랐어?”

“어— 몰랐어— 언제 알았어?”

"지난주에 잠깐 통화하면서 그 얘길 하더라고."

"그랬구나……. 근데, 이런 질문하긴 정말 미안한데, 옥희도 말했지만 옥희네 부모님 자주 그런 얘기 나온다고…… 너도 알지? 이번에도 그런 거 아닐까?"

나는 고개를 살짝 흔들었다. "이번에는 서류까지 다 냈대. 그 어디 TV 보면 유예기간 4주 드리겠습니다, 하잖아? 지금 그 시기인가 봐."

"진짜?" 몽은 미심쩍어하면서도 점차 그 사실을 실감하고 있는 듯 보였다. 이놈아 그러니까 진작 조금만 더 신경 써주지. 나는 속으로 혀를 찼다.

"그러니까, 잘 좀 해."

몽은 말 없이 고개를 끄덕였다. 그 모습이 왠지 어두워 보여서 내가 너무 참견했나 보다 싶은 생각이 들었다. 하지만 이대로는 영 안 될 것 같아서, 그래서 나는, 하고 스스로에게 변명을 하려는 순간 그가 입을 열었다.

"고맙다." 그리곤 내 어깨를 가볍게 두들겨주었다.

몽

설마 했지만 정말로 그렇게 될 줄은 몰랐다. 그렇게까지 심각했었던 건가? 하지만 지지난주에 잠깐 통화했을 때만 하더라도 잘 지낸다며 걱정 말라고 했던 옥희다. 물론 나에게 말하지 않았다고 해서 화가 나는 것은 아니다. 부모님에 관한 이야기는 나도 몹시 껄끄러운 만큼 옥희도 그럴 테니까. 더군다나 이건 '이혼'이다. 부모님이 더 이상 '부모' 하나로 엮일 수가 없는 것이다……. 하지만 하필이면 이런 시기에 그렇게 되다니, 정말 너무하다. 너무하다 싶다.

심각한 일인 만큼 내게 직접 말하지 않은 것도 이유가 있겠지. 내 쪽에서 얘기해달라고 재촉하기도 그렇고, 언젠가 내게 털어놓을 수 있을 때까지 기다리는 게 좋겠다.

살기 위한 **몸**부림

'살기 위한 몸부림'과 '살아남기 위한 몸부림'은 의미가 약간 다르다. 전자는 단순히 '죽기 아니면 살기'다. 후자는 살아남은 생존자들 가운데서도 '남아야' 한다는 의미다. 예를 들어 성적이 안 나오는 애들은 'in 서울'이면 살기, 'out 서울'이면 죽기로 '무조건 살고' 봐야 하는 거고, 성적이 나오는 애들은 어차피 다 in 서울이니까 그중에서도 명문대 혹은 SKY에 '살아남으려고' 하는 거다. 요는 살기 위해 받쳐주는 게 있나 없나 이거다.

학교에서는 미리 여유롭게 만들어둔다는 이유로 방학이 끝나자마자 수능원서 접수를 준비하기 시작했다. 이때 '살기 위한 몸부림'이 두드러지게 드러난다. 보면 스스로 살기 위해 탐구과목 좀 버리거나 바꿔버린다든가, 수리 가형을 보던 녀석이 시험범위가 가형의 절반도 안 되는 수리 나형으로 바꾼다든가, 아예 통째로 계열 전향해버리는 놈들도 있다. 우리 반에서만도 세 명이 수리 나형으로, 한 명이 문과로 전향했다.

문과 놈들은 물론 아주 질색을 한다. 자기네들끼리 경쟁하는 것도 버거워 죽겠는데 뭐하러 오냐며 뒤에서 마구 깐다. 특히 전과를 한 사람은 더 이상 인간이 아니다. 이과 놈들은 한 술 더 떠서 배신자 취급까지 해댄다. 거의 2년 가까이 함께해왔던 '이과 공동체'에서 무단 탈출한 '전과자'라 이거다(공교롭게도 한글까지 같다). 본인 앞에서 대놓고 그런 소릴 하는 건 아니지만 거의 매일같이 뒤에서 심하게 씹히는 것을 보면 정말 무서울 정도다. 조직의 쓴맛이라는 게 이런 건가.

앞서 말한 네 명은 그 탓에 우리 이과 반에 더 이상 잘 융화되지 못했다. 항상 어딘가 동떨어져 있는 느낌이라고 해야 하나, 보이지 않는 둥근 배리어가 그들을 단단히 가로막았다. 어쩌다 애들과 얽혀서 수다를 떨게 되더라도 본인부터가 선뜻 입을 열지 못한다. 그들과 더 이상 관계없는 수2로 은근히 화제를 몰아갈 때면 쫓겨난 개처럼 앉아 있는 모습이 참 안되었다. 하지만 나 또한 반 분위기에 치우쳐 전향자들에게 이유 모를 반감을 품고 있었기 때문에 잘해주어야겠다는 생각은 거의 들지 않았다.

옥희

이과 반에서 문과로 전과한 헐렝이가 사설 모의고사를 보러 우리 반으로 잠시 이동해 왔을 때 아이들의 반응은 드러내놓고 무척 냉담했다. "니 교실로 가!" 하고 소리치는 아이들도 있었는데, 아무리 농담이라지만 거기엔 가시가 꽤나 돋쳐 있었기 때문에 나는 몹시 조마조마했다.

문과 전과자인 헐렝이는 원래 일어과에서 엄청 웃기기로 소문난 개그맨이었다. 너스레만 떨어도 아이들이 다 뒤집어질 정도였다. 그랬는데 전과를 한 후로는 무슨 소릴 해도 아이들은 전처럼 웃어주지 않았고 본인도 의기소침해져서는 더 이상 호들갑을 떨지 않았다. 그저 자기가 좀 더 잘 되고 싶어서 내린, 그것도 수능을 앞두고 내린 아주 중대한 결단이었을 텐데 아무도 진심으로 응원해주지 않는다는 것이 참 가없다. 그렇다고 사람 시선에 워낙 신경 쓰는 나인지라 힘내라는 말을 전해주고 싶어도 차마 용기가 나지 않았다.

점심시간 때였다. 오전 모의고사가 일단락된 후 친구들과 후닥닥 식당으로 내려가 식판을 비우고 있는데, 내 앞에서 밥을 먹던 친구가 갑자기 신나게 웃기 시작했다. 치마가 하도 껴서 좀 풀고 먹으려고 봤더니, 이미 풀려 있더라는 거다. 그러자 다른 아이들도 이구동성으로 "어, 나도 방금 그랬는데!" 하는 바람에 테이블은 순식간에 웃음바다가 되었다. 아이구, 얘네들 진짜 어쩔 거야! 고3이 되면 1학년 때보다는 확실히 다들 살이 붙으니 치마를 새로 사지 않는 이상은 이렇게 처절하게 먹는 수밖에 없다. 밥 먹을 때면 항상 치마 허리를 몰래 끌러야 하고, 때로는 지퍼까지 내려줘야 한다. 같은 여자로서 눈물 없이 들을 수 없는 코미디다.

이렇게 왁자지껄 재미있게 웃고 왔는데도 아이들은 '전과 자'를 보자마자 바로 조용해졌다. 헐렝이는 점심도 안 먹고 계속 우리 반에서 문제를 풀고 있었던 것 같다. 친구 중 하나가 속닥거렸다. "지금 와서 한다고 그게 되냐?" 이어서 낄낄거리는 소리가 들렸고 나는 아무 말 없이 속으로만 가슴을 졸였다. 반 전체가 전과자를 비웃는 듯한 교실 분위기였다. 그에 휩쓸리지 않도록 조심스럽게 사물함에서 칫솔을 꺼내고 있는데, 갑자기 누군가 돌이라도 던지듯 그 분위기에 파문을 일으켰다. 헐렝아아! 그와 동시에 친구들의 뒷담화도 멈췄다.

"헐렝아 밥 안 먹냐?" 낯익은 목소리에 뒤를 돌아보니 역시, 맹꽁이였다.

헐렝이는 예전 같지 않게 착 가라앉은 목소리로 조곤조곤 대답했다. 그 말이 끝나자마자 맹꽁이는 호주머니에서 채 비닐이 뜯기지 않은 미니쉘 초콜릿을 꺼내서 그에게 건넸다. 그걸 본 헐렝이가 잠시 말이 없자 맹꽁이는 그의 어깨를 팍팍 두들겼다.

"먹어! 공부하더라도 기운은 내면서 해야지?"

믿지 못할 것처럼 한동안 초콜릿을 보던 헐렝이는 이윽고 가만히 집어 올렸다. 그걸 지켜보던 나의 마음도 어느새 훈훈해졌다.

맹꽁

나는 절대로 정의파는 아니다. 그냥 대세가 싫을 뿐이다. 특히 부정적인 대세는 보고 싶지도 않다. 인간관계에서의 집단적인 치사스러움은 정말 짜증난다. 그런 기분에 휩싸여 종종 튀어나오는 나의 언행이 몇몇에게는 그렇게도 의로워 보이나 보다. 하지만 절대 그렇지 않다. 나도 98% 정도는 그냥 묵인하고 지나간다. 스스로의 이견을 2%밖에 내세우지 않는 내가 유별나 보이는 것은 대부분 놈들이 0.1% 이하로밖에 NO를 외칠 줄 모르기 때문이다. 2%밖에 말하지 않는 나도 천치 같은 건 마찬가지인데, 그딴 웃기지도 않는 대세에 묻혀갈 줄밖에 모르는 니놈들은 대체 왜 사는 거냐?

왕따는 검둥이만으로 그칠 줄 알았는데 또 새로운 따가 생겨났다. 문과로 전향한 지 일주일도 되지 않았는데 헐렝이는 이미 공공연한 따였다. 치사스럽게 이파 저파 안 따지는 남자애들로서야 그나마도 이냥저냥 껴주는 모양이지만, 헐렝이가 없을 때 그들이 뒤로 심하게 까대는 꼴은 짜증나다 못해 몹시 웃겼다. 얼마 전까지만 해도 절친을 자처했던 놈들이 어떻게 그렇게 뒤통수를 치냐? 뭐라고 받아치고 싶은 기분이 드는 때가 한두 번이 아니었지만 항상 목구멍까지만 차오르고 말았다. 나도 겁쟁이인지라 어쩔 수 없나 보다. 대신 나는 가능한 한 헐렝이에게 잘 대해주려 노력했다. 말 한마디 더 건네고 간식거리도 나눠주고. 헐렝이에게 조금이라도 도움이 된다면 참 다행일 텐데.

　여름방학이 끝난 후 아이들에게서 나타나는 가장 큰 변동은 역시 수리영역이다. 몇몇 놈들처럼, 공부 분량이 수리 가형의 반도 안 되는 수리 나형으로 바꾸는 일도 그 예의 하나다. 공부해야 할 범위가 반으로 줄어들었다고 안심할 수 있을 것 같지만, 사실 문과에서 그렇게 피 터지는 걸 보면 그게 그거다. 수2랑 심화 미적분 안 하니까 괜찮을 것 같지? 하지만 그렇다고 잘 보리라는 보장은 전혀 없다. 더군다나 자연계에서는 수리 나형을 선택하면 대학 선택 폭이 확 줄어드는데다, 만에 하나 수능 성적이 좋지 않기라도 하면 당장 내년으로 바이바이니 지뢰도 이만한 지뢰가 따로 없다. 차라리 형편없는 수리 가형을 끝까지 물고 있는 편이 낫다. 나도 워낙 수리 가형이 개판인지라 한때 잠시나마 나형을 생각한 적이 있지만, 선생님들이 극구 말리며 넌 언어, 외국어가 받쳐주니 그냥 가형 끌고 가란다. 게다가 솔직히 수1만 한다고 원체 꼴통 같은 수리 실력이 좋아질 리도 없다.

　다들 고개를 끄덕여주는 유일한 시험 종목 변경이 있다면 수리 선택 심화과목이다. 수리영역은 30문제 중 5문제는 따로 떼어두고 심화과목 내에서만 출제하는데, 이과 애들은 당연한 듯이 미적분 심화를 공부한다. 왜냐하면 대개 이과 내신은 미적분을 선택하니까. 하지만 이 심화 미적분이란 게 정말 미친다. 이론도 미쳤거니와 문제도 문제다. 심화 과목이 시작되는 수리영역 26번부터는 나는 아예 도박이다. 풀고 틀려야 정상인 거다. 누구는 1번 풀기 전에 심화 미적분 26번부터 푼다는데 나는 그랬다가는 100분 내내 그 5문제만 잡고 있을걸.

하지만 대학에서 꼭 심화 미적분을 보라고 요구하는 곳은 거의 없는 모양이다. 그러니 사실은 좀 더 만만한 확률통계나 이산수학을 봐도 상관없다는 얘기다. 그렇기 때문에 많은 이과 애들이 미적분하다가 확률통계로 돌리는 거겠지. 하지만 역시 내게는 내신과 수능을 따로 준비해야 하는 게 걸린다. 게다가 나는 확률 통계도 아주 개떡 같다. 풀고 틀려야 정상이라니까? 모험을 하기엔 나는 스스로에 대해 너무 잘 알았다. 그래서 우리 반의 3분의 1에 달하는 11명이 심화과목을 미적분에서 확률통계로 바꾸었다고 했을 때, 나는 부러운 한편 속이 몹시 쓰렸다. 네놈들 어디 얼마나 잘 보나 두고 보자.

season 4

9월 전국 모의고사

맹꽁 : (기지개를 힘껏 편다) 아―. (그리곤 마른 코를 훌쩍인다) 벌써
9월이네.

옥희 : (한숨을 쉬며) 진짜, 방학이 바로 어제 같은데 벌써 열흘
이 넘었어.

몽 : (창밖을 내다보다가) 그래도 아직까진 한참 더워서 별로
9월 같지는 않은데. (고개를 돌려서) 그나저나 전국 대비
는 잘들 되어가고 있어?

맹꽁 : (펄쩍 뛴다) 야이, 이 좋은 분위기에 전국 얘기냐!

옥희 : 잠깐 잊고 있었는데 또 떠올랐어, 9월 전국. (긴장되는 듯
두 손으로 볼을 마구 비빈다) 진짜, 이번엔 잘 봐야 되는데.
이번 점수가 바로 수능이랑 직결되는 거잖아!

몽 : (뜨끔한 얼굴로) 헐, 설마. 그러면 안 되는데. 선생님들이
3월 점수가 그대로 수능에 나온댔잖아! 나는 진짜 그
게 유일한 희망이라고.

맹꽁 : (몽을 찰싹 치며) 뭐야, 너 잘하잖아! 9월 전국도 잘 볼

거면서 완전 내숭 떤다.

몽 :   아! 아퍼! 뭐야. (이번엔 몽이 맹꽁을 가볍게 민다) 남말 한
       다, 넌 나보다 더 잘하잖아!

옥희 : (두 사람의 등을 동시에 가볍게 두들기며) 자자, 그만 그만.
       다 잘 볼 거야! 우리 모두 9월 진짜 잘 보고, 수능 때
       는 더 잘 보면 되지! 뭘 벌써부터 싸우고 그래.

몽 :   (고개를 끄덕이며 옥희에게 엄지손가락을 세워 보인다) 역시—
       옥희 최고. 우리 진짜 다 9월 잘 볼 수 있을 거야!

맹꽁 : '볼 수 있을 거야'가 아니라 '볼 거야'! 왜, 애매한 긍정
       은 좀 부정적인 느낌이 껴 있는 거 같다고. 그러니까,
       우린 모두 다 꼭 잘 '볼 거야'!

옥희 : (웃으며) 니네 자꾸 그러니까 무슨 바보 같애— 바보 형
       제.

몽 :   (옥희 말에 맹꽁이를 슬쩍 보며) 헐, 우리더러 형제라는데?

맹꽁 : 허얼. 근데 뭐라 부정할 말이 안 떠오르니까 더 슬픈
       데. (어깨를 으쓱한다) 그래도 양서류는 아니고 사람 취급
       은 해주니 감사감사지 뭐.

옥희 : (미안했던지 맹꽁이의 팔을 꼭 붙든다) 아냐, 농담이야 농담.
       너무 심각하게 생각하지 마!

맹꽁 : 아니, 난 괜찮다니까? 양서류에서 인간이 됐다는데 왜.
       (몽이 낄낄거리자 한 대 치려고 팔을 휘두르지만 몽은 잽싸게 피
       한다) 엇쭈— 피했냐? 너 이리 와— (몽이 뒷걸음질 치며

도망가자) 에구, 그만두자. 왠지 나만 한심해지려 그런다. 근데 우리 진짜 9월 전국 앞둔 거 맞아? 지금도 봐, 내가 어딜 봐서 고3 같냐. 교실도 그래, 보통 때도 전혀 긴장감이 없다니까. 나만 그렇게 느끼나?

옥희 : (맹꽁이의 팔을 흔들며) 맞아, 나도 나도! 3월이랑 6월 때 생각해보면 지금은 다들 완전 늘어진 것 같아. 아까처럼 누가 생각나게 하거나 하지 않으면 그냥 사설 모의고사 앞둔 느낌?

몽 : 나만 그런 게 아니었네. 어쩌다 실감나면 오싹해지긴 하는데, 진짜 그 외에는 그냥 내신 좀 앞둔 느낌이야. 하루 24시간 중에 시험 때문에 긴장하는 건 5분도 안 돼. 진짜 우리 이러다 큰일 나는 거 아냐?

옥희 : (고개를 끄덕인다) 왠지 열심히 해야겠다는 생각은 드는데, 주변 애들이 다 늘어져 있으면 괜히 함께 늘어지게 되잖아. 그래놓고 좀 있다가 쉬는 시간이라고 또 쉬고.

맹꽁 : 다른 애들이 그러면 그냥 괜찮은데, 최상위권 애들이 그러면 때려주고 싶지 않냐? 막 '한 자의 여유' 같은 거, 자기는 방학 때 공부 전혀 안 하고 놀았다고 하면서.

몽 : (손가락으로 맹꽁을 가리키며 옥희를 보고 입을 뻐끔거린다. 옥희의 얼굴을 보고 낌새를 챈 맹꽁이 몽을 돌아보고는 찰싹 때린다) 아! 아퍼, 때리지 마.

맹꽁 : 매를 벌어요 하여튼.

몽 : 그럼, 본인 얘기를 하는데. 너 방학 때 완전 열공했다며? 난 다 알고 있어.

맹꽁 : (황당해하며) 내가 언제? 지 같은 소리 한다.

옥희 : 니네들 보니까 방학 때 진짜 열공했나 보다. (짓궂은 목소리로 두 사람을 번갈아 본다) 사실은 둘 다 하루 20시간씩 공부했지! 그치?

맹꽁 : (얼굴을 찌푸리며 손사래를 친다) 아니, 20시간 미쳤냐. 말이 되는 소릴 해. 그냥 독서실에 다니긴 했는데, 가서 맨날 딴생각이나 하고. 어쩌다 집에서 공부한대놓고 미드나 왕창 보고 있고. 그리고 먹고 자고 또 먹고 자고.

몽 : (믿지 않는 눈치로) 얘 또 구라친다.

옥희 : (몽의 말에 동의하며) 진짜, 말도 안 돼. 니가 어떻게 공부를 안 하니?

맹꽁 : 뭐야, 이것들이. 증거 보여줄까? (팔뚝을 들어 보이며) 나 이렇게 살 불은 거 안 보여? 이게 다 미드 보면서 먹은 사과랑 포도야. 거의 두 박스? 아, 생각해보니까 반은 베스킨이랑 팥빙수네. (몽을 흘겨보며) 야, 그러는 너야말로 맨날 학교 와서 열공했다며? 애들이 그러던데!

몽 : 그래, 내가 좀 하긴 했지. (옥희와 맹꽁이 함께 반 탄성 반 야유로 오— 소리 내자) 뻥이고, 그거 내가 자리에서 안 움직이는 것 같으니까 그렇게 보이는 거지, 사실 많이 졸았어. (갑자기 고개를 절레절레 흔들며) 진짜 내가 미쳤던

게, 점심 먹으러 간대놓고 애들이랑 같이 맨날 피시방
으로 샌 거야. 가서 몇 시간씩 게임하다 오고.

맹꽁 : (장난스럽게 입꼬리를 비틀며) 그리고 와서 열공?

옥희 : 와, 애네들 거짓말 진짜 잘한다. (펄쩍 뛰며 한 걸음 물러난
다) 나 다 알고 있어, 니네들 공부한 거!

몽 & 맹꽁 : 아닌데, 아니라니까! (그리곤 서로를 가리키며) 근데 얘
는 분명히 했어.

옥희 : (어이없는 얼굴로 둘을 보며) 와, 니네들 뭐야— 이젠 둘이
말까지 맞추네?

몽 : 아니야! 아 몰라, 여하튼 난 망했다. 제—발.

맹꽁 : (옥희를 보며) 가스나야, 너도 열심히 했잖아! 쥐가 그러
던데! 너 맨날 아침 8시에 학원에 가서 새벽 2시까지
있었다며?

옥희 : 웬 2시? 미쳤니, 내가 2시까지 있게? 가장 늦게까지 있
었던 게 11시였어!

맹꽁 : 헐, 11시래. 와, 옥희 진짜 열공했나 보네? 나 그때쯤이
면 TV 틀어놓고 제2의 저녁식사를 하고 있었는데. (이
어서 오오 하는 감탄사를 낸다. 그리곤 몽을 향해 돌아서서) 몽
아, 옥희는 열심히 공부했댄다. 이 배신자! 우린 우리끼
리 놀자.

몽 : (옥희를 보고 웃으며) 희야, 우린 그냥 버려도 돼.

옥희 : (눈썹을 찡그리지만 웃고 있다) 야아 그러지 마! 나도 딴 짓

많이 했다니까?

맹꽁 : 딴짓? 이제 구체적으로 대라고 하면 말 못하지. (속으로) 이것들이 열심히 해놓고 말로는 다 안 했다고 고개 열심히 흔드는 거 봐— 하긴 나도 마찬가지지. 다들 말로는 놀았다 안 했다 어쩌구 하는데, 그 사람이 진짜 공부했는지 안 했는지는 얼굴만 보면 척이야. 공부한 사람은 말로는 미치겠다고 하면서도 얼굴은 반짝반짝 하고 눈이 빤질빤질하거든. (고개를 까딱이며) 야야, 공부 얘기는 그만하자. 애들이 왜 이렇게 뻔뻔해?

몽 & 옥희 : (기가 막힌 얼굴로) 남 얘기 한다. 자기는 어떻고?

맹꽁 : (손을 흔들며) 알았어, 알았어. 깨끗한 내가 봐준다. 야, 근데 지금 몇 분이냐? 나 화장실 가야 해서.

옥희 : 지금…… 15분? 지금 가면 화장실에 사람 없겠다. 나도 갈래!

맹꽁 : 그래, 같이 가자. (팔짱을 낀 채 옥희와 맹꽁을 바라보고 있는 몽을 보며) 옥희 좀 빌려간다? 넌 어디 안 갈 거야?

몽 : (마구 뛰어다니는 아이들을 피해 움직이며) 배드민턴 좀 할까 했는데, 시간도 그렇고 하니까 그냥 교실에 가려고. 둘 다 화장실 잘 갔다 와!

옥희 : (맹꽁을 툭 친다) 맹꽁, 몽이 화장실 잘 갔다 오래. (그리곤 킬킬 웃는다) 다른 애들이 그런 말 하면 그냥 그런데 몽이 하면 왠지 웃겨.

맹꽁 : 진짜, 얼굴은 진지한데 말은 뭔가 어색하잖아. 안 어울
려. (옥희의 손을 잡아끈다) 옥희 얼른 가자, 중어과 애들
몰려가기 전에 나 명당 잡아야 돼.

옥희 : (몽에게 손을 흔들며) 그럼 있다가 봐! 파이팅하고!

몽 : (대답 대신 경례하듯 손을 척 들어 보인다)

옥희의 9월 전국 모의고사 가채점 결과

언어영역: 88/100점

수리영역: 69/100점

외국어영역: 94/100점

사탐영역: 윤리 39/50점 한국지리 41/50점

　　　　　한국근현대사 38/50점 사회문화 42/50점

총점: 411/500점 (3월 대비 -10점, 6월 대비 -4점)

몽의 9월 전국 모의고사 가채점 결과

언어영역: 79/100점

수리영역: 92/100점

외국어영역: 84/100점

과탐영역: 물리1 42/50점 화학1 39/50점

　　　　　생물1 34/50점 화학2 37/50점

총점: 407/500점 (3월 대비 -8점, 6월 대비 +3점)

맹꽁이의 9월 전국 모의고사 가채점 결과

언어영역: 93/100점

수리영역: 65/100점

외국어영역: 91/100점

과탐영역: 물리1 41/50점 화학1 42/50점

　　　　　생물1 36/50점 화학2 40/50점

총점: 408/500점 (3월 대비 -25점, 6월 대비 -13점)

옥희 : 아 모르겠다. 어찌 되었든 6월처럼 총점이 410점대이니 점수가 비슷하게 유지되었다는 사실로 위안을 삼으려 하는데, 그래도 눈물이 찔끔 나오려고 그런다. 방학 때 그렇게 열심히 학원에서 공부했는데 점수가 오르지 않다니, 정말 너무한 것 같다. 내가 공부를 안 한 건가? 내 공부 방식이 잘못된 건가? 하지만 지금 와서 뭔가를 바꾸기에는 너무 위험이 크다. 수리랑 윤리는 대체 나보고 어쩌라는 건지, 왜 점수가 저 모양이람. 수리는 제발 좀 1등급 좀 나와라. 좀 이름 있는 대학 가려면 문과는 수리 1등급은 기본이란 말야. 근현대사도 공부를 그렇게 했는데도 왜 저렇고. 그래도 6월보다도 점수가 뚝 떨어졌다고, 주변 애들 중 반수가 얼굴이 하얗게 질린 것을 보면 나는 그래도 운이 좋은 편인가 싶다. 그럼 뭐해, 여름방학 때 그렇게까지 열심히 한 건 대체 어디로 간 거야! 누군가 말했던 대로 지난 겨울방학이 마지막 기회였나. 너무나 후회스럽다. 이

대로 이대 정시모집은 꿈도 못 꾼다면, 그렇다면 2학기 수시에 거는 수밖에 없다. 수시 비용도 한번에 7, 8만 원 그러던데 또 돈이 엄청 깨지겠구나. 하지만 그렇게 해서라도 붙을 수만 있다면! 휴우.

몽: 어라, 점수가 조금이라도 오른 사람은 나밖에 없는 건가? 심지어 '지지 않는 태양' 속꺼풀마저 당황해하고 있었다(근데 떨어진 게 463점이냐, 이 망할 새끼). 여하튼 나는 수리영역 점수가 회복된 덕분에 6월보다도 3점이 올랐다. 아아 수리가 날 살려주는구나. 앞으로도 수리만큼은 꼭 잡아놓자, 파이팅!

솔직히 가채점한 총점으로는 정확한 평가를 내리기 어렵다. 하지만 아무리 선생님들이 백분위와 등급이 중요하다고 입 찢어지게 일러도 대부분 아이들은 500점 만점에 몇 점이라는 모의고사 가채점 점수 때문에 울고 웃지, 정작 정확한 성적표가 나왔을 때는 그냥 무덤덤하다. 다들 이미 예상했었기 때문에 별달리 놀랄 것이 없다. 그러니까 어디 한번 덤벼보라지 하는 태도다. 때로는 무덤덤함을 넘어서 성적표를 보지도 않고 버려버리는 등 막 나가는 경우도 있다.

그러나 나만큼은 현실을 똑바로 바라보아야 한다. 가채점 점수가 괜찮은 것 같다고 해서 절대 마음을 해이하게 가져서는 안 된다. 곰곰이 따져보면 넌 점수가 덜 나온 것이나 마찬가지야. 방학 때 그렇게 공부해놓고 간신히 3점 올리기에 그치다니, 분하지도 않은가? 안 된다. 좀 더 좋은 점수가 나와야 한다. 안주하지 말자!

　맹꽁 : 왜 이래. 왜 이런 건데? 왜 점수가 이런 건데? 나는 난생처음으로 극심한 좌절감에 빠졌다. 자포자기의 수준을 넘어서 기력이고 뭐고 아예 의욕이 통째로 몸에서 빠져나가버렸다. 아무것도 손에 잡히지도 않았고, 지푸라기라도 잡을 의지까지도 모두 사라져버렸다. 아니, 그만큼 공부를 했으면 성적 유지라도 할 수 있어야지, 근데 이게 뭔데? 뭐? 다들 떨어졌으니까 그것으로 위안을 삼으라고? 멍청아, 이 성적이면 연세대는커녕 이대도 못 가. 절대 못 간다니까? 그런데 무슨 위안을 삼으라고? 몰라, 몰라. 모르겠다. 몰라, 이젠 어떻게 해야 하지. 중학교 때 바보같이 답을 밀려 써서 31점 맞았을 때도 껄껄거리며 넘어갔던 나인데, 이렇게까지 의욕을 잃게 될 줄이야. 하긴 그때랑 지금은 상황이 다르긴 하지. 아 몰라! 이런 생각 하는 것조차도 의미가 없다. 그저 조용히 어디서 널브러져 있었으면.

　내가 시험을 잘 보든 못 보든, 창밖 하늘은 아주 청명했고 그 가운데 유유히 구름이 떠가고 있었다. 문득 나는 창밖을 바라보다 말고 창턱에 팔을 대고 버틴 채로 매달렸다. 그리곤 그렇게 발과 바닥이 떨어져 있는 상황에서 나는 겁도 없이 윗몸을 창밖으로 쑥 내밀었다. 안정되게 균형을 잡는 동안 손톱만한 아이들이 1층 바닥에 돌아다니는 게 보였다. 아무런 생각도 아무런 감정도 떠오르지 않는 가운데 나는 어렴풋이 내 위치의 높이를 감각했다.

떨어지면 그것도 순식간이겠지?

그 외엔 아무런 생각도 나지 않았다. 옥상에서 막 뛰어내리려는 사람들이 이런 심정인가 보구나. 극도로 두려움에 떨거나 혼란스러워하거나 괴로움에 몸부림치며 뛰어내릴 것이라고 생각했는데 꼭 그렇지는 않나 보다. 마치 온몸과 온 정신이 아무것도 담기지 않은 텅 빈 사발그릇이 된 것 같다. '정말 혼이 완전히 나간 것 같아.' 그렇게 떠올리곤 나는 무의식중에 낄낄거렸다. 웃음소리가 귀 너머로 아련히 메아리치며 사라져가는 것을 느끼며, 나는 일단 바닥에 닿고 보자고 생각했다— 그리고 몸을 튕겨 바닥으로 떨어졌다. 5층 바닥으로 말이다. 뒤로 남자애들이 우두두 내달려댔지만 어딘지 꼭 머나먼 꿈나라에서 들려오는 소리 같았다.

'바보 같아.' 나는 그렇게 생각하며 창가에서 손을 떼었다. 고작 시험 못 봤다고 그렇게까지 심각하게 구는 거야? 바보 같이. 뭐, 이래저래 생각이 점점 피어나고 있으니 여기서 뛰어내릴 일은 없겠네. 다행히. 사발그릇이니 뭐니 하는 잡생각이 날 살려줄 줄은 몰랐는데. 정신이 서서히 돌아오면서 기다렸다는 듯이 귀에서 이명이 희미하게 울리기 시작했다.

창가에서 떨어질 뻔했던 나는 화장실로 향했다. 명당자리를 얼른 꿰차 들어가서는 서양식 변기의 뚜껑을 내리고 그 위에 앉았다. 누군가 담배를 피우고 갔는지 퀴퀴한 담배 냄새가 났다. 누군진 몰라도 나만큼이나 심란했던 여자애가 있었나. 나는 담배 연기 대신 활짝 열린 창문으로 들어오는 공기를 있는 힘껏 들이삼켰다. 산뜻한 가을하늘 냄새가 조금 풍겼다.

희미한 가을 향기를 다시 음미하려고 머리를 살짝 기울이는데, 갑자기 옆 칸에서 커다랗게 뿡 소리가 났다. 이어지는 부북북 소리에 나는 그만 소리 내어 낄낄거리기 시작했다. 그러자 옆 칸은 쥐 죽은 듯이 조용해졌다(미안해라). 그래 좋아, 온 세상이 앞다투어 날 위로해준다 이거지? 난 참 복 받은 인간이구만, 우울할 때면 절로 알아서 다들 위로해주니 말이야.

덕분에 기분은 많이 나아졌지만 여전히 공부할 거리가 손에 잡히지 않는 것은 마찬가지였다. 혼은 돌아왔지만 의지와 인내심마저 살아나려면 시간이 걸리는 모양이다. 나는 교실에 들어가서 모의고사 시험지를 펼쳐놓고 오답 정리에 집중하려 했지만 마음대로 되지 않았다. 그렇게 나는 여전히 정신을 허공에 매단 채로 야자 시간을 멍하니 흘려보냈다.

나 **대학** 못 갈 거야!

몽

다른 아이들과 비교해서 점수가 아주 약간 나은 것은 내게 생각 외로 큰 안도감을 주었다. 그것 때문에 마음이 풀어져서 공부를 안 한다거나 하는 일이 없도록 철저하게 스스로를 볶아댄 덕에 내 패턴도 확실하게 유지되고 있었다.

반 아이들 중 3분의 1은 9월이 끝난 후 '나 재수해야 돼'를 입버릇처럼 쓰기 시작했다. 그리고 그건 지금 몇몇 아이들에게 있어서는 거의 기정사실화가 되어버렸다. 그들이 원하는 대학은 내가 봐도 올해에는 절대 가지 못할 것이 뻔했지만, 그래도 벌써부터 올해 수능을 포기했다는 것은 좀 심했다. 우리 반 뿐만이 아니라 9월 이후 전체적으로 재수를 생각하는 아이들이 급속히 늘어나자, 선생님들은 그런 생각을 단칼에 베어버리는 충고를 하기 시작했다.

"니네들, 올해 성적이 안 될 것 같으니까 재수하려고 그러지?"

이죽거리는 데에는 선수인 수2 선생님의 말을 인용한다.

"내가 말하는데, 재수해서 대학 잘 가는 놈들은 없다. 어—쩌다 한 명이 있을 뿐이야. 내 전 재산 걸고 내기해도 좋아! 예언하는데, 재수하는 놈들 중에 80%는 점수가 떨어질 거고, 19%는 간신히 점수 유지한다. 0.5%는 아주 조금 올라갈 뿐이고, 나머지 0.5%가 신화 쓰는 놈들이지. 하지만 지금 생각해보면 자기가 그 0.5%에 들어갈 수 있을 거 같지? 이놈들아, 니네들 3월 생각해봐라. 그땐 연대 고대는 다 갈 수 있을 것 같지 않았냐? 어? 근데 지금은 어때? 아주 그냥 심란—하지? 재수도 그거랑 똑같아, 하나도 다를 거 없어! 그러니까 괜히 돈이랑 시간 낭비하지 말고 현역으로 붙을 생각이나 해!"

하지만 애들 귀에 그런 말이 들어올 리가 없다. 재수를 생각하는 아이들은 선생님들의 충고에 뜨끔하면서도 자기들끼리 있을 때면 재수 없는 소리 한다며 불만을 터뜨렸다. 담탱이는 담탱이답게 재수를 '양날의 칼'이라고 돌려서 표현했지만, 지금 아이들에게는 당장 적을 벨 칼날만 보이지 내 쪽을 향한 칼날은 보고 싶지도 않고 보이지도 않는 듯하다.

물론 나도 목표와 성적만을 놓고 보면 '나 재수해야 돼'들만큼이나 까마득한 괴리가 있다. 있지만, 그래도 나는 가능한 한 현역으로 가기 위해서 열심히 노력할 것이다. 혹시 모르지, 수능 때 내가 대박을 치게 될지 누가 알아.

옥희

　요새 들어 아이들 사이에서 가장 유행하는 말은 이거다. '해탈'. 아이들은 입버릇처럼 자기는 시험 성적에 해탈했다느니 대학 따위 해탈했다느니 하는 말을 해대며 시시덕거렸다. 어느 한쪽에서는 '재수'라는 말이 유행하고 있는 것 같지만, 그래도 많은 아이들이 그것보다는 '해탈'을 택했다. 다들 현실에 절망하느니 차라리 초월해서 마음이라도 가볍게 가지려는 것이려니 싶다.

　하지만 더 걱정스러운 것은 "해탈했어ㅡ." 하고 말하면서도 정작 얼굴을 보면 전혀 아닌 몇몇이다. 그중 하나가 바로 맹꽁이였다. 복도에서 마주치면 항상 손을 흔들며 먼저 인사를 외치던 맹꽁이가, 9월 전국 이후로는 기운이 쑥 빠져서는 코앞에서 나를 봐도 힘없이 지나쳐 가는데다 어딘가 흐리멍덩해 보였다. 분명 9월 전국 때문에 꽤 충격을 받은 게 분명했다.

　나는 그녀의 친한 친구이니까 내게만큼은 솔직해졌으면 하는데, 맹꽁이는 그렇지 않은가 보다. 무엇이든지 속 시원하게 말해버리는 맹꽁이지만 결국 그건 다 나에게 맞춰주기 위해서였나? 사실 이런 건 사람 성향 차이겠지, 누군가는 말해서 속을 풀고 누군가는 그냥 모르는 척 덮어놓고 속을 풀고. 그래도 친구에게라도 솔직하게 속내를 털어놓으면 편하고 얼마나 좋아. 그러고 보니 이런 생각이 드는 것은 몽도 마찬가지네. 뭐야, 왜 둘 다 솔직해지지 못하고 답답하게 군담. 속상한 게 있으면 탁 내놓고 이야기를 나누면 좋잖아! 몽이나 맹꽁이나 기쁨을 나눠서 두 배로 만들 줄은 알지만, 반대로 슬픔을 나눠서 반으로 만들 줄은 모른다. 정말 바보같이 그런 것도 모른다. 이 바보들아!

옛날이나 지금이나 나만 애같이 굴어온 것 같아서 조금 창피해졌다.

맹꽁

기운이 없다. 벌써 이틀째 나는 거의 한 것도 없이 빈둥거리고 있다. 뭔가를 할 기력이 도저히 나지 않는다. 뭔가를 해야겠다는 의지는 더더욱 없다. 하릴없이 그동안 만들어둔 오답노트만 줄줄이 읽으며 시간을 때웠다. 그러는 와중에도 여전히 손과 머리는 무기력하다. 사실 공부하지 않는 것을 몸과 뇌 탓으로 돌리는 것은 너무 무책임한 일이다. 그래도 무슨 탓이라도 해야지 속이 편하지.

아니면 단지 '난 안 돼'라는 생각으로 스스로 가로막고 있는 건가.

갑자기 코웃음이 나왔다. 왠지 우스웠다. 언제는 대학 따위 점수 따위 집어치워도 얼마든지 살아갈 수 있다면서 현실을 비웃었건만. 하지만 현실은 어쩔 수 없었다. 나 같은 고등어가 아무리 삶을 가르쳐달라고 외친들, 현실에는 오직 점수와 그에 따른 가능한 대학 리스트만이 남아 있을 뿐이다. 적어도 내가 있는 나라에서는 나만의 얘기가 아니다. 고작 3점 차로 등급이 갈리고, 대학이 갈리고, '객관적으로 봤을 때'의 인간 레벨이 갈렸다. 혹은 1점 차로, 아니면 순전히 운으로 갈릴 수도 있다. 못 미더운 운 이전에 점수로 발판을 확실히 하지 않으면 나의 삶이 제멋대로 갈리게 될 것이다.

사실 나는 그런 현실에 지극히 물든 인간이다. 애초에 그 현실에서 발을 뗄 방법도 모르고 뗄 생각도 없겠지. 설사 뗄 수 있는 방법을 알게 된다고 하더라도, 나는 계속 이 자리에 있을 거다. 왜냐하면 모험을 하기에 나는, 고3들은, 이 나라의 십대 청춘들은, 이미 너무 찌들었기 때문이다. 꿈은커녕 현실에 찌들대로 찌들었기 때문이다. 또 다른 길, 또 다른 세상이 있다는 것조차도 더 이상 알아보지 못한다. 세상을 다 아는 척하지만 사실은 같은 곳만 맴돌 뿐이다. 그런 우리들의 머릿속에 남은 건 좋은 점수와 좋은 대학, 좋은 직장, 그리고 멀리 봐야 풍족한 돈 정도다.

괜히 자신을 한계 짓지 말라고 하겠지. 하지만 그건 입만 바른 소리야. 솔직히 말해서, 이 이후에 얼마나 많은 고3들이 자신이 진실로 원하던 길을 찾아가겠는가? 최소한 자신이 무엇을 얼마나 좋아하며 이루고 싶어 하는지 알아낼 수나 있을까? 내가 장담하건대, 이렇게 아무것도 모른 채 아등바등하다가 어찌하다 보니 대학 졸업하고, 간신히 취직하면 그냥저냥 월급 받으며 살다가 결혼하고, 애 낳고, 애 기르고, 이번엔 애들 교육 걱정하고, 부모가 자기에게 했던 정신 차리라는 잔소리를 해댈 거고, 그러다 돈에 쪼들리고, 대부분 그렇게 살 거다. 그러다가 50대쯤 되어서야 비로소 나는 지금까지 뭘 하고 살았나 싶겠지. 지난 50년의 세월이 당장이라도 뱃속에 커다랗게 바람구멍을 낼 것처럼 미칠 듯이 허무하게 다가오면서 말이다—. 하지만 난 결코 그렇게 되고 싶지는 않다, 예전이나 지금이나 앞으로나.

그러나 방법을 모르겠다. 점수가 떨어진 것 가지고 인생 다 산 것처럼 구는 것은 분명히 머저리 같은 짓이지만, 그래도 날 더러 어쩌란 말인가. 그것 외에는 방법을 모르는데. 이렇게까지 별거 아닌 숫자 따위에 절망하는 것은 지금의 나로서는 당연한 일이다. 왜냐하면 수능—대학을 통해 이어진 길만이, 내가 알고 있는 유일한 '삶의 길'이니까. 모두가 항상 그것만이 유일한 '삶의 길'이라고 일러주었다. 상위권, 수능 점수, 명문대. 헌데 지금 점수로는 그 길에서 한껏 밀려나가게 생겼으니.

삶에는 그 외에도 무수한 길이 있다는 것을 나는 알고 있다. 하지만 알고만 있을 뿐, 그 길들은 내게 있어서는 전부 '이론상'일 뿐이다. 실제로는 그런 길을 한 번도 본 적이 없다. 주변에서는 다들 '수능 수능 수능 대학 대학 대학'만 들이대고, 때로는 한술 더 떠서 '명문대 명문대 명문대 명문대' 외친다. 하지만 그 다음은? 혹은 그 외에는? 대학 외에는? 당장에 공부나 하라면서 쥐어박힐 건 뻔한 일이다.

하지만 그들도 사실 어쩔 수 없다는 것을 나는 알고 있다一. 우리들은 잘 알고 있다. 운동장에서 이어달리기 경주를 할 때, 길을 가장 잘 알고 있는 것은 바로 전前 주자니까 말이다. 그럼에도 '인생의 전 주자'인 윗세대들에게 반항하며 때로는 한없이 옆으로 새고 싶어지는 것은, 그저 세상 물정 모르는 것들의 터무니없는 자신감과 허영심, 혹은 벌써부터 느끼고 있는 혼란스러움과 무상감 때문일까.

옥희

야자를 끝내고 집에 돌아가자마자 나는 책상에 놓아둔 폰을 집어 들었다. 맹꽁이에게 전화를 걸기 위해서였다. 하지만 아직 집에 도착하지 않았는지 부재중으로 연결되었기에 나는 통화를 끊는 대신 문자를 하나 보냈다. '전화 좀 줘'. 폰을 놓아둔 부근을 계속 기웃거린 지 30분이 다 되어갈 무렵 전화가 걸려왔다. 부들대는 폰을 열자 "어 왜? 몽이랑 싸웠냐?" 하는 맹꽁이의 목소리는 전과 다를 바 없이 명랑했기에, 나는 잠시 내가 잘못 넘겨짚은 건가 싶었다. 그러나 이왕 하는 김에 밀어붙여보자는 생각에 나는 단도직입적으로 물었다.

"정맹꽁. 속상한 게 있으면 말해봐. 내가 다 들어줄게."

"어?" 생각지도 않은 나의 말에 그녀는 얼떨떨한 듯했다.

"속상한 거 있으면 그냥 나에게 말하면 되잖아, 왜 혼자 생각해? 내가 너한테 말한 것만큼 너도 나한테 불편한 거 있으면 속 시원하게 털어놓으면 되잖아. 안 그래?"

"어어, 그래……. 고마워." 그녀는 잠시 말을 끊었다가 다시 나지막이 이었다. "솔직히, 그래 좋아. 나 시험 못 봤고 그것 때문에 기분이 존나 개 같아. 됐어? 이제 좋냐?"

"그래 아주 잘했어. 하지만 아직 한참 모자라! 나처럼 있는 말 없는 말 줄줄이 뱉어야지."

"헐 됐거든? 그리고……. " 맹꽁이는 수화기를 건너 들릴 정도로 크게 숨을 내쉬었다. "난 솔직히 누구한테 이런 얘기 하는 거 별로 안 좋아해."

"누군 좋아서 하니? 그럼 언제까지 그러고 시무룩하게 있을 건데? 너 공부도 잘 안 될 거 아냐?" 그 말에 그녀는 어지간히도 뜨끔했나 보다.

"그게 그렇게 눈에 띄냐?" 이상하게 꼬인 목소리에 나도 모르게 웃음이 새어나왔다. 그걸 들은 맹꽁이는 "야, 장난쳐?" 하고 으름장을 놓았지만 그녀 또한 웃고 있는 기색이 역력했다.

"그럼, 눈에 띄지 당연히. 보통 때처럼 큰 소리로 인사도 안 하지, 멍하게 돌아다니기나 하지, 안 그래? 너 그런데도 잡아뗀다?"

"알았어, 알았어. 미안."

미안하다는 맹꽁이의 말에 나는 화가 슬그머니 풀리면서 무안해졌다. "무슨 미안해야, 네가 미안할 게 뭐가 있어. 그럼 어떻게 할 거야? 이대로 괜찮겠어?"

“어— 몰라, 뭐 방법이 있냐. 너도 그런 적 있어? 갑자기 완전 의욕 상실하는 거.”

나는 곰곰이 생각해보았다. “나는 푹 자고 일어나면 괜찮아 지던데.”

“그러냐? 졸 부럽다. 나도 보통은 자고 일어나면 괜찮거든? 그래서 어제 야자 빼고 가서 열두 시간 내내 잤는데, 기운만 더 없더라. 머리만 아프고.”

“그래? 그럼 먹을 건 어때?”

“야, 안 돼. 나 변비 뚫리려면 한참 남았어. 먹으면 그냥 쌓인 다고. 나 뭐 먹는다고 절대 안 뚫린다니까?”

“알았어.” 나는 킥킥거렸다. “너 참 고생한다— 공부도 안 돼, 쾌변도 안 돼.”

“아 진짜, 쾌변하면 공부가 될까? 생각해보니까 9월 전국 때 아침에 설사하고 쭉 변비야.”

“진짜, 변비가 제일 사람 짜증나게 하지 않아?” 생리적인 고 민으로 서로 공감하며 킬킬대다 웃음소리가 잦아들 무렵 맹 꽁이가 물었다.

“야. 근데 너야말로 괜찮냐?”

“나? 9월 전국?”

“아아니, 그것 말고.” 하고 맹꽁이는 잠시 우물거렸다. 나는 금방 눈치채고 명랑하게 말했다. “아아, 걱정 마. 어떻게 되겠지 뭐. 난 아무렇지도 않아.”

“진짜로?”

“응, 진짜. 차라리 결딴난 지금이 전보다 훠얼씬 조용하니까 좀 살 것 같애. 숨통이 트인다구 그래야 하나.”

“그래?” 미심쩍어하는 대꾸가 수화기 너머로 들렸다. “난 네가 혹시라도 스트레스 때문에 공부가 전혀 안 된다거나 하는 건 아닌가 싶어서.”

“아아냐, 전혀 그렇지 않아. 오히려— 뭐랄까. 당장 해야 할 공부가 있으니까 딴 길로 샐 생각 같은 건 나지도 않는 것 같아. 학교에 있든지 학원에 있든지, 수능이고 고3이라는 핑계로 그냥 모르는 척하고 있어도 별로 양심에 찔리지도 않고. 이건 좀 이상한 소리처럼 들릴지도 모르겠지만, 나는 고등학교 3년 중에서 지금 고3 때가 가장 마음이 편한 것 같애.”

“그래? 너 참 이상하다. 하긴, 나도 솔직히 지금 고3 때가 가장 재밌는 것 같아. 1, 2학년 땐 도대체 뭘 했는지 모르겠다니까. 여하튼 너 괜찮은 거 진짜지?”

“응 진짜. 난 정말 괜찮으니까 걱정 마셔.”

“그래, 그럼 다행이다.” 맹꽁이는 간신히 마음을 놓은 듯했다.

“야, 그래도 힘들면 힘들다고 꼭 말해, 나한테라두. 난 항상 네 편이니까.”

어느새 가벼운 기분이 된 나는 그녀의 말에 배시시 웃었다. 고마워 맹꽁아.

퐁

　시험이 끝난 뒤 집에서는 시험을 못 본 척하고 있었더니 아버지는 펄쩍펄쩍 뛰다가 기어이는 담탱이에게 전화까지 걸었다. 전혀 예상치 못한 상황에 나는 몹시 당황스럽기도 하고 화가 났다. 내가 그렇게까지 못 미더웠나? 당장이라도 부모님께 화를 내고 싶었지만, 그러면 상황만 더 악화될 뿐이니 내가 참자. 내가 참아야 한다. 그러나 여전히 속은 부글부글 끓어올랐다. 행여나 내 안에서 불똥이 튈까 봐 나는 며칠 동안 일부러 부모님을 피해 다녔다. 항상 굳은 얼굴로 나를 바라보는 아버지도 보기 싫었고 그런 아버지를 애매한 태도로 말리는 어머니도 보기 싫었다. 형? 서울대 형 따위, 군대에서 개고생이나 하고 오라지.

　학교가 좋은 이유 중의 하나는, 집에서 괴로웠던 일들을 모두 잊어버릴 수 있다는 점이다. 특히 고3이 되어서 거의 하루 종일 학교에서 지내는 지금은 더욱 그렇다. 부모님 때문에 마음 아파하던 옥희도, 형과 비교되며 늘 쓴소리를 듣던 나도, 학교에만 오면 그런 고민들을 잊고 평범한 고등학생으로 지내며 스스로에 순수하게 전념할 수 있다. 다들 두려워하며 감옥 같다고들 하는 고3 생활이야말로 우리 같은 사람들에게 있어서는 현실과 지독한 트라우마에서 벗어날 수 있는 피난처 같은 곳이다.

　누군가는 학교가 '부품 생산 컨베이어'나 다름없다며 비난

하지만 내 생각은 다르다. 그건 뛰어난 재능을 가진 사람이 묻힐 때나 해당하는 얘기다. 하지만 대다수 '평범한' 사람들은 학업 공부를 해나가면서 사회에서 필요한 판단력과 능력을 배워 나가며 스스로를 완성해야 한다. 최종적으로 대학까지 졸업했을 때, 스스로가 얼마나 완성되어 있느냐에 따라 갈 길이 갈라지게 된다. 그것이 불공평하다고? 천만에, 나같이 지극히 평범한 사람들에게는 감지덕지다. 최소한 공부라도 잘하면 사회적으로 인정받을 수 있다는데, 그것은 스스로에게 있는지 없는지도 모를 숨겨진 재능을 찾느라 허송세월 보내는 것보다는 훨씬 노력해볼 가치가 있다.

그렇다고 내가 '부품 생산 컨베이어'로 비유되는 학업생활에 불만이 아주 없는 것은 아니다. 겨우 숫자 하나로 사람을 매기는 것도 그렇고 별 쓸모도 없는 과목을 배울 때도, 겨우 0.3점 차이 때문에 성적이 확 밀려나서 인간 취급을 못 받을 때면 '내가 왜 이러고 있어야 하지' 하는 생각마저 든다. 아마도 대학을 졸업하고 취직을 한 후에까지도 나는 '그렇게 뼈 빠지게 외우고 시험쳐온 건 대체 뭣 때문이지' 하며 허탈해하겠지.

하지만 그래도 가장 중요한 것은 역시, 여기서 내가 무엇인가를 하고 있다는 느낌이 아닐까. 아무리 갇힌 다람쥐가 쳇바퀴를 돌리는 격이라고 하더라도, 내 스스로 미래를 위해 준비한다는 느낌은 나를 한껏 안심시켜준다. 그 이유 하나만으로도 나는 내가 가치 있는 길을 걷고 있다고 굳게 믿게 된다.

때로는 그것이 '자기 합리화', 스스로 길을 찾지 못하니까 다들 가는 길을 자기 길인 양 착각하고 있는 게 아닐까 싶을 때도 있지만, 역시 스스로를 굳게 믿고 가는 수밖에 없다. 그렇기에 나는 내가 무척 자랑스럽다. 비록 생각만큼 좋은 성과를 내지 못하고 있는 탓에 자주 열등감과 패배감을 느끼긴 하지만, 나 나름대로 최선을 다하고 있고 나 나름의 길을 열심히 걸어가려 노력하고 있으니까 말이다.

맹꽁

옥희와의 통화가 있었던 다음날, 나는 담임에게 상담을 요청했다. 정말 내 생각만큼 내 상태가 절망적인 것인가를 판단하기 위해서였다. 정말 다행스럽게도 상담의 결과는 만족스러웠다. 현재 내 성적으로는 이대도 힘들지 않겠느냐고 물었더니, 담임은 지금 그렇게까지 점수가 떨어지는 것은 다들 겪는 당연한 일이라고, 그러다가 수능 때면 점수가 원래대로 올라간단다. 심지어 너무나 친절한 우리 선생님은 작년 제자들의 성적표들까지 끄집어내서 그 사실을 증명해주셨다. 그리고 내 성적으로는 걱정 없다며 기운을 북돋워주셨다. 솔직히 그 말에는 과장도 약간 섞여 있을 거라고 생각하긴 하지만, 그래도 그 덕분에 간만에 나는 무척 희망적이었다.

날아갈 듯이 교실로 걸어간 나는 밀린 공부를 만회하고자 문제집들을 모조리 꺼내놓기 시작했다. 좋아, 우선 언어부터 제대로 감을 살리고 보자. 그 다음엔 9월 전국 오답을 확실하게 끝내놓고, 그리고 EBS 수리영역 모의고사를 풀고, 그리고 영문법 좀 들여다보고, 그리고 화학2랑 물리1이랑— 아아, 그래도 생각보다 심각하게 밀려 있지는 않아서 다행이다. 과외 때 풀어가야 할 분량이 좀 밀린 건 있지만, 어차피 과외 시간에는 틀린 거 물어보는 거밖에 하는 게 없으니 뭐.

그런데 우선 언어부터 좀 체크해봐야겠는데, 사흘 동안 제대로 안 푼 만큼 감각이 과연 유지되고 있을지 조금 불안하단 말야. 전에 풀었던 부분을 찾느라 책장을 한꺼번에 넘기는 통에 그만 문제집이 홀딱 뒤집어져버렸다. 나의 부활을 축하하기라도 하듯 때마침 수업 시작종이 커다랗게 울려 퍼졌다.

고등어가 살아남기 위해 필요한 것

고등어　① [魚] 고등엇과의 바닷물고기.

　　　　몸은 방추형으로 길이 40 ~ 50cm임.

　　　　등은 녹색, 배는 은백색임. 식용함.

　　　　② 고등학생을 이르는 별칭.

맹꽁

일개 고등어가 할 수 있는 것이라곤 기껏해야 열심히 꼬리를 치는 것과 무리를 잘 따라가는 것 정도다. 먹이사슬에 희생되지 않으려면 어떻게든 성장하고 발전해야 한다. 그런 와중에 손바닥만한 고등어가 망망대해에서 살아남기 위해 필요한 것은, '스스로에 대한 굳은 믿음과 의지'이다.

어린 고등어에게 누군가 세상살이를 가르쳐주지는 않는다. 주변 고등어를 보며 힌트를 얻을 수는 있겠지만, 결국 어린 고등어는 혼자 힘으로 자신만의 방법을 익혀야 한다. 그러기 위

해서는 의지, 스스로 잘해낼 수 있으리라 굳게 믿는 힘이 무엇
보다도 중요하다. 많은 시간과 노력이 필요할 테지만 그 와중
에도 자신에 대한 긍정적이고 무조건적인 믿음은 어떤 상황
에서도 대처할 수 있는 힘이 된다. 후에 유연하게 해류를 타고
넘을 수 있는 능력까지 겸비하게 된다면 살아가는 데 있어서
언제까지고 든든한 힘이 되어줄 거다.

옥희

연약한 고등어가 살아남기 위해 필요한 것은 역시 '친구들'
이다. 바로 옆부터 시작해 수십 수백 마리에 이르는 고등어 친
구들 말이다. 친구들은 곁에 있는 것만으로도 그 어떤 것에 견
줄 수 없을 만큼 안정감을 주며 그 무엇보다도 스스로를 믿어
주는 전폭적인 지원자이다.

혼자가 된다고 하더라도 분명 살아갈 방법은 있다. 하지만
굳이 위험을 무릅쓰고 외톨이가 되느니 다른 수많은 고등어
친구들과 와글와글 부대껴가며 함께하는 편이 훨씬 즐겁고 믿
음직스럽다. 가끔씩 서로 부딪히는 일이 있더라도 포용해주자,
친구니까. 살아남기 위해서, 스스로의 안정된 성장을 위해서도
'친구들'은 꼭 필요하다.

몽

올해에는 고등어가 잘 잡히지 않았단다. 고작해야 작년의

반밖에 안 되는 크기에 그나마도 잘 잡히지 않아서 가격마저 배로 뛰었다. 온난화로 인한 해수온도 변동으로 해류가 조금씩 달라지면서 고등어가 다른 곳으로 이동해버린 탓이다. 그래도 이 지구 어딘가에서는 고등어들이 잘 살고 있겠지만, 이대로라면 언젠간 우리 바다에서 고등어를 영영 못 볼 날이 올지도 모른다. 그런 고등어가 앞으로도 쭉 살아남기 위해서 필요한 것은, 바로 '인간들의 관심과 노력'이다.

하지만 대부분 말만 번듯하게 할 뿐 진심으로 그에 관해 생각하는 사람이 없다. 생각이 없으니 노력이 따라올 리 없다. 그러면서도 생색낼 줄은 알아서 공익 광고나 현수막은 꼭 걸어놓는다. 〈우리 고등어 살맛 날 때까지!〉 그 문구를 보고서도 촌스럽다는 둥 다들 불평할 줄은 알아도 제대로 된 대안을 내놓을 줄은 모른다. 이러니 고등어 본인들과 직접 관련된 사람만 속이 터진다.

정말 고등어를 살리고 싶다면 아주 조금만 더 관심을 기울이면 된다. 아주 조금만 더 스스로를 바꾸면 된다. 알다시피 인간에 비하자면 고등어는 팔뚝만할 뿐이고, 무르고, 작은 충격에도 물에 둥둥 뜰 만큼 약하다. 하지만 당신이 스스로를 추스르는 대신 조금만 더 고등어에게 관심을 기울일 수 있다면, 분명 고등어는 더욱 기운차게 헤엄쳐갈 것이다. 틀림없이 그럴 거다.

D-50

옥희

  아침에 학교에 오니 칠판에 엄청나게 큰 글자가 찍혀 있다. 'D-50'. 막 등교해서 교실에 들어오던 아이들은 하나같이 그 숫자를 보고 기겁을 했다. 반응이 튀는 몇몇 아이들은 "아!" 하고 외치더니 아예 교실에서 도로 나가버리기도 했다. 그 정도로 D-50은 코끼리가 온몸의 무게를 실어 한 발로 내리찍는 것 같았다. 나중에 조례를 하러 온 담탱이까지 칠판을 보고는 "오 이거 무서울 정돈데. 누가 썼지?" 하고 물을 정도였다.

  'D-50'은 점심때까지 끈질기게 남아 아이들을 짓눌렀지만 아무도 지우려는 사람이 없었다. 아마 그걸 직접 지우면 시험 운이 나빠질 것 같아서였을 거다. 오후에 수1 선생님께서 무자비하게 박박 지워주신 덕에 조금 편안해지나 싶더니, 수업이 끝난 지 채 10분도 안 돼서 진드기 같은 D-50은 칠판 구석탱이에 되살아났다. 그나마 칠판지우개만한 크기여서 망정이지. 그러나 이번에도 누가 썼는지 아무도 본 사람이 없다. 반 전체

가 통째로 귀신에 흘렸나? 그렇게 흘릴 정도로 공부만 하는
건 아닌 것 같은데.

8교시가 끝난 후 맹꽁이가 갑자기 몽을 이끌고 우리 반에
찾아왔다. 두 사람이 함께 뒷문에 서 있자 웬일인가 싶어 나는
눈을 동그랗게 떴다. 아니, 그보다 정말 오랜만에 몽 앞에 이렇
게 서 보네. 하지만 예전과는 달리 어딘지 무척 어색하다고 해
야 할까, 심지어 나에게 손을 흔드는 몽의 모습마저도 불안정
해 보였다. 하지만 애써 그런 기색을 숨기고 몽에게 비스듬히
몸을 돌린 채 웃어 보였다.
　인사를 나눈 뒤 눈만 굴리며 쭈뼛거리고 있는데 맹꽁이가
우리 앞으로 손을 쑥 내밀었다. "받아. 한번 뜯어봐." 그녀의 손
바닥에 놓인 것은 얇고 가벼워 보이는 과자 하나였다.
　"이게 뭐야?"
　"포춘 쿠키래. 그거 있잖아, 깨면 안에 운세 들어 있는 거. 친
구 꺼 몇 개 뺏어왔어."
　과자를 집어든 몽이 부스럭거리며 과자를 둘러싸고 있는 투
명한 껍질을 벗겼다. 그러나 과자가 어찌나 얇던지 껍질을 다
벗기기도 전에 푸석 하고 쪼개져버렸다. 쪼개진 김에 아예 부
숴서 나온 종잇조각을 펼쳐보니, 거기에는 이런 말이 쓰여 있
었다.
　"'꽝'이래."

"뭐야? 뭐가 꽝이여."

"이것 봐, '꽝'이라고 쓰여 있잖아." 나는 맹꽁이와 몽 앞에 종이를 활짝 펼쳐 보였다. 군데군데 잉크가 번진 흰 바탕에 '꽝'은 아주 선명한 푸른색으로 찍혀 있었다. 몽은 그것을 보고 픽 웃은 반면 맹꽁이는 죽 쑨 얼굴을 했다.

"어이없다. 운세 뽑는데 무슨 꽝이 나오냐? 진짜 말도 안 돼. 난 아까 그거 나왔단 말야, 뭐라더라. '3일에는 사랑의 예감이 있어요.'"

"축하한다." 몽이 익살스럽게 덧붙이자 맹꽁이는 그를 팍팍 때렸다.

"이게 아니라니깐! 아 죽겠네. 아 미안. 난 내가 이런 거 나오니까 니네들도 좋은 얘기 나올 줄 알았지. 아니 왜 꽝이 나오고 그런대, 찜찜하게."

나 역시 괜찮다며 몽을 따라 웃었지만 사실 속으로는 약간 불안해졌다. 나의 운은, 우리의 운은 꽝이란 뜻인가? 몽을 살짝 곁눈질해보니 그도 약간 묘해 보이는 얼굴을 하고 있었다. 그러다 스치듯 나와 눈이 마주치자, 그는 움찔거리더니 어색하게 웃어 보였다. 뭔가 한마디라도 해주면 좋았을 텐데. 나도 슬그머니 마주 웃어 보이긴 했지만 약간은 섭섭했다.

맹꽁

공부는 순조롭게 잘 진행되고 있다. 걱정스러웠던 언어도 몇 번 연습하니 다시 원래 감각대로 잘 회복되었다. 정말 더 이상 바랄 것이 없다. 여전히 바닥을 치는 수리영역과 불안정한 점수에도 나는 완전히 초월해 있었다. 거기다 틀림없이 연세대를 갈 거라는 밑도 끝도 없는 확신까지 품었다. 그렇게 해탈과 터무니없는 자신감으로 가득 찬 나에게 더 이상 좌절감과 불안함은 파고들 새가 없는 것처럼 보였다.

그러나 걱정거리는 언제나 예기치 않게 찾아드는 법이다.

언제까지고 푸를 것 같던 나뭇잎들이 조금씩 바래기 시작한 어느 날이었다. 지끈거리는 엉덩이뼈를 달래느라 벽에 붙어서 허리돌리기를 하고 있는데, 속꺼풀이 슬슬 다가와서는 물어볼 게 있다며 목소리를 낮추었다. 나는 약간 긴장했는데, 우리 반 1등인 녀석이 무슨 문제를 내게 물어오나 싶어서였다. 그러나 녀석이 한 질문은 몹시 뜬금없었다.

"몽이랑 옥희 완전 깨졌지?"

"뭐?" 나는 황당해서 그만 목소리가 삐긋 갈라졌다. "뭔 소리야? 그냥 고3이라서 잠시 다른 커플들처럼 유예기간인 거지."

"여하튼 깨진 건 아닌 거지? 어쩐지 좀 이상하다 했다. 아니, 얼마 전에도 반에 와서 같이 놀고 그랬잖아. 너 못 들었냐, 그 소문?"

원래 소문 따위 신경 쓰지 않는 내가 그런 헛소리를 알 리가 없다. 나는 꺼풀이를 재촉했다. "뭔데? 야, 걔네들 내가 아는 애들 중에서도 가장 정상적인 커플이야."

"나도 알거든? 바보냐, 그니까 너한테 물어본 거 아냐?" 속 꺼풀의 말투에 나는 니랑 나랑 언제 말했는데 시건방지게 구 느냐고 멱살을 잡아채고 싶었지만 가까스로 참았다. 그러나 그 뒤에 이어진 녀석의 말은 내 짜증을 단숨에 날려버릴 만큼 놀라웠다.

"옥희 걔, 걔네 동네에서 사귀는 애가 따로 있다는데?"

"뭐— 뭐라고— 뭐야? 아니, 누가 그딴 헛소리를 지껄이는 데?" 아니 또 어떤 새끼가 헛소리를 해대는 거냐고. 나는 갑자 기 화산 분화구마냥 정수리 쪽으로 열이 확 몰리는 것을 느꼈 다. 어차피 교실에 공부하는 애도 없는데, 에라이씨— 나는 속 꺼풀을 확 제치며 한쪽 구석에 옹기종기 모여 앉아 있는 남자 애들을 향해 소리쳤다. "야, 야! 야 이 시방, 니네들 어디서 그 딴 소릴 들은 건데!" 식겁한 속꺼풀이 나를 붙잡고 마구 흔들 어대며 뜯어말렸다. "야— 왜 이래— 캄 다운 캄 다운—." 아이 들은 그냥 우리가 장난치는 줄 알았는지 웃으며 흘끔거리다가 다시 수다를 떨기 시작했다. 나는 내 와이셔츠를 늘어져라 붙 잡고 있는 속꺼풀을 홱 떨쳐낸 다음 헝클어진 앞머리를 손으 로 눌렀다. "누가 그런 건데?" 내 말에 "어?" 하고 엉겁결에 대 꾸한 속꺼풀은 몸을 움츠렸다. "몰라— 나도 들은 거야— 다들 모를걸?"

"아니, 어떻게 누가 그랬는지도 모른다면서 그런 말을 해?"

"아니 그게— 그냥 소문이잖아 소문……. 죄송합니다." 내가 입술을 비틀자 꺼풀이는 바로 고개를 숙였다. 나는 한숨을 푹 내쉬고 나서 다시 물었다.

"몽은 그 헛소리 알아?"

"모를걸? 아까 말하는 거 보니까 전혀 모르는 것 같던데."

"누가 또 그런 거 물으면 절대 아니라고 그래. 내가 그랬다고. 그래도 안 믿는 놈이 있으면 나한테 말해라, 내가 패준다."

속꺼풀은 얌전히 네 하고 대답하곤 뒷걸음으로 물러났다. 나는 기운이 다시 쑥 빠지면서 벽에 늘어지듯 기대섰다. 머릿속이 묵직하게 뭉치면서 절로 한숨이 나왔다. 왜 이렇게 이상한 소문이 났담. 몽은 모르는 것 같고, 옥희는 알고 있을까? 아냐, 내가 보기엔 아직 모르고 있을 것 같아. 하지만 이미 헛소리가 퍼질 대로 퍼진 상황에서 내가 뭘 할 수 있을까. 에이씨, 차라리 나도 다른 놈들처럼 자기 일 아니라고 완전히 생까버릴 수 있으면 좋겠다.

몽

야자가 끝나고 집으로 돌아가던 시끄러운 통학 버스 안에서 나는 이상한 소리를 들었다. 안면이 있는 중어과 한 놈이 네 여친은 어떻게 그럴 수 있냐며 말을 걸어왔던 것이다. 그 자식에게 캐물은 바로는, 자기 친구놈이 요번 방학 때 옥희와 같은 학원에 있었는데 그렇고 그랬더란다. 처음에 무슨 말인지 전혀 이해하지 못했던 나는 자초지종을 듣고 놈에게 주먹을 날릴 뻔했다. 뭐라고? 옥희가 네 눈에는 그렇게 보이냐? 네놈 자식이 그렇게 애지중지 받드는 여자 연예인보다 옥희가 훨씬 낫거든. 2차원에서 여친을 찾는 새끼가 뭘 안다고 떠드는데.

그나저나 왜 그딴 소문이 났지? 또 무슨 일이 있었나? 부모님 일마저도 내게 아직 아무 말이 없는 옥희에게 그런 것까지 직접 묻기는 뭐하다. 또 마냥 기다려야 하나. 그러고 보니 지난번 맹꽁이가 포춘 쿠키 줄 때 봤던 옥희는 왜인지 날 멀리하는 것처럼 보였었다.

물론 옥희는 그럴 사람이 아니라는 것을 나는 확신한다. 하지만 왜 내게 말을 하지 않는 걸까? 방학 때 꼬박꼬박 전화를 한 것으로도 성이 차지 않았었나? 어쩌면 내가 한번은 직접 얼굴을 보러 찾아갔어야 했던 걸까.

솔직히 현재 우리 사이를 무작정 커플이라고 단정 짓기에는 다소 무리가 있다. 그렇다고 친구라고 하기에도 그렇고, 커플 같은 친구라고 해야 하나? 아니면 친구 같은 커플인가. 서로에 관해서도 솔직히 털어놓고 공감하는 것, 그게 우리에겐 전부다. 그런 무난한 관계를 나는 계속 유지해 나가고 싶다고 생각한다. 하지만 역시나, 언젠가 끝날 이 수험생활처럼 그 역시 언젠가는 끝이 나게 되는 걸까.

나는 나도 모르는 사이에 아랫입술을 잘근잘근 씹고 있었다. 중학교 1학년 때 고친 줄 알았던 버릇인데. 멍하니 천장을 올려다보는 가운데 문득 가슴이 답답해져왔다.

D-40

옥희

칠판에 쓰여 있던 D-50 때문에 벌벌 떤 일이 얼마 되지도 않았는데 벌써 열흘이 지나 D-40이 되었다. 시간은 그냥 빠르게 지나가는 것이 아니고 처음엔 느렸다가 점점 속도가 붙어서 나중에는 엄청나게 빨라졌다. 그러다 보면 깜빡 존 사이에 기차역에 도착하듯 순식간에 정해진 날들이 다가왔다. 시간이라는 고속열차 위에 탄 나는 툭하면 벌렁벌렁해져 오는 속을 애써 추슬러야 했다.

D-40이 되자 쉬는 시간에도 앉아 있는 아이들이 제법 늘어났다. 막판 스퍼트를 위해서 다들 힘을 모으고 있는 것이다. 공부에 전념하는 아이들을 염려해서인지 대부분의 수업들도 일찌감치 자율학습으로 들어갔다. 덕분에 우리들은 짤막짤막하게 끊길 수밖에 없었던 공부를 방해받지 않고 계속 이어나갈 수 있었다.

한 가지 마음에 걸리는 것이 있다면, 가끔씩 아이들이 뭔가 알고 있다는 듯한 눈빛을 하는 것이다. 나는 남의 시선에는 비교적 예민한 편이어서 그 정도는 금방 눈치 챌 수 있다. 하지만 왜 그러는지에 관해서는 알지 못했다. 궁금하긴 했지만, 좋지 않은 이야기를 듣고 속으로 고민하는 것보다야 처음부터 모르는 편이 낫지 않을까 싶기도 하고. 수능 막판인데 이상한 소리로 마음을 흩고 싶지도 않았다. 하지만 때때로 아이들의 이상한 눈길이나 반응이 떠오를 때면 속이 무척 상했다. 왜들 그렇게 보는 건데? 뒤에서 자기들끼리 수군거리지 말고 속 시원히 말해주면 어디가 덧나나. 혹시 학원에서 있었던 일 때문인가 싶기도 했지만, 적어도 내가 기억하기로는 우리 학원에 우리 학교 애는 한 친구밖에 없었고, 그 애는 그런 얘길 함부로 하는 아이는 절대 아니다. 게다가 거리로 따져도 거기서 여기까지는 고속도로로 40분은 족히 걸리니, 설마 여기까지 도달할 수나 있을까.

몽

소문에 관해서는 옥희에게 아무 말도 하지 않았다. 쓸데없는 헛소문이라고 생각할 뿐더러, 수능 막판에 옥희가 흔들림 없이 공부에 전념하게 할 수 있도록 해주고 싶었기 때문이다. 일파만파로 퍼져 있는 소문이 좋은 것이라면 모를까 뻔히 마음 상하게 만들 일을 하고 싶지는 않다. 하긴 기분 좋은 얘기가 소문이 될 리가 없지.

그렇다고 해서 옥희가 원망스럽거나 한 것은 전혀 아니다. 오히려 내 감정을 상하게 하는 것은 다 안다는 듯이 떼를 지어 수군거리는 제3자들과, 바로 내 자신 때문이다.

나는 쉽게 만나고 쉽게 헤어지는 커플들을 무척 경멸해왔다. "나 여친하고 헤어지려는데 어떻게 해야 하나?"며 아무렇지도 않은 얼굴로 상담을 청해오는 녀석들을 보면 정말 한심하기 짝이 없었다. 그렇게 쉽게 마음이 변할 거면 처음부터 사귀지나 말지. 하지만 지금 내 입장도 사실상 그들과 별다를 것이 없다는 생각이 든다. 오히려 더하다면 더하지 않을까? 그들은 그래도 몇 달 만에 짧게 끝을 냈지만, 나는 2년 이상을 끌어오며 지금에 와서야 이젠 끝인가 보다고 여기고 있으니까. 지금껏 일편단심인 양 굴었던 것이 사실은 그저 위선일 뿐이었나. 내가 경멸해왔던 놈들보다도 더 한심한 짓이다.

아직까지 옥희를 좋아하는 감정은 조금 남아 있다. 하지만 굳이 커플로서 묶어둘 정도인지는, 솔직히 아닌 것 같다는 생각이 든다. 그럴 바에야 차라리 지금처럼 알게 모르게 갈라진 틈 같은 상태 그대로, 조금은 가슴 아프겠지만 서로의 손을 놓는 게 낫지 않을까.

맹꽁

아이들은 교실에 있으면 조용히 앉아서 공부를 했다. 쉬는 시간이나 점심, 저녁시간에는 친구들끼리 모여 앉아 수다를

떨다가도 교실에만 들어서면 쥐 죽은 듯이 조용해졌다. 공부
할 생각이 없는 아이들은 누가 뭐라 하지 않았는데도 알아서
교실 밖으로 나갔다. 때때로 공부할 생각도 영 없고 복도로 나
갈 생각도 영 없는 아이들은 교실 앞쪽에 옹기종기 모여서 숨
죽여 깔깔댔다. 그런 아이들과 상관없이 언제나 공부에 전념하
고 있는 아이들을 바라보고 있노라면 모의고사에 빨려 들어
간 얼굴들은 정말 엄숙해 보였다. 마치 자기에게는 그 어떤 일
도 일어나지 않았으며 오직 공부만이 나의 삶이자 사명이라고
말하는 듯했다.

하지만 난 알고 있다. 반쯤은 뒷소문으로이지만, 누가 누구
와 싸웠고 어떤 커플이 깨졌으며 어떤 뒷소문이 슬금슬금 돌
아다니고 있는지. 웬만해서 나는 그런 이야기는 쓰레기 취급
하고 믿지도 않지만, 몽과 옥희에 관한 뒷소문만큼은 그냥 지
나치기 힘들었다. 그 탓인지 나는 교실 앞에서 무의식중에 몽
을 빤히 보곤 했다.

금요일이다. 금요일이면 월요일부터 목요일까지 열심히 달린
덕에 모두들 약간 풀린 상태가 된다. 다들 책상에 붙어 있으려
애쓰지만, 주위에서 살짝이라도 방해가 있으면 금세 흐트러진
다. 특히 3교시 전후면 모두들 참을 수 없는 시장기에 시달렸는
데, 그걸 막는다는 핑계로 남자고 여자고 할 것 없이 죄다 매점
으로 몰려가곤 했다. 하지만 매점에는 고3뿐 아니라 다른 학년

들도 죄다 몰려오기 때문에 학생식당과는 비교할 수 없는 아비규환이 된다. 그 지옥을 뚫고 당당히 승리의 간식을 든 채 생환한 이들, 그에 줄줄이 이어진 환영식은 언제나 참 볼 만하다.

역시나 오늘도 3교시가 끝나기 무섭게 아이들은 교실을 빠져나갔다. 교실 안은 순식간에 텅텅 비어서 3교시 수업이었던 화학 선생님을 포함해 여섯밖에 남지 않았다. 화학은 기가 막힌 얼굴로 우아하게 아줌마 파마를 흔들며 외쳤다. "너네들— 나보다 간식이 더 좋니? 그런 거니이?" 그 말에 배추가 큰 소리로 "네!" 하곤 교실 밖으로 재빨리 달아났다. 웃고 있던 나는 남아 있던 검둥이, 오스트랄로피테쿠스 그리고 몽을 무의식중에 훑어보다가 옆으로 돌아앉아 있던 몽과 눈이 딱 마주치고 말았다. 새삼스럽게도 그는 인사했다. "안녕?"

나는 피식 웃고는 잠시 고민하다가, 그에게 뒤쪽으로 나오라고 손짓을 했다. 몽은 순순히 따라 나왔다. 한동안 나는 사물함 위에 두 팔을 얹고, 몽은 나와 약간 떨어져 팔짱을 낀 채로 말 없이 기대서 있었다.

먼저 물은 것은 나였다. "공부는 잘 돼?" 그 말에 그는 어깨를 한번 으쓱하더니 대답했다.

"뭐, 그냥 그렇지 뭐."

"넌 애들이랑 뭐 먹으러 안 가?"

"아까 좀 먹었어, 그리고 있다가 점심 먹을 거니까. 오늘 돼지불고기 나온다는데 위를 좀 비워놔야 많이 들어가지."

어디선가 말소리가 나는 것 같아 고개를 돌리니 오스트랄
로피테쿠스가 껌둥이와 말을 나누고 있다. 둘 다 웃는 낯인 걸
보니 재미있는 이야기라도 하는 모양이다. 그래도 가끔은 껌둥
이에게 그처럼 스스럼없이 말 걸어주는 아이가 있다는 것이
나로서도 참 다행스러울 뿐이다. 몽도 날 따라 두 사람 쪽을
바라보았다.

"오스트랄로피테쿠스는 착해." 내가 별 뜻 없이 친절한 감정
을 담아 말하자 몽은 피식 웃더니 고개를 끄덕이며 "그래 맞
아, 착해." 하고 맞장구쳐주었다. 그리곤 한동안 조용하니 서로
말이 없었다. 몽이 그 침묵에 당황스러워 하지 않을까 싶어 어
떻게 먼저 말을 꺼내야 할지 나는 필사적으로 궁리했다. 하지
만 의외로 먼저 선수를 친 것은 몽이었다.

"옥희랑은 요즘 별일 없어?"

나는 그 말에 아— 하는 소리를 냈지만 솔직히 별로 전할
말이 없었다. 그렇다고 다짜고짜 소문 얘길 꺼내는 것도 그렇
고. 뭐 요즘엔 그렇게 많이 얘기한 적이 없어서 하고 나는 얼
버무렸다. 그대로 또 할 말이 없어졌다. 무슨 말을 또 시작해야
한단 말인가.

건너편에서 오스트랄로피테쿠스의 숨넘어가는 특이한 웃
음소리가 들려왔다. 저 녀석은 자기 별명이 외모보다는 웃음
소리 때문이라는 걸 알고 있기나 한 걸까. 잠시 딴생각을 하다
보니 몽이 몸을 돌리는 것도 눈치채지 못했다.

"너도 그 소문 알아?"

순간 철렁한 나는 그를 곁눈질했다. 몽은 고개를 푹 숙이고 바로 밑에 있는 사물함을 들여다보고 있었다. "너도 알지?" 그는 재차 묻고는 애매한 곡선이 되도록 입술을 눌러 다물었다.

"어— 미안. 들었어."

"옥희는?"

"옥희는 아마 모를 거야. 안다면 나에게 말을 했겠지."

"그래?" 몽을 똑바로 바라보지는 않았지만 옆 시야로 그가 손바닥에 턱을 괴는 것이 느껴졌다. 뭐라 위로할 말을 찾느라 고심하고 있는데 그가 묻길, "너는 어떻게 생각해?"

"어떻게 생각해라니, 그런 건 당연히 헛소리지! 완전 개 같은 헛소리야."

몽은 내 말에 미소를 지었지만 여전히 시선은 바닥에서 떼지 않은 채였다. "고마워." 그는 숨이 막히도록 입을 틀어막다시피 하며 팔꿈치로 온몸을 지탱하고 있었다. 그의 짤막한 말에 나는 아무 대답도 하지 않고 벽을 쳐다보다가, 다시 굳게 마음을 먹고 몸을 몽 쪽으로 틀었다.

"어떻게 할 거야?"

"음…… 글쎄."

"옥희한테는 말 안 할 거지?"

"응, 일단은. 수능 끝나고 나서 좀 봤다가 얘기할 수도 있고, 아예 그냥 입 다물 수도 있고. 그래도 좀 걱정스럽긴 하다. 어떻게 해야 할지도 모르겠고.”

“야야, 쓰레기 같은 거 믿지 말라니까?” 황망해진 나는 목소리가 약간 커졌다.

“알아, 나도 안다고. 근데 이 학교 애들이 그냥 막말하는 애들이 아니니까 뭔가 시작점이 있을 거라는 거지.”

“우리 학교 애들이 막말을 안 한다고? 너 모르는구나, 공부를 잘하든 못하든 인간은 똑같애. 솔직히 공부 잘한다는 놈일수록 더— 드럽지. 애네들은 자기네들 모범생인 척하느라고 뒤로만 까대지, 직접 대고 까라고 그러면 안 그런 척하거든. 아예 처음부터 대놓고 할 자신은 전혀 없을걸? 미친 새끼들.”

몽은 입을 가린 채로 신음 같은 콧소리를 냈다. “진짜야, 그렇잖아? 아니면 착한 애를 괜히 따돌린다든가 뒤에서 그렇게 남의 뒷담화나 하고 있을 수는 없어. 안 그래?”

“그런가.” 몽의 시무룩한 대답에 나는 그의 옆구리를 세게 꾹 찔렀다. “그러니까 어떻게 할 거냐니깐? 제대로 된 방책이 있어야지!”

“그래, 그게—.” 몽은 잠시 멈추었다가 다시 나지막이 말을 이었다. “이런 말 하긴 참 무책임하다는 건 알지만— 이대로 그냥 헤어질까 생각하고 있어.”

나는 아무런 말도 떠오르지 않았다. 뭐든 말해야겠다는 기분이 간신히 한 단어를 토해냈다. “왜?”

“음. 뭐랄까, 우리는 지금도 커플이라기보다는, 그냥 친구 같

아. 사이좋은 이성 친구. 좀 서로 멀어지고 있는 것 같기도 하고." 몽은 잠시 말을 멈추고 얼굴을 양손으로 감싸쥐듯 하다가 다시 턱을 괴었다. "그리고 고등학교 커플은 졸업할 때 되면 다 깨진다는데, 우리도 그냥 당연한 게 아닌가 싶기도 하고."

"그래?" 그 외에 나는 딱히 대답할 말이 생각나지 않았다. 내가 옥희와 몽도 아니고 커플 같은 징그러운 사이가 되어본 적도 없는 이상 그들의 기분을 완전히 알 수는 없었기 때문에, 뭐라고 말하기가 매우 조심스러웠다.

"그럼 옥희한테는 언제 말할 건데?"

"좀 시기를 봐야 될 것 같아. 수능 끝나도 논술이랑 면접 때문에 1월까지는 계속 공부해야 되잖아."

나는 고개를 끄덕였다. 이 녀석 정말 진지하게 헤어지는 것을 생각하고 있구나. 나는 더 이상 뭐라고 말하는 것도 괜한 참견인 것 같아서, 사물함 위에 고개를 길게 뻗고 한숨을 푹 내쉬었다. 어쩌다 이렇게 되었담. 그래도 애네들은 혹시 결혼까지 가지 않을까 내심 기대했었는데, 하긴 이건 너무 지나친 생각인가. 그래도 신랑 신부가 도망가버린 식장의 주례가 된 것처럼 나는 기운이 쭉 빠졌다. 그러다 갑자기 굉장히 억울한 기분이 들어 나는 그의 옆구리를 사정없이 마구 찔러대기 시작했다. "뭐야, 뭐야, 뭐야, 뭐야!"

"아, 뭐야! 아프거든?" 몽은 몸을 뒤틀다 말고 내 손을 막았다. 서로 찌르고 피하는 육탄전이 어느 사이에 은근슬쩍 '보리

보리쌀'로 변했다. 내가 주먹으로 짓궂게 몽의 손바닥을 툭툭 때리고 있자 그새 잔뜩 처먹고 배가 부른 아이들이 교실에 도로 몰려 들어왔다. 교실 뒤쪽에서 신나게 노는 우리를 보고 개미가 빵을 열심히 뜯다 말고 말했다. "쟤네 연애한다." 그러자 보통 때라면 개의치 않고 각자 떠들어댔을 반 분위기가 순식간에 써늘하게 가라앉았다.

몽은 아무렇지도 않은 얼굴을 하고 있었지만 나는 속으로 이 새끼들이 하며 아이들에게 쌍싸대기를 마구 퍼붓고 있었다. 하지만 현실로 옮길 수는 없는 꿈이었기에 나는 개미를 향해, 그리고 간접적으로는 아이들을 향해 큰 소리로 대꾸했다.

"지랄한다."

D-30

맹꽁

벌써 10월 중순이다. 시간은 점점 더 빨라져서 몇 주 전까지는 80도 경사로를 타고 내려가는 듯하다가 지금은 거의 90도로 자유낙하를 하고 있다. 가슴이 벌렁벌렁하니 생을 체념한 기분과 함께 머릿속은 '언제 끝나나' 하는 생각으로 가득하다. 한때 오로지 공부만을 외치던 아이들은 D-30 들어서 점차 풀어졌고 "제발 빨리 좀 끝나라."라는 말이 '해탈'이라는 말만큼이나 흔한 말버릇이 되었다. 진짜 언제 끝나! 언제 끝나고! 갑자기 이런 생각이 들면 조용히 공부를 하다가도 온몸으로 시간에 거슬러 반항하고 싶어진다. 맛이 갔다는 오명을 쓰게 되더라도 말이다.

사건은 전혀 생각지도 않게 터졌다. 그것은 우리 학교와 운동장을 공유하는 여고에서 일어났다. 그날은 바람이 강해서 운동장에 모래폭풍이 이는 바람에 남자애들조차도 축구를 하

다가 눈물을 줄줄 흘리며 도망쳐올 정도였다. 그런 악조건에
서도 야외 체육수업을 받아야 하는 1, 2학년들을 우리는 안쓰
럽게 쳐다보았다. 그러다 6교시가 시작되고 20분쯤 지났을 무
렵, 갑자기 밖에서 날카로운 비명소리가 들려오더니 남자애들
의 걸걸한 목소리로 무언가 소리치는 것이 희미하게 들려왔다.
처음에 그 누구도 신경 쓰는 사람이 없었지만 곧이어 들려온
"야, 매트 가져와! 빨리!" 하는 체육의 다급한 외침에 한두 명
씩 고개를 복도로 돌리기 시작했다. 그도 그럴 것이 '안면마비'
로 통할 정도로 무심한 체육이 그렇게 소리치는 일은 난생처
음이었기 때문이다. 때마침 선생님이 교무실에 가고 없던 차라
호기심이 왕성한 한 남자애가 복도로 슬그머니 나갔다. 그는
잠시 창가에 매달리는가 싶더니 바로 팅기듯 교실 안으로 달
려 들어왔다.

"야, 야! 여고에서 누가 뛰어내리려고 그러는데?"

그 말에 온 반 아이들의 고개가 순식간에 옆으로 꺾였다.
아이들은 서로 눈치를 보더니 이내 복도 창가에 파리 떼처럼
새카맣게 달라붙기 시작했고, 그렇게 순식간에 교실의 반이
빠져나갔다. 다른 반도 우리 반을 따라 조금씩 나오기 시작하
더니 이내 그들 쪽 창가에 버러지 군락을 형성했다.

여고 건물 3층에는 정말로 여학생 하나가 위태롭게 매달려
있었다. 여고 건물에서 남자 하나가 몸을 내밀고 진정시키려
하는 게 보였지만, 고개를 푹 숙인 여자아이는 뻣뻣하게 굳은

채로 요지부동이었다. 마침 운동장에서 체육을 하고 있던 우리 학교 아이들이 그 바로 밑에서 매트를 붙잡고 있었다. 겁에 질린 여자아이들이 운동장 끝으로 급히 달아나는 게 보였다.

또 왕따 문제인가. 그게 아니고서야 저렇게까지 나올 리가 없지. 웅성대는 아이들 가운데 나는 문득 중학교 시절 일이 생각나서 이맛살을 찌푸렸다. 어떻게 저 지경이 될 때까지 내버려둘 수 있지. 겸둥이가 옆에서 "어떡해!" 하고 안타깝게 중얼거리는 것을 듣고서야 나는 잡념을 떨치기 위해 머리를 흔들었다.

소란을 잠재우기 위해 3학년 주임이 감시하기 시작한 지 얼마 안 되어 찢어지는 비명소리가 났다. 기다렸다는 듯 반 전체가 일제히 교실 밖을 쳐다보았다. 누군가 흥분해서 소리쳤다.

"어— 어— 어!" 무슨 돌고래 쇼를 보면서 하는 말도 아니고, 나는 기분이 약간 언짢아졌다. 한동안 아무런 소리도 들려오지 않고 오로지 푸른 하늘만이 고요하게 말라갔다. 누군가가 기어들어가는 목소리로 "죽었대?" 하고 물었지만 아무도 대답하지 않았다.

곧이어 몸을 튼 주임이 작대기로 벽을 치며 그 무시무시한 정적을 산산조각 내기 시작했다. "빨리 들어가! 안 들어가?" 두터운 얼음을 찢는 정 같은 헛소리가 주임의 입에서 튀어나왔다. 몇몇 아이들은 뛰어내리는 순간을 보지 못했다는 사실을 매우 아쉬워했지만, 그 외 대다수 아이들은 그 애가 죽든 말든 별 상관없다는 얼굴로 다시 자기 할 일에 깊이 빠져들었다.

옥희

나는 불안하게 복도에 있는 아이들을 바라보았다. 아이들은 여고 쪽을 보려고 애쓰더니 결국 직접 운동장으로 나가기로 결심했는지 계단으로 달려갔다. 죽은 거야? 무서워서 어떻게 해, 진짜 죽었으면. 주변에서 여자아이들이 수군대는 소리가 들렸다. "우리 왜 이래, 무슨 액땜해야 하는 거 아냐? 찝찝하다." 정말 액땜해야 하나? 설마, 괜히 착각하지 말자. 분명 살아 있을 거야. 아까도 들어보니까 밑에서 매트를 받쳐주고 있었다는데, 게다가 전 국가대표 출신의 발 빠른 체육이 있잖아. 꼭 살아 있어라, 꼭꼭! 그 사이에 들이닥친 남자아이들이 내 마음에 답하기라도 하듯 크게 외쳤다.

"야, 살았대!"

"진짜? 매트로 받은 거야?"

"상처 하나 없었다는데? 떨어져서 그냥 기절했대."

여자아이들은 언제 액땜 소리를 했냐는 듯 서로 다행이다, 진짜 다행이다 등등의 말을 나누었다. 나도 속으로 깊이 안도의 숨을 내쉬었다. 순식간에 온갖 소리들이 끓어 넘치기 시작하면서 긴장으로 가득 찼던 교실 안이 소란해졌다. 안 죽었대 안 죽었대 외치는 소리와 액땜 안 해도 되겠네 어쩌네 하는 소리, 그리고 교실 앞에서 골치 아픈 수리 문제로 한창 뜨거운 아이들 소리가 한데 뒤섞여 주위를 난장판으로 만들었다.

몽

　자살 소동의 전말은 이랬다. 뛰어내린 여자애는 왕따여서 자주 대놓고 심한 취급을 받았단다. 그날도 하도 괴롭힘을 당하다 보니 참다 못해 뛰어내릴 생각으로 창문 밖에 매달린 모양이다. 매달린 지 20분 만에 3층 교실에서 뛰어내리긴 했지만 우리 학교 2학년들이 무사히 받아낸 덕에 기절만 했을 뿐 상처 하나 없었다고. 그렇게 응급실에 실려 간 여학생은 그 이후로 학교에 다시는 나오지 않았고 결국 전학을 갔다고 한다. 입에서 입으로 전해 들은 이야기인지라 확실하지는 않지만, 그래도 우리 학교 아이들 중 여고 학생과 친분을 가진 아이들로부터 들은 말이니 사실에 가깝다고 보아야 할 것이다.

　이런 일을 난생처음 겪는 나로서는 무척 충격적이었다. 학교에서 자살을 하려 하다니, 까딱 잘못했으면 정말 피를 봤을지도 모르는 일인데. 하지만 더 놀라웠던 것은 자살 사건에 대해서 아무렇지도 않게, 때로는 비웃기까지 하는 인간들이었다. 자살 소동이 다른 사람들에게는 교실을 청소하는 일만 못했다. 만약 우리 학교에서 이런 일이 벌어졌더라도 그런 분위기가 크게 바뀌지는 않았으리라. 학교 안이 인간 같잖은 냉혈한으로만 가득 찬 것 같아서 나는 왠지 역겨워졌다.

　그렇다고 해서 나도 그런 놈들과 다르다는 것은 아니다. 나 역시 내 할 일이 너무나도 많은데 그런 잡생각으로 시간을 낭비할 수는 없다. 아버지 말마따나 '객관적으로' 생각해보면, 누가 내 앞에서 죽든지 말든지 나는 외국어영역 4점을 더 잡는게 급하다. 우선 내가 살아남고 보아야 남 걱정을 하든 말든하지.

맹꽁

중학교 1학년 때 무척이나 친했던 친구 하나가 갑작스레 왕따로 전락하는 것을 바라만 보았던 때가 있었다. 그 애가 이유 없이 욕을 얻어먹을 때도, 이유 없이 책상에 '미친년'이 새겨져야 했을 때도, 그러다가 교실 한가운데에서 웃옷을 갈가리 뜯겨 울음을 터뜨렸을 때에도 나는 그저 보고만 있었다―. 지금은 어떻게, 따돌림 받지 않고 잘 지내고 있을까. 그때 마냥 뒷짐 진 채 물끄러미 보기만 했던 나의 모습은 내게 있어 가장 혐오스러운 과거가 되어, 몇 년이 지난 지금도 가끔씩 나를 속이 끓도록 부끄럽게 만든다.

왕따의 친구가 되어주는 것은 분명 내 줏대에 따른 길이다. 사람 간에 몰고 몰리는 치사스러운 꼴은 정말 보고 싶지도 않다. 하지만 그런 행동이 따를 위해서가 아닌 오로지 내 자신을 위해서, 옛날의 비겁했던 내 자신을 조금이라도 지우기 위해, 더 이상 죄책감을 느끼지 않기 위해 하는 것이라면 그런 나 자신이야말로 가장 심각한 위선자가 아닐까. 불의에 저항하는 사람이라는 칭찬을 한껏 즐기며 사는 위선자 말이다. 자기만족을 위해 남을 돕는 거라면 아무리 결과가 좋다고 하더라도 깊이 부끄러워해야 할 텐데.

스스로에게 제발 부탁인데, 더 이상 스스로 부끄럽게 만들 일은 하지 말자. 선을 행하려면 진심 어린 선을 행하란 말야, 네 수치는 그만 가리고. 옛날이나 지금이나 네 진짜 속은 짜증스러울 정도로 이기적이구나. 아니다, 자기혐오는 그만두자. 자기혐오는 이제 그만두자. 너에게는 무엇보다도 신경 써야 할 코앞의 문제집이 있잖아. 집중, 집중해라.

시간은 마냥 흘러서 어느새 D-20이 바짝 따라붙었다. 처음엔 그래도 나름 여유로운 마음으로 끝을 향하고 있다고 생각했는데 점차 수능이 다가올수록 온몸의 피가 얼어붙었다. 말대가리 말대로 '잡을 것 하나 없는 허허벌판에서 쓰나미가 밀려오는 것을 보고 있는 느낌'이다. 솔직히 지금 와서 점수가 오를 가능성도 없다는 게 가슴 아플 뿐.

그 와중에 내가 갈 길은 분명하다는 것만이 위안이다. 쭉 이대로 가다 보면 지금의 점수, 이 위태로운 점수를 어떻게든 유지할 수 있겠지? 마음을 편히 가지자. 대학도 점수도 등급도 모두 '해탈'하도록 하자. 반야심경 컬러링이 괜히 애들 사이에서 유행하는 게 아니구나 싶다.

D-20

맹꽁

어제와 별다를 바 없는 일상은 계속된다. 그냥 보기엔 참을 수 없을 만큼 같은 곳만 맴돌고 있는 것 같지만 자세히 들여다보면 매일같이 푸는 문제들이 다르고 접하는 오답들도 조금씩 다르므로, 사실 미세한 부분에서 보자면 항상 변화하고 있는 거다. 그러니까 얼핏 보면 쳇바퀴만 빙글빙글 돌려대는 것 같은 '큰 범위'에 신경 쓰지 말고, 차라리 문제 하나하나에 신경을 써주는 것이 스스로에게 효율적이다. 뭐 이렇게 굳이 말한다고 해서 한 번 배인 공부습관을 쉽게 바꿀 수 있는 것은 아니지만.

내 공부습관이 좋든 나쁘든 수리영역은 여전히 엿 같았기 때문에 나는 한참 고심해야 했다. 현실적으로는 목표대학을 약간 낮춰야 할 것 같지만, 그러기에는 〈서울대를 목표로 삼으면 연고대를 가고, 연고대를 목표로 삼으면 그보다 아랫대학을 간다.〉는 선생님들 말이 무척 거슬렸다. 일단 겉으로는 완강히 연세대를 몰아붙이고 있지만 마음 한 귀퉁이에는 '그래도 역시 현실적인 목표가 낫지 않을까' 하루에도 몇 번씩 고민하다 보니 나중에는 공부조차 되지 않았다. 결국 나는 모든 잡념을 끊어버렸다. 어차피 수능을 본 후의 일인데 미리부터 골치 아프게 굴 필요는 없잖아.

모든 것에서 '해탈'한 와중에도 끝까지 나를 괴롭히는 것이 있었다. 바로 '소리'다. 뜬금없이 소리라니 무슨 말인가 싶겠지만, 이게 생각보다 정말 골치가 아프다. 예를 들면 요즘 유행 가요들은 비슷한 음이 반복되는 스타일이라, 잠깐 들어도 하루 종일 머릿속을 끝없이 맴돌게 된다. 평소에야 가볍게 넘길 일이지만 이게 공부를 하거나 모의고사를 칠 때 맴돌기 시작하면 정말 사람을 환장하게 만든다. 교실이 적막한 가운데 머릿속 아득한 저편에서 '비비비비비비비비꼬였어'가 끊임없이 들려온다고 생각해봐라, 그것도 코앞의 문제에 절대 집중해야 할 상황에서. 이건 똥파리보다 더 사람을 미치게 만든다. 똥파리는 차라리 시원하게 후려쳐 줄 수나 있지.

이것을 예방하기 위한 방법은 한 가지밖에 없다. 아예 처음부터 그럴 가능성을 없애버리는 것이다. 그 덕에 아주 희미하게 쿵덕대는 소리가 나도 나는 일부러 길을 돌아갔으며 가끔 TV 볼 때도 음소거를 꼭 누르곤 했다. 덕분에 가끔씩 TV 보던 재미가 확 줄어버렸다.

몽

저녁을 먹은 후 밖에서 몸을 풀고 온 나는 양치질을 한참 하고 있었다. 그러던 중 배추가 자기 칫솔을 탈탈 털면서 다가오더니 내게 말을 붙였다.

"야 몽. 너 요즘 말대가리랑 말 안 하냐?" 나는 입안 가득 거품을 물고 있었기 때문에 뭐라고 대답할 수가 없었다. 하지만 굳이 거품을 물고 있지 않았다고 하더라도 대답하기 애매했을 거다.

"너 말대가리랑 참새랑 깨진 건 알고 있는 거지?"

보일 듯 말 듯 끄떡끄떡하자 배추는 하긴 그건 방학 때 일이니까, 하곤 저도 따라 머리를 절레절레 흔들더니 덧붙였다.

"말대가리가 가끔 말은 함부로 해도 좋은 놈이니까, 너무 그러지 마."

"내가 뭘?" 나는 거품을 얼른 내뱉고 대꾸했지만 켕기는 구석이 조금은 있었기에 더 이상 뭐라 하지는 않았다. 배추는 목을 길게 빼고 화장실 안을 둘러보더니 우리 외엔 온통 다른 과란 것을 확인하곤 내게 허리를 숙였다.

"말대가리 싸운 거 기억나? 예전에, 방학 끝나고 나서 얼마 안 돼서. 그때 말이 왜 싸운 건지 알아?"

"아니. 왜?"

"나도 중간에 낀 거라 처음 시작이 어땠는지는 확실하지 않은데, 상대편이 너랑 옥희에 관해서 별로 안 좋은 소릴 했나 봐. 말대가리 그때 참새랑 깨진 지 얼마 안 됐었잖아. 그러니까 너네 커플한테 자기네 같은 일 안 생기게 하려구, 너네 편들면서 막 뭐라 그랬다가 선방 먼저 나간 거.”

“……그랬어?”

“그래. 말대가리 은근 너랑 옥희 신경 쓴다. 자기가 겪은 게 있으니까, 그리고 무엇보다 너넨 진짜 오래됐잖아. 그니까 좀 쌓인 거 있으면 풀어. 그 새끼 가끔 입 간수 못하는 것만 좀 그렇지 사실 속으론 진짜 진국이잖아 진국.”

나는 한동안 아무 말 없이 칫솔을 든 채 배추의 말을 듣고 있었다. 말대가리 놈, 은근 신경 써주고 있었구나. 그것도 모르고 나는 괜히 속으로 헛소리나 한다고 생각했었다. 가끔 잘못 나돌아가는 말의 입도 입이지만, 이상한 소리 한번 들었다고 뚱해 있던 나도 참 웃기는 놈이었구나. 친구니만큼 속 넓게 받아들일 줄 알았어야 했는데. 하지만 말 자식하곤 서로 어색하게 된 지 한참 됐는데 이걸 어떻게 해야 한다. 잠시 머리를 굴려보았지만 딱히 좋은 수가 떠오르는 건 아니었다. 갑자기 친하게 다가서기도 좀 그렇고.

공부하는 거야 항상 똑같다. 한 달 전과 다른 점이 있다면 지금은 채점은 해도 일부러 점수는 안 매겨본다는 거다. 어떻게 동그라미 엑스는 치는데 자기 점수를 모르느냐고 묻겠지만, 그건 그냥 신경을 안 쓰면 되는 일이다. 아마 많은 고3들이 나랑 같을 거라고 생각한다. 매일같이 시간을 알뜰하게 써가며 공부는 하는데, 정작 점수는 안 매기고 얼렁뚱땅 오답 체크만 하고 넘어가는 것. 수능이 3주도 채 안 남은 상황에서 모의 점수에 좌절 또 좌절하고 있느니 차라리 눈 가리고 있는 편이 낫다.

내가 이런 소리를 하면 그게 공부하는 태도냐며 꼭 비웃거나 트집을 잡는 사람이 있다. 내 방식이 이해가 가지 않는 것은 알겠지만 사람에게는 그 나름대로 긴장을 이겨내는 방식이 있는 거다. 그런데 그걸 도통 이해하지 못하는 사람이 나를 가장 골치 아프게 한다. 예를 들면 아버지라든지 형이라든지. 그저 자기들만 잘났다. 그렇다고 마주 화를 내기도 그렇고. 결국 점수를 대하듯 이런 사람들도 모르는 척하는 게 상책인 것 같다.

옥희

아이들은 일단 모여서 이야기를 시작했다 하면 울 것 같은 얼굴로 말했다. "수능 언제 끝나?" 누군가는 그런 말을 했다. "화장실 막 갔다 왔는데 또 갈 것 같은 기분이야." 그 말을 듣자 주변 아이들은 아 드러― 하고 깔깔거리면서도 동의하는 눈치들이었다.

한때 3월로 돌아갔던 교실 분위기는 도로 흐트러져서 6월 전국 직후와 비슷했다. 얼마 남지 않았다는 극도의 긴장과 함께 체념, 해탈의 심정이 한데 뒤섞여 교실 안은 어쩐지 묘한

분위기를 풍겼다. 분명 진지하긴 한데 시끄러웠으며, 그렇다고
해서 지나치게 소란스럽기만 한 것도 아니다. 다들 열심히 떠
들고 웃는 와중에도 정신만은 여전히 책상에 붙어 있는 것 같
달까, 자리에 남은 정신이 부산한 몸을 대신해서 공부를 계속
하고 있는 거다. 그렇기에 이렇게 소란한 교실 속에서도 진지
한 열공 분위기가 느껴지는 거겠지.

　하지만 때로는 정신이 책상에 붙지 못하고 둥둥 떠버리는
때도 있나 보다. 그렇지 않고서야 아이들이 그렇게까지 대담해
지거나 이상해질 수가 없지. 야자시간에 학교 바로 뒤에 있는
계곡에서 놀다 오는 일이 바로 그랬다. 아니, 지금껏 한번도 안
그러다가 어떻게 수능 막판 야자시간에, 그것도 밤중에 계곡
을 갈 생각을 할까! 처음에는 소수의 남자아이들만이 빠져 나
갔지만 이젠 남자 여자 할 것 없이 놀러 나가는 게 일상이 되
었다. 아예 소풍을 가는 것처럼 간식을 잔뜩 챙겨 가는 아이
들도 있다. 나마저도 반 분위기에 휩쓸려 이상해진 탓인지 계
곡에 진심으로 놀러 가고 싶었지만 소심한 탓에 군침만 흘릴
뿐이었다. 그때마다 나는 '넌 놀아, 난 공부하고 대학 갈게' 식
의 얄궂은 기분으로 스스로를 달래곤 했다.
　2주 가까이 이렇게까지 아이들이 빠져나가는데도 담탱이가
전혀 몰랐던 것은 아이들을 너무 믿은 탓이다. 대개 매일 야자
당번 선생님이 야자가 끝날 때까지 남아 있긴 하지만, 수능 막

바지이고 하니 오히려 방해가 될까 봐 교무실에서 거의 내려오지 않았던 것이다. 그렇게 수능이 끝날 때까지 계속될 것 같던 우리 반의 '계곡 유행'은 안타깝게도 주민들의 신고로 무산되었다. 하지만 조용한 것도 잠시, 아이들은 다시 야자시간에 할 수 있는 신나는 일을 찾아내기 시작했다. 얘네들 왜 이래!

그렇게 해서 새로이 정착한 유행은 바로 영어과 2반의 '케이크 먹기'였다. 영어과라고 항상 눈엣가시처럼 여기더니 그래도 먹을 것만은 참 부러웠던 모양이다. 그리하여 2반이 그래왔던 것처럼, 매일 저녁마다 우리 반 아이들은 천 원씩 걷어 모은 돈으로 제과점에 가서 커다란 케이크를 하나 사왔다. 목이 빠져라 기다리던 케이크가 오면 생크림이고 치즈고 종류 불문하고 아이들은 포크도 없이 그냥 맨손으로 케이크를 무식하게 뜯어 먹었다. 그걸 보고 있자면 어떻게 인간이 저러나 싶으면서도 나도 천 원 내고 얻어먹을까 싶을 정도로 손에 쥔 케이크 덩어리들은 참 달콤해 보였다.

비록 유행을 뒤쫓는 아이들을 보며 부러워하긴 하지만 나는 나름대로 착실히 공부를 해나가고 있다. 야자 때 케이크를 먹느라 부산한 아이들을 보면 오히려 자세를 바로잡게 된다고 할까. 너희들은 먹으렴, 나는 공부할 테니. 이렇게 쓰고 나니 본의 아니게 스스로가 참 약아빠져 보여서 우습다.

수능 카운트다운

이제 다다음주 목요일이면 수능이다. 항상 수능은 11월 셋째 주 목요일에 본다고 들었다. 11월에 하는 것은 이해가 가겠는데 왜 하필이면 셋째 주이고 목요일인 걸까? 아무래도 한국인이라면 숫자 3을 귀하게 여기니까 셋째 주일 것이고, 그런데 목요일은 뭐지. 생각해보니 한때는 수능을 수요일에 봤었던 것 같은데. 그냥 적당히 나라에서 날 잡는 거라고 한다면 할 말이 없다. 그럼 그런가 보지 뭐.

작년에 알고 지내던 선배 하나는 수능 막판에 만나는 후배마다 붙잡고 왜 이렇게 안 끝나냐, 제발 수능을 빨리 보게 해달라며 넌덜머리를 냈었다. 당시에는 힘내세요, 하고 대충 대꾸했었던 나는 지금에 와서야 그 선배에게 공감하고 있다. 지금 와서 며칠 더 공부한다고 점수가 오를 것도 아닌데! 으으 지겨워. 그냥 내일이 수능이었으면 좋겠다! 얼른 보고 마음이나 편하게.

D-10, 옥희

누군가 칠판에 커다랗게 '배—째—라'라고 갈겨놓았다. 그 앞에 강렬한 상욕이 두 글자 쓰여 있었지만 굳이 여기 옮기지는 않겠다. 점심때 아이들이 나간 사이에 생겨난 그 글씨는 해가 질 무렵까지 그대로 살아남는가 했더니 종례를 할 겸 아이들 상태를 살피러 온 담탱이에 의해 가차 없이 뿌리 뽑혔다.

오늘의 케이크는 흰 생크림 위에 온갖 과일들이 떠돌아다니는 커다란 생크림 과일 케이크였다. 열심히 파먹던 중에 담탱이가 갑자기 들어오자 아이들은 케이크 뭉치를 숨긴 채 열심히 책을 들여다보는 척했다. 갑자기 왼손잡이 제자들이 늘어난 것을 알 리 없는 담탱이는 "열심히 해라 너희들, 또 딴짓하지 말고."라는 말을 남긴 채 교실을 떠났다. 담임이 나가기 무섭게 누군가 투덜댔다. "아씨 내 체리." 그러자 여기저기서 덩달아 내 복숭아, 내 키위 하고 중얼대기 시작하면서 교실이 소란스러워졌다.

D-9, 몽

한 달 전부터 복도에 1, 2학년들이 종종 보이기 시작하더니 요즘 들어 절정이다. 모두 선배에게 수능 대박 기원 선물을 주려는 애들이다. 동아리 선배일 경우 같은 동아리 애들끼리 돈을 모아서 무엇인가를 사들고 왔다. 덕분에 아무 생각 없던 나도 동아리 후배들에게 찹쌀떡과 초콜릿을 받을 수 있었다.

사실 동아리를 들었었다는 사실조차 완전히 잊고 있었기 때문에 대뜸 눈앞에 나타난 후배(그것도 2학년은 약간 낯이 익은데 1학년은 전혀 모르는)를 나는 그냥 지나칠 뻔했다. 그들은 날 붙잡고 모여 서서 "선배님 수능 잘 보세요!" 단체로 고개를 푹 숙이더니 대답할 새도 없이(얼결에 어어 한 것 같기는 한데) 다른 반으로 가버렸다. 그들에게서 내가 받은 상자 안에는 호박엿 다섯 개와 다양한 초콜릿들, 그리고 반짝이는 포크가 하나 들어 있었다.

다른 아이들이 받은 것을 보면 이것저것 참 많기도 하다. 그 중에서 마음에 드는 것들은 역시 직접 꾸미고 포장한 선물들이다. 직접 꾸민 선물들은 감탄사가 절로 나오는 아이디어 포장에, 눈에 익어 얼마든지 마음 놓고 먹을 수 있는 간식거리에, 아주 맛있기까지 했다. 반면 미리 세트로 포장되어서 나온 큼지막한 선물 상자들은 겉만 그럴듯해 보일 뿐 쓸 만한 것이 하나도 없었다. 준비해온 후배들에게는 미안한 말이지만 내 것이 바로 그랬다. 뜯을 마음이 영 안 생기는 엿에, 그냥 물에 시럽 부어서 굳힌 것 같은 초콜릿에, 무슨 플라스틱 장난감 같은 찹쌀떡. 그나마 쓸 만한 것은 포크인데 좀 이상한 색깔이 도는 것을 보아하니 중국산인가. OMR 카드 뚫기 전에 중금속에 오염되는 거 아냐. 선물상자를 내려놓는 대신 나는 공들여 포장된 아이들의 과자와 떡을 많이 얻어먹었다.

그 외에 가끔 은반지를 받는 애들도 있다. 그건 장식 하나도 없이 그저 둥그렇기만 한 반지다. 솔직히 마음은 잘 알겠는데 별로 멋지지도 않고 돈만 들어가는 거, 차라리 그만큼 과자를 사다주는 게 낫다. 과자는 먹을 수라도 있지 이건 분명 처박아 두기나 할 텐데. 정성으로 따지자면 직접 싼 포장이라든지 간단하게 쓴 엽서가 훨씬 고맙고 마음에 와 닿는 건 당연지사다.

D-8, 맹꽁

동아리 후배들로부터 찹쌀떡 세트를 받았다. 1학년 때만 좀 열심히 했지 2학년 때부터는 부장이었어도 얼렁뚱땅 넘어갔던 동아리였는데. 여하튼 내가 들었던 동아리는 한지 공예 동아리로, 1학년 초에 대학 들어가려면 동아리 활동이 있으면 좋다고 그래서 들어간 것이었다. 하지만 뭐 하나 만드는 데 돈만 이삼만 원씩 깨지는데다 이것저것 챙겨야 할 것이 많다는 것을 알았더라면 아예 들어가지도 않았을 거다. 본의 아니게 부장이 되고 나서는 정말 귀찮은 일투성이였던 탓에 동아리에 대해서는 불편한 감정만 잔뜩 남아 있던 터였다. 그런데도 날 찾아와서 직접 선물을 주다니 기특한 것들. 찹쌀떡을 먹으려고 상자를 열어보기 바로 전까지 나는 무척 고마웠다.

문제는 찹쌀떡이었다. 애기주먹만한 찹쌀떡의 겉부분은 떡집에서 파는 찹쌀떡처럼 찰지지 않고 고무찰흙 같았으며 이상하리만큼 투명했다. 앙금은 달다 뿐이지 맛은 하나도 없는 것이, 그냥 밀가루에 검정 색소와 설탕을 타다 말았나. 그래도 떡 표면에 초콜릿이 둘러싸고 있는 것은 괜찮으려니 싶었는데, 막상 입에 넣었더니 무슨 짓을 해도 초코가 녹지 않았기에 결국 도로 뱉어내버렸다. 후배들이 지금 날 놀리는 건가 싶어 상자를 뒤집어봤더니 웬걸, 이거 제법 가격이 세다. 결국 수능으로 톡톡히 돈 벌 궁리를 하던 싸구려 업자들이 원인인 거다. 어휴 답답아, 이왕 팔 거면 좀 제대로 사람이 먹을 수 있게 만들어야 하지 않겠어? 나쁜 놈들 같으니라고.

나는 어쩔 수 없이 남은 찹쌀떡을 재활용할 겸 납작하게 누른 뒤, 마킹 펜으로 그 위에 낙서를 했다. 후에 나는 그 찹쌀떡들을 먹지 않은 것을 정말 천만다행으로 여겼다. 왜냐하면 장난삼아 수능 기념으로 보관하게 된 그 낙서 찹쌀떡이 상온에서 방치되면서도 몇 년 동안 아주 멀쩡했기 때문이다. 대체 뭘로 만들었기에? 그걸 버리지 않고 먹었더라면 담석이 되어 평생 뱃속에 박혀 있었을지도 모를 일이다.

D-7, 몽

여느 때처럼 점심을 먹고 나서 축구를 약간 한 뒤, 할 일이 없어진 놈들은 교실 뒤쪽에 모여 있었다. 우리는 K-1과 WWF와 스타와 게임 채널에 대해 조금씩 말을 나누었다. 누가 이기고 누가 어쩌고 누가 멋지고 어쩌고저쩌고. 그러다 말이 끊겨서 잠시 다들 입을 다물고 있는데, 갑자기 말대가리가 다소 큰 소리로 이렇게 말했다.

"아 완전, 나 수능이라고 욕구 불만을 다 야동으로 푸는 것 같애!" 그 말에 시무룩해 있던 놈들의 눈에서 순간 빛이 번뜩이는 것을 보고 나도 모르게 웃을 뻔했다.

안 돼, 지금 이 상황에서 웃으면 완전 변태 취급 받는다. 웃지 마라, 참아라! 그러나 실상 다들 파르륵 떨리는 입가를 주체하지 못한 채 어정쩡한 얼굴들을 하고 있었다. 그 와중에 주변을 살필 여유가 남아 있던 한 놈이 재빨리 쉬쉬거렸다.

"야, 너 미쳤냐! 여자애들이 있는데 존나 크게 말해."

그에 말대가리는 바로 움츠러들더니 주변을 조심스럽게 돌아보았다.

"아 뭐야, 니넨 안 그래?"

"나는 오히려 아무 생각도 안 나던데."

속꺼풀의 말에 덩달아 몇몇이 입을 열었다.

"나도 그런데?"

"나도! 막 입맛 잃어버리는 것처럼 흥미가 싹 없어졌어."

"뭐냐 이 새끼들, 남자 맞냐? 니네 거기에 문제 있는 거 아냐?"

'그래도 본다'파의 드러내놓고 생식능력을 비웃는 말에 '일시적으로 안 보고 있다'파는 발끈했다. "새끼들아, 보는 사람이 이상한 거야! 니네는 집에 가서 공부 안 하고 맨 그 짓만 하냐?"

"누가 집에 있으면 그 짓만 하냐? 컴도 거실에 있고 가족도 있는데."

"헐, 그럼 컴이랑 부모님 없으면 할 수 있다는 거네?"

"그거야 해봐야 아는 거 아냐? 마음만 먹으면 할 수 있을 것 같지 않냐. 아 그러는 너는 해봤냐고." 산으로 가는 토론에 개미가 침이 흘러나올 것처럼 헤벌쭉 웃고 있다가 내 시선에 황급히 얼굴을 굳혔다. 다른 놈들처럼 나도 흐트러질세라 표정관리에 열중했다.

"막 전엔 일주일에도 몇 개씩 보고 그랬는데. 지금은 내가 봐도 스스로가 너무 신기해."

"구라 깐다. 하루에 몇 개겠지, 매—일매일 시리즈로."

"뭐 가끔은 그렇지. 아 진짜, 지는 한번도 안 그래본 것처럼 말하네."

분위기는 점점 더 어색해지는 듯하면서도 노골적으로 불붙고 있었다. 나는 책상 위에 올라앉아 상반신을 숙인 채로 다시 주변을 흘끔거렸다. 주변 여자애들은 여전히 아무것도 모른 채 자기들 할 일에만 열중하고 있다. 정말 괜찮은 건가? 이런 대화는 무척 재미있긴 하지만 간혹 내 스스로조차 기분 나쁠 정도로 지나친 때가 있어서 조심스럽다. 그런 걸 아무렇지도 않게 말하는 놈들은 대체 뭘 생각하고 다니는 건지 머릿속을 한번 들여다보고 싶다.

D-6, 옥희

이젠 정말 발등에 불이 떨어졌다. 수능이 일주일도 안 남았다! 마지막 '1주일'이라는 경계선도 무너지고 시간은 이제 D-1을 향해 전력질주하고 있다. 정말 가끔은 있는 대로 비명을 지르고 싶다.

그나저나 과연 어떤 학교에서 시험을 보게 될지, 혀가 바짝 탄다. 아무리 연습을 해왔다지만 그래도 전혀 낯선 학교의 익숙하지 않은 책상에서 일생일대를 휘어잡게 될 시험을 보게 된다니. 혹시라도 책상 높이가 안 맞는다든가 의자가 불편하기라도 하면 어쩌지? 아 정말, 이렇게 생각하니까 또 긴장되네. 아니다, 편하게 생각하자. 책걸상을 바꾸든 자신의 기분을 바꾸든 그것은 어찌 되었거나 수능 가서 볼 일이다. 그러니까 긴장하지 말자, 괜히 걱정하지 말자.

D-5, 맹꽁

오늘은 드디어 고3으로서의 마지막 금요일이구나. 앞으로도 수많은 금요일들이 내 앞에 펼쳐지겠지만, 내 십대에서 가장 고단하고도 보람찼던 금요일은 이것으로 마지막이 되겠지. 안녕, 금요일아. 잘 가라, 보고 싶을지도 몰라(물론 이것은 현역으로 대학을 붙었을 때의 이야기이다. 재수하게 되면 그런 금요일도 1년 더 이어지겠지. 설마 재수 얘기를 꺼냈다고 정말 재수하게 되는 건 아니겠지? 일부러 괄호까지 쳤는데).

D-4, 옥희

아침 6시 기상. 6시 45분에 등교 버스 타다.

7시 20분에 도착, 오자마자 공부 시작.

오전 공부, 점심, 오후 공부, 저녁, 야자. 그렇게 밤 10시까지.

점심은 게살 튀김과 포테이토 스틱, 저녁에는 육개장이 참 맛있었다.

오전에는 간식으로 빼빼로와 아이스크림을 친구들과 나눠 먹었다. 그런 식으로 저녁에도 누드 빼빼로 몇 개.

사실은 얼마 전이 빼빼로데이였다. 알고는 있었지만 나는 친구가 먹으라며 빼빼로를 건네주기 전까지는 전혀 모르고 있던 척했다. 빼빼로를 하나씩 오도독거리고 있자니 작년 이맘때 생각이 났다. 그때는 뭐든지 여유로웠고, 뭐든지 해낼 수 있을 것 같았고, 뭐든지 최고가 될 수 있을 것 같았는데. 반드시 480점대가 나오고 반드시 연고대에 들어가고 모든 것이 완벽하게 잘 돌아갈 줄 알았는데.

문득 작년에 몽에게 만들어줬던 빼빼로가 떠오른다. 막대과자까지 직접 구워서 초콜릿과 해바라기 씨를 잔뜩 묻힌 수제 빼빼로였다. 몽이 내게 줬던 빼빼로 바구니도 생각난다. 하지만 1년이 지난 지금은 그 어떤 빼빼로도 남은 게 없다. 당연한 소리다. 당연하긴 하지만 어쩐지 서운하고 그렇다. 안이 텅텅 비어버린 붉은 빼빼로 상자가 된 것처럼 속이 휑했다.

빼빼로데이는 그렇게 같은 반 친구들끼리 나눠 문 빼빼로로 기념하고 끝났다.

D-3, 퐁

팽팽 잘 돌아가다가 쓰러진 팽이는 그런 스스로에게 연민을 품지 않는다. 아니면 사실은 팽이도 사람처럼 혼자서 아무렇지도 않은 척 애쓰는 건지도 모르지.

수능이 끝나면 뭔가 하나라도 제대로 생각할 수 있을까? 다시 사람답게 팽팽 돌아갈 수 있을까? 지금으로서는 그저 옆 사람이 웃으면 웃는 대로 울면 우는 대로 묻어가기만 하는 것 같다. 돌처럼 무감각한 것도 나쁘지만은 않지만, 아버지가 신경질을 낼 때마다 하는 말("인간이 좀 돼라!")처럼 사람은 역시 겉만큼 속도 인간다워야 한다.

헌데 이렇게 말하면 또 속이 사람 같다는 건 어때야 한다는 건지 감도 잡히지 않는다. 솔직히 말해 과연 내가 사람 같은 사람을 한 번이라도 본 적이 있었나? 또 공부하다 말고 헛생각이나 하고 있지.

D-2, 맹퐁

아나 이거 어쩔 거임. 시팔. 아나 말 걸지 마삼 제—발. 아 진짜 이렇게 말하면 초딩 같은 것은 아는데 제발 좀 뭐라고 할 기분이 아니다. 그러니 죽치고 가만히 있으셔. 왠지 모르게 자

꾸만 자음 남발을 마구 해대면서 펄쩍펄쩍 뛰고 싶은 기분이
든다. 아나 이거 왜 이래, 그냥 좀 워어어어어—워.

　마구 헝클어져가는 속과는 달리, 겉으로 드러나는 나는 책
상에서 미동도 하지 않은 채 오답노트를 조용히 들여다보고
있다. 하지만 말 그대로 '까만 것은 글자요, 하얀 것은 종이라',
뭐 하나 눈에 제대로 들어오는 것이 없다. 제대로 마음을 잡아
야 할 텐데, 내일도 이렇게 흔들흔들할 텐데 어떻게 좀 진정할
수 없겠니, 맹꽁아. 제발 잘 좀 하자.

수능 전날

옥희

  수능을 하루 앞둔 오늘, 드디어 수능 수험표가 나왔다. 생각보다 제법 초조했던 탓인지 나는 갑자기 불만스러워졌다. 적어도 시험 볼 장소 정도는 일주일 전에 미리 공지해주면 좋을 텐데 굳이 하루 전에 받도록 하는 거야? 나도 참 새삼스럽다. 지금 와서 이런 생각을 한다고 달라질 것도 없는데, 아무래도 너무 긴장한 탓이다.

  조례 종이 치기도 전에 교실에 들어온 담임은(이번만은 담임이라고 말해보자. 언어순화를 하면 기분이 나아질까) 수험표 뭉치를 쥐고 있었다. 그것을 본 아이들은 순식간에 담임 쪽으로 몰려가서는 수험표를 달라고 졸라대기 시작했다. 유치원생들 같아, 따끈한 라디에이터에 붙은 채로 굳어 있던 나는 그 모습을 보며 생각했다.

  수능 신청을 할 때 어디서 신청하느냐에 따라 자기가 사는 동네 쪽에서 볼 수도 있고 학교가 있는 지역에서 볼 수도 있는데, 아무래도 자기 친구들이 조금이라도 있는 편이 안심이 되니 너도 나도 학교 근처로 신청해놓은 판이었다. 그러나 막상 시험 칠 학교가 발표되니 다들 낭패스러워했다. 배정받은 학교가 이름도 처음 들어보는 곳들뿐이기 때문이다. 대체 여긴 어디에 있는 학교야?

뭐니 뭐니 해도 이곳을 어떻게 가느냐가 지금으로선 가장 큰 문제다. 오늘 길을 철저히 외워두더라도 과연 얼마나 잘 외울 수 있을까? 내일 길을 잘 찾아가리라는 보장도 없고. 게다가 생각해보니, 우리 학교에서 그 학교로 가는 것과 우리 집에서 그 학교로 가는 것은 방법이 완전히 다르잖아! 후회 막심한 얼굴의 아이들 사이에서 차라리 집 근처에서 볼 걸 그랬다며 한탄하는 소리가 간간히 들려오기 시작했다.

처음에 나는 무척 초조했지만 이내 마음을 추슬렀다. 이왕 이렇게 된 거 한번 가보지 뭐. 엄마가 아침에 자동차로 태워다 주겠다고 했지만 그냥 지하철로 가는 편이 낫겠다. 약간 불편하긴 하겠지만 그 편이 훨씬 정확하고 빠르다. 몇몇 아이들은 벌써부터 지하철로 함께 가는 약속을 잡고 있었다. 서로 모여들기 시작한 아이들로 교실이 시끄러워진 와중에 담탱이는, 아니 담임은 진심 어린 응원의 말을 남기며 교실을 떠났고, 아이들은 그에 이구동성으로 크게 대답했다. "네에에!" 덩달아 크게 외치는 것만으로도 불안이 좀 가셨다.

같이 갈 친구들과 교실을 나왔을 때, 4반 교실은 이미 텅텅 비어 있었다. 끄지 않고 남겨진 칠판 앞 형광등만이 교실 안을 어슴푸레하게 비추고 있었다. 나는 몽의 책상이라도 몰래 눈여겨보려했지만 휑한 책상들 가운데서 어느 것이 그의 것이었는지 더 이상 분간할 수 없었다.

맹꽁

내가 배정된 학교는 공고였다. 내가 사는 곳에서 공고라고 한다면, 코딱지만한 운동장에 코딱지만한 낡고 붉은 벽돌 건물이 하나 덜렁 있는 볼품없는 곳이다. 남녀공학이긴 한데 여학생이라고는 도통 본 적이 없고 오로지 있는 대로 머리에 힘을 준 촌스러운 녹색 바지의 한심한 남학생들뿐이다. 온몸으로 '나 머리 비었소' 외치는 것 같다. 내가 가는 공고도 그렇겠지, 원래 학교란 예고, 외고, 과고 등의 특수목적계 〉 평범한 인문계 〉 공고, 산업고 등의 실업계가 아닌가.

그러나 웬걸, 찾아간 공고는 우리 학교보다도 건물이 훨씬 좋았다. 어떻게 사립인 우리 학교보다 더 좋을 수 있냐! 새하얀 건물 벽에는 약간 마르고 붉은 기가 도는 담쟁이덩굴이 무성히 덮고 있어서 마치 해외 어딘가의 명문학교 같은 분위기를 풍겼다. 운동장은 또 어찌나 넓은지! 우리 학교 운동장은 대각선으로 달려야 간신히 50m 달리기를 할 수 있는데다 그나마도 반은 주차장이고 남은 건 여고와 공용이다. 근데 그건 정말 말도 안 되는 거였구나. 교실도 어찌나 넓은지 거의 우리 반의 두 배다. 거기에 너무나 깨끗한 새하얀 벽에 널찍널찍한 복도까지, 어떻게 여기가 공고냐. 여태껏 '우리 학교가 최고'라고 생각하며 살아왔는데 어쩐지 배신당한 기분이다. 사립이잖아 사립! 한 학기에 사람당 몇십만 원씩 뽑아가면서 어떻게 공고보다 시설이 못해! 이건 정말 말도 안 된다. 할 수만 있다면 우리 학교와 당장 바꾸면 참 좋을 텐데— 아니 그건 안 되겠구나. 내년 2월이면 학교를 떠나는 판에 이제 와서 더 좋은 건물로 이동한다고 하면 우리들이 배가 아프지. 그냥 후배님들도 우리 학교 구관 신관 낡고 낡을 때까지 잘 쓰시길, 오래오래 무너질 때까지 쓰세요.

수험표에는 각자의 수험번호가 지정되어 있으며 그 번호를 따라 자리가 정해진다. 수능 전날 배정받은 시험 장소를 방문하는 것은 가는 길을 정확히 알기 위한 이유도 있지만, 자기 자리를 보다 편안하고 좋은 책걸상으로 확보하는 데에도 목적이 있다. 우리가 도착했을 때는 아직 책상에 수험번호를 채 다 붙이지도 않은 상태라서 책걸상 모두를 적당한 것으로 바꿀 수 있었다. 나는 내 자리로 추정되는 책상을 찾아낸 뒤 편안한 정도를 가늠해보기 시작했다. 좀 흔들리는 것 같은데. 나는 잽싸게 괜찮아 보이는 바로 옆 책상을 내 자리로 끌어 옮겼다. 음, 딱 좋아. 책걸상을 맞추고 나니 초조했던 마음이 조금은 가라앉았다.

각자 책걸상을 맞추고 돌아가는 길에 초조한 기분을 달래기 위해 친구들과 수다를 떨었다. 닭강정 자장면 탕수육 깐풍기 떡볶이 불고기 등등. 한참을 음식 이야기로만 꽃을 피우다가 과자 이야기가 나오면서 누군가 빼빼로데이 이야기를 꺼냈다. 엇 그렇구나, 빼빼로데이였나? 어쩐지 그날따라 빼빼로가 많이 나돌아 다니더라.

"고3이라서 그런지 올해는 빼빼로 주고받는 커플이 없다?"

"맞아. 걔네, 옥희랑 몽도 안 하는 것 같던데?"

"걔네? 완전히 깨졌잖아."

"어 진짜? 왜?"

"몰라, 그 좀 소문이 안 좋은 것 같던데."

몽과 옥희의 이야기가 나오자 나는 더 이상 말할 의욕이 없어졌다. 아무것도 모르면서 함부로 말하는 가스나들 같으니라고. 뭐라고 핀잔을 던지고 싶긴 하지만, 휴. 입만 아프지 뭐. 게다가 수능 전날이니만큼 오늘은 나 자신에게만 집중하고 싶단 말야. 미안해, 옥희 몽. 지켜주지 못해서.

몽

내가 배정받은 학교는 어딘지도 모를 그냥 평범한 고등학교였다. 다른 학교에 간 아이들은 마음대로 책걸상을 바꾸었다고 하는데, 쓸데없이 부지런한 이 학교는 이미 모든 책상에 수험번호를 붙여버린 후였다. 좋은 책상을 차지하려고 단단히 벼르고 왔는데 책상은 뭐 손을 쓸 수도 없잖아. 그나마 의자는 바꿀 수 있었지만, 의자만으로 안심하기에는 책상들의 상태가 정말 좋지 않았다. 책상 다리 길이가 안 맞아 흔들리는 것이 대다수였다. 내 책상은 나사 하나가 빠져서 닿을 때마다 삐걱거리는 소리를 냈다. 대체 책상을 어떻게 쓰기에 다 이 모양이냐. 공부는 안 하고 맨날 책상에 구멍만 파나? 속으로 투덜거리며 대충 의자만 바꾸고 복도로 나오는데 몇 반 건너에서 배추가 고함치는 것이 들렸다.

"내 책상 막 분리돼!"

배추의 책상은 서랍 나사가 몽땅 빠져서 나무판이 완전히 분리되는 꼴이었다. "너무 편리한데?" 내 말에 다들 웃었지만 배추는 얼굴이 붉으락푸르락했다. 결국 교무실을 찾아가 허락을 받고 제대로 된 것으로 바꾸었지만, 녀석은 그래도 분이 풀리지 않는지 "장난해 지금?" 하고 끊임없이 투덜댔다.

저마다 사는 지역이 다른 탓에 우리들은 바로 뿔뿔이 흩어졌다. 나도 가는 방향이 비슷한 녀석들과 함께 지하철을 탔다. 놈들은 평소답지 않게 입도 벙긋 안 하고 조용히 손잡이에만 매달렸다. 수다라면 둘째가라면 서러울 놈들이 온통 합죽이가 된 것을 보니 역시 내일이 수능이 맞긴 맞나 보구나. 그래도 평소처럼 신나게 이 새끼 저 새끼 툭툭 쳐대면 훨씬 긴장감이 덜할 것 같은데.

같이 탔던 놈들이 한둘씩 내리면서 마지막까지 남은 것은 같은 역에서 내리는 나와 말대가리였다. 스스로 반성한 이후 조금씩 다시 어울리긴 했지만, 서로 서먹한 상태가 아직 회복되지 않았던 우리는 서로 말이 없었다. 지하철을 나와서 햇빛과 구름 그림자로 얼룩진 벽돌 길을 지날 때도 우리는 묵묵히 걷기만 했다. 뭐라고 하긴 해야 할 것 같은데 무슨 이야길 꺼내나. 오답노트 볼 생각도 잊고 골몰해 있는데 갑자기 말대가리가 말을 붙였다.

"공부는 잘 되냐?"

나는 잠시 당황해서 입을 헤벌린 채로 그를 보았다.

"당연히 잘 되겠지." 말대가리는 혼자서 자문자답을 하더니 다시 입을 열었다.

"내일 수능 필승이다. 꼭 대박날 거다."

"……그래. 고마워. 너도 필승, 대박나라!" 그의 말에 어딘지 모르게 나는 안심이 되었다. 덕분에 콱 막혀 있던 말문도 조금씩 느슨해졌다.

"그런데, 괜찮냐? 방학 때 많이 힘들었다고 그러던데."

말대가리는 신발주머니를 휘휘 휘둘렀다. "참새? 깨진 거? 뭐— 그냥 그래. 처음엔 나도 개도 좀 그랬는데, 그래도 서로 지금은 잘 지내. 막 친구야 친구." 나는 천천히 고갯짓했다. 그래, 괜찮다니 다행이다. 어쩐지 말대가리 녀석이 부러웠다.

"그나저나 넌 어떻게 된 거야? 이상한 얘기가 들리던데."

"그거 다 개소리야."

"개소린 거 알지. 그래도 솔직히, 화내지 마라. 너네도 솔직히 그게 언제까지고 가진 않을 거 아냐."

나는 잠시 막막해졌다. "넌 어떻게 했냐?"

말대가리가 주둥이를 비끗거리며 "나?" 하고 말했다.

"별거 없는데. 그냥, 그런 건 시간에 맡기는 게 최곤 것 같애."

내가 뭐라고 대꾸하기도 전에 그는 넓적한 손바닥으로 내 등을 툭툭 치더니 말을 이었다.

"그냥, 시간에 다 맡기고 마음 편하게 가져라. 너나 옥희나 그래도 차분한 쪽이니까 우리처럼 지져댈 일은 없을 거 아냐. 그냥, 탁 놔. 놔버려. 해탈, 해탈."

달리 뭐라 대답할 말도 떠오르지 않았지만 말대가리가 해탈을 읊조리는 것이 참 안 어울려 보여서 나는 그만 피식 웃고 말았다. 시간, 그리고 해탈인가.

D-day, 수능

맹꽁

난 지금껏 불면증이라고는 한번도 겪어본 적이 없다. 다들 우황청심환이니 수면 유도제니 할 때도 코웃음만 치던 나다. 그 어떤 상황에서도 누우면 5분 만에 잔다. 그러나 수능 바로 전날 밤, 이게 어찌된 일인지 30분이 지나고 1시간이 지나도 눈이 말똥말똥했다. 어이쿠, 불면증이란 게 왜 그토록 사람 미치게 만드는지 알겠구나. 몸도 지치고 긴장으로 머릿속도 새하얀데 이것을 초기화시켜줄 달콤한 잠은 영영 올 것 같지가 않았다. 아니지, 이게 아니야. 마음을 편안히 다스리자. 이대로라면 오던 잠도 홀랑 도망가버리겠다. 나는 심호흡을 하며 고전적인 수면 유도 방법인 양 세기를 시작했다. 양이 백 마리, 양이 삼백 마리, 양이 천 마리— 내가 어디까지 셌지.

엎치락뒤치락하다 짜증스럽게 몸을 일으켰을 때는 새벽 한 시 반이었다. 일찍 잔다고 10시에 누웠는데! 나 미치겠네. 하느님, 내가 당신을 믿지 않는다는 걸 당신도 잘 아시겠지만 그렇다고 절 시험에 들게 하진 마소서— 결국 시련을 거스르기 위해 내가 택한 방법은 우황청심환이었다. 제길, 한번도 먹어보지 않은 기록을 이렇게 깨게 될 줄이야. 투덜거리다가도 어느새 잠이 들었던 모양이다. 들뜬 머리로 눈을 뜨자 벌써 기상시각인 5시가 되어 있었다. 부엌에서 구수한 된장국 냄새와 함께 달그락거리는 그릇 소리가 났다. 3시간밖에 못 잤는데 혹시 낮에 졸지는 않겠지. 조금 불안했지만 애써 떨쳐버리고 나는 몸을 일으켰다.

엄마는 길을 잘 모르니 택시를 타고 가는 것이 낫지 않겠느냐고 했다. 그러나 나는 우리 차 앞좌석의 따끈따끈한 난방 기능을 결코 놓치고 싶지 않았다. 나처럼 아침마다 직장과 똥구멍이 찢어지는 사람에게는 궁둥이 난방 기능이 얼마나 큰 위로와 기쁨인데, 이 쌀쌀한 계절에 그런 낙원을 포기하라니! 하지만 그런 얘기는 차마 못하고 그저 최상의 컨디션을 유지하고 싶다며 박박 우겨대자, 엄마도 결국은 두 손을 들고야 말았다.

그렇게 우리가 집을 나선 시각은 6시였다. 고속도로에서의 30분만 제외하면 한계선인 8시까지는 1시간 30분이나 여유가 있었기 때문에, 우리는 늦어도 7시 30분에는 시험 장소에 도착할 수 있을 줄 알았다. 그러나 그것이 내가 평생 두 번 다시 겪지 못할 스릴러가 되리라고는 그땐 그 누구도 상상하지 못했다.

고속도로를 타고 시험 장소가 있는 지역에 진입한 것까진 순조로웠다. 그러나 그 이후가 문제였다. 나는 엄마가 남자 뺨치는 노련한 운전수라는 사실만을 굳게 믿느라 그녀가 아주 지독한 길치라는 중요한 사실을 까먹고 있었던 것이다. 맙소사! 이건 엄마 탓을 할 게 아니라 오랫동안 엄마가 운전하는 차를 타지 않았던 내 탓이다. 하지만 지금 와서 내 탓을 한다 하더라도 여기까지 온 이상 돌이킬 수가 없었다.

어찌 되었거나 우리는 톨게이트 같은데 실상은 일반도로 같은 곳에서 한 시간 가까이 허비해버렸다. 엎친 데 덮친 격으로 막판에 도달한 갈랫길은 거의 고속도로 수준이라 한번 가면 끝까지 가야 할 판이다. 한번 저지르면 돌이킬 수 없는 두 갈래 길에서 갈팡질팡하던 엄마는, 시속 110km로 달리던 상황에서 막판에 핸들을 팍 꺾어 순식간에 8차선 도로 끝에서 끝으로 가로질렀는데, 와…… 이때를 생각하면 아직도 심장이 벌렁벌렁하다. 120도로 올라가는 바이킹을 타도 이런 느낌을 받을 수 있을 것 같지는 않다. 엄마 운전 실력이 좋으니까 차가 전복되지 않고 이렇게 살아 있는 거다.

다행히도 그 무시무시한 도박은 결과가 괜찮아서 우리는 간신히 시내로 들어올 수 있었다. 그때가 벌써 7시 40분이었다. 그러나 도로 정비가 잘 안 된데다 '출근 시간 + 나처럼 차로 이동하는 수험생들' 덕분에 도로는 온통 자동차, 거의 움직이지 않는 자동차 떼였다. 엄마가 물어물어 간신히 도착한 시각이 7시 50분이었는데, 헐. 잘못 왔다. 나는 ○○공고인데 이곳은 ○○여고였던 것이다! 이제 들어가려면 20분밖에 남지 않은 위급한 상황에서 엄마는 교통정리를 하던 경찰 아저씨를 애타게 불렀고, 우리 차 운전수는 그렇게 엄마에서 경찰 아저씨로 바통 터치되었다.

그렇게 나의 두 번째 모험은 시작되었다. 그 차가 빽빽한 도로를 경찰 아저씨가 고속도로 타듯이 무섭게 질주하기 시작한 것이다— 그것도 반대 차선으로! 경고등도 없이, 바로 코앞에서 달려드는 차들에게 손짓만으로 막아내면서 말이다. 세상에, 수능 시작 1시간 전에 영화 '택시'를 몸소 체험하게 될 줄이야. 조수석에 앉아 있던 나는 넋이 나간 채로 그 모든 광경을 생생히 지켜보아야 했다. 정말 토하지 않은 게 기적이다. 그리하여 정확히 7시 56분, 공포의 질주가 시작된 지 약 5분 만에 나는 배정받은 학교에 도착할 수 있었다. 양손에 가방을 잔뜩 움켜쥐고 정신없이 차에서 내린 나는 허우적거리며 문 안으로 들어갔다. 워낙 혼이 빠져 있었기에 문 앞에 학교 후배들이 진을 치고 있는 것도 못 봤고, 누군가 내 손을 잡고 흔들며 힘내라고 했던 것 같은데 도대체 누구였는지 기억도 나지 않는다.

이렇게 두 시간 동안 아슬아슬한 위기를 겪었는데도 사실 나는 내내 기분이 굉장히 좋았다. 나중에 내 말을 듣고 엄마는 어디서 이런 특이한 애가 자기 뱃속에서 나왔는지 알 수가 없다며, 그 자리에서 쭉 지켜보니 내 뒤로 도착한 아이들은 하나같이 엉엉 울며 들어가더라고 말했다. 그에 반해 나는 실실 실 쪼개며 들어갔으니 엄마는 내가 분명 실성해서 시험을 망치고 올 줄 알았단다.

하지만 엄마의 예상과는 반대로 나는 더욱 기세등등해져 있었다. 이런 흔치 않은 일을 겪은 것도 다 내 운이 기가 막히게 좋은 덕이요, 만약 나쁜 운이라 하더라도 그 일로 전부 액땜이 되었으리라 생각한 덕이다. 흥분을 가라앉히며 자리에 앉아 조용히 오답노트를 넘기다 보니 어느새 8시 30분, 슬그머니 언어영역을 칠 준비가 시작되었다.

8시 39분, 1분 후면 수능이 시작된다. 나는 떨린다거나 입술이 마른다거나 화장실에 가고 싶은 생각도 들지 않았다. 잠시 뒤, 정확히 40분에 종이 울렸다. 그와 동시에 스피커의 가느다란 잡음이 들리기 시작하면서 나의 마음은 바람 한 점 없는 날의 깃털처럼 차분히, 가볍게 가라앉았다. 좋았어, 최고다. 가히 최고의 컨디션이다! 나는 속으로 웃었다. 두 번 다시 여한이 없을 정도로 내 상태는 최상인데다 무려 기분까지 좋았다.

옥희

내 마킹 펜이랑 샤프가 잘 있나? 그리고 지우개도? 나는 일분에 한 번씩 내 책상에 필기구가 잘 있는지 확인해야 했다. 혹시라도 굴러떨어져 버리면 잃어버리는 것은 둘째치고 괜히 불안함에 사로잡혀버리니까 말이다. 아냐, 한낱 미신 때문에 가슴 졸이는 건 그만두자. 나는 나고, 그런 사소한 일에 내 운명이 좌지우지되어야 할 정도로 나는 약하지 않아. 실제로도 수능 오전 타임—언어영역과 수리영역은 내가 결코 흐트러지지 않았다는 것을 입증해주었다.

언어영역은 전국 모의고사에서 항상 그랬던 것처럼 난이도가 평이했다. 듣기가 끝나고 30분도 안 되어 다 풀었다는 것을 자랑이라도 하듯 누군가 시험지를 요란하게 펄럭이는 소리가 들려올 정도였다. 애들 기죽이려고 일부러 잘난 척하나? 바로 선생님으로부터 조용히 하라며 제재가 들어가자 나는 몹시 고소했다. 언어영역을 모두 끝내고도 시간이 많이 남은 덕에 나는 느긋하게 시험지를 다시 체크하기 시작했다. 혹시라도 내가 문제를 잘못 읽은 것이 있나, 잘못 이해한 것이 있나. 보통은 애매한 문제가 한두 개쯤 나왔어야 하는데 전혀 없이 깔끔하게 끝난 것을 보니 이번 수능 언어영역은 난이도가 정말 쉬운 모양이다. 이러면 사실상 변별력이 없어질 텐데, 지금껏 공부해온 게 아깝네. 그래도 1, 2점에서 희비가 갈리는 것이 수능이니 정신 바짝 차려야지.

나는 세 번씩이나 시험지를 살펴보며 꼼꼼하게 샤프로 예비 마킹을 하고 나서야 본격적인 마킹에 들어가기 시작했다. 행여나 동그란 마킹 칸 밖으로 검은 잉크가 한 방울이라도 번질까 싶어, 나는 경건한 의식을 치르듯 예비마킹 위를 메워 나갔다. 검고 길쭉한 점이 빽빽이 메워지고 나서야 비로소 나는 숨을 들이쉬었다. 펜이 흔들릴까 봐 숨도 거의 쉬지 않았던 탓에 현기증이 약간 났다. 가져온 아날로그 손목시계를 보니 아직 시험이 끝나기까지는 10분이나 남았다. 나는 그 사이를 못 참고 또 시험지와 답안지를 대조해보았다. 그래, 몇 번을 체크했는데 당연히 제대로 했겠지. 나는 답안지를 뒤집어놓고 눈을 꼭 감은 채 천천히 심호흡을 했다. 희야, 넌 지금 아주 잘하고 있으니까 그렇게까지 강박적으로 굴 거 없어. 다 네가 원하는 대로 될 테니까, 마음 푹 놓고 그저 눈과 머리가 가는 대로 해. 알았지? 이윽고 언어영역의 끝을 알리는 종이 울려 퍼지자 그 사이로 희미하게 선생님의 목소리가 들렸다. "자, 이제 그만 펜 놓고 손을 머리 위로 올리세요—."

쉬는 시간은 30분 동안 이어졌다. 처음 10분 동안은 화장실에 다녀온다거나 아는 아이들끼리 답을 맞춰본다거나 해서 교실 안이 조금 시끄러웠지만 그도 얼마 지나지 않아 금방 숙연해졌다. 대부분 수험생들이 가장 어려워하는 수리영역을 앞둔 만큼, 교실 안은 언어영역을 볼 때보다도 훨씬 진지하다 못해 무서울 정도였다. 나는 조용히 수학 오답노트를 뒤적였지만 오히려 점점 조급해지는 것 같아, 결국은 마음이나 편안히 하자 싶어 책상 위를 모두 비워버렸다. 수리영역이 어서 다가오기를. 그리고 어서 빨리 끝나기를. 샤프를 만지작거리며 하염없이 기다리는 동안 나는 복식호흡을 해보았지만 별달리 도움이 되지 않았다.

곧 담당 선생님이 두툼한 꾸러미를 안고 들어왔다. 수험생들은 다들 양손을 머리에 올린 채 시험지가 오길 목이 빠져라 기다리고 있었다. 이윽고 시험지가 내 앞으로 돌아오자마자 나는 재빨리 2점 문제를 보았다. 간단한 계산 그리고 순열 문제였다. 열심히 눈과 머리만으로 2점짜리를 풀어내는 사이 드디어 수리영역 시작종이 울렸다. 종이 울리기가 무섭게 사방이 사각거리는 소리로 가득 찼다. 마치 주변이 온통 갉아대는 벌레들로 가득 찬 것 같았다. 이내 나의 머릿속을 한가득 넘쳐흐르기 시작한 온갖 숫자들과 공식들은 모든 감각을 묻어버리고— 그리고— 시계를 훔쳐볼 생각이 났을 때는 벌써 100분 중 80분이 지나 있었다. 예비마킹도 없이 마킹을 부랴부랴 끝내고 나서 나는 못 푼 문제들에 미친 듯이 매진했다. 가슴이 갑자기 두근거리기 시작하면서 공기가 매섭게 허파로 밀려들어왔다.

정확히 종료 2분 전, 두 문제는 어떻게 풀어내긴 했는데 솔직히 자신이 없다. 그리고 남은 두 개는 하는 수 없지. 그냥 찍자! 나는 재빨리 마킹된 답안지를 훔쳐보아 제일 적은 3번으로 객관식을 찍고 주관식은 떠오르는 대로 대충 $5^3=125$, 125를 마킹 펜으로 찍어 넣었다. 그런데 나 제대로 마킹한 거 맞겠지? 재빨리 전체적으로 맞춰보긴 했는데, 대략 맞는 것 같다. 맞는 것 같긴 한데 그래도 불안해. 내가 뭐 못 본 게 있나? 아나, 괜찮겠지. 괜찮을 거야. 그래도 혹시 몰라서 주관식 부분을 다시 훑어보는 사이 종이 급히 울렸다. "전부 머리에 손!" 심장이 쿵덕쿵덕 뛰면서 얼굴이 화끈해졌다. 괜찮겠지? 괜찮을 거야. 분명 다 잘될 거야, 걱정 마. 넌 분명 문제도 평소처럼 풀었고 마킹도 제대로 했어, 그러니까 마음 푹 놓으라구.

몽

내가 여유롭게 풀 정도였으니 언어영역은 확실히 쉬웠다. 그러나 수리 가형은 정—말 정말 난이도가 '쩔었다'. 마킹조차 제대로 했는지 감도 안 잡힐 지경이라서, 수리영역이 끝난 후 나를 비롯한 모든 놈들은 커다란 한숨을 내쉬며 의자 위에 축 늘어졌다. 엄청나게 매운 맛에 한바탕 제대로 시달린 후의 기진맥진함이랄까, 도대체 자리에서 일어날 기력도 나지 않았다. 몇몇 놈들은 서로 이번 시험 어려웠죠? 하고 묻고 있다. 충격으로 멍한 와중에도 그들이 존댓말을 쓴다는 것이 무척 우스웠는데, 곧 이 가운데 혹 재수생이 있을 수도 있겠구나 싶은 생각이 들었다.

그나저나 이게 문제가 아니라— 수리! 막 토 나오려 그런다. 믿었던 수리가 이렇게 사람 뒤통수를 후려칠 줄이야. "나 수리 30이야." 하고 당당하게 선언하는 녀석들과 "아 완전 토 나와!"를 연거푸 내뱉는 놈들, 다들 수리 가형의 쩌는 난이도로 인한 후유증에 시달리고 있었다. 이 상황에서 내게 위안거리가 있다면 나뿐만 아니라 모두들 수리를 망쳤다는 것과 지금은 점심시간이라는 사실이다. 그래도 아아, 수리, 제발 수리! 하지만 밥은 먹어야 한다. 그래 밥이다 밥. 점심을 먹고 수리에 대한 기억을 지워버리자. 나는 잘 봤습니다, 잘 봅니다, 잘 보겠습니다……. 그냥 빨리 밥이나 먹자. 도시락 통들이 책상 위로 모습을 드러내기 시작하면서 교실은 허탈한 아우성 대신 밥과 반찬 냄새와 쩝쩝거리는 소리로 가득 찼다.

도시락에는 흰 쌀밥과 콩나물국, 달걀 햄 부침, 시금치, 장조림, 그리고 배추김치가 들어 있었다. 어머니 잘 먹겠습니다. 나는 무의식적으로 원래 점심 먹듯이 밥을 입으로 마구 밀어넣다가 밥통이 금방 비는 것을 보고 천천히 숟가락을 놀렸다. 너무 급하게 먹으면 혹시 오후에 졸릴지도 모르니까 꼭꼭 씹어 먹도록 하자. 옆 누군가는 졸리지 않게 반만 먹고 만다며 도시락을 주섬주섬 챙겼지만 나는 그럴 생각까지는 없었다. 스태미나를 제대로 챙기려면 역시 자기 양만큼은 확실히 채워주어야 한다. 나는 먼저 햄과 장조림을 먹어치운 다음 시금치와 김치에 젓가락을 댔다. 반찬을 그렇게 먼저 먹어치운 후 마지막 남은 밥 한 숟갈과 함께 콩나물국을 쭉 들이켰다. 그러자 갑자기 화장실에 가고 싶어지는 통에 나는 황급히 휴지를 챙겨 일어나야 했다. 일을 마치고 돌아온 교실에는 내 책상 위에만 도시락 통이 덩그러니 놓여 있다. 역시 사내놈들이라 밥을 순식간에 먹어치우는구나.

헌데 수능 날이고 하니 점심시간에도 다들 자리에 앉아서 공부하지 않을까 싶었는데 대부분이 어디론가 사라지고 없다. 화장실에는 사람이 별로 없었으니 운동장으로 몸 풀러 나갔나? 대꾸라도 하듯 운동장에서 공을 뻥 차는 소리가 났다. 나도 몸을 좀 움직일까. 하지만 역시 힘을 아껴두어야 한다는 생각에 그냥 친구들을 보러 가기로 했다. 한 층 내려가보니 낯익은 놈들이 복도에 모여 열심히 몸을 움직이고 있는 것이 눈에 띄었다. 때마침 밖에서는 공을 차던 학생들에게 누군가 주의를 주는 소리가 들렸다. 나는 시험 시작 15분 전까지 그곳에 있다가 다시 교실로 올라갔다.

항상 그렇듯 모의고사는 수리영역이 피크이고, 수리만 끝나면 이제 슬슬 내리막길이라는 기분이 든다. 수능 날도 역시 마찬가지다. 오전에는 잔뜩 얼어 있던 분위기가 오후가 되고 나니 조금씩 풀어졌다. 비록 수리가 엄청난 배신을 때렸지만, 에라 모르겠다. 볕 좋고 배는 부르고 나른하고. 그래도 나름 몸을 움직이다 왔으니 괜찮을 것이라 생각하며 외국어영역에 돌입했다. 듣기 17번까지는 괜찮았다. 그러나 정확히 독해 문제로 들어가기 시작하자 급격히 머리가 흐려지기 시작했다. 20번까지는 그래도 풀 만했지만 문법 문제가 나오고부터는 머릿속으로는 해석이 하나도 되지 않았다. 대체 뭐라고 하는 거냐고. 거기다 뭐가 이렇게 어렵냐. 완전 토 나온다! 이렇게까지 해독불능의 상태가 되어보기는 난생처음이다. 간신히 27번까지 와서 가슴이 철렁했다. 와, 3·6·9월에 냈던 평이한 외국어영역만 민었더니, 수리에 이어서 외국어까지 배신을 연타로 때리네. 이거 너무한 거 아냐? 가지가지 잡생각으로 머릿속에 먹구름이 끼는 가운데 인정사정없는 시간은 날아가다시피 흘러가고 있다.

식은땀을 흘린 보람도 없이 결국 막판에 대판 찍어야 했던 외국어영역은, 수리영역의 악몽을 떠올리게 하며 교실 안을 말 그대로 초토화시켜놓았다. 땅이 꺼질 듯한 한숨소리와 함께 이거 왜 이래? 허탈하게 반문하는 소리가 교실 이곳저곳에서 들려왔다. 한 마리 상처받은 동물처럼 축 늘어져 있던 놈들은 곧 교실 밖으로 횡하니 나가버렸다. 덕분에 마지막 쉬는 시간에는 교실이 텅텅 비다시피 했다.

정신력과 의욕도 그렇지만 체력도 슬슬 바닥을 보이기 시작했다. 나는 미리 가져온 초콜릿을 입에 넣고 여분을 더 책상 위에 올려놓았다. 시험시간에 먹기 위해서다. 씁쓰름한 달콤함 덕분인지 약간은 머리가 깨어나는 듯했다. 카페인 때문인가, 평소에 커피를 물처럼 마시는 놈들이 괜히 있는 게 아니었구나. 모르겠다, 이왕 여기까지 온 거 과탐까지 기운 내서 잘해보자. 최종적인 결과는 성적표가 나와봐야 아는 일, 미리부터 속단하지는 말자.

과탐영역은 총 2시간, 각각 30분씩 물리1, 화학1, 생물1, 화학2 순이다. 탐구영역은 처음에 한꺼번에 시험지를 나눠주고 알아서 자기가 볼 과목을 골라내라고 한다. 누누이 물리1, 화학1, 생물1, 화학2의 순서를 맞춰서 풀어야 한다고 들어왔을 텐데도 꼭 한 명씩 순서 무시하고 멋대로 풀다가 걸리는 놈이 있다. 아니나 다를까 내 뒤쪽의 한 녀석이 물리1을 풀어야 할 시간에 생물1을 붙잡고 있다가 딱 걸렸다. "학생, 다른 거 풀면 부정행위야, 얼른 물리1로 바꿔!" 선생님 말에 엇나간 목소리로 "네?" 하고 말하는 게 들렸다. 멍청하긴, 귀랑 머리랑 기억력은 뒀다 어디에 쓰는 거냐? 나는 속으로 놈을 한껏 비웃으며 물리1을 차근차근 풀어나갔다.

전체적인 시험 흐름에 피크와 내리막길이 있듯이 과탐도 마찬가지다. 내 생각에 대개는 숫자 계산이 들어가는 과목이 피크처럼 느껴지는 것 같다. 수리영역이 수능의 한창 꼭대기인 것처럼, 과탐 안에서는 물리1이 작은 봉우리이고 화학1, 생물1로 가면서 느슨해지다가 다시 화학2에서 살짝 피크가 된다. 그래서인지 물리1을 끝내고 나자 나는 이제 끝났구나, 풀어져버린 탓에 갑자기 문제 푸는 속도가 느려졌다. 내가 그것을 눈치지 못한 것은 지친 탓도 있겠지만, 원래 화학1, 생물1이 술술 읽고 찍으면 될 뿐 골치 아픈 문제는 거의 없는 점도 한몫했다. 그리하여 드디어 마지막, 꿈과 같은 마지막 시험인 화학2에 접어들었을 때, 나는 넋을 완전히 놓다시피 하다 못해 순간 눈을 뜬 채로 졸아버리고 말았다. 정신이 번쩍 들었을 때는 이미 순식간에 10분여가 지나가버린 후였다. 튀어나올 것 같은 심장으로 시계를 들여다보니 시험 종료까지는 8분밖에 안 남았는데, 내가 푼 것은 스무 문제 중 고작 네 문제뿐이다. 정말 미쳤다! 미쳤구나! 어떻게 이 상황에서 조냐?

그 이후 8분 동안 나는 두 번 다시는 재현해내지 못할 속도로 문제를 읽고 찍고 마킹했다. 잘 풀었는지 어쨌는지는 알 수 없지만 어찌 되었든 문제 하나 풀고 마킹 하나 하는 식으로 간당간당하게 풀어냈고, 그리고 남은 몇 초 동안 수험표 뒤에 갈기듯 답을 베껴 넣었다. 틀리든 맞든 일단 가채점은 해봐야 그에 대한 대비를 할 테니까.

열심히 휘갈기는 와중에 드디어 수능의 완전한 끝을 알리는 종소리가 울렸고, 그와 함께 내 심장이 귀 밖으로 튀어나올 것처럼 고동치는 소리가 들려왔다. 순간 깜짝 놀랐다. 내 심장 소리가 이렇게까지 컸던가? 혹시나 다른 놈들 귀에 들릴까 싶어 나는 얼굴이 살짝 붉어졌다. 무슨 엉뚱한 소리냐, 그게 들릴 리 있어. 그러나 여전히 나의 심장은 바로 옆에서 북을 치는 것마냥 쿵쿵 들려오고 있었다.

아이들이 웅성거리는 가운데 클라이맥스라도 장식할 것처럼 나는 커다랗게 박동하고 있다. 놀란 가슴을 누르고 깊은 숨을 들이켜며 나는 간신히 몸을 일으켰다. 이젠 정말 끝이다. 정말 끝이구나. 어쩐지 너무나 허탈하다. 머릿속이 텅 빈 동시에 온갖 잡생각이 별빛처럼 스쳐 지나갔다. 문득 저 멀리에서 "끝났다! 만세! 끝났다!" 하고 누군가 외쳐대는 소리가 들렸다. 끝났다! 끝났다! 나도 소리라도 지르면 과연 실감이 날까? 몇

발자국 내딛자 마치 허공 위를 걷는 듯한 이상한 기분이 들었다. 꿈결을 따라 걷는 기분으로 나는 몽롱하게 1층까지 내려갔다. 운동장으로 나와 찬바람을 마주하고서야 나는 비로소 내 몸이 어디에 서 있는지 조금씩 실감할 수 있었다. 그래, 끝이다. 정말 끝이었다. 서서히 정신이 깨어나는 가운데 저 멀리 희미하게 어머니가 나를 애타게 부르는 소리가 들려왔다.

옥희의 수능 가채점 결과

언어영역: 97/100점

수리영역: 73/100점

외국어영역: 84/100점

사탐영역: 윤리 41/50점 한국지리 46/50점

        한국근현대사 41/50점 사회문화 43/50점

총점: 425/500점

몽의 수능 가채점 결과

언어영역: 93/100점

수리영역: 81/100점

외국어영역: 79/100점

과탐영역: 물리1 47/50점 화학1 42/50점

        생물1 39/50점 화학2 40/50점

총점: 421/500점

맹꽁이의 수능 가채점 결과

언어영역: 99/100점

수리영역: 61/100점

외국어영역: 98/100점

과탐영역: 물리1 50/50점 화학1 44/50점

　　　　　　생물1 41/50점 화학2 43/50점

총점: 436/500점

The END and AND

수능이 끝난 11월

맹꽁

수능이 끝난 후부터 나는 매일매일 한가롭게 보내고 있다. 보고 싶던 미드들도 몽땅 보고, 하루 종일 TV 앞에서만 살거나 하루 종일 컴퓨터만 하고 살아보기도 했다. 시골 사는 이모가 내가 너무나 좋아하는 홍시를 한 박스 보내주어서 며칠 만에 혼자서 그것을 전부 먹어치웠다. 얼마 전에는 찜닭이 당겨서 친구들끼리 봉추찜닭을 잔뜩 먹고 왔지. 그렇게 펑펑 먹고 놀기를 벌써 2주째, 어느새 11월이 저물어가고 있었다. 별로 한 것도 없는데 시간이 참 빠르다. 이번 달에는 수능이라는 거사를 치렀으니 이 정도는 당연한 보상이라며 나는 스스로를 다독였다. 하지만 수능이 끝나고 생겨난 견딜 수 없는 허전함은 결코 채워지지 않았다. 더욱이 나는 몹시 찔리는 구석이 남아 있었는데, 스케줄대로라면 원래 나는 한창 논술을 공부하고 있어야 하기 때문이다.

나는 수능을 보기 전 명문대 몇 군데에 2학기 수시를 넣어놓았다. 어떤 곳은 내신과 수능 성적만으로 평가하는 반면 어떤 곳은 수리 논술과 언어 논술을 반드시 보아야 했다. 당연히 성실한 수험생이라면 만반의 준비를 시작했겠지만 나는 일부러 그러지 않았다. 언어 논술은 자신 있어도 수리 논술은, 모의고사도 보통 반타작인데 2주 동안 준비해서 뭘 어떻게 하겠다고. 10개월 동안 수능 5점도 못 올렸는데 수리 논술도 마찬가지일 게 뻔하다. 어차피 수리 논술은 잘 볼 사람이 드물 텐데, 그럼 언어 논술에서 점수를 잘 받아내면 대충 어떻게 되겠지.

게다가 논술을 보는 대학에 원서를 넣어놓은 학과는 내가 별로 가고 싶은 곳이 아니었기 때문에 솔직히 나는 붙으나 안 붙으나였다. 붙으면 좋은 거고 안 붙으면 그냥 그런 거지 뭐. 지금의 내게 있어서 가장 가고 싶은 곳은 역시 연세대, 연세대뿐이니까. 여전히 걱정스러워하는 엄마에게 나는 그냥 운에 맡기겠다고 대꾸했다.

연세대에도 물론 2학기 수시가 있다. 하지만 그곳에서는 논술이 아닌 구술 면접을, 그것도 수능 전에 보았기 때문에 나는 일부러 넣지 않았다. 논술의 경우 자기가 알아서 답안지에 할 말을 줄줄 적어 내려가면 그만이지만, 구술 면접은 자기가 푼 문제라든가 스스로의 생각을 직접 교수들 앞에서 설명을 해야 했다. 그걸 수능 전에 어떻게 준비하나, 수능만으로도 충분히 압박스러운데. 게다가 전문가 앞에서 문제를 직접 설명할

만큼의 실력은 못 된다는 것을 나는 스스로 잘 알았다. 그리고 겁을 좀 먹었다(솔직히 좀 많이 먹었다). 쓸데없이 강한 자존심 탓도 컸다. 당장 대학이 문제인데 네 자존심 따질 때냐 싶겠지만, 그건 가능성이 있는 사람들의 얘기지 괜히 나갔다가 없는 실력에 잔뜩 깨지고 오는 건 죽어도 겪기 싫었다.

왜 넣지 않느냐는 담임의 말에는 넉살 좋게 정시에 집중하고 싶다고 대답하긴 했지만, 지금 와서 생각해보면 조금 후회스러울 때도 있다. 비겁하게 변명하지 말고 그냥 눈 딱 감고 덤벼볼 걸 그랬나, 결과며 내 체면이며 어찌 되든 상관없이.

몽

개나 소나 R대 수시다. 다들 쩔쩔매는 구술 면접을 보는 것도 아니요, 또 내신을 전혀 반영하지 않아서 논술만 잘 보면 누구든 희망이 있는 덕이다. 거기다 R대면 이름만 들어도 누구나 인정해주는 명문대학이잖아. 그래서인지 우리 반에서만 그곳 수시를 넣은 사람이 나를 비롯해서 21명, 21명이면 우리 반의 약 3분의 2다. 이렇게 많아서야 논술을 잘 보더라도 과연 들어갈 수나 있을까? 그나저나 R대는 수시로 돈 엄청 벌겠네. 명문대에서 수시 접수를 할 때마다 벌어들인 돈으로 건물 하나는 너끈히 세운다는 소리를 들은 적이 있다. 그럼 누구나 하나씩 넣어보는 R대는 건물 세 채쯤은 지을 수 있겠네. 진지하게 임해야 할 수시지만 정말 날로 먹는 장삿속이라는 생각이

든다.

덧붙여 나는 R대를 포함해 총 세 대학의 이공계에 2학기 수시를 넣었다. 약 7만 원씩 세 군데, 수시 넣는 데만 모두 21만 원이 들었다. 누군가는 원서를 일곱 군데나 넣어서 거의 50만 원 가까이 들었다고 한다. 수시가 하나라도 붙으면 좋겠지만 만약 떨어질 경우 정시원서 비용까지 각오해야 한다. 이건 뭐 돈 없으면 원서도 넣지 마라 이건가.

R대의 논술은 물론 다른 대학의 구술 면접에도 대비하기 위해 나는 학원에 다녔다. 이공계라면 사람이 덜 몰리지 않을까 생각해서 원서를 넣었건만 그래도 경쟁률은 최소한 5 : 1이니 대비할 필요가 있었던 것이다. 그러나 이래저래 참 고생이라서 차라리 수능이 낫다는 생각이 들 정도다. 면접형답게 문제는 밑도 끝도 없는데다 이걸 또 남이 알기 쉽게 말이나 글로 풀이해야 한다고 하니, 언어능력이 달리는 나는 항상 버벅거릴 수밖에 없다. 다닌 지 2주가 다 되어가는 지금까지도 문제를 보면 감이 잡히지 않는다. 이래 가지고서야 원서다 학원이다 돈만 잔뜩 버리고 아무것도 못 건지지 않을까.

공대 얘기가 나와서 하는 말인데, 공대면 인기가 없을 것 같으니 쉽게 들어갈 수 있을 줄 알지만 그 앞에 명문대의 타이틀이 있을 경우는 얘기가 다르다. 대개 수험생들이 원하는 건 명문대 타이틀이지 그 뒤에 붙는 학과는 웬만한 곳이 아니고서야 부차적인 문제니까. 게다가 〈어느 대학 다니니?〉 묻는 사람은 있어도 〈어느 대학 어느 학과 다니니?〉 묻는 사람은 없다. 거기다 대고 일부러 학과까지 붙여 대답하기도 그렇고.

하지만 명문대 타이틀에 집착하다 보면 이번엔 현실적인 문제에 부딪히는 때가 가끔 있다. 예를 들어 서울대 체육교육학과와 연세대 공대까지 붙어버리면 몹시 갈등하게 된다(예를 지나치게 높게 잡긴 했지만, 저 정도는 되어야 그 사이에서 심각히 고민하는 심정을 알 수 있다). 학교만 보면 역시 서울대가 최강인데 체육교육학과를 가서 뭐하나? 학과로 따지자면 연세대 공대가 훨씬 비전이 있다. 하지만 역시 대학은 서울대가 최강인데. 서울대냐, 공대냐. 공대냐, 서울대냐. 이런 식으로 두 학교 두 학과 사이에서 몹시 고민하게 되는 놈들이 꼭 몇 놈씩 있단다. 그렇게 붙으면 꼭 뒤에서 난리치는 어른들 때문에 더 심란해진다. 부모님은 그래도 서울대를 가라고 하고, 담탱이는 그래도 연세대 공대가 낫지 않겠느냐고 하고.

사실 저 서울대 체육교육학과와 연세대 공대는 내 사촌 형 얘기다. 그 형은 결국 어떻게 되었나 하면, 본인은 최종적으로 연세대에 가기로 마음을 굳혔는데 아버지가 사정사정 엎드려 절까지 하며 발을 붙잡더란다. 제발 부탁이니까 서울대를 가라고. 그래서 결국은 서울대 체육교육학과를 갔다. 그게 2년 전 얘기였는데 지금은 어떻게 되었는지 모르겠다. 몹시 방황하고 있다는 이야기는 들은 적이 있는데, 그걸 아는지 모르는지

큰아버지는 싱글벙글 웃으며 〈내 아들이 서울대야!〉 하고 아직까지도 자랑을 한다. 2년이 지난 지금도 그렇다. 그걸 볼 때마다 우리 아버지도 우리 아버지지만 어떻게 자식 속 하나 알려고 하지 않는 건 형제 간에 똑같나 싶어 한숨이 나온다.

옥희에 관해서 말하자면, 수능이 끝난 다음날 잠시 만나서 안부를 물은 것 외에는 본 적도 말을 한 적도 없다. 기말을 후딱 쳐버리고는 수능성적표가 나오기 전까지 학교에서 고3들에게만 특별히 무기한 방학을 주었기 때문에 스칠 기회조차 없었다. 이런 애매모호한 사이도 어떻게든 해야 할 텐데. 생각 같아서는 서로의 일이고 뭐고 아무도 모르게 흘러가버렸으면 싶다가도 참 무책임한 것 같아서 옥희에게 미안해진다.

옥희

이과 애들은 정말 좋겠다, 대부분 정시나 일부 수시에서 논술이나 면접을 안 보니까. 하지만 문과는 정시든 수시든 예외없이 논술과 면접은 필수사항이다. 문과라서 배우지 않은 미적분과 수2의 업보를 여기서 받는 걸까? 업보의 결과는 생각보다 단호해서 문과들은 수능이 끝나자마자 정신없이 논술과 면접 대비를 해야 했다. 온갖 분야를 망라한 언어 지문에, 알 수 없는 전문용어가 잔뜩 섞인 길디 긴 영어 지문에, 가끔은 해독이 불가능한 수학까지 나는 머리가 터질 것 같았다. 거기다 일일이 쓰고 말해야 하다니! 차라리 수능대비를 했던 때가 나는 그립다.

기말고사가 끝나고 나서 나는 집에서 학교만큼이나 멀리 떨어진 구술·논술 전문 학원에 다녔다. 그곳에서는 대학별로 반을 나누어 가르쳤는데, 나는 일단 논술대비반에 들어갔다. 사실 논술을 쓰는 것은 그렇게 어렵지 않다. 주제 파악하기, 논리 명확히 하기, 구조 짜기. 이것만 잘하면 누구든 어느 정도는 글을 써낼 수 있다. 단지 그게 얼마나 창의적이며 풍부한 배경지식을 바탕으로 하느냐가 중요하다는 게 문제고, 그러니까 다들 논술 수업을 듣는 거다.

아빠가 아침 9시까지 데려다 주면 바로 학원 수업이 시작되고, 그렇게 쉬는 시간 없이 4시간의 강행군이 이루어졌다. 숙제는 양이 많아도 그럭저럭 할 만했지만, 수업 중에 이루어지는 즉석 모의면접에서는 늘 지문 읽기에도 시간이 촉박했다. 강의 내내 시간과 실력 부족에 쫓겨 다니다가 머리가 닳아 없어진 기분이 들 때면 비로소 수업이 끝났다. 멍하게 학원을 나오면 근처에서 엄마든 아빠든 누군가의 차가 기다리고 있는 것이 보였다.

자동차 안에서든 집에서든 나는 부모님과 길게 말을 나누지 않는다. 오히려 일부러 마주치기를 피한다. 그건 아무래도 나는 당신들이 없이도 잘 버텨왔다는, 말 없는 복수심에 가깝다. 그들의 이혼, 끝없이 이어져왔던 불화에 대한 감정도 마찬가지다. 오히려 아주 고소하다. 잘 됐네, 진작 그렇게 좀 했으면 얼마나 좋아. 내가 당신들에게 위로를 보내줄 것이라고 생각한다면 크나큰 오해야. 나는 오히려 박수를 치고 싶다구. 알고 있어? 당신들의 무척 심란해 보이는 얼굴을 볼 때면 나는 왠지 모르게 즐거워지기까지 한다는 걸 말이야.

이런 마음은 그 누구에게도 말해본 적이 없다, 몽에게도 맹꽁이에게도. 그것은 내 진심 중의 진심인 동시에 가장 숨기고 싶은 내면이기도 하다. 그런 이야기를 누군가에게 털어놓는다면 분명 그 사람은 날 미쳤다고 하겠지. 자기 부모에게 그런 배은망덕한 생각을 품는 자식이 어디 있냐며, 그런 자식은 이 세상에 존재할 가치도 없다면서 손가락질할 것이다. 하지만 여기 있다. 분명히 여기에 그런 사람이 존재한다. 그리고 배은망덕하다고 하든 말든 나도 사람이다.

수능이 끝난 시점에서 나의 불안정한 마음은 점차 그 진폭이 커지고 있었다. 오로지 수능을 향했던 시간들이 내 무의식을 단단히 막고 있는 마개였던 것처럼. 하지만 이제 그 마개도 끝나고 없다. 앞으로도 계속 이래야 하는 걸까? 아마도 그런 나의 내면은 지금껏 그래왔듯 앞으로도 결코 바뀌지 않을 것 같다. 하지만 그걸 '모두' 털어놓을 수 있는 사람이 단 한 명이라도— 생길 수 있을까? 몽에게? 맹꽁이에게? 아마도 내가 스스로를 똑바로 바라볼 수 있게 되었을 때 가능하게 되겠지. 그게 과연 언제가 될진 모르겠지만.

논술과 구술 면접

맹꽁, 언어·수리 논술에서 소설 쓰기

R대 2학기 수시에서는 논술만으로 1차 합격을 가렸다. 그렇게까지 사람이 몰리는 이유가 오로지 그 하나, 내신은 안 본다는 것 때문이다. 논술에서 엄청난 경쟁률을 뚫고 난 후에는 수능 점수로 2차 합격 여부가 가려진다. 시험 본 영역 중 2개 이상이 2등급 안으로 들어가면 될걸 아마.

R대 2학기 수시 논술은 주말 내내 이루어졌는데, 토요일은 인문계, 일요일은 자연계 논술로 나누어졌다. 자연계 논술인 일요일, 지하철을 타고 역에 이르자 예상했던 대로 셀 수 없이 많은 수험생들이 벌떼처럼 버글거렸다. 어찌나 많던지 교통카드를 체크하고 나가는 데만도 줄을 길게 서야 했다. 산만한 가운데서도 나는 굳이 애써 길을 찾지 않아도 된다는 것에 마음이 놓였다. 애들 가는 대로 따라가다 보면 당연히 나오겠지.

캠퍼스라는 것은 상상했던 것보다 어마어마하게 넓었다. 촌놈 티를 못 벗은 내게 있어 '가장 큰 공간'은 기껏해야 대형백

화점 정도였는데, 그만한 건물이 적어도 눈앞에만 몇 채가 있었다. 게다가 걸어도 걸어도 끝없는 이 벽돌광장이라니, 그런데 여길 건너면 이만한 곳이 또 있다고? 이거 우리 동네랑 옆 동네 합친 거 몇 배는 되겠네. 이런 곳에서 길까지 헤매면 정말 끝장나겠구나. 길 걱정을 하지 않게 된 것만 해도 무척 감사해하며 나는 앞서 걸어가는 아이들을 졸졸 따라갔다.

무채색 오버코트를 입고 앞서 가던 아이들이 도착한 곳은 우리 학교 건물을 여섯 개는 갖다 붙인 듯한 벽돌 건물이었다. 나는 사방에서 우글우글 몰려드는 수시생들을 과연 한 건물에 다 모을 수 있을까 의심스러웠는데, 막상 보니 그러고도 넉넉하게 남을 만큼 건물은 아주 거대했다. 이거 스케일이 정말 차원이 다르구나. 건물 안으로 들어가자 대낮인데도 수많은 전등이 반짝였고 모든 것이 티 하나 없이 아주 깨끗했다. 나만 촌티를 못 벗은 것은 아니었는지 앞쪽에서 누군가가 사물함 같은 것의 위를 훑곤 "이거 봐, 먼지도 없어." 하며 자기 손을 동행들에게 흔드는 것이 보였다.

그날 아침은 유난히 쌀쌀해서 입김이 기차 연기처럼 뿜어져 나왔는데 대학 건물 안은 덥다 싶을 정도로 따뜻했다. 파카와 카디건까지 모두 벗었는데도 후끈한 기운에 나는 행여나 논술을 보다가 졸지 않을까 걱정스러웠다. 긴장까지 해서 그런지 땀마저 조금 배어났다. 다행히 기사 아저씨 같은 분이 들어와서 "더워요?" 하고 묻더니 적당히 온도를 조절해주었다. 그래도 약간은 따뜻하니 불안한데. 나는 주변이 찬 상태에서 공부하는 데 익숙하단 말이야. 정확히 수시 논술이 시작될 10시가 되자 기사 아저씨는 교실 앞쪽에 서서 드넓은 강의실을 둘러보더니, 가방에서 두툼한 종이봉투 하나를 꺼냈다. "모두 집어넣고 펜만 꺼내세요." 아이고, 기사님이 아니라 교수님이셨구나!

논술은 총 2시간, 언어와 수리 논술 지문을 모두 주고 그 안에 해결하면 되었다. 긴장했던 것치고 수시 논술은 무척 자유로운 분위기라서 나는 한결 편했다. 느긋하게 손을 놀리며 언어 논술부터 건드리기 시작했다. 하지만 보자마자 나는 약간 당황할 수밖에 없었다. 언어 논술이라고 해서 〈지문 (가), (나), (다)에 대한 자신의 생각을 쓰시오.〉 식의 전형적인 문제를 생각했는데 정작 나온 지문은 덜렁 하나, 그것도 열 줄도 채 되지 않았다. 개미의 생태계를 말하는 듯한 짤막한 지문은 그나마도 책 중간쯤에서 대충 잘라다 붙인 것처럼 앞뒤가 없었다. 논술 문제도 마찬가지였다. 〈위 지문을 읽고 문학에 대한 자신의 의견을 쓰시오.〉 아니, 개미 얘기를 했으면 여왕개미든 개미굴이든 개미로 끝을 내야지, 왜 문학 얘기가 나오는 건데? 그렇다고 여기서 교수님 헐 이거 뭐에요? 할 수도 없는 노릇이고. 나는 무척 당황스러웠지만 어떻게든 머리를 짜내기로 마음먹었다. 그렇게 한 시간쯤 원고지와 씨름하던 나는 한 시간 만에 자랑할 만한 거창한 단편소설 하나를 한바닥 가득 써냈다.

좋아, 이젠 수리 논술을 하자.

　그러나 밑도 끝도 없기로는 수리 논술도 만만치 않았다. 분명 수리 논술인데 아무리 눈을 씻고 찾아보아도 숫자는 하나 없고 한글만 있다. 배가 바다 위에 떴는데 그게 어떻게 돌아가고 어디에 뭐가 떠 있고 그럼 그 움직이는 궤적은 어떻게 되는지 계산해서 써라. 아니 지금 날보고 뭘 어쩌라고. 내가 배를 타봤냐? 거기다 뭐시기 어쩌고 궤적을 구하라니, 너 지금 나한테 바라는 게 뭐냐. 분명 계산해서 쓰라는 건 숫자를 쓰라는 말인 것 같은데 어디서 뭘 잡아야 할지 아예 감도 잡히지 않는다. 에라 모르겠다, 결국 논술도 수능과 마찬가지로 찍기가 되었다. 배는 왠지 쌍곡선으로 움직일 것 같고 뭔가 떴다는 건 타원으로 가려나? 그렇게 또 한 시간 동안 무의미하게 고민한 결과 나는 또 한 편의 소설을 썼다. 내 참, 내 평생 숫자로 소설 써보기는 처음이네.

　자유로운 분위기로 시작한 수시는 소설만 갈겨쓰다가 끝이 났다. 쓸 말이 더 없어진 나는 먼저 답안지를 내고 강의실을 빠져나오다가 같은 반 친구들을 만났다. 친구들도 소설을 쓰고 나오기는 마찬가지였는지 잘 봤느냐는 내 말에 무척 심란해했다. 나는 그래도 언어 논술은 멋지게 쓰고 나온 것 같은데. 그들과 합류해서 건물을 빠져나오자 길을 새카맣게 메우며 돌아가고 있는 수험생들이 보였다. 빨리 빠져나왔는데도 어찌나 인간들이 우글대는지 심지어 지하철로 들어가는 입구에

서 만원 버스마냥 사람들이 짓눌려 있는 기현상을 나는 몸소
겪어야 했다.

몽, 기억하고 싶지 않은 수리 구술 면접

　수리 구술 면접을 보는 대학에서는 우선 1차에서 내신으로
걸러내고 2차에서는 구술 면접으로, 마지막 3차에서는 수능
등급으로 사람을 걸러냈다. 나는 내신이 썩 좋은 편은 아니라
서 1차에서 떨어지지 않을까 걱정했지만, 나보다 내신이 안 좋
았던 놈도 통과해 들어간 것을 보면 외국어고라는 점에서 가
산점이 약간 있었나 싶다. 대학들은 절대로 학교에 따른 가산
점 같은 것은 없다고 단언하지만, 그래도 일부 학교에서는 은
근슬쩍 작용하기는 하는 모양이지? 하긴 외고생인 거 증명만
하면 전교 꼴찌라도 4년제 대학은 어디든 갈 수 있다니까, 그
런 게 좀 있기는 있나 보다.

　드디어 구술 면접 날이 다가왔다. 그동안 열심히 학원을 다
니며 연습했지만 그래도 여전히 절로 손에 땀이 밴다. 시험 장
소를 찾아가 조용한 복도에 줄지어 앉아 있는 아이들 사이에
껴 있을 때는 손에 무엇을 들었는지조차 보이지 않았다. 구술
면접은 한 명씩 진행되었는데 들어가기 직전에 시험문제를 보
여주고 10분 동안 풀게 한 후 자신이 푼 답안지를 들고 면접실
안으로 들어가게 되어 있었다. 차례가 다가오면서 자리를 한
칸씩 옆으로 옮길 때마다 나는 마른침을 삼켰다. 면접을 바로

앞둔 여자애가 따로 준비된 책상 위에 엎드려 열심히 문제를 푸는 것이 보였다. 나도 저렇게 술술 풀어낼 수 있어야 하는데. 왠지 모르게 초조해지면서 자신감이 싹 달아나버렸다. 제길, 갑자기 화장실이 가고 싶네.

한 칸, 또 한 칸, 한 칸. 드디어 내 차례가 되었다. 누군가 날 툭 치면 온갖 말이 바닥으로 내쏟아질 것만 같았다. 책상 앞에 앉자 형 하나가 한 장의 문제지를 내 앞에 놓고 간단히 몇 가지 지켜야 할 사항을 일러주었다. 그중 유일하게 들린 한 마디, "10분 재겠습니다, 시작."

애써 머리를 내리누르고 문제를 바라보니 통계를 이용한 그래프 문제다. 그러나 그 어디에도 숫자는 한 톨도 보이지 않고, 그저 한글 다섯 줄에 xy축으로 된 평면 그래프 하나가 텅 빈 채로 인쇄되어 있다. 잠시 얼이 빠져 있던 나는 이내 있는 힘껏 머리를 쥐어짜기 시작했다. 아 이거, 이거 언제 비슷한 거 본 적이 있는데. 아씨 딱 그 프린트만 빼고 안 봤는데! 제대로 하고 있는 건지 자각도 없이 정신없이 풀다 보니 어느새 8분이 훌쩍 넘어갔다. 9분, 그리고 10분. 주변에 인기척이 없기에 계속 끼적이고 있었더니 아까 그 형이 다가와서 말했다. 1분 더 드렸습니다. 이제 펜 놓으시고 들어갈 준비 하세요. 먼저 들어갔던 사람이 문이 부서지기라도 할세라 아주 조심스럽게 닫고 있었다.

면접실에 들어가자 아버지뻘로 보이는 교수님 두 분이 긴 책상에 앉아 나를 바라보았다. 내가 인사를 하기도 전에 두 분은 사람 좋은 얼굴로 "들어오세요. 오늘은 날씨가 춥죠?" 하고 안부를 물어왔다. 내 긴장을 풀어주려고 그랬던 것 같지만 나는 오히려 당황해서 인사하는 것도 잊어버리고 "아, 네." 하고 떨떠름하게 대답해버렸다. 내가 들어온 문 바로 옆에는 지운 흔적들로 얼룩덜룩한 화이트보드가 하나 세워져 있었다.

"자, 긴장 풀었으면 시작할까요?"

나는 목소리를 가다듬고 자꾸만 처지려는 답안지를 펄럭이며 화이트보드에 내가 푼 답을 써내려가기 시작했다. "미안하지만, 설명하면서 진행해주겠어요?" 등 뒤에서 들려오는 목소리에 나는 황급히 몸을 돌려 띄엄띄엄 설명해가기 시작했다. 떨리는 손가락 탓에 숫자가 자꾸만 밑으로 처졌다. 내가 풀이를 진행하는 동안 두 교수님은 아까의 온화했던 얼굴과는 달리 무표정하게 자기 앞에 놓인 종이를 보고 있었다. 처음에는 화이트보드를 좀 보는가 싶더니 이제는 아예 보지도 않고 뭔가를 체크하고 있다. 직감적으로 아 이게 아닌가 보다— 그러자 긴장감이고 뭐고 순식간에 마음이 착 가라앉았다. 에라이 체면이고 뭐고 그냥 밀고 나가자, 배 째라고 그래. 그러나 그런 마음을 먹은 지 얼마 되지도 않아 "됐습니다. 수고하셨습니다." 하는 소리가 들렸다. 아직 그리라는 그래프도 안 그렸는데! 착 잡하기도 하면서 한편 드디어 끝났다는 안도감에 뒷목이 풀어지는 것을 느끼며 나는 인사를 꾸벅 하고 면접실을 나왔다.

시계를 들여다보니 내가 들어갔다 나온 지는 채 10분도 되지 않았다. 제길, 뭐야! 지금까지 돈 내고 열심히 학원 다닌 건 어떻게 되는 건데 그럼. 갑자기 짜증이 파도처럼 밀려왔다. 재수 없다. 정말 재수가 없다. 결국은 문제를 못 푼 머저리 같은 나의 잘못이긴 하지만, 그래도 어떻게든 열심히 문제를 푸는데 앞에서 완전 생까고 있냐. 패배의 쓰디쓴 느낌과 함께 이런저런 죄책감에 한껏 휩싸인 나는, 돌아오는 길 내내 속으로 냉동한 낙지대가리 같은 두 교수에게 화살을 쏘아대며 보이지 않는 분풀이를 했다.

옥희, 신선했던 구술 면접

지금 나는 구술 면접을 보기 위해 이곳에 앉아 있다. 하염없이 기다리다가 이윽고 차례가 돌아오자 나는 2개의 영어 지문이 쓰인 프린트를 받았다. 도우미 언니가 뭐라고 했지만 나는 지문에 정신이 팔려서 대충 네, 네 하고 대답해버렸다. 그리곤 심장 박동이 고막을 울리는 것을 느끼며 서둘러 지문을 읽어 내려갔다.

다행히 벌벌 떨었던 것에 비해 영어 지문은 어렵지 않았다. 하지만 몇 단어가 무슨 뜻인지 모르겠어. 설마 이 단어가 무슨 뜻이냐고 묻지는 않겠지? 단어 공부 좀 제대로 해놓을걸. 여하튼 단어 문제는 제쳐놓고, 요약하자면 지문 하나는 숲의 생태계에 관해 다룬 객관적인 설명문이고 다른 하나는 무분

별한 개발로 인한 생태계 파괴를 비판하는 논설문이다. 좋아, 생태계 문제라면 워낙 자주 다뤄봐서 자신 있다. 그런데 문제는 어디 있지? 다급하게 프린트를 앞뒤로 들추어보았지만 어디에도 적혀 있지 않았다. 문득 도우미 언니가 했던 말이 희미하게 떠올랐다. "질문은 면접실 안에 들어가서 받으실 거예요." 즉석에서 질문에 답해야 하는 건가! 나는 약간 현기증이 났다. 제발 논리 있게 또박또박 말할 수 있어야 할 텐데! 설마 학원에서 늘 그러던 것처럼 어—어— 하고 우물거리는 건 아니겠지, 하는데 바로 옆에서 "다음 분 들어가세요."란다. 나는 걷고 있는지 날고 있는지도 모르게 면접실 안으로 걸어 들어갔다.

면접실 안에는 남자 교수님과 여자 교수님 이렇게 두 분이 앉아 있었다. 사람 좋은 미소와 함께 친절한 인사말이 들려왔지만, 지금 이 상황의 내게는 폭발 직전의 활화산 같아 보였다. 기절할 것 같아. 뻐근할 정도로 차갑게 굳어진 손에서 프린트가 절로 춤을 추었다.

"차근차근 읽어보았나요? 시간이 걸려도 좋으니 질문을 듣고 찬찬히 생각해서 답하시면 돼요. 시작해도 괜찮나요?" 나는 긴장하지 않은 척하려 했지만 너무 과하게 턱을 흔들고 말았다. 교수님들이 빙긋 웃자 나도 모르게 얼굴이 달아올랐다.

단순히 생태계 파괴, 환경 오염 등 지문에 관한 질문을 하리라는 예상은 빗나갔다. 교수님들은 우선 내게 가까운 곳에 자연 생태계를 쉽게 접할 수 있는 곳이 있느냐로 시작해서, 그것이 주변 주거환경과 주거민들에게 어떤 영향을 미치고 있는지를 물었다. 마치 평소 실생활에서 얼마나 다각적으로 사고하고 있느냐를 판단하려는 것처럼 보였다. 그 생태계가 인공적으로 조성된 것인지, 만약 그렇다면 오히려 자연적인 생태계에는 부정적인 영향을 주지 않겠느냐는 식으로 나의 의견을 반박했다. 무척이나 긴장해 있던 나는 차츰 꼬리에 꼬리를 무는 질문에 익숙해져서 묻는 말마다 또박또박 대응했다. 스스로가 믿기지 않을 정도로 나는 논리 정연히 내 의견을 풀어가고 있었다.

면접은 무척 만족스럽게 끝났다. 교수님들도 시종일관 멋진 미소를 잃지 않았다. 자신감과 기쁨으로 마음 한구석이 물씬 차올랐다. 할 수만 있다면 당장 교수님들을 얼싸안을 수 있을 것만 같았다. 감사를 담아 인사를 하고 면접실을 나온 후에도 나는 팔짝거리고 싶은 기분을 참을 수가 없었다. 정숙하자, 침착하자. 팔짱을 끼고 재빨리 건물 밖으로 빠져나온 나는 가둬둔 짐승을 풀기라도 하듯 양팔을 활짝 펼쳤다. 차가운 겨울바람조차 장하다며 내 볼을 톡톡 두들겨주고 지나갔다. 덩달아 내 얼굴도 기분 좋은 온기로 달아올랐다.

수능 성적표

옥희

본래 수능시험 성적표는 12월 13일에 나오기로 되어 있었는데 7일째 되던 날 담탱이로부터 전화가 왔다. 그때 우리 학교 고3들은 11월 말부터 한창 임시방학 중이었다. "어 그래, 옥희. 내일 성적표 나눠줄 거거든? 그러니까 내일 9시까지 학교 나와라!" 담임은 좋은 하루 되라는 말을 덧붙이고는 전화를 끊어버렸다. 나는 뚜뚜 울리는 신호음을 들으며 드디어 올 것이 왔구나 하고 생각했다. 옆에서 엄마가 누구냐고 묻기에 나는 그냥 어깨를 으쓱하고 말았다.

그 다음날 나는 5시에 일어나서 신문을 보고 느긋하게 시간이 가길 기다렸다가 6시 반이 되자 통학버스를 타기 위해 집을 나왔다. 학교에 도착한 시간은 7시 반, 비몽사몽 아침 길을 걸어가는 1, 2학년들 사이로 걸어가자니 이상한 기분이 든다. 불과 며칠 전까지만 해도 이 길을 이렇게 걸어가는 게 자연스러웠는데, 지금은 어쩐지 한참 겉돌고 있는 느낌이다. 이상

하다. 교복도 입었고 구두도 신었고 넥타이도 제대로 맸고, 게
다가 난 아직 졸업하지 않았으니 이렇게까지 겉돌 이유가 없
는데. 아무리 갸웃거려도 이렇게까지 내가 이곳에서 겉도는 느
낌을 설명할 수는 없었다. 참 이상하다.

교실에 도착하니 아이들이 달랑 셋밖에 없었다. 수능이 끝
났다고 다들 있는 대로 늑장을 부리고 오나 보다. 8시 20분쯤
되자 몰려오는 아이들로 교실은 서서히 북적대기 시작했다. 그
리고 정확히 8시 50분, 담탱이가 앞문에 나타났다. 손에 든 종
이뭉치가 세상에서 가장 무거운 물건인 것처럼 모셔들고 말이
다. 재빨리 각자 자리에 앉은 아이들은 언제 떠들었냐는 듯 숙
연해졌다. 교탁을 잡고 잠시 말 없이 교실 안을 둘러보던 담임
은 이윽고 입을 열었다.

"그래. 정말 수고했고, 성적표 받아보고 잘 판단해야 한다.
자, 1번부터 나와!"

아이들은 번호 순서대로 한 명씩 수능 성적표를 받기 시작
했다. 성적표를 받은 아이들은 그 누구도 표정 하나 변하지 않
고 그저 묵묵히 들여다보기만 했다. 그러다 아무 말 없이 고이
접어 호주머니에 넣었다. 다들 가채점으로 대충 등급을 예상하
고 있었기 때문에 별로 흔들리지는 않나 보다. 아니면 겉으로
만 그래 보이는 건가? 내 차례가 다가오자 나는 조마조마 가
슴을 졸이며 앞으로 나갔다. 담탱이가 수고했다며 건네준 얇
은 성적표가 파르륵 소리를 냈다. 그것을 받아든 나는 재빨리

등급을 훑어보았다.

「언어 2등급/수리 2등급/외국어 2등급/한국지리 2등급/근현대사 3등급/윤리 2등급/사회문화 2등급」

언어가 2등급이라니! 너무 난이도가 쉬웠던 탓인가 보다. 그래도 97점에 2등급은 너무하잖아. 그런데 외국어는 그렇게 망했는데도 2등급을 걸친 것을 보면 어렵긴 정말 어려웠나 보다. 어떻게 84점이 2등급이 나올 수 있지? 수리와 사탐은 평소와 비슷하게 나왔으니 뭐라 할 말이 없다. 그래도 그렇게 공부한 것치고는 전체적으로 1등급이 하나도 없다는 게 참 아쉽다. 하나라도 있으면 그것만으로도 제법 위안이 되었을 텐데. 외국어가 생각 외로 괜찮은 등급이 나온 걸로 위안을 삼아야 하나.

맹꽁

모처럼 아침에 일찍 일어나 통학버스를 타고 학교에 왔더니 교실에는 아무도 없었다. 헐 뭐냐, 내가 일빠여? 다른 반 애들은 이 시간에도 몇 있던데, 역시 우리 반은 이런 날까지도 기가 쑥 빠져 있는 건가. 한참이 지나도 애들이 올 기미가 없기에 나는 신관 쪽으로 산책을 나갔다. 8시 45분에 맞춰 돌아왔는데도 교실에는 아무도 없다. 9시가 되자 간신히 다섯이 되었다. 이 자식들이 어쩌려고 이렇게 안 와. 9시 5분쯤 돼서 성적표를 들고 온 담임도 놀란 얼굴로 교실을 둘러보더니 똑같은 말을 했다. "아니, 이 자식들이 어쩌려고 이렇게 안 와?"

하지만 교실에 있던 아이들은 그런 건 상관하지 않는다는 듯 선생님 주위로 벌레처럼 꼬여들었다. 순식간에 교실 앞쪽이 어수선해졌다. 담임은 아이들의 손을 피해 성적표 뭉치를 공중으로 이리저리 돌리더니 기어이는 소리쳤다. "줄 서! 줄!" 그 말에 빛에 흥분한 풍뎅이 같던 마귀들은 다시 말을 알아듣는 사람으로 돌아왔다.

그 광경을 낄낄거리며 지켜보고 있던 나는 느긋하게 일어나서 줄에 섰다. 먼저 받은 아이들이 저마다 들고 선 성적표 뒷면이 마치 푸른 꽃무늬처럼 보였다. 내가 받을 차례가 되자 담임이 웃으며 말했다. "맹꽁이, 정말 고생했다. 네 목표는 충분히 갈 수 있겠는데?" 누군가 나지막이 부러운 탄성을 지르는 게 들렸다. 나는 쑥스러워져서 "감사합니다." 고개를 꾸벅 숙이고는 하늘하늘한 성적표를 손에 쥐었다.

「언어 1등급/수리 4등급/외국어 1등급/

물리1 1등급/화학1 2등급/생물1 2등급/화학2 2등급」

앗싸! 언어, 외국어 1등급 제대로 지켰다! 거기다 물리1까지 1등급이야! 물리를 정말 좋아하긴 해도 여태껏 1등급을 받아본 적은 한번도 없었는데. 물론 50점 만점 나온 것은 가채점으로 알고 있었지만 이렇게 '1등급'이 찍혀 나온 것을 보니 또다시 가슴이 벅차올랐다. 게다가 과탐에는 항상 3등급이 하나씩 껴 있었는데 이번엔 없다. 하나도 없다. 세상에, 1등급과 2등급으로만 찬 과탐이라니! 수리가 4등급이 나오긴 했지만 그거야 원래부터 그랬으니 신경 쓸 바가 아니다. 1등급이 무려 3개야! 나머진 2등급! 4등급짜리 충분히 만회할 수 있겠다! 나는 아무렇지도 않게 성적표를 반으로 접어 호주머니에 넣었지만 사실은 소리 지르고 온몸을 휘둘러가며 춤을 추고 싶을 지경이었다.

퐁

어제 밤늦게까지 와우를 한 내가 잘못이다. 늦게 일어난 내가 죽어라 달려서 학교에 도착한 시간은 9시 15분이었다. 벌써 시작했으려나? 설마 우리 담임이 지각처리를 했을까. 단숨에 5층까지 뛰어올라가 숨을 몰아쉬며 교실에 들어서니 웬걸, 교실 안은 온통 저들끼리 수다를 떠는 놈들로 시끄러웠고 담탱이는 교실 앞 교탁에 기대서서 여전히 사람 좋은 얼굴로 애들을 바라보고 있다. 5명 정도는 아직 오지도 않았네. 괜히 급하게 뛰어왔다는 생각에 힘없이 자리에 주저앉으려는데, 담탱이가 날 향해 손짓하는 게 보였다. 나는 순간 머리카락이 쭈뼛섰다. '성적표다!' 몸을 도로 일으켜 앞으로 나가자 수고했다면서 담탱이는 뒷면이 푸르딩딩한 종이 한 장을 건네주었다. 나는 머리를 꾸벅 숙이는 동시에 재빨리 성적표를 훑어보았다.

「언어 3등급/수리 2등급/외국어 3등급/

물리1 1등급/화학1 3등급/생물1 3등급/화학2 3등급」

가채점으로 점수를 잘 알고는 있었지만 막상 성적표로 등급을 보니 아득했다. 그나마 건진 것은 수리와 물리 정도고 나머지는 형편없다. 정말 형편없다. 한때 운 좋게 등급이라도 괜찮길 바랐던 내가 바보인가. 그래도 언어나 외국어는 둘 중 하나라도 2등급이 나오길 간절히 기도했는데, 과탐도 그렇고. 헌데 이렇게 기대한 것마다 죄다 3등급으로 배신을 때리다니. 이걸 어떻게 부모님께 보여드리나 싶어 속이 답답해졌다. 수능이라도 제대로 봐서 나도 할 건 하는 사람이라는 걸 보여주고 싶었는데, 나라는 인간은 역시 어쩔 수 없이 구제불능인가 보다. 아버지가 나나 성적이나 어떻게 이렇게 형편없을 수 있냐며 화를 내는 소리가 귀에 쟁쟁했다. 그저 한숨만 나온다. 배추가 다가와서 잘 봤느냐며 묻는 말에 나는 시커멓게 탄 속을 들키고 싶지는 않아서 그냥 멋쩍게 웃어 보이고 말았다.

그 후

맹꽁

성적표를 받자마자 모두들 각자 성적에 맞는 대학을 찾기에 골몰했다. 우선 자신의 성적이 어느 정도 위치에 있는지 파악하는 게 급선무였다. 등급으로 따지는 것이 보다 정확하긴 하겠지만, 성적표에는 각 영역에 따른 백분위와 등급뿐이고 전체적으로 합산한 전국 백분위, 쉽게 말하자면 전체 등수를 알 수가 없었기 때문에 별다른 도움이 되지 못했다. 결국은 혼자서도 쉽게 이해할 수 있는 500점 만점에 몇 점 식의 점수가 자기 성적에 맞는 대학을 알아보는 데 두루 쓰였다.

그러나 거기에도 문제점은 있었다. 대개 450점이면 어디에 간다느니 400점이면 어디에 간다느니 하는 것은 평균적인 난이도의 수능을 전제로 한 말이기 때문이다. 올해에는 수리 가형과 외국어가 유독 어려워서 전체적으로 점수들이 많이 떨어졌기 때문에, 선생님들은 대략 올해 수능 원점수에 20점 정도를 더해서 판단해야 한다고 말했다. 그럼 나는 456점이 되는 셈이다. 무려 450점대라니! 지방 의대도 좀 생각해볼 수 있다는 450점대다. 그래서인지 나는 형편없는 수리영역에도 불구하고 콧대가 무척 높아져 있었다.

그러나 결과적으로, 나는 수능 점수 운은 있었어도 대학 운은 없었다. 거기에는 무엇보다도 4등급짜리 수리영역의 영향이 컸다. 수능 상담 전문가마다 수리영역 때문에 연대는커녕 이대도 어려울 것이라고 했던 것이다. 잠시 기세등등했던 나는 상담하는 사람마다 수리영역 4등급에 일침을 놓자 극히 불안에 떨다가, 때마침 수시로 넣어두었던 이대에 붙자 나는 앞뒤 생각할 것 없이 등록해버렸다.

그러나 실상은 전혀 달랐다. 그해 수능이 워낙 어려웠던 탓인지 연고대에 원서를 넣은 사람이 적었으며 내가 그토록 바라던 연세대 생활과학부는 경쟁률이 덜렁 2 : 1인가밖에 되지 않았다. 내가 만약 정시로 그곳을 넣었으면 붙고도 남았다는 얘기다. 실제로 나보다 점수가 낮았던 아이는 정시로 철썩 붙어 들어갔다. 상담은 무슨, 망할 사기꾼들이 돈만 처받아먹고 잘난 척만 하더니 결국 날 제대로 물 먹인 거. 어찌나 분하던지 나는 한동안 낫 들고 상담사들을 찾아갈 생각에 골몰하기까지 했다. 물론 이화여대도 명문대라곤 하지만, 그래도 어떻게 SKY 중 하나인 연세대에 비할 수가 있으랴!

3년 동안 그렇게 고생해가며 공부해서 얻은 수능 점수, 그러나 정작 가고도 남을 대학을 못 갔다. 내 살 같은 수능 점수,

내 피 같은 수능 점수! 나처럼 충분히 갈 수 있는 대학 못 가고 두고두고 피눈물 흘리고 싶지 않으면 상담사 놈들 말에 절대로 귀 기울이지 마라. 꼭 자신의 소신대로 원서를 넣어라. 아아, 내 언어! 내 외국어! 내 과탐! 그리고 항상 날 괴롭혔지만 친근하기까지 했던 수리 4등급까지, 아아 정말 속이 썩고 또 썩는다.

몽

다른 수시는 모두 떨어졌지만 운이 좋게도 R대 수시는 2차에서 통과했다. 생각 외로 언어 논술도 수리 논술도 잘 본 모양이다. 전혀 예상치 못한 결과에 나는 잠시 얼떨떨한 동시에 무척 희망적이 되었다. 잘하면 R대에 갈 수 있다! 그러나 수능 성적표는 날 보기 좋게 차버렸다. 두 과목 이상 2등급에 들어가야 하는데 나는 2등급 이상이 수리영역 하나밖에 없었다. 결국은 R대 수시도 떨어져버리고 말았다.

지금 성적으로는 성대는커녕 동대도 간당간당할 게 뻔하다. 언제는 재수 재수 하던 놈들을 실컷 흉보더니 결국은 내가 재수를 심각히 고려하게 될 줄이야. 그래도 혹시나 했건만 머리도 운도 내게는 따라줄 생각이 없는 모양이다. 수시 보느라고 원서 값에 학원 값에 만만찮게 돈을 먹어놓고도 효과 하나 보지 못했다. 장기적으로 보면 그동안 수능대비 하느라 3년간 쏟아부은 돈까지 모두 날린 셈이다. 덕분에 나는 무거운 죄를 지은 기분을 떨치지 못하고 부모님과 가능한 한 마주치지 않도록 쥐 죽은 듯이 지냈다.

못난 성적이지만 기분으로나마, 그리고 혹시나 하는 생각으로 정시원서를 가군 나군의 명문대에 넣어보았지만 역시나 떨어지고 말았다. 누구는 바닥을 기는 성적을 얻었으면서도 인원 미달로 명문대에 들어가기도 한다는데 나는 그런 건 꿈도 못 꿀 일인가 보다. 어쩔 수 없이 재수를 해야 하는 상황이다. 불행 중 다행히 재수하라는 이야기를 먼저 꺼낸 것은 아버지였다. 나는 차마 말을 꺼내지 못하고 있던 터라 아버지의 권유를 감사히 받아들였다. 그렇게 해서 남들이 대학 등록한다고 바삐 움직이는 사이 나는 대형 재수 학원에 등록을 마쳤다. 학원도 모집 인원만큼 선착순으로 받는다기에 부랴부랴 찾아가 다행히 그것만은 무사히 들어갔다. 하지만 재수 학원에 좋은 운 따위 무슨 소용이냐, 그냥 버려버리고 싶을 뿐이다. 또다시 점수에 시달려야 할 고달픈 일 년을 생각하니 그저 어디론가 홀연히 도망가고 싶은 생각밖에 들지 않았다.

옥희

수능 성적은 역시 이대를 가기에는 무리였다. 비슷한 상황에 처한 많은 친구들이 재수를 생각하기 시작했지만 나는 재수만큼은 죽어도 하기 싫었다. 또다시 매일 좁은 방에 틀어박혀 공부만 해야 하는 것도 넌덜머리가 났을 뿐더러 내가 이렇게 된 게 결국은 니 탓이라며 싸워대기 시작한 부모 꼴을 보는 것도 지겨웠다. 한동안 이혼 도장 찍고 조용한가 싶더니 요새 들어서는 내 수능성적을 트집 잡아 밤마다 큰소리가 끊일 날이 없었다. 그 탓에 나는 무슨 일이 있어도 이 집을 나가야겠다는 강박에 시달리기 시작했다.

나름 잘 봤으리라 생각했던 수시는 모두 떨어졌다. 하지만 나는 그렇게 된 게 다행이라고 여겼다. 수시를 넣은 대학들은 집에서 버스를 타고 다닐 만했기 때문에 대학에 가더라도 집과의 인연이 끊어질 리 만무했다. 이때쯤 집에서 벗어나야겠다는 나의 강박은 거의 노이로제로 변해 있었다. 어떻게든 기숙사에 들어가야겠다. 그렇게 해서라도 이 지긋지긋한 집에서, 부모님에게서 멀리 떨어져야만 해.

그러나 부모님은 한사코 터무니없이 높은 명문대에 정시원서를 넣으라고 성화를 부렸다. 내가 죽어도 재수는 하지 않겠다며 성적 되는 대로 가겠다고 해도 막무가내였다. 내 목소리가 커지면 어디서 이 기집애가 함부로 말을 하냐며 펄펄 뛰더니, 내 성격이 이렇게 파탄이 난 건 서로 상대의 잘못이라며 또 대판 싸움이 났다. 큰소리가 나고 몸싸움이 오가는 가운데 나는 홀로 멍하니 서 있었다. 정시원서 마감이 오늘 밤 12시까지인데 대체 이 사람들은, 뭘 원하는 걸까? 나는 두 사람을 뒤로하고 내 방으로 걸음을 옮겼다. "야, 이 기집애야! 너 때문에 이런 건데 어딜 가? 야, 이 기집애야!" 하지만 나는 뒤도 돌아보지 않았다. 어디 한번 해볼 테면 해보라지.

방문을 닫고 들어온 나는 한창 뜨끈하게 열이 오른 컴퓨터 앞에 앉았다. 서둘러 미리 작성해둔 파일을 등록하고 원서대금까지 지불한 후 결제 완료 화면이 뜨자, 가늘게 떨리는 숨이 간신히 새어나왔다. 그래 좋아, 괜찮을 거야— 여기라면 충분히 가능해. 턱걸이가 아니라 안정권이니까. 분명 저 두 사람은 날 죽이려 들 테지만, 그래도 이 집에 계속 숨 막히도록 눌려 있고 싶진 않아.

부산대. 나는 멍하니 생각했다. 지방의 명문대라는 부산대. 어떻게든 부산대로 가야만 했다. 아무것도 모르는 상태에서 무작정 타지를 원하는 것은 분명 위험한 일이지만 그래도 어떤 곳이든 이곳보다는 나을 것이다. 이곳보다는 훨씬 나을 것이다. 그 결과가 어떻든 나는 달게 받아들이겠다. 단단히 마음먹고 있었지만 죽을죄를 지은 것처럼 갑갑하니 숨은 잘 쉬어지지 않았다.

사흘 뒤, 내가 부산대에 원서를 넣은 사실을 알고 난장판이 된 집안에 질려 나는 집을 나갔다.

맹꽁

갑자기 한밤중에 집으로 전화가 왔다. 행여나 집안 어르신이나 누군가가 돌아가신 게 아닌가 싶어 급히 받았지만 건너편에서 들려오는 목소리는 다름 아닌 옥희 어머니였다. 혹시 옥희 봤니? 아니면 전화라든가. 아뇨, 전혀요. 무슨 일 있었나요? 옥희가 그저께 밤에 집을 나갔는데, 아직까지 안 돌아왔단다. 전화가 오거나 하면 아줌마한테 꼭 좀 알려줄래? 네, 그럴게요, 너무 걱정 마세요 하고 말하긴 했지만 나는 벌써부터 불안해지고 있었다. 가뜩 물렁한 애가 대체 집을 나가서 어딜 돌아다니는 거지, 그것도 여자애 혼자서.

그 다음날 아침 나는 몇몇 남자애들에게 전화를 걸어 몽의 집 전화번호를 알아냈다. 그는 여전히 폰을 버려두고 있었다. 저녁 늦게 연결된 몽은 옥희가 사라진 사실을 듣고 진짜? 하고 물었다. 진짜라니까. 웬지 화가 났다. 진짜라고. 너 정말 옥희가 어디 갔는지 몰라? 전혀 몰라. 어떻게 된 거야? 내가 어떻게 아냐고. 너야말로 왜 모르는데? 수화기 너머가 한동안 먹먹하더니 짤막한 한 마디가 들려왔다. 미안. 나는 한숨을 푹 내쉬었다.

그리고 하루 뒤, 옥희에게서 연락이 왔다. 정말, 정말로 미안한데, 나 좀 재워줄 수 있어? 그 애는 아닌 척 애를 썼지만 분명 울고 있었다. 그래, 어서 와. 환영이지! 그동안 어떻게 지낸 거야? 찜질방? 고생 많이 했어. 근데 여기론 어떻게 올래? 택시? 그래, 기다리고 있을 테니 어여 와. 도착하면 전화해! 마중 나갈 테니까. 조심해서 와—.

주워온 강아지처럼 우리 집에 온 옥희는 그렇게 사흘을 머물다 갔다. 그녀를 찾느라 부모님이 사방팔방으로 전화를 한

탓에 나중에는 일어과 전체에 소문이 퍼졌는지 툭하면 애들한
테 전화가 왔다. 이상하게 와전되지나 않았으면 좋겠는데. 그
나마 학교 갈 날이 얼마 남지 않아서 다행이지. 여하튼 옥희는
우리 집에서 조용히 머무르면서 자진해서 설거지도 하고 청소
도 도왔다. 오히려 우리 엄마가 더 면구스러워할 정도였다. 그
렇게 착한 아이인데 왜 그 애 엄마는 자기에게 옥희가 거짓말
쟁이에 위선자라고 했는지 모르겠다고 말했다. 걔네 엄마는 원
래 그래, 좀 제멋대로야. 나는 옥희를 대신해서 퉁명스레 대꾸
했다.

나는 옥희가 온 다음날 바로 몽에게 전화했다. 몽은 옥희를
바꿔달라고 하더니 둘이서 잠시 두런거렸다. 수화기를 내려놓
은 옥희가 말하길, 이틀 뒤에 만나기로 했단다. 재수 학원 스
케줄 때문에 금방 찾아오기가 힘든가. 괜찮아? 내가 묻자 그녀
는 웃으며 가만가만 끄덕였다.

옥희가 힘든 때라는 건 잘 알고 있지만 또 이런 타이밍이 없
을 거야. 나는 두 사람이 만나기로 한 전날 밤에 분위기를 살
펴보아 옥희에게 이런저런 말을 꺼냈다. 단단히 긴장했지만 생
각보다 옥희는 담담했다. 마치 모든 것을 이해한다는 얼굴로
가만히 듣고 있더니 나중에 고맙다며 나를 꼭 껴안았다.

이래가지고서야 내가 죄지은 것 같잖아, 하면서도 나는 왠
지 옥희가 너무나도 안쓰러워 마주 껴안아 주지 않고는 견딜
수가 없었다.

옥희

　맹꽁이에게 소문에 관해 들었을 때는 이미 예상하고 있던 바였기 때문에 그렇게 놀랍지 않았다. 그나마 대단하다고 생각되었던 것은, 우리 동네 작은 학원에 퍼졌던 소문이 우리 학교까지 내려올 줄은 미처 몰랐기 때문이다. 이래서 발 없는 말이 천 리를 간다고 하는 거구나. 나는 소문이라는 것의, 그것이 헛소문일 때는 더더욱 맹렬해지는 전파력을 다시금 실감했다.

　그녀의 말을 듣다 보니 한 가지 궁금한 것이 생겼다. 나는 망설이지 않고 맹꽁이에게 물었다. 몽은 뭐래? 맹꽁이는 한동안 우물쭈물하다가 대답했다. 알고 있더라구. 헛소문인 거 다 안다구 그랬어. 그래도 너 감정 상할까 봐 일부러 말 안 했다구. 말은 그렇게 해도 몽 나름으로는 고민 많이 했을 거야. 걔 쿨해 보여도 사실 완전 소심하잖아. 그건 그렇지, 하고 나는 웃었다. 맹꽁이도 따라 웃다가 조심스럽게 말했다. 너, 아직도 몽 좋아해? 글쎄, 잘 모르겠는데. 지금은 좋아한다기보다는 그냥 친구 같아. 떼어놓기 아까운 친구 말이야. 그래? 그럼 다행이다. 만약을 두고 하는 소리니까, 마음 준비 해놔. 고등학생 커플은 아무리 오래가도 졸업할 때쯤이면 깨지는 거래. 말대가리네 봤어? 그렇게들 법석을 떨더니 지금은 사이좋은 친구잖아. 너네도 그렇게 될 수 있을 거야. 그래, 고마워. 잘 기억해둘게. 맹꽁이는 내 머리를 강아지 만지듯 쓰다듬어주었다.

　깨지는 거라— 진지하게 생각해본 적은 없지만 그렇다고 마냥 새로운 것은 아니다. 둘 다 먼 학교와 재수생으로 갈라지게 되는 것만 보더라도 그건 당연한 일인지도 모르겠다. 몽이 계속 이어 나가길 원한다면 유지할 수는 있겠지만 과연 그게 얼마나 오래 갈 수 있을까. 지금도 우리는 벌써 얼굴을 못 본 지 몇 주가 다 되어가는데도 서로에게 전화하지도 않고. 가끔 이렇게 맹꽁이를 통해서 근황을 듣는 정도인데도 별로 아쉬울 것이 없다. 굳이 캐묻지 않더라도 서로 당연히 잘 지내리라고 생각할 뿐이다.

이런 게 순리란 걸까. 그래도 약간의 죄책감이 희미한 얼룩처럼 남았다.

부산대를 넣은 사실에 부모님은 당연히 노발대발했다. 기껏 외고를 보내놓았더니 가는 곳이 부산대냐고 하며 내게 온갖 쓴소리를 다 퍼부었다. 하지만 나는 꿈쩍도 하지 않았다. 그 정도 욕은 이미 평소에도 자주 들어 익숙해져 있었고 나는 무엇보다도 이 갑갑한 곳에서 벗어나야만 했다. 게다가 지방의 명문대라고 불리는 부산대라는데, 성적이 이 따위인 나로서는 감지덕지다. 약간 걱정스럽긴 하지만 그래도, 살아가려고 한다면 어디든지 길이 있기 마련이겠지. 결국은 부모님도 두 손 두 발 다 들고야 말았다. 아마도 내가 부모님께 감사해야 할 것이 있다면, 그건 이런 밑도 끝도 없는 똥고집을 물려받은 거라는 생각이 든다.

여하튼 그랬다. 내 수험생활 이야기는 여기서 끝이다. 나는 수능을 능력껏 치고 2학기 수시는 모두 떨어졌으며, 정시로 넣은 부산대학교에 붙었다. 비록 기고만장하던 옛날에 생각했던 연고대와는 전혀 다른 결과였지만, 나는 스스로 만족스럽다. 장하다. 애썼어 옥희야. 지금까지의 길은 지금까지의 것, 앞으로 나아갈 길에 그리고 지금 이 순간의 발걸음에 집중하자. 넌 해낼 수 있어. 넌 너만의 길을 찾을 수 있을 거야. 힘내라!

퐁

토요일에는 수업이 없다. 보통 때 같으면 그래도 가방을 챙겨들고 학원에 가서 공부를 했겠지만 오늘은 약속이 있다. 얼마 만에 보는 거지. 옥희를 마지막으로 보았던 게 수능 성적표가 나왔던 날이니까, 한 달하고도 반인가. 그리고 이번에도 나는 마지막일지 모르는 지켜줄 때를 놓쳤다. 참 한심한 일이다.

약속시간은 12시였지만 나는 일찍 나가서 기다리려고 서둘렀다. 학원 가는 척 가방을 둘러메고 다녀오겠습니다 소리치자, 때마침 휴가를 나온 형이 빡빡머리를 쑥 내밀었다. "어디가나?" 나는 대답 대신 한 손을 쓱 들어보였다. 그토록 재수없던 형이 군대를 가더니 무슨 물 먹은 개 같아졌다. 지금껏 내게 식충이 소리 한번 안 한 것을 보면 형이 아닌 것 같아 어색하기까지 하다. 군대 갔다 오면 사람이 된다던데, 정말 질질 끌려 다니기라도 했나? 그동안 온갖 저주를 퍼부었던 것이 지금 와서야 약간 미안해진다.

만날 장소에 도착해 시계를 들여다보니 아직 11시 20분이다. 너무 일찍 나왔나? 잠시 발걸음을 늦추는데 멀찍이 낯익은 얼굴이 날 향해 친근하게 웃고 있는 게 보였다. "몽도 일찍 왔네?" 하고 묻는 그녀의 귀에서 햇빛 조각 같은 것이 달랑거렸다. 나는 손을 흔들다 말고 대뜸 물었다.

"귀 뚫었어?"

"응. 어제 맹꽁이랑 가서 뚫었어. 어때?"

"예쁜데, 잘 어울려." 그 말에 옥희는 해바라기처럼 활짝 웃었다.

우리는 백화점 식당가에 가서 약간 이른 점심을 먹었다. 점심을 먹은 후에는 교보문고에 가서 기웃거리다가, 배가 어느 정도 가라앉자 던킨도너츠에 들어갔다. 주문한 머핀 두 개, 카페라테 두 잔을 받아든 우리는 2층으로 올라갔다. 거기서 우리는 대학에 관한 얘기를 잠시 주고받았다. 괜찮겠어, 부산대? 이대 가고 싶어 했잖아. 이대야 뭐, 솔직히 나는 재수한다고 갈 수 있을 것 같지도 않고. 그리고 맹꽁이가 그랬는데, 맹꽁이 수시로 이대 간 거 알지? 이대는 사립이라서 등록금도 장난 아닌데다 장학금도 진짜 쥐꼬리만큼밖에 안 준대. 그래? 응. 그러니까 그만큼 부모님한테 기대게 되는 거잖아. 이왕 갈 거면 등록금도 싸고 장학금 잘 주는 데로 가고 싶지. 부산대는 국립대니까 등록금 싼 것두 있구, 열심히 하면 장학금도 좀 탈 수 있을 것 같구. 그리고 무엇보다도 집에서 안 지내도 되니깐. 그리곤 옥희는 담담히 끄덕였다. 그 얼굴을 보니 대학 얘기를 계속하기는 뭣한 것 같아서 나는 다른 주제로 말을 돌렸다.

어느새 머핀도 다 먹었고 라떼도 다 마셨다. 엉덩이가 뻣뻣해지는 느낌에 나는 자세를 고쳐 앉았지만 찌뿌듯한 것은 가시지 않았다. 옥희도 나와 마찬가지였는지 깍지 낀 두 손을 쭈욱 내뻗었다. 어느 순간 그녀는 두 팔을 잡아채듯 내리며 코로 아주 길게 숨을 내쉬었다.

"있잖아. 우리 어떻게 하지?"

나는 코를 문지르다 말고 그녀를 보았다. 그녀는 차분한 까만 눈으로 나를 바라보고 있었다.

"어떻게 할까?" 나는 일부러 장난스럽게 웃었다.

"몽은 어떤데?"

"난 희야가 하자는 대로 할래."

"그럼 이대로 계속 가?"

"마음대로!"

옥희는 옆에 있던 작은 쿠션을 내게 던지는 시늉을 했다.

"정말, 정말. 정말 희야 맘대로 해."

"진짜?" 그녀는 미심쩍은 듯 되물었다.

"진—짜."

잠시 동안 우리는 그렇게 서로를 마주 보며 말이 없었다. 혹시 옥희가 웃고 있긴 하지만 속으로는 화가 난 게 아닌가 싶어

나는 약간 초조해졌다. 뭐라도 말해야겠다 싶어 이을 말을 찾는데 그녀가 갑자기 자기 무릎을 잡더니 어린애처럼 몸을 앞뒤로 두어 번 흔들어대기 시작했다. "좋아!" 그 말은 저 멀리 회전하는 컵을 타고 있는 아이의 외침처럼 들렸다.

"뭐가?" 이해하지 못한 나는 되물었다.

"그러니까, 지금 말이야. 지금 우린 아주 좋은 사이잖아. 뭐 어떻든 간에 확실한 건 서로 좋은 친구란 거잖아."

"응. 그렇지."

"그러니까, 이대로 가는 거야. 졸업할 때까지 이대로 지내다가, 그러다 몽은 재수하고 나는 부산에 가게 되면, 거의 얼굴 못 보게 될 거잖아? 그럼 서로 가끔 연락이나 하는 사이가 되겠지— 그럼 뭐, 그래."

옥희는 말을 어정쩡하게 끝내며 고개를 끄덕였다. 그녀의 몸은 계속 일정하게 조금씩 흔들리고 있다. 고개를 약간 숙인 채 미묘한 미소를 띤 그녀를 차마 똑바로 바라볼 엄두가 나지 않아서 나는 눈을 내리깔았다. "그렇네." 그 외에는 할 말이 생각나지 않았다.

또다시 우리는 입을 굳게 다물었다. 바로 옆 테이블에 앉은 중학생들이 떠들어대는 소리가 담담한 침묵 속을 가득 메웠다. 옥희는 양손으로 자기 무릎을 감싼 채 살포시 붉게 물든 얼굴을 했다. 자신도 모르게 속을 털어놓아 버렸을 때 짓는 얼굴, 내가 좋아하던 그 얼굴이다. 어느새 나는 습관적으로 또 턱을 긁적이고 있었다. 뭘 어떻게 말해야 할지, 뭘 어떻게 생각해야 할지조차 아무것도 떠오르지 않았다.

갑자기 내 바로 뒤에 앉아 있던 중딩 하나가 크게 소리쳤다. 야 걔 진짜 웃겨! 뭐래는 줄 알아? 나보고 알아서 하래! 뭐야, 나 혼자 했냐, 지도 같이 했으면서! 진짜 어이없지 않냐? 존나 지랄한다고 보내버릴까 진짜.

어찌나 소리가 컸던지 주변에 있던 사람들이 전부 이쪽을 흘긋거렸지만 본인은 조금도 아랑곳 않는 듯했다. 내색은 안 했지만 나는 뜨끔 놀랐다. 옥희가 내 뒤쪽에 시선을 주고 있다가 나와 눈이 마주쳤다. 그녀는 내 속마음을 다 안다는 듯 슬며시 입꼬리를 올리는가 싶더니 다시 입을 열었다.

"우리 커플링 맞추러 갔던 거 생각나?"

그 말을 듣는 순간 나는 픽 웃었다.

"어어. 막 그 주인이 바가지 씌우려고 그랬잖아."

"진짜. 나중에 인터넷 보니까 비슷한 게 4만 원 더 싸고."

우리는 그때를 떠올리며 킥킥거렸다. 종로까지 갔건만 처음 들어간 곳에서 어찌나 성화를 부리던지, 그만 기분이 잡쳐서 우리는 광화문에서 놀다가 그냥 돌아갔었다. 결국 나중에 학교에서 인터넷을 보고 함께 고른 커플링이 우리의 반지가 되었었더랬지. 그렇게 고른 우리의 반지는, 커플링은, 지금은 각자의 집 어딘가 깊은 곳에 잘 감추어져 있다.

반지 어떻게 할 거야? 하고 물어볼까 싶었지만 더 이상 그녀의 눈은 날 향하고 있지 않았다. 그녀는 창문 밖으로 지나다니는 사람들에 시선을 붙박은 채 아무것도 끼지 않은 손가락을 만지작거리고 있었다. 그래, 그런가. 반지는, 우리의 일은, 그냥 이대로 서랍 깊은 구석에, 그리고 내 가슴 깊은 구석에 조용히 묻어둘까. 그렇게 남겨두는 것도 나쁘진 않겠지.

그녀가 고개를 살짝 돌리자 귓불에 달린 노란 귀고리가 따라 흔들리며 반짝였다. 아직 그 모습이 어색한 탓인지 별로 안 어울린다고 생각했지만 그 말을 꿀꺽 삼키곤 나는 팔을 들고 있는 힘껏 기지개를 폈다. 허리에서 뚝뚝 소리가 나면서 이윽고 몸이 개운해졌다. 뒤에서 중딩 놈이 다시 떠들어대기 시작했지만 나도 옥희도 더 이상 그 누구도, 뒤돌아보지 않았다.

안녕, 우리들

맹꽁

졸업식은 2월 17일이었다. 그 이전에 일어과 아이들은 자기들만의 동창회를 계획하고 있었다. 말만 거창하게 동창회였지 실제로는 호프 하나를 통째로 빌려서 놀고 마시고 또 노는 것에 불과했다. 하지만 뭐 어떠랴, 아직 스물도 채 되지 않은 새파란 것들이 술 경험 제대로 하기에는 딱 좋은 기회인 것을.

리더십 있는 몇몇이 앞서 일을 꾸려가면서 차차 날짜가 정해졌고 적당한 장소도 잡혔다. 날짜는 2월 초, 학교에서 멀지 않은 시내에 있는 '화이트필드'라는 호프집이었다. 술은 조금씩 먹어봤어도 호프집에 들어가 보는 것은 처음이었기 때문에 아이들은 무척 흥분했다. 동창회가 열리기 일주일 전, 참가 인원을 대략적으로 추린 후 마지막으로 그에 따른 예산을 추렸다. 모두 60명 정도가 오기로 했고 그날 각자 만 원씩 부담하기로 결정되었다. 약속시간은 오후 7시였다.

내가 화이트필드 호프에 도착했을 때는 8시가 다 되어갈 무렵이었다. 문을 열고 들어가기 전에 벌써부터 난장판이 된 내부의 풍경이 유리문 너머로 비쳤다. 개미가 무대 위로 올라가 노래를 부르며 막춤을 추고 있었다. 그 주변을 농그랗게 에워싼 무리들이 환호성을 지르며 펄쩍거렸다. 바닥이 쿵쿵 울리는 것을 느끼며 나는 호프 문을 열고 들어섰다. 카운터에 서 있던 여점원이 눈살을 찌푸리며 혼잣말을 하고 있는 게 눈에 띄었다. 어지간히도 기분 나쁜가 보네. 하긴 나라도 그럴 거야, 이런 시끄러운 초짜들의 난장판 속에서는.

소란스러운 중심에서 벗어난 주변부에는 여자아이들이 소파에 꼭꼭 붙어 앉아서 수다를 떨었다. 그들 앞에는 굵은 맥주잔이며 온갖 먹을거리들로 어수선했다. 테이블 사이를 지나던 나는 문득 플라스틱 주전자에 가득 담긴 노오란 생맥주에 눈이 갔다. 맥주가 맞지 않는지 주전자는 창백한 몸에 식은땀을 흘렸다. 왠지 오줌 같애. 한번 술을 마셔볼까 호기심을 품고 왔지만 막상 보니 마실 생각이 영 나지 않았다. 한 테이블의 여자아이들이 나를 보더니 얼른 자리를 하나 만들어주었다. 자리 바로 앞에는 커다란 접시에 한가득 새콤한 골뱅이무침이 있었는데, 평소에는 그토록 좋아하는 음식이건만 지금은 전혀 먹고 싶지 않았다. 이상하다. 나는 고개를 갸웃거렸다. 보통 때 같으면 벌써 포크를 집고도 남았는데. 장소가 장소라서 그런가. 주변 여자아이들은 신나게 웃고 떠들며 쥐잡기 게임을 벌였다. 잠시 그곳에 껴서 몇 차례 우스갯소리를 하다가 건너편 테이블에 가보겠다고 하고 자리를 떴다. 여기 앉아 있는 여자아이들은 아주 좋은 아이들이었지만 적어도 나하고는 코드가 맞지 않았다.

건너편 테이블에는 여자애들과 남자애들이 2 대 1쯤 되는 비율로 섞여 있었다. 나는 그 쪽으로 가서야 비로소 마음이 놓였다. 다들 평소에 쉽게 말을 섞는 아이들이었던 덕이다. 배추와 곰순이 사이를 비집고 앉자마자 그제야 뱃속이 허전한 것이 느껴졌다. 바로 포크를 집어 든 나는 골뱅이무침을 허겁지겁 먹기 시작했다. 앞쪽에 앉아 있던 누군가가 맥주를 따라서 앞으로 밀어주었다. 여기서 보니까 색깔이 희한한걸, 생각하며 돌돌 말아 크게 뭉친 국수사리를 입에 쑤셔 넣었다.

나는 그렇게 계속 그 자리에 앉아 있었다. 사람이 오고 가고, 새로운 생맥주 주전자가 오고, 음식접시가 치워지고 채워졌다. 난 골뱅이무침을 다 먹은 뒤로는 호기심에 맥주를 조금 홀짝거려보았다. 쌉쌀한 맛이 감돌며 목구멍이 탄산으로 얼얼해졌다. 트림을 하고 싶은데 좀처럼 나오지 않아서 가슴께를 두드리고 있는데 누군가 등을 두들겨주었다.

"괜찮아?" 옥희였다. "체했어?"

분위기가 점차 절정으로 무르익어가면서 대부분 아이들은 호프 입구 쪽으로 몰려갔다. 그쪽이 스테이지가 잘 보이기 때문이다. 내가 앉은 테이블 쪽은 이제 사람이라고는 나와 옥희를 비롯한 여자애들 몇몇밖에 없었다. 그나마도 대부분 술에

취해 흐트러진 채 졸고 있었다.

"몽은?"

"아까 배추가 온댔는데. 학원 다니잖아, 거기에서 오고 있다나 봐."

나는 말 없이 고개를 끄덕였다. 더 이상 할 말이 생각나지 않았다. 트림을 두 번이나 했는데도 아직 남은 것이 있는지 속이 거북했다. 괜히 맥주는 마셔가지고, 그냥 주스나 마실걸. 숟가락으로 골뱅이무침의 국물을 떠먹는데 저쪽에서 와장창 그릇 깨지는 소리가 들렸다. 동시에 누군가 아이고오 하고 외쳤다. "이거 그릇 깬 거 우리가 다 변상해야 한다고!"

"난리가 아닌데?" 낯익은 목소리가 들렸다. "여기 처음부터 이랬어?" 몽이었다.

"오, 어서 와! 여기 앉아." 옥희 바로 옆에 앉아 있던 내 자리를 비워주고 나는 그 건너편에 앉았다. 누군가 의자에 길게 누워 자고 있는 탓에 약간 밀어내야 했다. 머리를 살살 밀어내는 앞에서 몽과 옥희가 서로 수줍게 인사를 나누는 게 들렸다. "안녕 몽아." "희야 안녕."

"야." 나는 기가 차서 말했다. "니네는 어떻게 3년 전이랑 지금이랑 변한 게 없냐?"

"그런가? 그래도 자연스럽게 한다고 하는 건데."

"그게 어딜 봐서 자연스럽냐? 저기 쟤네를 봐봐. 저렇게 되어야 자연스럽다고 하는 거지."

내가 가리킨 방향에는 말대가리와 참새가 서로 손을 잡고 빙빙 돌며 왈츠 비슷한 춤을 추고 있었다. 그 모습이 무척 진지하면서도 거의 막춤 수준이라 보는 사람마다 웃음 짓게 만들었다.

한동안 그렇게 테이블에 우리는 앉아서 이런저런 이야기를 나누었다. 대학에 관해서, 재수에 관해서, 학원에 관해서, 사람들에 관해서, 그리고 이것저것 등등. 어쩌다 보니 대화가 요즘 인기 있는 TV 프로그램으로 옮겨가면서 각자 좋아하는 프로에 관한 이야기를 하고 있는데, 갑자기 말대가리가 참새를 꽉 쥔 채로 의자를 쓰러뜨릴 것마냥 밀어닥쳤다. 앉아 있던 우리 셋은 갑작스러운 등장에 할 말을 잃고 둘을 바라보았다. 한동안 스테이지에서 요란 벅적하게 떠드는 소리만이 들려오다가 가장 처음 정신이 든 몽이 한마디 했다. "왜?"

"내가 무슨 말 하려고 여기 왔지?" 말대가리는 참새를 보며 머리를 긁적였다. 나는 어이가 없어서 피식 웃었다. "취해도 단단히 취하셨네."

"아 맞다, 생각났다. 그리고 나 안 취했어!" 그리곤 말대가리는 참새의 어깨에 팔을 척 둘러 감쌌다.

"우리는 아주 좋은 친구가 되기로 했어. 우린 벌써 아주 좋은 친구야." 두 사람은 어깨동무를 한 채로 몸을 율동하듯 흔들거렸다. "좋―은 친―구예요― 부럽지?"

"얘네들 진짜 취했네. 참새, 정신 차려. 야, 분위기 깨지 말고 그만 가줄래?”

"진짜거든!”

"아 됐거든? 알았으니까 가줄래? 그만 좀 마시고, 응.”

떠밀려난 후에도 두 사람은 어깨동무를 풀지 않은 채 열심히 몸을 흔들거렸다. “꼭 그거 같네, 그 하와이 꽃춤.” 내 말에 옥희가 웃었다. “꽃춤이래!” 몽도 말대가리와 참새 쪽을 지켜보며 웃었다. 옥희는 한없이 즐거워 보이는 둘을 소리 없이 웃는 얼굴로 바라보며 한동안 숟가락만을 만지작거리다가 문득 입을 열었다.

"좋은 친구래.”

몽은 아무것도 알아채지 못한 것처럼 고개를 옥희 쪽으로 돌렸다. 순간 철렁한 나는 그대로 굳어서는 두 사람 눈치를 살폈다. 아주 짧은 순간이었지만 둘 다 표정 하나 변하지 않고 기분 좋게 미소 지은 얼굴 그대로였다. 조명 탓인지 오히려 장난스러워 보이기까지 했다. 몽이 말 없이 씩 웃자 이마에 비치던 작고 동그란 전등 빛이 조금 움찔거렸다.

저 멀리 스테이지 쪽에서 와아아 하는 함성이 터져 나왔다. 마이크를 잡은 말대가리의 우렁찬 목소리가 들렸다. “우린 아주 좋—은 친구예요!” 그와 동시에 노래 기계에서는 뜬금없이 웬 동요가 시작되었다. “파란 나라를 보았니— 꿈과 희망이 가득한!”

"진짜 미치겠다.” 옥희는 스테이지 쪽을 돌아보았다. “저거 진짜 옛날에 듣던 건데!"

"아 완전. 애들이 다 동심의 세계로 돌아가고 있어."

몽과 옥희는 스테이지를 계속 바라보았다. 여전히 사이가 좋은 두 사람, 잘 어울리는 두 사람이었지만 그 이상 다가가는 것도, 눈의 마주침도 없었다. 앞에서 어정쩡하게 가슴을 졸이며 지켜보던 나는 깊은 한숨을 내쉬었다. 그리곤 이래저래 꼬인 채 남아 있던 골뱅이 하나를 분풀이라도 하듯 먹어치웠다. 계흑, 하고 위에 남아 있던 탄산이 나오면서 잠시나마 속이 후련해졌다.

동창회의 끝은 엉망이었다. 과하게 먹어댄 것과 깨트린 접시까지 해서 예산을 훨씬 뛰어넘는 액수가 나왔고, 취해서 쓰러져버린 아이들을 끌고 나오는 것도 고역이었다. 결국 멀쩡한 정신으로 깨어 있던 아이들만 손해를 잔뜩 본 셈이다. 거기에는 나는 물론 몽과 옥희도 포함되어 있었다.

"난 늦게 온데다가 뭐 하나 제대로 먹은 것도 없는데." 몽이 억울한 얼굴을 하자 옥희가 그의 어깨를 툭툭 치듯 감쌌다. "그냥 쐈다고 생각해. 어쩔 수 없잖아, 기왕 이렇게 된 거." 그녀의 말에 몽은 빙그레 웃었다. "농담이야."

모여 있던 아이들은 조금씩 자기 갈 길로 돌아갔다. 아까 그토록 소리를 고래고래 질러대던 말대가리는 기운이 다 빠졌는지 전화박스 안에 힘없이 주저앉아 있었다. 그 앞을 참새가 불안하게 종종거렸다. 좀 떨어진 곳에서는 아이들이 쭈그려 앉아 먹은 것을 몽땅 토해냈다. 좋지 못한 광경에 지나가던 사람들이 눈살을 찌푸렸다.

"와 이거, 이거 대박인데." 나는 무심결에 중얼거렸다. 혼잣말로 중얼거린 것이긴 하지만 혹여나 누군가 맞장구쳐줄까 싶어 주변을 돌아보자 조금 떨어진 가로수 밑에서 옥희와 몽이 서 있는 것이 보였다.

그들은 나란히 서 있었다. 두툼한 코트를 입은 채 각자 손을 자기 주머니 안에 푹 집어넣고 선 모습이 마치 두 개의 머그컵 같아 보였다. 전 같았으면 항상 손을 마주 잡았을 텐데. 하지만 이제 그들은 더 이상 손을 마주 잡을 일은 없을 것이다. 두 사람의 구부러진 팔이 겹치면서 동그란 선을 그려, 마치 무한대∞를 이루는 것처럼 보였다. 왠지 모르게 서글픈 눈사람 같은 뒷모습에 차마 가까이 다가갈 엄두가 나지 않았다. 무슨 이야기를 하는 걸까? 지금은 그냥 둘만 있게 놔두는 게 좋겠지.

갑자기 말대가리가 길게 울부짖듯이 노래하기 시작했다. "나는 낭―만 고―양이!" 그 소리가 워낙 컸기에 주변 아이들은 화들짝 놀라 그를 바라보았다. 참새가 그를 흔들며 말렸지만 그는 그치지 않았다. "멀리 떠나가버린― 깊고 슬픈 나의 바아아아아아다여어어어어어―." 가사도 음정도 박자도 하나 맞지 않는 노랫소리에 다들 웃었지만 그래도 어딘가 쿡 찌르

는 듯한 여운은 가슴속에 남아 가시지 않았다. 나는 다시 한
번 옥희와 몽 쪽을 돌아보았다. 전 같았으면 그저 환하고 가벼
웠을 가로등 빛이 지금은 그들의 어깨 위를 살짝 내리누르고
있는 것처럼 느껴졌다. 빛을 뒤로 맞으며 선 그들의 모습은 더
이상 철없는 고등학생이 아니었다. 그들은 더 이상 어린애가
아니었다. 우리들은 어쩔 수 없이 더 이상 어린애가 되지 못할
것이다. 아마도 다시는 되돌아가지 못하겠지. 그래도, 이 밑도
끝도 알 수 없는 길을 쭉 나아가보면, 언젠가는……

알 수 없는 기분에 휩싸인 채 밤거리를 서성이는 반半청소
년이자 반半성인들을, 옛날이나 지금이나 생생한 달이 조용히
내려다보고 있었다.

<고3 완전정복 고등어가 살아남기 위해 필요한 것들>은 모두 외국어고에서의 제 실제 고3 생활을 바탕으로 쓴 소설로, 그렇기에 소설이라고 하기보다는 소설처럼 재구성된 실화에 가깝다고 할 수 있습니다.

'고3' 하면 '지옥'과도 같다고 다들 단정지어버리지만, 제게 있어서 고3 시절은 고등학교 3년 중 스스로에게 가장 충실했던 멋진 시간이었습니다. 분명 대학과 수능이라는 압력이 지옥 같을 수는 있겠지만, 오히려 그런 환경이기에 다른 일상적인 것들이 훨씬 특별하게 다가오지 않았을까 생각하니까요. 덧붙여 이 책에서 수능과 대학에 관한 객관적인 정보를 기대하지는 말아주시기 바랍니다. 객관적인 수능 지식 및 공부비법에 관해서는 시중에 많은 책이 나와 있으며, 무엇보다도 그해 대학별 입시요강 및 분석, 혹은 최소한 바로 전해의 입시 정보를 알아보는 것이 가장 정확하겠지요. 물론 저의 경험을 바탕으로 하기에 이곳에 나온 정보들 또한 어느 정도 사실이

지만, 소설로 다시 태어난 만큼 〈고3 완전정복 고등어가 살아남기 위해 필요한 것들〉만은 솔직털털한 고3 고등어들의 이야기로서 읽어주셨으면 하는 바람입니다.

이 책이 나오도록 도와주신 새움출판사 분들께 진심으로 감사하다는 말씀을 올리고 싶습니다. 항상 나를 굳게 믿어주었던 둘도 없는 벗 K에게도요.

2009년 겨울
유수레